KATHERINE QUINN

Trilogia The Azantian

Em Praias Perversas

Editora Charme

1ª Impressão 2023

Capa - City Owl Press
Adaptação da capa e Produção Gráfica - Verônica Goes
Ilustrações - Katherine Quinn
Imagens do miolo - Adobe Stock
Tradução - Sophia Paz
Preparação - Fernanda Marão
Revisão - Equipe Charme

Esta obra foi negociada por Brower Literary & Management, Inc.

CIP-BRASIL. CATALOGAÇÃO NA PUBLICAÇÃO
SINDICATO NACIONAL DOS EDITORES DE LIVROS, RJ

Q64p

Quinn, Katherine
Em praias perversas / Katherine Quinn ; tradução Sophia Paz. - 1. ed. - Campinas [SP] : Charme, 2023.
376 p. ; 22 cm. (The azantian ; 2)

Tradução de: On these wicked shores
ISBN 978-65-5933-139-0

1. Romance americano. I. Paz, Sophia. II. Título. III. Série.

23-85586 CDD: 813
CDU: 82-31(81)

Gabriela Faray Ferreira Lopes - Bibliotecária - CRB-7/6643

Editora Charme

www.editoracharme.com.br

KATHERINE QUINN

TRILOGIA THE AZANTIAN

EM PRAIAS PERVERSAS

Tradução - Sophia Paz

Editora Charme

Para minha mãe, Nancy, que é minha maior fã.

Cuidado com a Noite Eterna

N

PRÓLOGO

Darius

Darius usou muitos rostos ao longo dos séculos de sua longa, *longa* existência, e teve o dobro de nomes. No entanto, enquanto pairava acima de uma Margrete adormecida e do rei Azantiano, ele se viu desejando que seu nome *verdadeiro* escapasse dos lábios dela, pelo menos uma vez livre de escárnio ou desprezo.

Ele tinha esquecido o que era sentir.

Foi uma bênção e uma maldição que Margrete Wood o tivesse ajudado a se lembrar.

Por meses, ele se infiltrou em seus sonhos, esgueirando-se pelas rachaduras de uma realidade frágil. Como sementes, ele plantou pensamentos, regando-os até crescerem. Muitas vezes, serviram a seus propósitos — fazer Margrete ansiar pelo poder que ela se recusava a manifestar. Ele testemunhara sua luta nas últimas longas semanas. Ela não conseguira subjugar a magia do irmão de Darius e não tinha ideia de que *ela* era culpada do próprio fracasso, porque não se lembrava.

Lembrar-se do que ela uma vez tinha sido para ele.

Mas isso tinha acontecido em outra vida, Darius considerou, e ele não podia culpá-la pela ignorância. Só recentemente se permitira chegar perto o suficiente para vislumbrar a alma familiar brilhando abaixo da superfície. A princípio, ele tolamente acreditou que ela fosse uma humana despretensiosa, sortuda o suficiente por estar no lugar certo na hora certa, dotada dos poderes de um deus. Quão errado ele estava. Darius agora via a verdade, e isso o cegou.

Se ao menos ela se lembrasse de mim.

Mas ela não se lembrou, e não se recordaria, a menos que ele a forçasse.

Então, todas as noites, ele abria sua alma, fazendo sua magia penetrar nas veias dela, dando-lhe apenas um gostinho. No devido tempo, ela não conseguiria mais evitar e esconder de si mesma quem era, e então tomaria seu lugar ao lado dele. Tudo ficaria bem novamente.

Quando o amanhecer afugentava a noite, Darius se fundia nas sombras que ele comandava. Mas nunca realmente a deixava.

Não quando esta mulher era a chave para sua salvação.

Margrete Wood carregava o coração de Malum, a essência divina de seu irmão. O impulso final de poder que ele precisava para reinar como o único governante das águas sem limites. Além disso, ela inadvertidamente tinha roubado outra coisa, algo muito mais precioso do que a magia de seu irmão Malum. Mas tudo isso viria à tona em breve. Ele revelaria suas cartas na hora certa.

Claro, o ato final de Malum — que ocorreu pouco antes de Darius acabar com ele de uma vez por todas — foi colocar um símbolo de proteção na pele de Margrete, uma onda turva roçando sua clavícula. A maldita marca tornava impossível para Darius roubar seu poder recém-descoberto, mas, mais importante, negava a ele acesso completo a sua mente. Claro, ele poderia entrar por alguns momentos de cada vez, mas não podia ficar muito tempo, e Darius nunca gostou de ser um espectador em um jogo de sua própria autoria.

Ele então decidiu que criaria um novo jogo.

Com regras que *ele* poderia controlar.

Darius era engenhoso e famoso por quebrar regras, e algo lhe dizia que Margrete seria um desafio que ele não esqueceria tão cedo. Se ela fosse quem ele sabia que era, então não esperaria nada diferente.

Um sorriso floresceu enquanto ele observava os olhos de Margrete tremularem em seu sono. Logo seus destinos estariam irrevogavelmente ligados, e ele finalmente, *finalmente*, não estaria mais sozinho. O pensamento fez um calor estranho se instalar em seu peito. A sensação foi boa.

Abaixo de sua sombra imponente, Margrete envolveu um braço ao redor da cintura nua do rei Azantiano, aproximando o nariz atrevido para acariciar seu cabelo. Tão à vontade, tão doentiamente feliz. O gesto inconsciente de ternura o fez cerrar os punhos.

O amor que Margrete tinha pelo rei o irritava infinitamente, e ao se prolongar neste pensamento a visão de Darius manchou de vermelho.

Deveria ser eu.

Por todos aqueles longos meses, ele ansiou por estender a mão e sentir a suavidade de sua pele. Ele se conteve em suas visitas noturnas, com medo de reviver a emoção avassaladora que o assaltara na última vez que a tocara. Mas ele tinha se cansado do papel de observador silencioso.

Contra sua vontade, Darius permaneceu ao lado da cama até o amanhecer. Ela parecia tão frágil em seu corpo mortal. Fraco e fácil de quebrar. Ainda assim, ele sentiu o espírito dela, sua *alma*, que cantou para ele até as primeiras horas da manhã.

Com um grunhido frustrado, Darius começou a se afastar, sabendo que teria muito trabalho para consertar um erro cometido mil anos antes. Mas seus pés pararam abruptamente, como se uma corda invisível tivesse estalado e tensionado. A corda o puxou de volta para a cama, e, desta vez, ao estender a mão, não se conteve. Ele não conseguiu.

Darius arrastou um dedo solitário pela bochecha de Magrete, a pele tão macia quanto ele se lembrava. Mais, até. Ela parecia o próprio verão — quente, leve e cheia de esperança. O coração de Darius pulsava de forma irregular, e, naquele momento capturado no tempo, lembranças que ele não quis represar correram de volta para ele.

Então sorriu. Talvez pudesse corrigir o passado e mudar o futuro.

Talvez pudesse ter tudo.

CAPÍTULO UM

Margrete

Margrete Wood sentou-se de súbito na cama.

Tinha alguém ali.

Alguém a observava.

Alguém que a tocara.

Há meses, ela vinha sentindo como se olhos a observassem, mesmo quando estava dormindo. Mas, desta vez, ao acordar com um suspiro, sua bochecha pinicou como se sentisse um prolongado roçar de mãos fantasmas. Ela tocou com o dedo a pele formigando enquanto olhava para seu rei.

Graças aos deuses, ele ainda dormia. Ele andava inquieto, e ela tinha sentido uma grande mudança cair sobre ele como uma mortalha venenosa. Então, novamente, todos eles mudaram desde o dia fatídico em que seu pai os atacou.

Margrete fez um movimento para tirar os fios de cabelo da testa de Bash quando sentiu algo se enrugar em seu colo. Ela ficou quieta. Uma folha preta quebradiça, delineada em carmesim, estava em sua coxa. Franzindo o cenho, ela a pegou e girou, admirando os intrincados redemoinhos escuros que lembravam ondas. Ela nunca tinha visto nada parecido em Azantian ou no continente, e ela era bem versada no assunto de botânica. Assim que a aproximou dos olhos, querendo inspecionar os detalhes elaborados, uma poderosa rajada de vento da sacada a roubou de seus dedos. A folha flutuou no ar, como se não quisesse ir embora, até que a brisa a levou para longe.

Instintivamente, ela estendeu a mão, impulsionada por uma necessidade inexplicável de pegá-la.

Uma onda de gelo quebrou contra sua mente.

Margrete engasgou, e o cheiro de sal obstruiu seus sentidos. A pele formigava no local que tocou na folha, mas ela não teve forças para se concentrar nisso — sentiu principalmente uma onda arrebatadora de poder esmagador inundando suas veias.

Suas costas se curvaram com violência, e ela caiu contra os travesseiros.

A sensação de gelo em suas mãos se estendia até o pescoço, e ali se enrolava em sua garganta como um laço. Seus lábios se separaram, deixando um patético ronronar de ar escapar.

Estava acontecendo de novo.

Outra visão.

Outro pesadelo se aproximava.

Ela agarrou os lençóis quando o frouxo controle da realidade que ainda tinha lhe foi arrancado. Aos poucos, dolorosamente, ela foi afundando na escuridão aveludada de sua mente, arrastada para um vazio sem fim que abrigava apenas horrores.

Delicadas mechas de sombras escurecidas giravam atrás de seus olhos, e flashes de prata faiscavam como relâmpagos enfurecidos. Nada era natural — nem a luz nem os fios de névoa cinzenta rolando pela obscuridade como dedos longos e finos. Uma brisa cheirando a decadência e podridão varreu o abismo, um cheiro pungente e amargo. Esse odor atravessou a extensão do nada até revelar um grande navio que ela conhecia muito bem.

O *Phaedra*.

Nuvens de aço enrolavam-se ao redor da embarcação, e silhuetas macabras erguiam-se como flores murchas das ondas. Mais e mais alto, esses espectros subiram até que se arquearam e despencaram no convés de madeira, rompendo contra o navio em uma única onda em queda.

Margrete piscou, afastando as criaturas, os demônios. Os gritos estridentes perfuraram o ar fétido, sacudiram os ossos dela e zumbiram em seus ouvidos. O *mal*. O que quer que fossem, cheiravam a intenção maliciosa.

Abruptamente, a cena mudou, e o céu noturno estremeceu com força. No lugar do poderoso *Phaedra*, restaram apenas velas partidas e madeira lascada. Uma nesga de lua cautelosa lançou o mundo em um brilho branco sobrenatural, e as águas cor de carvão embalaram as ruínas de um naufrágio devastador.

O *Phaedra* se fora.

Na alucinação distorcida, Margrete ouviu o nome de Bash. Nada além de um sussurro no início, mas que foi se convertendo em uma música cantada por um coro de vozes sinistras que o transformaram em algo tortuoso e perverso.

O nome era um canto assombroso quando a neblina se dissipou e uma ilha obscura tomou forma à distância, bem além dos destroços do navio. Ela apertou os olhos, mas a imagem não ganhou foco, e tudo o que ela conseguiu ver foi uma única figura de pé em suas margens.

Margrete sufocou um grito quando a figura se turvou e explodiu em uma fina névoa de poeira cinza. Ele tinha desaparecido, mas Margrete sabia quem era, quem estava naquelas margens. Mas, ao invés de medo, ela sentiu... calor.

Um cheiro áspero e metálico a sacudiu de seu torpor. As bordas da realidade lentamente foram ficando visíveis, começando pelos cantos, e as paredes de vidro marinho do cômodo voltaram ao foco.

Ela procurou a fonte do cheiro com o olhar, seu coração acelerado. O sangue brotou onde suas unhas cravaram na carne da palma da mão, quatro linhas curvas de carmesim como um lembrete do horror que ela testemunhara.

Esta tinha sido a quinta alucinação — ou do que quer que se pudesse chamá-las — desde que seu pai atacou Azantian meses antes. Desde que Darius matou o irmão e desapareceu na espuma do mar.

E ela ficou para recolher os pedaços quebrados.

Embora breve, o que Margrete via durante os episódios, os vislumbres enigmáticos, a deixavam cambaleando. Às vezes, ela via o contorno de um casal sombrio, entrelaçados em um abraço quente, árvores escuras como breu se erguendo ao redor deles. Os rostos, apesar de obscurecidos, continham um traço de familiaridade.

Outras vezes, como naquela noite, a morte a saudava de braços abertos.

Assim como em todas as outras vezes que as visões a atormentaram, Margrete buscou a segurança do homem aninhado ao seu lado.

Bash, o rei de Azantian, parecia bastante angelical quando dormia, embora ela nunca fosse admitir isso para ele. Bash era muitas coisas, mas nada autoconsciente. Enquanto ele dormia, ela podia admirá-lo livremente, sem que ele desse seu sorrisinho arrogante.

Um sorriso que ela amava demais.

O peito tatuado de Bash subia e descia ritmado, o corpo definido esculpido pelos próprios deuses. Ele usava uma camisa de linho, embora os botões estivessem abertos, e os olhos de Margrete desceram ainda mais, seguindo a fina camada de pelo escuro que rastejava sob os cobertores. O calor aqueceu suas bochechas. Mesmo que ela tenha explorado e provado cada centímetro daquele homem, ele ainda causava uma reação muito acalorada nela.

Ela soltou um suspiro. Pelo menos, não o acordou.

Nos últimos três meses, ela fez o possível para ignorar essas visões fugazes e fingir que não percebia a sensação iminente de destruição pairando no horizonte. Uma semana depois do ataque, Bash a tinha flagrado no meio de uma visão, mas ela alegara exaustão — uma desculpa covarde. Margrete reconheceu a dúvida que se estendeu no rosto dele com a explicação pobre que dera. O alarme silencioso que saiu dele em ondas enquanto doces mentiras giravam nos lábios dela.

Ela escondia essas coisas de Bash porque não queria preocupá-lo. Não até que entendesse a extensão de seus novos poderes. Além disso, não estava pronta para arruinar a felicidade que eles tinham encontrado. Ela merecia ser um pouco egoísta, certo?

O rei adormecido estremeceu, os olhos tremulando como se estivesse enfrentando os próprios monstros. Aquela tinha sido uma das raras noites em que ele dormira e, quando dormia de verdade, era difícil acordá-lo.

Com ternura, Margrete alisou as mechas de cabelo ruivo profundo que se enrolavam em torno de sua têmpora, usando o polegar para aliviar as linhas tensas de preocupação que lhe marcavam a testa.

Só quando a tensão das sobrancelhas aliviou um pouco, Margrete saiu da cama, o colchão remexendo sob seu peso. Bash resmungou, mas não acordou, embora tenha estendido a mão como se fosse puxá-la de volta para onde pertencia.

Mesmo que ela não desejasse nada mais do que ficar envolta em seus braços, escondida em seu próprio lugar secreto no mundo, o mar — como tantas vezes — a chamava do além, exigindo atenção.

Margrete caminhou até as portas abertas da varanda, dançando os dedos sobre a fina mobília de madeira coberta de desenhos místicos — monstros marinhos, nymeras e bestas impressionantes que ela acreditava serem mitos.

Oh, como ela estava errada.

Do lado de fora, vestindo apenas uma fina camisola de renda perolada, Margrete se fixou no sol nascente despertando o mar indomável abaixo.

Desde o dia em que a essência de Malum despertara, Margrete não estava sozinha. Como um zumbido sob seus ossos, ela sentia a vida abundante do mar, cada onda uma música que só ela podia ouvir.

Se ao menos ela ouvisse as malditas bestas que escaparam...

Durante semanas, eles não ouviram nada — nenhum ataque, nenhum avistamento. O silêncio esmagador era enervante.

— Olá, velho amigo — murmurou ela para as ondas.

Um vento brincalhão juntou os longos fios de seu cabelo escuro e o afastou de seu rosto. A brisa envolvia seu torso e batia na bainha de sua camisola, esfriando sua pele encharcada de suor.

— Obrigada — respondeu, e seus lábios se curvaram em um sorriso suave. A magia dentro dela vibrava, um calor que se enrolava em torno de seu coração e o apertava com suavidade. Foi um toque reverente, uma carícia de poder. Quase como se a essência de Malum desejasse demonstrar afeto. Se a magia *pudesse* mostrar afeto.

Ela colocou os dedos na clavícula, traçando distraidamente a pequena onda. A tatuagem aparecera na manhã seguinte ao ataque sem qualquer explicação. Às vezes, ela se pegava acariciando a onda como se fosse um animal de estimação a ser acalmado. Margrete suspeitava que Malum tivera um papel na criação da tatuagem, mesmo que o deus não vagasse mais pelas águas.

Ainda assim, o *coração* dele estava perdido em algum lugar nas profundezas depois que o *Mastro de Ferro* afundara. Margrete não havia sentido sua presença, embora certamente tivesse tentado. Todos os dias ela estendia a mão e buscava o receptáculo vazio do deus. Nada.

Fechando os olhos, ela respirou fundo. Uma tempestade chegaria àquelas praias em dois dias, o cheiro de sal e paixão furiosa fez com que ela se lembrasse do perfume de uma potente flor de jasmim. Margrete não conseguia explicar seu novo senso de... intuição, mas ainda tinha muito a aprender.

— Te encontrei.

Dois braços musculosos e bronzeados envolveram sua cintura, puxando-a contra um peito sólido. Imediatamente, seu corpo relaxou, e ela se derreteu no abraço.

— Até que você dormiu bastante, demorou para acordar — disse ela com um sorriso, ainda atenta às águas.

Bash esfregou o queixo com barba por fazer na nuca dela, fazendo cócegas na pele sensível. Ela estremeceu, inalando seu cheiro de sal e sândalo.

— Talvez porque alguém se revirou a noite toda. Nunca levei tanto chute. — Ela abriu a boca para protestar, mas ele a interrompeu. — Mas sua habilidade está melhorando. Você até conseguiu me chutar para fora da cama — acrescentou, com uma cadência na voz.

Margrete revirou os olhos.

— Muito engraçado, *Sebastian* — zombou ela, virando-se para encará-lo.

Ela esticou o pescoço para encontrar seu olhar. Bash tinha quase dois metros e, comparado aos pouco mais de um metro e meio dela, ele era um gigante.

Ele soltou um gemido tenso.

— Você sabe que *odeio* esse nome.

Margrete sorriu de orelha a orelha, perversamente encantada. Certa noite, após o jantar, depois de tomarem muito vinho, Adrian tinha deixado escapar o nome completo de Bash. Aparentemente, a mãe lhe dera o nome e, após a morte dela, o pai se recusou a chamá-lo de qualquer outra coisa além de seu apelido. Bash costumava dizer que Sebastian era um nome muito grande para ele, alegando que soava pomposo e arrogante.

Então, é claro, Margrete o usava para provocá-lo sempre que tinha oportunidade.

— Ouça bem, princesa — começou Bash, colocando as mãos em cada lado da grade onde ela estava encostada, prendendo-a completamente. Seu hálito quente espalhou-se pela boca dela. — Devo lembrá-la do que aconteceu da última vez que me chamou assim? — Ele arqueou uma sobrancelha.

Ah, ela se lembrava muito bem. Instantaneamente, um rubor subiu para suas bochechas. Eles tinham quebrado a mesa. Quando os guardas entraram correndo nos aposentos ao som do estrondo, certamente conseguiram mais do que um vislumbre do traseiro de seu rei.

— Sebastian parece apropriado demais para você, de qualquer maneira — disse ela suavemente, ainda ruborizada e limpando fiapos invisíveis do ombro dele. — Isso faria você parecer um lorde arrogante que não consegue se vestir sozinho.

A faísca nos olhos do rei voltou.

— Bom, nós dois sabemos que, às vezes, preciso de ajuda para *tirar* as roupas. — Bash atirou-lhe uma piscadela de brincadeira, e ela deu um leve tapa no peito dele. Ele fingiu um gemido de dor.

— Droga, mulher. Você *está* ficando mais forte. — Seu tom continha uma medida de admiração genuína, e ela sorriu.

Realmente, fazia meses que ela vinha treinando com Adrian, comandante de Bash e namorado de Bay, todos os dias. Ela tinha um longo caminho a percorrer, mas era impelida por pura determinação. Até Birdie, sua irmãzinha, se juntara às sessões de combate. A menina de 8 anos era uma guerreira nata, de acordo com Adrian, e bastante hábil com o arco.

Além das aulas de combate, Adrian e, às vezes, Bay a ensinavam a nadar, caso ela não tivesse seus poderes recém-criados para ajudá-la. Vendo que ela pretendia ficar em Azantian, a habilidade parecia muito necessária.

— Você está intimidado por mim, pirata? — Margrete perguntou, arrastando um dedo para cima e para baixo no braço direito de Bash. A tatuagem de estrela-do-mar saiu por baixo da manga, enrolando-se na ponta do dedo dela. Das muitas criaturas em movimento e vivas que cobriam sua pele dourada, a estrela-do-mar era, de longe, sua favorita.

Bash gemeu, o som rico provocando uma vibração na barriga dela.

— Muito pelo contrário. — Ele se inclinou para passar a língua entre os lábios de Magrete, saboreando-a enquanto a explorava com calma. Sua boca se abriu quando uma respiração suave escapou dela. — Ver você se tornar uma guerreira temível me faz sentir tudo, menos *intimidado*.

— Então *faz* você se sentir como? — indagou ela em um sussurro sem fôlego.

Bash deu um beijo carinhoso na ponta do nariz de Margrete antes de se aproximar ainda mais. Sua dureza crescente pressionou-lhe a barriga, e ela fechou as pálpebras. O peito de Bash roncou quando ele soltou uma risada baixa.

— Eu amo uma mulher que pode me bater na bunda. — Ele a segurou pelo quadril, os dedos afundando em sua camisola de seda.

— Não me tente — avisou ela, lutando para falar. — Estou mais do que feliz em realizar esse seu sonho.

— Promessas, promessas. — Ele reprovou ainda com os lábios grudados nos dela. — O que eu vou fazer com você? — Seus olhos de meia-noite brilharam com malícia e desejo. Olhos que já tinham sido da cor das esmeraldas antes de Margrete trazê-lo de volta à vida. No dia em que o mar tentou levar a alma dele.

— Eu tenho algumas ideias — disse ela, encolhendo os ombros. — Mas não tenho certeza se você está à altura da tarefa. — Na noite anterior, ele desmaiara de exaustão antes que ela pudesse colocar as mãos nele. Seu desejo tinha crescido sem se satisfazer.

— Você me machuca — falou Bash, se afastando o suficiente para levar a mão ao coração em uma afronta simulada.

Ela agarrou os quadris do rei e o puxou de volta.

— Que bom. Eu não gostaria que seu ego ficasse maior do que já é. Você não conseguiria passar pela porta.

Bash arqueou uma sobrancelha.

— Tem certeza de que não estamos falando de *você*?

— Egoísta *e* delirante. — Ela balançou a cabeça. — E as pessoas pensam que você é ameaçador. — Ela riu, agarrando a camisa desabotoada. O olhar de Bash seguiu para onde ela o segurava, e seus olhos brilharam com desejo derretido.

— Eu *sou* ameaçador, princesa. Não é minha culpa que você não veja por si mesma.

— Como eu disse. Delirante. Absolutamente delirante.

Margrete sorriu para o homem que roubara seu coração. Um rei cuja fé inabalável nela enfrentou o desconhecido.

Erguendo a mão, ela passou os dedos ao longo das bordas definidas de sua mandíbula esculpida, deliciando-se com o formigamento sutil que a barba provocava. Com o cabelo completamente desgrenhado e o sono emoldurando suas piscinas de ônix sem profundidade, a aparência amarrotada fazia o rei equilibrado parecer quase infantil, embora Margrete tivesse aprendido que os Azantianos envelheciam em um ritmo muito mais lento em comparação com seus colegas humanos.

Mais um problema que eles ainda não tinham resolvido.

Margrete não tinha certeza se envelheceria como mortal ou como Azantiana. Ou se envelheceria, considerando o que havia dentro dela.

Ela se moveu para brincar com os fios macios como seda na nuca de Bash, dando-lhes um puxão suave. Ele fechou as pálpebras e suspirou, satisfeito.

— Ao que parece, então, tenho muita sorte por você me manter humilde — finalmente respondeu, movendo-se para trás para acariciá-la preguiçosamente através do material fino da camisola. Ela amaldiçoou a maldita seda. A julgar pela expressão dele, ela suspeitava que ele sentia o mesmo.

Erguendo-se na ponta dos pés, Margrete beijou os lábios carnudos de seu rei. Eles eram deliciosamente macios e tinham gosto de puro pecado. Bash passou os braços ao redor da cintura dela e deslizou a mão pelo cabelo comprido, afastando os fios e expondo o pescoço. Com os olhos em chamas, ele se inclinou para espalhar uma trilha reverente de beijos para cima e para baixo ao longo do pescoço nu. O coração de Margrete deixou de bater quando ele voltou para sua boca, explorando sem pressa, adorando, perdendo-se nela.

Gentilmente sugando o lábio inferior de Margrete, a língua de Bash brincou enquanto ele a saboreava, e outro gemido baixo reverberou profundamente na garganta dele. Era o som do desejo e da adoração, e Margrete se perdeu na melodia inebriante.

Minutos se passaram antes que Bash gradualmente se afastasse, olhos cor de ônix famintos. A tonalidade naquela manhã era de uma nuance mais escura, mas talvez a luz do início do dia lançasse sombras sobre eles.

Bash deu um suspiro frustrado.

— Odeio sair tão cedo, ainda mais agora que você está toda corada. — Ele segurou as bochechas dela, que inclinou o rosto para receber a carícia. — Mas é melhor eu me preparar. O conselho se reunirá esta manhã. Algo sobre o mundo mortal.

O mundo dela.

Prias e seu lar humano pareciam fazer parte de uma vida anterior. De uma época em que ela era uma *dama* perfeita prestes a se casar com um traidor, o Conde Casbian.

— Sobre o que é a reunião? — A pele de Margrete zumbiu em advertência, uma inquietação familiar se instalando em seu peito.

Sem dúvida, tinha a ver com as feras libertadas. Talvez elas *finalmente* tivessem aparecido. Sua espinha formigava com o aumento da adrenalina.

Bash a segurou pelos braços.

— Você sabe que vou te contar tudo. Os deuses sabem que aprendi que não posso esconder nada de você, mesmo se quisesse. — Seus olhos se arregalaram. — Mas eu jamais faria isso, veja bem — acrescentou apressadamente.

Um canto da boca dela se ergueu. Bash era inteligente o suficiente para entender que ela iria importuná-lo até conseguir as respostas. Embora seus debates muitas vezes levassem a uma forma muito mais agradável de... batalha.

— É melhor você me contar tudo, pirata, ou sua cama estará bastante fria esta noite — ameaçou ela, se acomodando contra o peito dele e escondendo o rosto quente de vista. Margrete respirou fundo, fechando os olhos e se deliciando com a beleza daquele momento único.

Ela entendia muito bem que nada bonito durava para sempre.

Enquanto observavam o avanço do nascer do sol, consumidos pela proximidade um do outro, uma brisa fétida – muito parecida com a de sua visão – veio do leste.

E Margrete soube que, sem dúvida, aquele seria o último nascer do sol pacífico deles por algum tempo.

CAPÍTULO DOIS

Margrete

Como Adrian estava ocupado com a reunião do conselho e não haveria treinamento naquele dia, Margrete acabou indo para a praia além do palácio. Tirando as botas, ela mergulhou os pés na água fria e estremeceu quando a agora familiar onda de energia percorreu sua espinha. No momento em que se conectou com o mar, seu corpo zumbiu e um formigamento agradável vibrou em sua pele.

A água do mar umedeceu as calças enroladas, o que ela recebeu de bom grado, soltando um suspiro de satisfação quando a água se enrolou em torno de suas panturrilhas. A limpidez azul girou até suas coxas antes de descer brincando.

Ela estava... praticando. Manipulando as águas, na verdade. Embora possa ter comandado a onda colossal que afundou a embarcação de seu pai, não tinha conseguido fazer muito mais do que levantar a arrebentação alguns metros no ar desde então. Era totalmente frustrante.

Margrete podia *sentir* o oceano, mas não o dominava como acontecera antes. Talvez fosse por isso que ela sempre se esgueirava até a praia depois do treinamento, esperando aprimorar os poderes que nenhum mortal jamais possuiu.

Seu coração batia descontrolado, e ela fechou os olhos brevemente enquanto o vento fazia cócegas em suas bochechas. O mar estava alegre. Ela sentiu sua euforia quando ele se infiltrou em sua alma e a explorou.

Levantando a mão, ela girou o dedo em círculos ociosos, murmurando as mesmas palavras antigas que usara meses antes.

— *Arias moriadas.*

A ondulação que se aproximava estremeceu, mas não parou de avançar. Ela repetiu as palavras, um pouco mais alto. As águas cresceram ligeiramente, mas a onda não parou até colidir com suas canelas. Margrete rosnou.

Ela se virou para seu próximo alvo, determinada a replicar a magia impossível que ela havia comandado. Mais uma vez, a onda atingiu a praia, mas, pelo menos, Margrete conseguiu levantá-la um mísero metro. Um brilho de suor cobriu sua testa. Ela insistiu.

Outra onda veio, e, quando ela pronunciou as velhas palavras dos místicos, a crista se elevou no ar, bem acima de um metro e meio. Embora instável, não vacilou, nem mesmo quando se chocou contra as areias da costa de Azantian, encharcando Margrete da cabeça aos pés.

Ela engasgou, fechando os olhos para tirar o cabelo molhado do rosto, sorrindo como uma tola. O progresso, embora insignificante, diminuiu parte do peso de sua incompetência.

Quando abriu os olhos, o orgulho escasso que sentia desapareceu. Instantaneamente, seu corpo tremeu e seu pulso trovejou, o sangue correndo para os ouvidos e abafando as ondas.

Ele.

Do outro lado das ondas, com o rosto obscurecido por um capuz cor de cobalto profundo, estava o homem — não, o *deus* — com quem ela sonhara por meses.

Darius.

Nem mesmo quando lutou com o irmão ele mostrou seu verdadeiro rosto, uma máscara de prata escondia cada traço. No entanto, Margrete podia senti-lo, sua escuridão, assim como naquela noite.

Ela inspirou com força. O que ele fazia ali depois de todas aquelas semanas? Ela tinha dito a si mesma que estaria preparada para o dia em que ele aparecesse, mas agora que ele estava de fato diante dela, o medo esmagador paralisava seus membros.

Sentiu minha falta? Uma voz entrou em sua mente, uma da qual ela se lembrava bem. Parecia sedutora e profunda. Sedosa. Os joelhos de Margrete tremeram.

Ela poderia ter em si a maior parte da essência de Malum, seu irmão, mas Darius ainda era um *deus*. Ela tinha todo o direito de estar com medo.

O que você quer?, perguntou ela, estreitando os olhos e endireitando a coluna. Ela não se encolheria, nem mesmo com o pulso acelerado e o suor escorrendo pela curva de sua espinha.

Aquela conversa estava bem atrasada.

Uma risada flutuou até seus ouvidos.

Você tem algo que eu quero, mas não posso ter. Ele fez uma pausa, e ela praticamente podia sentir a frustração ondulando nas ondas entre eles. *Mas aprendi a ser paciente, graças à minha querida mãe,* disparou. Surria, a Deusa do Vento e do Céu. *E descobri que... não desejo mais te matar.*

Margrete franziu a testa, sem entender o que ele queria dizer. Ela esperava que ele viesse para roubar a essência de Malum diretamente de seu peito no segundo em que pudesse — mesmo que tivesse que arrancá-la de seu corpo.

Devo agradecer?, Margrete disparou. *Você fez o seu melhor para matar o rei, mas falhou. Nunca mais vou deixar você machucar a mim ou às pessoas que gosto.*

Uma rajada de ar gelado serpenteou ao redor do pescoço dela, torcendo seu cabelo e puxando os fios. Ela podia saborear a amargura de sua ira.

Diga logo de uma vez, Darius. O. Que. Você. Quer?

Margrete já não era a mesma mulher ingênua de quando chegou a Azantian. Enfrentar o pai e quase perder Bash para o mar endurecera seu coração. Ela tinha se tornado resiliente.

A vida era cruel, mas ela era mais forte.

Ela tinha que ser.

Venha comigo, o deus exigiu, sua voz quase um rosnado. *Não somente será mais fácil, como não vou machucar seus entes* queridos. Ele sibilou a palavra, gotejando veneno. *Já passou da hora de você saber toda a verdade para que possamos começar nosso trabalho. Já esperei bastante tempo.*

Endurecendo a espinha, ela forçou uma máscara de bravura. A ameaça de Darius não passou despercebida.

Não há nós, *Darius. Se você é o Deus Todo-Poderoso do Mar, então limpe a bagunça que você e seu irmão fizeram. Os monstros marinhos são produtos da briga entre vocês.*

A brisa aumentou assim que ela terminou de falar, levantando o tecido de sua capa apenas o suficiente para que a visão recém-aguçada vislumbrasse os cantos dos lábios dele curvarem-se em um sorriso. A visão aguçada era outro presente de Malum, ao que parecia.

Mesmo que eu seja forte, passar anos preso em um corpo mortal me enfraqueceu. A marca protetora de Malum certamente não me ajudou. Seus olhos apontaram para a tatuagem na clavícula de Margrete. *E os meses no corpo do antigo conselheiro só pioraram as coisas.*

Margrete cerrou os dentes, fervendo de raiva.

Ortum.

Eu sabia que a marca que encontraram no corpo de Ortum era sua, disse ela, com a visão manchada de vermelho. *Desde o momento em que o conheci, era realmente você. Mas por quê? Por que se dar ao trabalho de usar a forma dele?*

Darius nada disse, nem mesmo enquanto ela continuava, a raiva aumentando.

Tem tanto medo de mostrar sua verdadeira *face que usou outra? Você é tão horrível assim?*

Margrete não pôde evitar a provocação. Na verdade, provocá-lo fez com que ela sentisse uma alegria imensa. Ela sentia a adrenalina subir, o mesmo tipo que sentiu durante o ataque quando ele a encarou através das ondas.

Meu rosto não é horrível, querida, disse ele, a voz perigosamente leve. Ele quase parecia agradável. *Eu tinha meus motivos para usar o conselheiro, e posso te falar sobre eles... um dia. Mas, primeiro, imploro que venha comigo, antes que eu seja forçado a recorrer a medidas mais drásticas. Ou posso acabar terminando o que comecei naquela noite nas ondas.*

Bash.

Darius deixou claro que queria o rei fora de cena.

Por que ele? Ela inclinou a cabeça e deu um passo ousado na direção dele. Atrás de si, ela sentiu as águas subirem até as coxas, a fúria do mar em sintonia com a dela. *Você vai deixá-lo fora disso.*

O que quer que *isso* fosse.

Darius riu.

Tão apegada ao rei. Eu me pergunto o que pensaria se conhecesse o verdadeiro rosto dele.

A testa de Margrete franziu.

A *verdadeira* face de Bash? Darius estava falando em enigmas. Ela conhecia Bash. Sabia de sua paixão, sua bravura, sua bondade — até mesmo do temperamento e da impaciência. Suas falhas eram parte do homem que ela tinha aprendido a amar.

Margrete fechou os olhos e engoliu a bile que subia. Ela não deixaria Darius intimidá-la. Era hora dele revelar suas verdadeiras intenções.

Ela abriu os olhos. Nada além daquela extensão familiar de mar azul estava diante dela, a figura encapuzada apenas uma lembrança distante.

Darius tinha ido embora.

E também aquela descarga de adrenalina elétrica que invadira suas veias. Seus joelhos vacilaram, e ela respirou fundo pela primeira vez desde a chegada inesperada de Darius.

Incapaz de continuar lutando contra a onda de tontura, Margrete se deixou afundar nas águas até os joelhos. Ela cravou os dedos nas areias suaves cor de marfim enquanto o poder de um deus crepitava e morria.

Ela fechou os olhos e, naquela fração de segundo, uma imagem passou por sua mente. Talvez fosse o estado enfraquecido ou o choque de enfrentar Darius, mas o que Margrete vislumbrou causou um arrepio violento na espinha.

Diante das pálpebras fechadas, ela viu a si mesma e Darius…

Ela estava nos braços do deus, abraçando-o firmemente contra o corpo, e os dedos entrelaçados no cabelo dele. E ela estava sorrindo, olhando para o deus com um sorriso radiante carregado de *amor*.

Ela se sentiu enjoada. A cena parecia muito real, dava a *sensação* de ser muito real, quase como se ela a tivesse vivido antes.

Margrete abriu os olhos com um sobressalto, embora a imagem permanecesse. E Darius, como se de alguma forma soubesse que ela tinha visto aquela cena, sussurrou em sua mente uma última vez.

Estou indo até você.

CAPÍTULO TRÊS
Bash

Bash sabia que a paz da manhã com Margrete não duraria.

Ela parecia distraída quando ele a encontrara na varanda, aqueles olhos azuis calculistas examinando as águas em busca de respostas que se esquivavam dela. Ela achava que ele não sabia de suas visões, mas Bash era mais perspicaz do que ela poderia imaginar.

Especialmente no que ela estava envolvida.

Ele caminhou pelos corredores do palácio até as câmaras do conselho com dois guardas estoicos em seu encalço. Espertos, eles desviavam a atenção sempre que Bash olhava na direção deles. Mas ele supôs que a apreensão de cruzar o olhar com ele tinha mais a ver com seus olhos recém-alterados do que com o fato de ele ser o rei.

Aparentemente, muitos acharam as poças escurecidas inquietantes.

Não podia culpá-los. Não ajudava que os círculos escuros abaixo de seus olhos fossem de um tom desagradável de roxo, um sinal de suas noites inquietas e sonhos assombrados. Pesadelos que o faziam acordar suando frio.

Olhos brilhantes.

Águas escuras.

Uma ilha cheia de cinzas e ossos.

Havia uma razão para ele abraçar Margrete com mais força no meio da noite, por que seu corpo estremecia mesmo no calor da cama. Não importava que demônios medonhos habitassem seus sonhos. Bash poderia lidar com isso. Ele não iria adicionar mais peso aos ombros de Margrete.

Seu pai uma vez lhe disse que um rei não demonstrava emoções, e certamente nem um pingo de fraqueza. Sempre que o jovem Bash procurava o pai com lágrimas nos olhos, o velho rei fazia uma careta e exigia que ele "se aprumasse". Ao anoitecer, o rei visitava Bash e se sentava em sua cama para contar a história de uma de suas muitas aventuras.

Bash sabia que aquelas visitas eram a maneira de seu pai demonstrar afeto, por mais sutil que fosse. Cada segundo daquelas raras noites era mais precioso para ele do que qualquer coroa.

Margrete lhe ensinou algo diferente. Ela mostrou a ele que, embora pudesse ser um governante formidável diante de seu povo, também poderia ser apenas um homem. Até mesmo vulnerável.

Bash.

Ele se encolheu ao som de seu nome, quase perdendo o passo. Os guardas não disseram nada enquanto ele se endireitava. Tinha sido um silvo de um ruído sussurrado na concha de seu ouvido — um que ele já tinha ouvido antes.

Venha me encontrar.

Arrepios dançaram em seu pescoço, e seus músculos ficaram tensos. Esta era a terceira vez que a voz ousava vir até ele à luz do dia. Tornara-se ousada. Deuses, ele desejava que Ortum estivesse vivo para ajudá-lo a entender. Eles ainda tinham que descobrir o que havia acontecido com o conselheiro, mas Margrete suspeitava que a marca em sua pele decomposta pertencia a ninguém menos que Darius, o mesmo deus enlouquecido que tentara matar Bash. Ele ainda conseguia ver os olhos estreitos de Darius enquanto seu poder o atingia durante o ataque do capitão. Naquele momento fugaz, antes de ser arrastado para baixo, ele vislumbrou tanto ódio. Ódio e alguma outra emoção inominável que ele não conseguia identificar. Ou talvez uma que ele desejasse ignorar por completo.

De qualquer forma, o deus queria Bash morto, e enfrentar um deus não era uma luta que ele tinha certeza de que poderia vencer.

Endireitando os ombros, Bash mudou a expressão para a de um rei temível. Assim como seu pai lhe ensinara tantos anos antes.

Os membros do conselho, homens e mulheres de idades e posições variadas vestindo túnicas, entravam aos poucos nas amplas câmaras, conversando entre si. Ele conhecia todos eles, já que praticamente crescera naquelas salas. Bash sentava-se no canto enquanto seu pai emitia um novo decreto ou resolvia uma disputa. Sua primeira visita foi na tenra idade de 4 anos. Não é preciso dizer que ele não teve muita infância. Outra lição de seu pai: não há tempo para brincar. Somente preparação.

Quando todos se sentaram nas cadeiras de ouro e veludo azul, uma dúzia de olhos cheios de expectativa se voltaram para ele.

Foco, Bash se repreendeu. Ele poderia chafurdar mais tarde, quando questões mais urgentes não precisassem ser resolvidas. Ou seja, o silêncio das crianças do mar. Para criaturas criadas para causar caos e ansiar por sangue, o silêncio enervava muito Bash. O que estavam esperando?

— Todo mundo reunido? — perguntou ele, dirigindo-se ao salão. Os conselheiros assentiram, aguardando ansiosamente a notícia que Nerissa havia prometido no dia anterior. — Não vamos perder tempo, então.

Acenando para Nerissa, a vidente da corte, Bash a encorajou a começar. Quanto mais cedo entendessem a base para a reunião improvisada, melhor. Ele ansiava por ação. Sentar-se e *esperar* o deixava ansioso, e não ter qualquer rascunho de plano fez com que sua necessidade de controle crescesse em espiral. Controle significava ordem, e com toda a confusão prestes a se desenrolar, ele se agarrava a qualquer fragmento que pudesse.

Nerissa pigarreou, suas feições delicadas contorcidas de preocupação. *Isso não é um bom sinal*, pensou Bash, cerrando os punhos em antecipação sob o tampo da mesa. Sentado à sua esquerda, Adrian, seu amigo mais antigo e mais confiável, estendeu a mão para rapidamente acariciar a dele. Seu calor o envolveu, sua mão uma âncora, impedindo-o de ser arrastado pelo próprio pânico. Adrian sempre sabia quando Bash precisava de apoio. Ele lhe deu um sorriso rápido em agradecimento.

— As cidades de Castion e Malor foram destruídas. — A voz melódica de Nerissa soou em desacordo com a notícia que ela dera. O salão caiu em um silêncio tangível. — As feras de Azantian, do mar, pretendem varrer tudo em seu caminho. Não demorará muito para que a terra dos homens seja destruída. Eu já vi, e a destruição ceifada será grande — advertiu Nerissa, com os olhos franzidos nas laterais. — Devemos agir rápido… caçar as crianças do mar antes que seja tarde demais e o equilíbrio seja ainda mais prejudicado.

Adrian soltou um suspiro profundo, fazendo a rajada de ar soar alto na sala silenciosa. Bash também ouviu o farfalhar dos tecidos enquanto os membros do conselho se mexiam desconfortavelmente, a maioria espiando o rei de soslaio. Os portões se abriram sob *seu* reinado, e Bash consertaria seus erros, com ou sem o coração de Malum para aprisionar as feras.

Se o coração físico de Malum realmente estava perdido, então a maior parte do poder do deus ficara com Margrete. Adrian havia contado a Bash sobre o progresso das sessões de treino na praia, e, por mais que odiasse que ela se colocasse em mais perigo, sabia que aproveitar a magia seria a única maneira de salvá-los. O destino confiou à mulher que ele amava exercer tal poder, e Bash colocou toda a sua confiança nela… mesmo com a voz cínica de seu pai dizendo para fazer o contrário.

Os sussurros dos membros do conselho se calaram quando Bash ergueu o queixo e colocou as duas mãos sobre a mesa, que tremeu sob suas palmas.

— Quantos mortos? — indagou rispidamente.

Nerissa fez uma careta antes de olhar para os ladrilhos de pedra.

— As ondas levaram milhares. As docas e os navios que transportavam milhares de outros também pereceram.

— Quantos? — repetiu Bash, empurrando para baixo a culpa que subia como bile. Ele podia não confiar nos humanos, mas eles não mereciam morrer.

— Pelo menos dez mil.

Ele engoliu um xingamento.

— Adrian? — Ele se virou para seu amigo e comandante. — Sua opinião?

Bash precisava de um momento para processar. Muito seria necessário para construir um exército grande o suficiente para derrotar os monstros lendários.

Entrando em ação, Adrian se dirigiu a Nerissa, sua pele pálida ondulando enquanto os músculos de seu pescoço ficaram tensos.

— Eles estão usando navios? — disse ele. — Cidades costeiras e ilhas?

Ela assentiu.

— Alguma ideia de quais criaturas são responsáveis?

Muitas feras escaparam naquela noite, principalmente o Drathion. Embora semelhante à serpente marinha que foi morta na noite do ataque, essa fera tinha o dobro do tamanho e era duas vezes mais mortal.

— O Drathion — Nerissa explicou cautelosamente — e o Collossious. Embora tenda a vagar por águas mais profundas, afundou dezenas de navios até agora e não parece satisfeito.

O Collossious, um dos predadores mais ferozes que as profundezas já conheceram, tinha bem mais de nove metros de comprimento, pele supostamente impenetrável e milhares de escamas serrilhadas mais afiadas do que as melhores adagas Azantianas. Embora com características semelhantes a um tubarão, dizia-se que poderia afundar um navio com um único estalo da boca.

— Senhor... — Nerissa começou, levantando o olhar. — Tem outra coisa.

— Sim? O que é? — insistiu Bash, impaciente para que as más notícias acabassem logo. Ele precisava ir ao seu escritório para começar a executar um plano. Já havia muito o que fazer.

Uma picada aguda irradiou de seu peito, e Bash levou a mão para onde sua tatuagem mais secreta estava escondida pela camisa. A nymera, ao contrário das outras, permanecera imóvel durante toda a sua vida. Mas, no dia anterior, ele poderia jurar que a vira sorrir.

Como se para responder a seus pensamentos sombrios, Nerissa revelou:

— Ainda temos que lidar com as nymeras. De acordo com os poucos textos antigos que nossos historiadores localizaram, elas podem ter a habilidade de se aventurar além da costa usando a mais distorcida magia das trevas da qual nasceram.

Nymeras, as criaturas meio humanas, meio monstruosas das profundezas. Sugavam as almas diretamente da boca dos mortais, alimentando-se delas. Estavam enfraquecidas por seu tempo sob Azantian, e Bash suspeitava que caçariam almas até que estivessem saciadas, matando milhares, se não mais.

A tatuagem no peito de Bash vibrava, e um gosto doce e doentio cobriu sua língua. Se elas atacassem...

Seria mais do que o caos, além do controle de Bash. O controle de *qualquer um*. Eram muito mais mortais do que os outros filhos do mar, pois eram inteligentes e calculistas, e uma antiga magia das trevas fluía através de seu sangue viscoso e escuro.

— Eu também sinto... — Nerissa fez uma pausa e soltou o ar pelo nariz. Bash poderia dizer que ela estava hesitante em transmitir a próxima parte.

— Sim, Nerissa, o que é?

— Sinto que um dos deuses está trabalhando com elas.

O salão soltou um suspiro coletivo.

— Assumo que é o irmão de Malum — palpitou Bash.

Nerissa deu um aceno rápido.

— Não tenho certeza do que estão fazendo, mas minhas visões foram de areias cinzentas e um homem encapuzado irradiando poder divino. Ele está cercado por uma horda de nymeras, o mar se erguendo ao seu comando.

Bash se perguntou se as coisas poderiam piorar.

— Algo me diz que você não deve pisar nestas praias — completou Nerissa. — Mas sei que tem que ir para conter as feras.

— Você está certa — disse ele com firmeza. — Não posso ficar sentado enquanto meu povo caça as criaturas que eram minha responsabilidade.

Os membros do conselho murmuraram em concordância. Ele cerrou os dentes, ignorando a decepção tangível de todos. Precisava sair daquele salão sufocante.

Nerissa abriu a boca, mas rapidamente a fechou. Ela o conhecia bem o suficiente para saber quando ele se decidia. Ela se sentou sem outra palavra, mas seus olhos inquisitivos se voltaram para o rei. Ele podia sentir que ela o estudava.

Adrian se levantou, dissipando os cochichos abafados.

— Se você está planejando zarpar para caçar as feras, vou mandar os homens prepararem o *Phaedra*. Se algum navio pode resistir…

Adrian continuou, mas Bash só ouvia os sussurros perversos que o atormentavam — os sibilos corruptos com os quais acabou se familiarizando.

O mundo de Bash estava mudando — sua *mente* estava mudando — e, com o novo mundo, veio a promessa de sangue derramado.

CAPÍTULO QUATRO

Bash

Os súditos francos de Bash discutiram no decorrer da tarde quente, as câmaras do conselho queimando como um forno. O suor escorria pelas costas do rei, colando a camisa branca em sua pele.

Quando Bash finalmente pôs fim ao contrassenso e transmitiu suas ordens finais, ele se virou para Adrian.

— Reúna os homens e prepare-os para o que os espera. Quero o *Phaedra* equipado com cem soldados.

Enviaria uma mensagem a Adrian assim que identificassem os movimentos das nymeras, e seu comandante lançaria uma frota completa para ajudar na batalha. Não faria sentido enviar todos os soldados de uma vez.

Adrian fez uma leve inclinação de cabeça, seus olhos verdes brilhantes cheios de perguntas que ele certamente faria mais tarde. Ele sabia que não devia se dirigir ao rei com tanta franqueza diante dos ouvidos fofoqueiros dos súditos.

Acenando para os rostos sombrios dos membros do conselho uma última vez, Bash saiu da sala, suas pernas ansiando por acelerar o ritmo. Correr e fugir daquele ambiente sufocante.

Todo o *barulho* fazia com que ele desejasse escapar — as vozes de seu povo descontente misturadas aos assobios dementes de sua insanidade crescente. Tudo se misturava perigosamente.

Como se fosse uma deixa, os sussurros retornaram.

Deixe-os morrer.

Você não é um deles.

Os mortais são inúteis.

Covardes.

Indignos.

Cada palavra escorregadia destilava ódio e animosidade, e o coro de vozes aumentou até formar um zumbido estridente em seus ouvidos.

Além das câmaras do conselho, Bash se encostou na parede de uma alcova sombria e pressionou as mãos no vidro frio. Ele avidamente sugou o ar.

Pare, ordenou ele silenciosamente, com a respiração ofegante. *Pare, porra.*

Ele não queria aquilo, não queria ouvir mais nada. Vozes falando de matança e crueldade.

Vozes que ele sabia que não deveriam existir.

Deixe-os morrer, morrer, morrer, morrer...

As palavras se repetiram sem cessar até Bash estremecer de fúria. A pura malevolência da voz trouxe à tona algo de dentro de si que ele não gostou muito. A parte mais escura, sufocada por anos. O *erro* não era ele, não o homem que ele se esforçou tanto para se tornar. Não poderia ser.

Bash sibilou de frustração, e a necessidade de atacar, de sentir *qualquer coisa* além daquela maldade toda, fez seu corpo coçar, formigar, *queimar*. Era muito mais do que podia aguentar de uma vez, e, por mais que tentasse, não conseguia desligar as malditas vozes. Não. Elas só aumentavam, e ficavam mais fortes.

Morrer, morrer, mor...

— Ahhhhhh! — Bash se virou, batendo um punho com nós dos dedos esbranquiçados na parede de vidro marinho. O material rachou, deixando pequenos riachos de teia de aranha de vidro fraturado por baixo de seus dedos ensanguentados.

Na mesma hora, a dor silenciou a canção da morte.

É isso, pensou, tentando respirar fundo mesmo enquanto seu peito tremia. *Não é real.*

— Você está bem, meu rei?

Uma voz doce demais rompeu o rugido que tinha nos ouvidos, cortando sua concentração. Shade tinha se aproximado e o olhava com uma expressão fria no rosto delicado. Os cabelos da nuca de Bash se arrepiaram.

Ele não queria que ninguém o visse em tal estado.

— Estou bem — grunhiu, evitando o olhar penetrante da mulher. Ele não saberia o que explicar à tesoureira da corte, mesmo sendo amigos. Ou melhor, eles *já tinham sido* amigos. Nos últimos tempos, Shade andava escorregadia; tendo aparecido apenas para homenagear Ortum em seu memorial meses antes.

— Parece que você não está bem — insistiu ela, a voz livre de emoção.

Bash apertou os dedos, a pele rachando. *Sim. Concentre-se na dor.*

— Isso não diz respeito a você, Shade — conseguiu dizer, fervendo. Ele parecia frio, cruel e tão diferente de si mesmo.

— Talvez você precise desabafar. Posso chamar Adrian para o terraço...

Ele explodiu novamente, sem conseguir se conter.

— Não me venha com suposições de que sabe do que preciso! — Bash a observou, desde a coroa de seus cachos ruivos até o verde profundo de seus olhos.

Se a resposta atravessada a machucou, ela não deixou transparecer.

Pelo contrário. Shade *sorriu.*

— Como desejar, meu rei. Como sempre, a intenção é agradar. — As últimas palavras escorreram ácidas, e ela o encarou por um momento com uma faísca no olhar. Os olhos verdes pareciam excepcionalmente vívidos, quase brilhantes *demais*. Mas antes que Bash pudesse pensar nisso, Shade fez uma mesura com a cabeça e deslizou de volta para o corredor, desaparecendo tão rápida e silenciosamente quanto apareceu.

Ele lidaria com ela mais tarde. O que quer que ela realmente desejasse pedir podia esperar. Teria que esperar.

Sem outro pensamento, Bash abandonou a alcova e passou em disparada por um Adrian assustado.

— Bash! — gritou o amigo, a voz cheia de preocupação. — Precisamos conversar!

— Mais tarde! — Bash gritou por cima do ombro, continuando seu ritmo implacável. Adrian o chamou mais uma vez, mas Bash já tinha virado o corredor.

Ele se sentia um idiota, mas sua mente era uma confusão de emoções, e havia apenas uma pessoa na ilha – em todo o reino – que poderia acalmá-lo naquele momento.

Em pouco tempo, ele estava do lado de fora dos aposentos reais, segurando a maçaneta antes de girá-la.

No segundo em que a porta se fechou, Margrete saltou de sua cadeira favorita, deixando cair um livro grosso encadernado com couro. Desde que ela se mudara para o quarto dele, tinha acrescentado cor e luz ao espaço anteriormente estéril e impessoal.

Tapeçarias pendiam das paredes e almofadas de cores vivas decoravam a cama. Até a mesa de Bash, que antes continha apenas caneta e papel, abrigava pequenas bugigangas encontradas no mercado. Agora, os aposentos dele eram um lar. Um lugar de conforto. Inferno, ele nem se importava mais com a desordem.

Não muito.

Bash enfiou a mão ensanguentada no bolso da calça antes que Margrete a visse, embora ela fosse descobrir em breve. A pele já estava em processo de se recompor graças à habilidade de cura dos Azantianos.

Margrete ficou paralisada do outro lado do quarto, as pequenas mãos segurando o roupão de seda amarrado firmemente na cintura. O cabelo castanho estava úmido e se encaracolava ao redor do rosto, e ela cheirava a lavanda e sabonete. Devia ter acabado de voltar da praia.

— Bash? — Somente a menção ao nome dele continha todas as

perguntas. O amor que ela sentia, as dúvidas e os medos.

Ela o conhecia melhor do que a maioria das pessoas, e não ajudava que a fachada de calma indiferença tivesse quebrado no momento em que ele saíra das câmaras do conselho.

Bash deixou os restos de sua máscara escorregarem.

— As bestas que escaparam atacaram navios e ilhas do mundo mortal — começou ele sem alarde, entrando mais no quarto. — Houve muitas vítimas.

As pontas das orelhas dela ficaram vermelhas e uma faísca de fogo brilhou em seus olhos azuis.

— Quantos?

— Dez mil.

Uma rajada de vento invadiu o quarto, gelando o ar e arrepiando a pele de Bash.

— Preciso de uma embarcação — Margrete exigiu sem hesitação. — Darius... isso deve ser culpa dele. Ele deve estar no comando. Se eliminarmos as feras, elas não serão armas para ele comandar.

Darius. O nome era uma maldição em sua língua.

— Nerissa acha que ele está trabalhando com as nymeras por algum motivo. Tenho certeza de que ele está planejando algo.

Margrete suspirou, passando as mãos pelo cabelo úmido.

— Eu o vi hoje.

Bash gelou com a revelação, tensionando todos os músculos.

— Ele queria que eu fosse com ele. Fez ameaças.

Ameaças.

O sangue de Bash ferveu.

— Ele apareceu para você? Ele... te machucou? — Bash cerrou as mãos em punhos. Se Darius a tocasse, ele dedicaria toda a sua existência a caçar o bastardo. Por que não podia deixá-la em paz?

Margrete balançou a cabeça.

— Não. Ele não me machucou, Bash. Mas não acho que foi a última vez que o vi. Ele mencionou uma marca protetora que Malum colocou em mim. — Ela tocou a tatuagem de onda. — Mas tenho a sensação de que quer mais do que o poder do irmão. Ele... ele disse algo sobre eu saber a verdade. O que quer que isso signifique.

— Não vou deixar que ele te machuque. Deus ou não. — Bash fervia, os olhos se estreitando em fendas. A raiva incandescente percorreu suas veias, tornando quase impossível respirar, impossível pensar em outra coisa que não fosse enfiar uma adaga bem no meio do coração do deus. Bash engoliu o fogo, a fúria ardente, e forçou as próximas palavras. — Onde você estava quando ele se aproximou? — Ele teria que dobrar a segurança e...

— Na água. Ele manteve distância, mas queria que eu fosse com ele. Ameaçou você, *de novo*. Entre outras coisas.

Bash abriu a boca para argumentar, mas ela o cortou.

— E ele admitiu que a morte de Ortum foi culpa dele. Que comandou o corpo do conselheiro por semanas, convencendo a todos que era o homem que você conhecia e admirava.

Bash não sabia se ficava mais bravo consigo mesmo ou com Darius. Ele *deveria* saber que Ortum não andava o mesmo. Deveria saber que o homem caloroso e gentil que sempre foi uma presença firme em sua vida havia mudado. Ortum tinha sido praticamente um segundo pai para ele.

— O conselho quer enviar o *Phaedra* com cem homens pela manhã. Vamos caçá-los, não se preocupe. Mas, enquanto isso, vou dobrar sua segurança. Vou me certificar de que Darius não tenha outra chance de... te encontrar. — Ele desviou o olhar, sua raiva uma besta tangível. Ele temia não conseguir controlá-la por muito mais tempo.

Uma rajada de ar soprou, e Margrete parou diante dele. Gentilmente, ela segurou o rosto dele.

— Vou com você. Mesmo que Darius não esteja envolvido, as crianças do mar precisam morrer antes que tirem mais vidas. Sou tão parte disso quanto você.

A garganta de Bash se contraiu dolorosamente, deixando um peso esmagador se instalar em seu peito. Se ela fosse e algo acontecesse...

— Margrete, é muito perigoso. Não vou permitir que você...

— *Permitir*? — questionou ela, incrédula. Ela tirou a mão do rosto dele e ergueu uma sobrancelha. — Me permitir? — repetiu. — Acho que fui *eu* quem salvou esta ilha. Eu venci o capitão e...

— Margrete! — Bash levantou as mãos ensanguentadas, agarrou os braços dela e a sacudiu suavemente. — Eu estava lá. Sei o que você fez, e também sei que você quase morreu por causa disso!

Uma imagem passou por sua mente, o momento em que ele a tirou das ondas. O dia em que ele a perdeu para o mar, e ela renasceu.

Ele não conseguiria passar por isso novamente. Acabaria com ele.

— Eu estava bem, e você sabe que posso cuidar de mim mesma. Provavelmente posso me cuidar ainda melhor agora, que tenho *isso*. — Ela gesticulou para o próprio coração. — Assim que aprender a usar esse poder, quem sabe o que serei capaz de fazer. Estou praticando todos os dias.

E, no entanto, ela não conseguira invocar a mesma força de quando destruiu o navio do pai. Com certo egoísmo, Bash se sentiu aliviado.

Se ela não se expusesse a qualquer poder não testado que possuía, então estaria segura, escondida na ilha, onde ele tinha como protegê-la. Mas Bash também sabia que ela não precisava de proteção. Embora sua ignorância *o* deixasse mais seguro, ele jurou a ela que não a manteria enjaulada. E ele honraria a promessa. Mesmo que morresse antes do tempo de tanta preocupação.

Os olhos de Margrete vagaram para os nós dos dedos dele. Ele começou a baixar as mãos, mas ela as agarrou, estreitando os lábios.

Merda.

— Bash? O que aconteceu? — perguntou com uma sobrancelha franzida. Ela virou a mão dele, inspecionando o sangue seco. Instantaneamente, a raiva se transformou em preocupação.

— Não é nada — assegurou ele fracamente. — Perdi a paciência. Só isso.

— Perdeu a paciência com *quem*? — Os lábios de Bash permaneceram fechados, então ela insistiu: — Quem fez...

— Foi na parede — disse ele, soltando um suspiro desesperado. — Perdi a paciência e soquei uma parede. Foi uma reunião incrivelmente longa, e eu tinha acabado de saber da morte de milhares de pessoas.

— Então você deu um soco na *parede*? O que mais não está me contando? Você fica com raiva às vezes, mas nunca... assim. Eu sei que você está escondendo alguma coisa.

— Não foi nada mais do que isso — mentiu, o peso das palavras falsas queimando sua língua. — Só fiquei perturbado com a notícia. Frustrado por ter deixado isso acontecer.

Ele pensou que ela não tinha acreditado nele, que ela o pressionaria ainda mais até que conhecesse cada grama da verdade. Mas, em vez disso, ela suspirou e disse:

— Vou pegar um pano. Vamos limpar isso antes que alguém veja.

Bash a parou.

— Ainda não quero que você vá.

— Se você, por um segundo, acha que eu não...

— *Por favor* — gritou. Ele não estava acostumado a responder a outra pessoa. Mas ela tinha que entender. Ela precisava estar segura.

Bash não tinha certeza do momento exato em que percebeu que a amava, da *necessidade* de protegê-la mais do que precisava de ar. Mas o sentimento enraizou-se profundamente dentro dele, e não havia como se livrar daquilo agora. Ela se tornou parte dele, tanto quanto seu coração acelerado.

As orelhas de Margrete ficaram vermelhas e o peito inflou e desinflou rapidamente. Ela começou a abrir os lábios carnudos para protestar, mas, antes que pudesse, Bash a silenciou com um beijo desesperado.

Ela ficou imóvel por um instante, mas, quando as mãos dele se enredaram em seu cabelo e a língua traçou a fenda de seus lábios, ela cedeu. Suspirando em derrota, ela passou os braços ao redor de seu torso, aconchegando-se mais.

Quando ele invadiu sua boca e provou sua doçura, Bash quase esqueceu que estavam brigando. Isso foi até que Margrete se afastou, os olhos mais afiados que punhais.

— Você não pode me beijar toda vez que quiser ganhar uma discussão. — Embora determinado, seu tom suavizou, tornando-se um lamento. — Eu *tenho* que fazer isso, e não posso ficar aqui escondida por mais tempo. Não posso simplesmente sentar e esperar. Darius quer o coração de Malum *e* a mim, e não vou esperar que ele o tome.

Bash rosnou em discordância, mas sabia que tinha perdido.

Xingando, ele estreitou os olhos, soltando um suspiro pesado. Um que disse mais do que qualquer palavra.

— Então está resolvido — disse ela. — Eu vou. E, comigo a bordo, você e sua tripulação podem realmente ter uma chance se algo sobrenatural ocorrer.

Sentindo a determinação dele enfraquecer, ela alcançou seu rosto, tocando com suas pequenas mãos frias a pele aquecida. O toque foi como um bálsamo, e os músculos tensos relaxaram lentamente.

— Não sou mais a mesma mulher que você conheceu, Bash — sussurrou ela, inclinando-se para frente, os lábios a centímetros dos dele, provocando-o. — Seria bom que se lembrasse disso.

Maldita seja essa mulher.

— Eu sei que você não é — cedeu. Ela sempre foi feroz, mas o que vivia em sua alma era uma magia além de seu alcance. — Você pode ser minha pequena guerreira imprudente, mas eu preferiria que não saísse da minha vista.

Margrete sorriu com melancolia, ficando na ponta dos pés para dar um beijo gentil em seus lábios.

— Estou tão feliz que você entenda.

Bash soltou um gemido cansado.

— Só... só me escute *uma* vez — acrescentou, observando que aquele sorriso melancólico entregava um pouco de seu peso. — Eu não posso perder o foco se você estiver com problemas. E você me distrai muito.

Margrete revirou os olhos — sua marca registrada quando se sentia aborrecida. Antes isso o enraivecia, mas agora era... cativante. Era *ela*.

— Contanto que você *me* escute também, pirata.

O antigo apelido afrouxou a tensão dos ombros dele.

— Eu realmente amo muito seguir seus comandos, princesa.

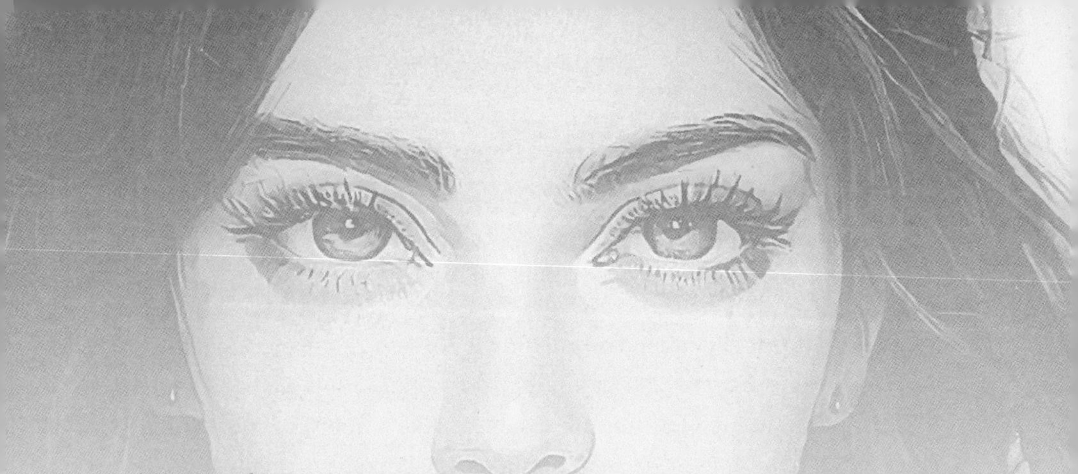

CAPÍTULO CINCO

Margrete

Margrete não parava de pensar nas últimas palavras de Darius.

Estou indo até você.

Mesmo depois que Bash entrou no quarto deles e compartilhou as notícias das crianças do mar, a ameaça do deus não saía de seus pensamentos. Era como se estivesse cravada em sua mente com garras, recusando a afrouxar.

No jantar, seu estômago revirado mal conseguia aguentar uma garfada na comida.

— O que há de errado? — Uma pequena mão a cutucou na lateral.

Margrete desviou o olhar da refeição farta de peixe grelhado e legumes frescos e observou o rosto radiante de sua irmã. Birdie tinha se dado bem com a ilha mística — sua pele bronzeada e o sorriso deslumbrante eram puro esplendor. Margrete nunca tinha visto tanta pureza naquele sorriso, e a visão aqueceu seu coração.

Sentado à cabeceira da mesa, Bash fez uma pausa em sua refeição, os olhos vagando na direção da amada. Ele a estava observando sem parar enquanto empurrava a comida ao redor do prato. Ela não o tinha visto dar uma só garfada.

Ignorando-o por um instante, Margrete segurou as bochechas da irmã entre as mãos.

— Partirei amanhã com Bash e seus homens, passarinha, mas estarei de volta antes que você perceba.

Birdie franziu a boca.

— Você tem que ir?

A tristeza na pequena voz de Birdie torceu algo profundo dentro dela, e ela sabia que a escuridão que nublava os olhos azuis da irmã remetia ao desaparecimento de Margrete meses antes. Claro que ser sequestrada pelos Azantianos não foi *escolha* dela. Ainda assim, carregava a culpa de deixar a irmã sozinha para se proteger de seu desprezível pai.

— Eu estarei aqui! — uma voz alegre respondeu antes que Margrete pudesse formar as palavras. Shade sorriu do outro lado da mesa, seus lábios pintados de carmesim esticados. — Você pode ser minha aprendiz.

Birdie murmurou uma resposta, mas Margrete se concentrou inteiramente em Shade.

A força de Margrete na mão da irmã aumentou.

Desde que vira a marca de queimadura peculiar no pescoço de Shade na noite da festa em homenagem à deusa da lua, Margrete ficava apreensiva perto da bela tesoureira. Ela disse a si mesma que era paranoia, mas, depois que descobriram uma marca no corpo de Ortum, ela não conseguia esquecer suas dúvidas tumultuosas. O fato de Shade parecer se esforçar para cobrir o pescoço, deixando o cabelo ruivo sensual sempre penteado meticulosamente no lugar, não ajudava em nada.

Pare. Margrete não deveria fazer suposições. Sua mente a recordou da história que Bay havia lhe contado sobre o passado de Shade. Ainda jovem, ela perdeu os pais em um incêndio. O acontecimento fez com que ela fosse enviada para o orfanato, onde conheceu Bay. Margrete sabia melhor do que ninguém como uma infância sofrida poderia obrigar uma pessoa a se esconder do mundo.

Além disso, se alguém a fazia se sentir desconfortável, era Nerissa. A mulher mal prestava atenção em Margrete, embora, naquela noite, tenha flagrado os olhos da vidente cravados nela mais de uma vez.

Um garfo estalou alto, tirando Margrete dos pensamentos sobre

Shade, deuses e monstros. Ao lado dela, Bash soltou uma maldição suave, quase inaudível para a mesa cheia de convidados silenciosos. Sem tirar os olhos do prato, o rei continuou a olhar para o jantar, alheio, ou simplesmente inconsciente de que havia atraído todos os olhares. As chamas das arandelas brilharam no garfo de metal em sua mão, e a luz refratada captou os traços prateados no preto de seus olhos.

— Você está bem? — Margrete perguntou baixinho, apertando a coxa dele por baixo da mesa.

Ele se encolheu, embora tenha erguido o olhar da refeição.

— Sim. Estou bem. Bem. — Ele deu de ombros, levando uma garfada de comida aos lábios. Ele fez uma careta enquanto engolia.

Como se ela acreditasse naquilo.

— Você está fazendo um trabalho excepcionalmente horrível tentando se esconder esta noite — repreendeu ela, forçando um sorriso e tentando conseguir um dele. — Nem uma vez comentou sobre o uso generoso de sal do chef, e isso é muito diferente do pirata pretencioso que conheci.

A comida era uma área em que Bash era exigente. Ela achava isso bastante divertido.

As pessoas sentadas ao redor da mesa de jantar obedientemente ignoraram a conversa sussurrada, embora parecessem perdidas em pensamentos. Bay e Adrian estavam envolvidos em uma troca tensa, o primeiro estranhamente mal-humorado.

Margrete fez a única coisa que podia para quebrar o silêncio. Aquela era a última noite de todos juntos por algum tempo, e ela estava odiando que fosse passada em um silêncio tão constrangedor.

— Bay me contou como foi o primeiro encontro de vocês — soltou, olhando para Adrian.

Imediatamente, dois pares de olhos piscaram em sua direção. As sombras que obscureciam as íris azuis de Bay clarearam, e Adrian perdeu um pouco da rigidez nos ombros.

— Ah, ele te contou, foi? — zombou Adrian. — A ideia desse homem de um encontro romântico é esgrima.

— E vinho! — Bay acrescentou, seu tom leve.

— Sim, e vinho — admitiu Adrian. — Mas ser apunhalado em um encontro não estava nos planos.

— Como é que é? — Margrete deixou cair os talheres. Ela não sabia da parte em que Adrian foi *apunhalado*.

— Sim, você me ouviu corretamente. Bay ficou muito arrogante com o lançamento da adaga e me acertou.

Bay endireitou-se, erguendo um dedo.

— Foi apenas uma ferida superficial! Eu *mal* cortei seu braço. Sempre tão dramático.

Adrian explodiu no tipo de risada que deveria ter sido contagiante se a noite não estivesse tão pesada.

— Sua sorte é que eu te achei muito atraente — disse Adrian, bufando para o gesto vulgar que Bay estava fazendo. — Se tivesse sido qualquer outra pessoa... — Sua voz sumiu, e ele balançou a cabeça. Margrete adorou o sorriso que brincava em seus lábios.

— Nunca houve mais ninguém. — Bay estendeu a mão e segurou a de seu namorado. Levando-a à boca, ele deu um beijo suave em seus dedos. Adrian se derreteu todo.

Depois de tantos anos juntos – e de uma facada –, eles ainda se derretiam na presença um do outro. Margrete sorriu. Eles eram doentiamente adoráveis.

Felizmente, a conversa em torno da mesa engrenou depois daquela pequena história, e uma hora se passou até que as pessoas começassem a pedir licença para se retirar, encerrando a noite.

Bash ofereceu o braço a Margrete antes de se curvar para pegar a mão de Birdie. Enquanto saíam da sala de jantar, a menina alegremente contou de todas os novos movimentos que Adrian lhe ensinara no dia anterior. Bash comentou e sorriu, mas sua mente estava em outro lugar.

Pouco antes de chegarem às escadas em espiral, uma voz etérea chamou Margrete.

— Margrete. Posso falar brevemente com você?

Nerissa.

Ela estava no centro do salão principal, com as mãos cruzadas atrás das costas. Para qualquer outra pessoa, poderia parecer uma pose relaxada, mas o leve tremor em sua mandíbula delicada revelou a Margrete que a mulher estava mais tensa do que deixava transparecer.

— Claro — respondeu ela, dando a Bash um aceno rápido. Ele se ajoelhou e pediu a Birdie que lhe mostrasse alguns dos movimentos que aprendera. O guincho que saiu de seus lábios rosados quase fez Margrete sorrir.

— Está tudo bem? — perguntou ela a Nerissa. Nos últimos tempos, essa era a pergunta que ela mais fazia.

A vidente engoliu em seco com força o suficiente para Margrete perceber o movimento de sua garganta. Não poderia ser um bom sinal. As mãos de Margrete instantaneamente ficaram suadas.

— Eu queria dizer algumas coisas — Nerissa começou, colocando as mãos à frente. Margrete viu como ela as torcia, quase como se estivesse apreensiva com o que tinha para falar.

Margrete baixou o queixo em aquiescência, sem saber o rumo da conversa.

— Não fui justa com você. — suspirou Nerissa. — Julguei você desde o primeiro momento em que colocou os pés nestas praias, e não tenho sido... acolhedora.

Um eufemismo. Margrete esperava que suas feições não a traíssem.

— Você é boa para ele, sabe? Sebastian... Bash, quero dizer. — Ela fez uma pausa para dar um sorriso irônico e conhecedor. — E não o vejo tão feliz há anos. Bom, talvez nunca tenha visto, na verdade. — Ela mexeu os pés antes de olhar para Margrete. — Eu me importo com Bash como um irmão, um irmão muito chato, e talvez haja espaço para uma nova irmã também. Uma irmã que mostrou que é muito mais digna do que eu imaginava.

Nerissa não parecia propensa a conversas sentimentais, então suas palavras enviaram uma onda de calor para o peito de Margrete. Não houve hesitação quanto ao que responder. Agarrando a mão de Nerissa e ignorando como ela se encolheu, Margrete a puxou para um abraço. A mulher enrijeceu, mas, segundos depois, a abraçou também.

— Gosto ainda mais de você por protegê-lo — sussurrou Nerissa em seu ouvido. — Isso mostra como é seu coração e, neste mundo muitas vezes brutal, um amor assim é raro.

Margrete recuou e segurou Nerissa à distância de um braço.

— Você é uma pessoa forte e leal, Nerissa, e seria uma honra me tornar sua amiga.

Nerissa enrijeceu o maxilar, mas Margrete conseguiu distinguir uma faísca fugaz de gratidão em seus olhos. A vidente deu um passo abrupto para trás.

— Tenha cuidado amanhã — Nerissa sussurrou em advertência. — E esteja em guarda. Sinto mares muito agitados à frente.

Assim como Margrete, mas estariam no *Phaedra*, um navio capaz de resistir a qualquer vendaval.

— Tomarei. Não se preocupe conosco.

Os lábios de Nerissa se estreitaram, e parecia que ela queria dizer mais, mas apenas fez um breve aceno de cabeça. Isso deixou Margrete desconfortável.

— Bem, boa noite — disse a vidente, alto o suficiente para Bash e Birdie ouvirem. O sorriso de Bash, mais do que qualquer coisa, estava carregado de orgulho. Aparentemente, ganhar a aceitação de Nerissa era um grande feito.

— Ela gosta de você — declarou Bash na subida. — E os deuses sabem que ela não oferece amizade a qualquer um.

Margrete sentia como se tivesse recebido um presente mais precioso que ouro. Havia algo etéreo na mulher, algo que Margrete não conseguia identificar.

Quando chegaram ao quarto de Birdie, que ficava a duas portas dos aposentos que ela dividia com o rei, Margrete abraçou a irmã antes de acomodá-la para dormir. O rei esperou pacientemente no corredor. Normalmente, ele entrava e contava a Birdie alguma história bizarra sobre monstros marinhos, deuses ou outros mitos semelhantes, mas não naquela noite.

Só depois que se aventuraram nos aposentos reais e a porta se fechou atrás deles foi que Margrete se virou para Bash.

— O que você não está me dizendo? — perguntou, indo direto ao ponto. Ela entrelaçou os dedos entre os dedos gelados dele. Desde o renascimento, sua pele não retinha o mesmo calor, mas ela estava tão agradecida por ele estar vivo que não se questionava mais a fundo sobre essa mudança. Talvez ela devesse.

— Não tem nada errado, princesa. Eu juro.

— Você é um péssimo mentiroso. Está estranho desde que voltou da reunião. Diga. Agora.

Era o suficiente.

Os olhos de Bash ficaram frios, endurecendo nos cantos. Parecia que sombras se enrolavam em torno de seu corpo, e flashes de aço faiscaram em suas íris. Margrete inadvertidamente estremeceu sob o olhar desconhecido, enquanto sinos de alerta soavam em sua mente.

O comportamento de Bash tinha mudado com o aumento das sombras, e, por um momento, ela poderia jurar que vislumbrou um rosto magro em meio às nuvens escurecidas. Mas, bastou uma piscadela, e a névoa desapareceu.

— Por que não pode deixar isso para lá? — perguntou Bash, torcendo os lábios. Mesmo que as sombras tivessem se dispersado, o brilho estranho em seus olhos continuava nele.

Margrete deu um passo para trás, sem saber quem estava diante dela. Certamente não era o homem que tinha seu coração.

Um músculo na mandíbula de Bash se contraiu, e um frio pesado se instalou na boca do estômago dela. Em todo o tempo que estiveram juntos, Margrete nunca tinha sido objeto de sua ira, daquela *amargura* cortante. Era tão pungente que ela podia sentir o gosto na ponta da língua.

Bash se encolheu, parecendo perceber o que dissera. A maneira cruel como proferira suas palavras. Seus lábios se separaram como se estivesse em estado de choque, e ele levou a mão ao cabelo, passando-a pelos cachos.

— Bash... — Ela deu um passo hesitante para frente. Algo estava fora do prumo. *Errado.*

— Eu... eu sinto muito — murmurou ele antes de esfregar o rosto. — Não sei por que disse isso. Eu nunca... — Seus olhos ficaram vidrados, e o medo nublou suas íris. — Eu preciso ir.

Deuses, ele não conseguia nem olhar para ela, e baixou o olhar para as próprias botas. Vergonha e confusão irradiavam do rei de Azantian como um sol escaldante do meio-dia.

— Há muito o que fazer antes de partirmos e preciso ter certeza de que estamos prontos. — Dando um passo instável na direção dela, Bash gentilmente segurou sua mão e deu um beijo casto nos dedos. — Prometo que não voltarei muito tarde.

Ele deu um sorrisinho que ela sabia ser falso. Quando ele saiu em direção a porta, seus instintos gritaram para ela estender a mão e segurá-lo, convencê-lo de que o que o atormentava poderia ser resolvido.

Ele sofria de algo mais, além do medo dos monstros do mar.

— Bash! — gritou assim que a porta dos aposentos se fechou. Mas o rei não voltou, e seus passos ecoaram alto no corredor adiante. Ela amaldiçoou.

Escuridão.

Margrete sentiu e *provou* a escuridão que ondulava dele. Era podre, suja e a lembrava de alguém que ela desejava esquecer — seu pai.

Ele não é meu pai, repetiu em sua mente. *Ele não é meu pai.*

Bash tinha muito em seus ombros.

Isso era tudo. Certo?

Ou ela estava escolhendo ignorar os traços de magia que provava no ar sempre que ele entrava em um cômodo? Como seus olhos se transformaram, mudaram e se tornaram algo que pertencia a um estranho?

Um vento salgado percorreu os corredores do palácio, como se percebesse sua ansiedade, e se enrolou em torno de seu corpo, fazendo cócegas nos braços arrepiados.

— O que ele está escondendo? — murmurou para si mesma,

nervosamente enxugando as mãos suadas na calça. Em resposta, a brisa fria soprou ao redor de sua bata de linho, os ventos frescos do mar respondendo ao pedido tácito de seu corpo. Instantaneamente, sua pele esfriou. — Vou descobrir em breve.

Margrete estreitou os olhos rapidamente antes de enviar a brisa persistente de volta às águas de onde vinha.

Quatro horas depois, bem na calma profunda da noite, Bash voltou para o quarto. Margrete devia ter adormecido porque, quando abriu os olhos, os resquícios de um sonho se agarraram à sua visão.

Um grunhido suave soou quando uma bota caiu nas pedras polidas. O sabor potente do medo que ela sentira nele antes saturava o ar. Bash devia ter tropeçado de novo, pois a segunda bota caiu com outro baque alto, seguido pelo barulho do cinto.

Margrete fingiu dormir. Ela teria suas respostas no dia seguinte, e aquele momento não era hora de insistir. Ambos estavam mentalmente exaustos.

Segundos depois, mãos geladas percorreram sua cintura, abraçando-a enquanto a respiração aquecia seu cabelo. O nariz dele acariciou seus cachos, e ela ouviu seu nome sair de seus lábios em um murmúrio.

Não demorou muito para o rei de Azantian cair no sono, roncando baixinho em seus ouvidos. Margrete suspirou e, embora irritada com a falta de transparência dele, recostou-se no conforto de seu peito.

Talvez uma noite de sono decente limpasse a mente de ambos, e Bash perceberia que ela era sua parceira. Alguém de quem não precisava se esconder.

Margrete ficou acordada na cama por mais uma hora. Sua mente podia estar fraca com a exaustão, mas a forte presença de um mau pressentimento a manteve alerta.

Ela estava pensando em Darius e nos planos sinistros que ele traçara para ela, quando o braço apoiado em sua cintura deu um puxão abrupto. Os dedos de Bash cravaram duramente em sua cintura, e ela se encolheu.

— Bash? — chamou ela atrás de si.

Sem resposta.

Ela se preparou para se virar, mas antes disso o peso do braço dele desapareceu completamente. O colchão se movimentou e Margrete viu que Bash se levantara e tropeçava nas roupas descartadas pelo chão.

Suas sobrancelhas arquearam, e ela agarrou os lençóis com força entre os punhos enquanto o observava se vestir desajeitadamente.

— Bash? O que você está fazendo?

Ele não respondeu, apenas continuou enfiando os pés nas botas de couro. Margrete abriu a boca para falar novamente com ele, mas a fechou, balançando as pernas até o chão e andando devagar até o roupão de seda.

O rei estava a meio caminho da porta quando ela o alcançou, um chinelo já calçado enquanto tateava para calçar o outro pé.

— Que raios está fazendo? — sibilou ela novamente, correndo à frente dele. Quando olhou em seus olhos, descobriu que estavam vidrados; vítreos e cegos.

Ele estava sonâmbulo?

Birdie era sonâmbula de vez em quando, mas sempre acabava na cama de Margrete, monopolizando as cobertas e guardando um estoque de guloseimas.

Algo dizia a Margrete que esse não era o caso.

Recuando, ela decidiu ver aonde a caminhada inconsciente os levaria. Talvez ele revelasse mais a ela em seu sono.

Bash subiu os degraus para o andar principal do palácio, felizmente contornando a temida sala do trono que evitava desde a noite da visão de Darius.

Margrete correu atrás de seu pirata enquanto ele aumentava o ritmo implacável, os pés o levando por um corredor que ela reconhecia muito bem. Quando passaram por uma porta esmeralda vibrante emoldurada em ouro antigo, o coração de Margrete despencou.

Foi o lugar onde compartilharam um beijo sob fogos de artifício cor de lavanda e ameixa. Uma caverna abaixo do palácio que brilhava com água salgada e magia cintilante.

Bash estava indo para as profundezas da Caverna Adiria.

A porta que uma vez manteve cativas as nymeras perversas.

Uma porta que agora estava aberta.

CAPÍTULO SEIS

Margrete

Meses antes, naquele lugar de escuridão assombrosa e luz luminosa, Bash e Margrete criaram uma magia própria. Ela nunca esqueceria aquela noite, a lembrança dela residiria sempre em sua alma.

Bash agora a conduzia de volta para a Caverna Adiria — porém, desta vez, seus olhos estavam encobertos e sua faísca habitual tinha diminuído. Eles não eram dois amantes fugindo para as sombras, varridos em um momento de necessidade. Não. Bash tinha sido conduzido até ali por alguma força inexplicável, e Margrete pretendia descobrir o motivo.

Ela seguia com passos leves, a intuição seu único guia. Deveria acordá-lo? Hesitou, lembrando o quão perigoso poderia ser despertar alguém em tal estado. Mas a verdade fria e dura da questão era que ela queria egoisticamente que ele expusesse os segredos que escondia.

Ela deveria sentir vergonha disso, mas a necessidade de respostas superava qualquer reprimenda que sua consciência lançasse sobre ela.

Bash não se atrapalhou ou perdeu o caminho pelas rochas irregulares e penhascos. Ele só parou uma vez para acender uma tocha na entrada, os dedos segurando a madeira bruta com força. Tudo o que havia entre Margrete e uma escuridão profana era a tocha bruxuleante de Bash, as chamas escarlates e cor de ferrugem lançando sombras misteriosas nas feições vidradas do rei.

A mão de Margrete percorria os planos irregulares da caverna, sua respiração se encurtando enquanto se aproximavam da curva final.

Apressando-se para acompanhá-lo, ela virou em um corredor e entreabriu a boca ao vislumbrar Bash imóvel sob o ápice da caverna.

Gotas brilhavam como pequenas estrelas em uma noite clara; as bordas afiadas e a rocha pontiaguda formavam um desenho complexo de esplendor grosseiro. Embora fosse lindo, Margrete sentia uma gravidade naquele lugar, e os muitos mistérios incontáveis pressionavam seus ombros e pesavam cada passo hesitante à frente.

Aquele lugar era muito mais do que o centro de Azantian. Parecia... divino.

Sagrado.

E Margrete estava invadindo.

Abaixo do zênite, o céu noturno nebuloso filtrava, através de uma abertura estreita no centro, a lua tímida que fornecia pouca ou nenhuma luz. Apenas a tocha de Bash lutava contra a escuridão, e mesmo ela não obtinha um bom resultado.

A ausência de consciência deu ao homem diante dela uma qualidade desumana — uma concha vazia decorada com feições impassíveis de beleza. Margrete arqueou uma sobrancelha, esperando que ele fizesse um movimento, que fizesse *qualquer* movimento. No entanto, ele permaneceu tão inflexível quanto uma estátua.

Talvez ela devesse acabar com aquilo e acordá-lo.

No instante que ela se atreveu a dar um passo mais perto, o rosto de Bash ganhou vida, assim como o restante da caverna. Onde antes espirais cor de lavanda e doces tons de ameixa cintilavam e faziam piruetas pela extensão da rocha se estendeu uma fumaça de prata escura e obsidiana que começou a se enrolar no torso de Bash. Os raios trêmulos ricochetearam em seu corpo, tornando sua fraca tocha inútil.

Margrete prendeu a respiração, cravando as unhas nas palmas das mãos enquanto o mundo girava em seu eixo. O cheiro de magia das trevas flutuou para suas narinas, avassalador e podre. Ele pousou na ponta de sua língua, e sua garganta se apertou em resposta.

Cada nervo dela se eletrizou, e ela ansiava por se aproximar de Bash e arrancá-lo do feitiço que o dominava. Mas ela vacilou e congelou com a visão das aparições fantasmagóricas deslizando das rochas sob seus pés. As aparições espectrais ziguezagueavam e se curvavam enquanto o acariciavam, oscilando devagar enquanto subiam. Aparições estranhamente semelhantes às de sua visão. As que invadiram as laterais do *Phaedra* e o consumiram inteiro.

Seus pulmões ansiavam por ar, e um calor abrasador lhe queimou as entranhas. Algo nefasto estava em jogo, e mesmo com o coração de um deus dentro de si, Margrete hesitou.

Com o pulso acelerado, ela se atrapalhou, dando um passo para trás, mais para perto de onde a passagem estreita levava ao palácio. Um calor sufocante corria por suas veias, e ela sabia que deveria ser a essência de Malum despertando, em resposta a blasfêmia que ocorria ali.

Instintivamente, sua mão deslizou para o colar que Bash havia lhe dado, a pedra azul-púrpura que ele esculpira naquela caverna. Geralmente ela trazia conforto, mas, naquele momento, era gelo contra seus dedos. Ela tirou a mão com um assobio.

Com horror, viu os espectros girarem, e mais e mais sombras prateadas deslizaram pelas rachaduras irregulares do chão da caverna, escalando as paredes e deixando alguns fios de fumaça escaparem pela fissura do zênite.

— Logo — declarou uma voz que não era uma voz. Era um sussurro de uma coisa, um assobio. Gutural e selvagem. Não totalmente humano.

Não pertencia a Darius. Ela conhecia a voz dele tão bem quanto a dela.

O que quer que estivesse falando, continha o tipo de escuridão capaz de devorar e corroer almas.

— Logo estaremos juntos. — O som ecoou, arrepiando os cabelos da nuca de Margrete. O cheiro de podridão ficou inebriante, e ela sufocou uma tosse contra a palma da mão.

Maldade.

O que quer que fosse, era pura maldade.

— Eu vou — Bash prometeu à entidade invisível, sua voz áspera. — Eu vou te encontrar.

Com quem exatamente ele estava falando?

Margrete se aproximou, prestes a correr para o lado dele e que se danassem as consequências, quando Bash deixou cair a tocha e condenou o mundo a uma escuridão devastadora.

CAPÍTULO SETE
Bash

— Bash!

Alguém o chamava. Uma voz que tinha uma leve cadência, uma que ele reconheceu mesmo sob a névoa que o dominava. Uma voz que ele reconheceria em qualquer lugar.

Margrete?

Sua visão nublou, as sombras ondulando ao redor de sua vista. Ele mal conseguia distinguir o gotejamento constante, e o cheiro de sal era insuportável.

Que porra de lugar é esse?

Bash inclinou a cabeça e viu uma lasca de luz que se infiltrava de cima, a lua destacando a rocha irregular.

A Caverna Adiria.

Bash ouviu chamarem seu nome mais uma vez. Ele então gritou o nome de Margrete, um apelo em seus lábios. Talvez aquilo fosse um pesadelo, e ele logo acordaria no quarto deles, na cama, com ela aconchegada ao peito.

— Bash! — A voz se aproximou. Antes que ele pudesse abrir a boca para responder, o cheiro de lavanda o envolveu como uma onda quebrando.

Braços finos se entrelaçaram ao redor de seu torso, agarrando-o com força suficiente para machucar. Mas era ela, sua Margrete, não uma aparição ou cópia espectral assombrando seus sonhos.

Bash envolveu um braço trêmulo em volta da cintura da amada, usando-a como uma tábua de salvação, um apoio para aquele mundo. Junto a ele, a respiração de Margrete foi ficando caótica e irregular, e ele ergueu a mão para acariciar seu rosto. Uma gota de umidade tocou a ponta de seu dedo indicador, e ele franziu a testa, seu coração doendo. Por que ela estava chorando?

— O que... o que aconteceu? — Ele examinou os arredores. — Por que estamos aqui?

Depois do dia horrível que teve, depois de fugir de Margrete, ele se entregou a um copo de sua melhor bebida, bebendo sozinho em seu escritório enquanto contemplava um futuro sombrio. Mas bebeu pouco, menos de um copo cheio, e mesmo assim o restante de sua noite permanecia assustadoramente em branco.

Mãos gentis roçaram suas bochechas, aquecendo a pele gelada.

A luz da lua espreitou através do zênite da caverna, iluminando o medo que contorcia suas belas feições. O brilho o provocava, mostrando-lhe uma verdade que ele não desejava ver.

— Você estava sonâmbulo. E essas sombras — ela balançou a cabeça — ou *o que quer* que fossem, falaram com você. Eu não sabia o que fazer, se deveria te acordar ou não. Mas então você falou com uma voz estranha, e eu congelei. Não fiz nada.

Bash franziu a testa. Nada do que ela estava dizendo fazia sentido. Outra lágrima deslizou sobre seu polegar. Margrete raramente chorava. Isso só poderia significar que o que ela vira a assustara de verdade, a ponto de minar sua determinação de aço.

Ele percebeu a raiva que ela sentia acima da tristeza tangível. Isso o quebrou de uma maneira que ele não conhecia antes, porque *ele* tinha causado aquelas lágrimas. Ele deslizou as mãos até os quadris de Margrete, e a enlaçou no que esperava ser um abraço reconfortante. Queria aliviar seu medo, mas não sabia como.

— Não me lembro de nada — admitiu com relutância quando o silêncio se tornou demais para suportar. — Você disse que eu estava sonâmbulo?

Isso nunca tinha acontecido com ele em toda a sua vida.

— Sim. Você pulou da cama e praticamente correu para cá. Quando percebi que você não estava acordado, eu o segui. Estava preocupada que pudesse fazer algo imprudente. — Ela soltou uma risada gutural desprovida de todo humor. — Parece que eu tinha razão de me preocupar.

Bash costumava ir à Caverna Adiria quando desejava ficar sozinho. Era um dos poucos lugares no reino onde se sentia em paz. Mas por que fora ali naquela noite? E por que sua pele se arrepiou e seu coração disparou como se ele tivesse acabado de entrar em uma batalha?

— Vamos sair daqui — disse ele rapidamente, segurando a mão dela. Talvez, uma vez livre daquele lugar sagrado, sua cabeça clarearia.

Ele notou a leve inclinação da cabeça dela, embora os lábios permanecessem em uma linha apertada.

— Segure-se em mim — instruiu ele, começando a curta caminhada de volta ao palácio. Bash não precisava de uma tocha para encontrar o caminho. Ele se escondia ali desde que aprendera a escapar de sua governanta.

Margrete caminhava pela caverna estranhamente quieta, o único sinal de sua apreensão era a umidade de suas palmas. Ainda assim, ela não soltou a mão dele em nenhum momento. A confiança dela foi suficiente para acalmar seus pensamentos, embora o silêncio o preocupasse.

Se ele tinha aprendido alguma coisa sobre Margrete era que ela falava livremente, mesmo em momentos de angústia. Bash não quebrou o silêncio inquieto até que a luz do corredor brilhou contra a pele caramelo de Margrete, que estava um tom mais pálido.

— Vamos para o nosso quarto — Bash sugeriu solenemente, dominando sua expressão. Margrete continuou segurando a mão dele, mas ele a conhecia bem o suficiente para saber que sua mente estava consumida pela excursão da meia-noite e tudo o que ela poderia significar.

Bash só voltou a falar novamente quando a porta do quarto se fechou atrás deles.

— Agora me conte. O que eu fiz lá embaixo?

No fundo, ele não queria saber. Saber tornaria real.

Margrete acomodou-se na cama e colocou as mãos delicadamente no colo. Vê-la tão estranhamente cheia de nervosismo fez seu peito apertar com a culpa.

Ele se sentou ao lado dela, e o colchão afundou com o peso. Ela ficou tensa, mas ele diminuiu a distância, descansando a mão em sua coxa, ansioso para consertar o que a atormentava.

Bash deveria contar a ela sobre as vozes. As que o perseguiam nas últimas semanas. Era só abrir a boca para contar tudo e plantar mais aflições na cabeça de Margrete, já tão cheia de preocupações. Precisava contar o que deveria ter dito desde o início. Não era como se ele não confiasse nela...

Não. Ele era um covarde.

Bash engoliu a frustração, a vergonha e a exasperação pungente agitando-se caoticamente em seu peito e apoiou a cabeça no ombro dela. O perfume inebriante de Margrete o atingiu como um soco na barriga, e Bash inalou o doce aroma que cobria os fios de seu cabelo sedoso. Ela estava em casa, em segurança. Ele tomou outra respiração profunda.

— Desculpe ter acordado você — finalmente sussurrou contra sua orelha. Não era o que ela desejava ouvir, mas ele não conseguia encontrar outras palavras. Ou, pelo menos, as palavras *corretas*. Talvez não as conhecesse.

Margrete estremeceu com os arrepios que subiram como gotas de chuva tocando seus braços. Precisou de mais alguns segundos antes de relaxar ao lado dele. Passando o braço ao redor de seu torso, segurou a camisa dele com firmeza.

Bash sorriu com severidade. Mesmo depois daquela noite, ele sempre poderia contar com isso. Com eles. Não sabia ao certo o que tinha feito para ganhar sua confiança inabalável, mas avidamente a aceitava.

— Não entendo o que aconteceu lá embaixo, Margrete. De forma alguma. — Essa era a verdade. Ele tinha uma imagem borrada da escuridão ondulada, uma figura dançando em meio ao prateado, mas, fora isso, nada. — Mas tem uma coisa que eu preciso te contar...

As palavras estavam saindo, e seu coração martelava tão alto que ele tinha certeza de que ela podia ouvir as batidas irregulares. Sua testa ficou coberta de suor e milhares de formigamentos de alarme deslizavam por sua espinha.

— Eu... eu preciso te contar que... — A voz falhou, a confissão presa em sua garganta. Era fisicamente doloroso expelir a verdade, e suas mãos tremiam.

— O quê? — pressionou ela.

Bash abriu e fechou a boca. Ele sentiu como se uma corda de aço tivesse se enrolado em seu pescoço, impedindo que as palavras escapassem. Por que não podia simplesmente contar a ela? Ela merecia a verdade, e ele deveria ter tido coragem de contar semanas antes.

— Ei. Está tudo bem. — Margrete o acalmou, passando os dedos ao longo da parte inferior de sua mandíbula. Ele imediatamente fechou os olhos com o contato e inclinou a cabeça na palma da mão dela. — Não vou a lugar nenhum — prometeu.

— Eu tenho tido... — Sua respiração ficou irregular, e ele sentiu o corpo inteiro estremecer com força. Ele não conseguia contar. Não naquele momento.

Margrete inclinou a cabeça para cima para que pudesse olhar diretamente nos olhos dele. A preocupação nublou seu olhar.

— Está tarde — finalmente disse, passando rapidamente o olhar para suas mãos trêmulas. Ele tentou escondê-las, mas ela agarrou seus pulsos e apertou. — Podemos conversar amanhã. Por enquanto, saiba que estou feliz que você esteja seguro. Também espero que saiba que nada do que me disser poderia me assustar. E não tem escuridão que possa arruinar o que temos. — Ela esfregou o nariz contra o dele docemente.

Bash assentiu, e a corda ao redor de seu pescoço afrouxou. Ele se concentrou na sensação firme dos dedos de Margrete, e em como a presença dela acalmava seu coração. Era fácil perder-se naquela mulher e, para ele, cair nas profundezas dela era inevitável.

Lentamente, muito lentamente, ele uniu seus lábios aos dela, agradecendo a compreensão da única maneira que era fisicamente capaz.

Sob o feitiço do toque suave, faíscas brilharam por trás de suas pálpebras fechadas, e logo o pesadelo do tempo perdido sob o palácio deu lugar a uma realidade mais bonita do que qualquer sonho.

Sim. Ele poderia enfrentar seus demônios com o nascer do sol.

Margrete retribuiu o beijo, que começou suave e cauteloso, mas, quando ela mordiscou suavemente o lábio inferior dele, o calor aumentou em seu peito. Sem aviso, ele a pegou nos braços e a posicionou mais acima na cama.

Aquilo era real. *Ela* era real. E era possivelmente a única coisa que o mantinha preso àquele plano de existência. Com ela, as vozes silenciavam.

— Fique comigo — implorou ela, como se soubesse para onde seus pensamentos tinham ido. — Concentre-se apenas em mim. Nada mais.

Os olhos dela estavam encobertos, e seu peito subia e descia rapidamente enquanto ele pairava acima dela, os músculos se esforçando para se manter na posição. Ele podia ver o ponto de pulsação em sua garganta vibrar, e não queria nada mais do que beijar o local, afundar os dentes em sua pele e saboreá-la.

Bash capturou seus olhos. Ele reconheceu a necessidade em seu olhar — combinava com a dele.

— Como posso ter tanta sorte? — refletiu, tirando com calma o robe dela. Ele deslizou o tecido por um ombro de cada vez, o vislumbre da pele nua provocando-o. Seus dedos calejados eram ásperos contra a suavidade daquela pele, mas ela arqueou com seu toque. Os lábios dela se separaram quando ele desfez o nó do cinto e permitiu que o resto da seda se abrisse, exibindo seu corpo plenamente. — A cada dia fico mais enfeitiçado por você.

Ele deslizou as mãos pelos braços dela, deleitando-se com a visão dos arrepios que deixava em seu rastro. Então moveu as mãos para cima e para baixo até acariciar as laterais dos seios fartos, a cintura, os quadris. Aquelas curvas seriam o fim dele.

— Duvido que eu algum dia me farte disso — disse, espalmando um seio. Os olhos dela tremeram quando ele rolou o botão pontiagudo entre o polegar e o indicador. — Você é tão linda que chega a doer.

— Bancando o sentimental comigo, pirata? — perguntou, embora ele tenha notado a umidade cobrindo suas pálpebras inferiores.

Ele sorriu.

— Só por você, princesa.

Rastejando por seu corpo, Bash enfileirou beijos vagarosos ao longo de suas coxas, beliscando suavemente. Ela estremeceu, movendo as mãos para agarrar seus bíceps, tentando puxá-lo mais para cima. Ele resistiu.

— Você está me provocando — sussurrou ela enquanto ele beijava cada osso do quadril. Ele descobrira que aquele era um de seus pontos mais sensíveis.

— Eu nunca faria isso — murmurou ele contra sua pele quente. Erguendo a cabeça, encontrou os olhos dela, do mais profundo tom de azul. O desejo queimou brilhante, e Bash perdeu o pouco controle que possuía. Ele levou as mãos ao decote de sua delicada combinação e rasgou o tecido frágil ao meio com um barulho que a encheu de satisfação.

Um pequeno suspiro escapou dos lábios dela, e a besta dentro dele se mexeu com a sensualidade do som.

— Essa era a minha favorita — murmurou ela.

O sorriso sensual o destruiu completamente.

Bash jogou os restos para o lado da cama.

— Vou te comprar uma nova. Comprarei para você dezenas delas. — Ele lhe daria qualquer coisa que ela pedisse.

— Se continuar rasgando todas desse jeito, terá que fazer isso mesmo. — Ela sorriu, seu peito nu arfando. — Agora, por favor, termine o que começou, rei.

— Deuses, eu adoro quando você é exigente.

Ele baixou a cabeça e tomou um mamilo entre os lábios, chupando o broto pontiagudo antes de afundar os dentes na carne macia. A pequena dor provocou outro gemido gutural, música para os ouvidos de Bash.

Diante dele estava uma rainha, uma deusa. E ele planejava adorá-la até que esquecesse tudo, menos ela e os doces sons que fazia só para ele.

— Eu quero você, Margrete — murmurou ele na concha de seu ouvido. Ele precisava ouvir o mesmo antes de continuar. Aquela noite tinha sido alarmante para ambos, e ele não aceitaria o que ela não desejasse dar. Rezou para que ela precisasse dele tanto quanto ele precisava.

— Sou sua — respondeu ela, arqueando os quadris contra sua crescente dureza. — Aconteça o que acontecer.

Ele segurou seu olhar, lendo as palavras que ela não falara. A promessa que fizera. Bash esperava que ela não se arrependesse de ficar ao lado dele.

— Eu não mereço você — disse ele, bebendo na adoração, a completa e absoluta confiança brilhando em suas íris.

— Não — argumentou ela, suas feições ficando duras. — Nunca diga isso. Você é tudo que nunca pensei que teria, e não passa um segundo em que eu não queira você. Você *inteiro*. Ninguém nunca me *viu* como você. Você me encoraja a ser mais forte do que eu jamais pensei ser possível.

Só porque ele queria que ela se visse do jeito que ele a via. Ela era magnífica.

Bash soltou um xingamento de alívio e se levantou para arrancar as botas e roupas antes de retornar à sereia que cantava em seu coração. Levantando-se sobre os cotovelos, com cuidado para não esmagá-la sob seu peso, Bash beijou seus lábios carnudos. Ela tinha gosto de verão, águas abertas e algo divino e inominável — algo que era inteiramente *dela*.

Margrete o agarrou pela nuca e entrelaçou os dedos nos cabelos dele, puxando levemente as mechas. Ela não precisava ser suave ou insegura com ele, e avidamente pegou o que queria.

Bash gemeu em sua boca, seus beijos se tornando ferozes. Ele deslizou a mão para o ápice das coxas dela e retumbou de aprovação com o que encontrou.

Ela estava molhada, pronta para ele, e Bash deixou de lado suas sombras, suas dúvidas, seus medos.

E então, soltou o controle da besta.

— Primeiro, você vai gozar em meus dedos — comandou ainda entre seus lábios, saboreando a forma como o corpo dela estremeceu com a demanda. — Depois vai gozar quando eu estiver dentro de você. Eu quero sentir quando se despedaçar por mim tão docemente.

— Sim — murmurou ela, agarrando seu pulso, silenciosamente incitando-o a acelerar os movimentos. — Não pare.

Brincando com ela, ele aproveitou o tempo, levando-a para perto do êxtase e desacelerando, sabendo muito bem como aquilo a torturava.

— Bash — protestou, erguendo os quadris para retomar o contato. Ele tinha afastado os dedos por um tempo. — Não me provoque. Por favor.

Ele adorava quando ela implorava. Quando ela pedia para que ele a enchesse.

Como o cavalheiro que era, ele acelerou o ritmo, esfregando o ponto mais sensível até os lábios dela se abrirem em gemidos suaves que preencheram o quarto. Pouco antes de ela encontrar seu prazer, ele mergulhou dois dedos dentro dela, fazendo-a ofegar, seus olhos quase rolando para a parte de trás da cabeça. Ela estava tão perto, e ele a manejava com facilidade, sem nunca desviar a atenção de seu rosto. Ele se inclinou para envolver os lábios em torno de um mamilo pontudo, mordendo, ao mesmo tempo em que acrescentou um terceiro dedo.

Esse foi o estímulo final de que ela precisava.

Suas pernas tremeram violentamente, o corpo inteiro ficou tenso e a respiração falhou. Ele levantou a cabeça no exato momento em que ela gritou o nome dele.

Vê-la desmoronar era sua coisa favorita no mundo.

Seu peito subia e descia freneticamente, e então ela apertou os dedos dele com um grito sufocado. Ele continuou a entrar e sair dela, extraindo cada grama de prazer de seu corpo saciado, sem parar até ela relaxar, totalmente exausta.

— Eu poderia ver você gozar a noite toda — confessou ele, dando um beijo no canto de sua boca. Bash levou os dedos aos lábios e os chupou. A respiração dela acelerou vendo-o lambê-los completamente. — Você tem gosto de céu. Como o próprio pecado. Você tem gosto de ser minha — sussurrou, sentindo a doçura saborosa dela em sua língua. Ele poderia se afogar naquela essência e morrer como um homem feliz.

Talvez ele morresse.

Antes que ela se recuperasse totalmente, Bash afastou suas coxas e se inclinou, passando a língua em seu núcleo molhado. O gosto dela explodiu em sua língua, e quando ele murmurou sua aprovação, outro som sem fôlego deixou os lábios dela.

Ele rodou a língua em torno do centro latejante antes de chupá-lo. E sorriu quando as mãos dela voaram para seu cabelo, puxando os fios com força. Ela conduziu o rosto dele, ofegante, desesperada, assumindo o controle. Bash deixou que ela o fizesse.

— Bash, eu preciso de você dentro de mim — sussurrou, puxando o cabelo dele. — Agora.

O puro comando em seu tom o fez desacelerar. Ele passou a língua por ela mais uma vez antes de levantá-la e prendê-la entre os braços.

— Não terminei ainda, princesa — disse, estalando a língua. — Você interrompeu minha diversão.

Ela soltou um palavrão, engolindo em seco. Bash rastreou o movimento, voando com os lábios para o oco de sua garganta antes de beijar o caminho até a mandíbula.

— Você sabe exatamente o que eu quero — respondeu ela, as unhas cavando na pele dele.

Ele soltou um xingamento suave quando o mundo se inclinou e se moveu. Margrete o virara de costas em um piscar de olhos. Humm, ele gostou dessa reviravolta.

Ela sorriu acima dele enquanto montava em seus quadris, um sorriso vitorioso enfeitando seus lábios inchados.

Para alguém tão pequena, ela tinha muita força. Isso o fez querê-la ainda mais.

— Eu sei o quanto você adora quando uma mulher te bate na bunda — brincou, levando sua boca cheia de provocação para perto da dele. Antes que ele pudesse saboreá-la, ela recuou, um sorriso tímido torcendo seus lábios.

— Sua coisinha má — murmurou ele.

Margrete gritou quando Bash se levantou e agarrou sua nuca. Seus lábios colidiram com os dela com força quase brutal, e ela o beijou como se fosse uma partida a ser vencida. Uma luta que ela venceu facilmente no segundo em que alcançou atrás dela e tocou com os dedos seu comprimento, traçando para cima e para baixo sua dureza. Ele se desfaria apenas com o toque dela, mas Bash tinha outros planos para aquela noite.

— Tão cruel, princesa. Especialmente porque sonhei em estar dentro de você o dia todo. Imaginei seu calor viciante em volta de mim. — Os dedos de Margrete se curvaram com as palavras. — Os doces sons que faz para mim quando goza no meu pau.

Ele viu como ela engoliu em seco, seu lábio inferior tremendo.

Sem mais jogos.

Em um movimento fluido, ele a segurou pelos quadris e a jogou de costas. Ela soltou o ar, em uma mistura de gemido e suspiro enquanto saltava na cama.

— Muito melhor — sussurrou ele, o tom rouco de sua voz pertencendo ao selvagem em quem ela o transformara. Bash se posicionou em sua entrada, esfregando para cima e para baixo seu calor escorregadio.

— Diga-me, Margrete... — Seus lábios percorreram a curva de sua mandíbula, torturando-a ainda mais. — *Como* você me quer? — Ele se pressionou contra o feixe de nervos entre suas coxas, apreciando a forma como seus cílios vibraram com o contato. — Você prefere minha língua? Meu pau? Eu poderia fazer você gozar na varanda de novo. Ou talvez...

— Eu juro, eu *vou* te matar se você não se mexer — ameaçou ela, suas bochechas deliciosamente coradas e vermelhas. Ela o queria naquele momento, e Bash odiava desapontar sua princesa.

— Segure-se — avisou ele, pouco antes de empurrar dentro dela de uma vez. Ambos gemeram, as unhas de Margrete já cravando dolorosamente em suas costas. Uma dor que ele ansiava mais do que qualquer carícia terna.

Deuses, eles se encaixam tão perfeitamente.

Bash passou a se mover com vigor, cada impulso deslizando Margrete mais para cima na cama. Ele queria fodê-la até que ela esquecesse que tudo o mais existia. Até que ela soubesse apenas o nome dele.

Sua boca encontrou o seio, e ele rodou a língua ao redor do botão rosado, dando-lhe um beliscão suave. Ele se afastou, e ela soltou um gemido de protesto, o som se transformando em um suspiro chocado quando ele a virou de bruços e passou o braço ao redor de sua cintura como uma faixa de aço. Levantando-a de joelhos, ele a beijou ao longo da espinha, a mão gentilmente envolvendo seu pescoço.

Ele não lhe deu nenhum aviso quando a penetrou. Um grito pecaminoso encheu o quarto, e ela agarrou os lençóis enquanto cantava o nome dele repetidamente como uma oração profana.

— Que sensação incrível. — Ele se pressionou contra as costas dela, o braço que a sustentava apertando os joelhos dela, que tremeram. — Mas você tem um gosto ainda melhor.

Ele estava viciado, e ansiava por senti-la gozar em sua língua.

Margrete choramingou com suas palavras, empurrando os quadris para trás para ficar ainda mais perto de suas investidas.

— Se você for bonzinho, vou permitir que experimente mais tarde.

— Acho que estou sendo bonzinho agora — ofegou ele, estocando enquanto ela perseguia sua liberação. Podia senti-la se apertando em torno de seu pênis, suas paredes o agarrando impiedosamente. — Agora me mostre como estou sendo bonzinho, princesa. Goze para mim.

Bash amaldiçoou quando o corpo inteiro de Margrete ficou tenso, e então ela pulsou ao redor dele. Ela gritou o nome dele quando gozou, e Bash segurou seu corpo trêmulo no ar, entrando nela impiedosamente enquanto encontrava seu próprio prazer.

Pelos deuses, se ele pudesse ficar dentro dela pelo resto da vida, ficaria feliz em fazê-lo.

Minutos se passaram enquanto ele se recuperava das consequências de sua libertação, seus lábios constantemente procurando sua pele, dando beijos ao longo de suas costas, sua garganta. Quando ele finalmente recuperou o fôlego, saiu do calor de Margrete e puxou seu corpo saciado contra seu peito, descansando uma mão em suas costas.

Bash levantou um cacho perdido de seu rosto e o colocou atrás da orelha.

— Você roubou meu coração escurecido, princesa.

Provavelmente também tinha roubado sua alma.

— Ele estava destinado a ser meu, pirata — disse ela, uma mão envolvendo seus bíceps, segurando-o naquele plano. Impedindo-o de flutuar para longe.

— Minha pequena ladra. — Ele beijou a ponta do nariz dela, saboreando a forma como ela derretia ao seu toque. Se ela soubesse o quão profundamente o afetava. Ele se perguntou se a percepção a assustaria. Ele rezou para todos os deuses para que ela se sentisse tão desesperada quanto ele.

— Bash? — Sua voz saiu suave, hesitante.

— Sim, princesa?

— Prometa que nunca vai mentir para mim.

Depois do que tinham acabado de compartilhar, a pergunta o pegou desprevenido.

Bash não disse a verdade a ela por semanas. Como poderia explicar os eventos daquela noite quando nem ele mesmo sabia as respostas? Quando tentara dizer a ela, nada saíra. No entanto, sabia que teria que tentar. Por ela, ele superaria seus medos e aceitaria qualquer teste que ela fizesse. Ele tinha fé neles, *nela*.

Ele deu um beijo mais leve em seus lábios.

— Amanhã. Nós falaremos sobre tudo amanhã — prometeu ele, traçando o polegar ao longo de sua mandíbula, saboreando a sensação dela contra ele.

Sim. Os demônios de um dia poderiam ser enfrentados no seguinte. Naquela noite, ele tinha um anjo em seus braços.

CAPÍTULO OITO

Margrete

Margrete fez as malas bem antes do amanhecer, enquanto Bash ainda dormia. Ela estava ansiosa para partir para o mundo humano, pronta para caçar as feras e matá-las antes que matassem mais inocentes.

Ela esperava que a viagem a distraísse. De Darius, sim. Mas também de Bash e todos os segredos que ela sabia que ele guardava em seu peito.

Abrindo as fechaduras de seu baú, Margrete olhou para o rei de Azantian. Seu pirata parecia tão inocente, assim, dormindo. Na noite anterior, ela tinha planejado interrogá-lo para obter respostas, mas a súplica em seus olhos assombrados deteve sua língua. Ela nunca o tinha visto tão perdido, com tanto medo, e ele precisava dela, assim como ela precisava dele. A intimidade foi um remédio rápido para a situação, mas não uma cura.

Como se sentisse que ela o observava, Bash se mexeu na cama e abriu os olhos, meio irritado.

— Bom dia, *princesa* — cumprimentou ela, forçando uma nota de brincadeira em seu tom, esperando aliviar o clima.

Bash gemeu, afastando as cobertas de seu corpo e revelando o abdômen musculoso que ondulava com cada movimento.

— Bom dia — respondeu ele, a garganta arranhando de sono.

Os olhos de Margrete se deliciaram com aquela pele bronzeada, fazendo um rubor rosado subir por suas bochechas conforme ela baixava ainda mais o olhar. E mais ainda.

Ela o amaldiçoou.

— É a primeira vez na vida que não estou ansioso para zarpar logo — disse ele, alheio ao escrutínio persistente dela. — Não consigo me livrar da sensação de que haverá um desastre e de que tudo se destruirá. — Ele riu, embora a risada frágil estivesse longe de ser sincera. Ele pegou roupas limpas da cômoda e vestiu a calça. Margrete inclinou a cabeça enquanto observava seus movimentos rígidos.

Antes que ele pudesse começar a abotoar a camisa verde-floresta, ela se levantou da cama.

— Posso? — disse ela, afastando as mãos dele.

Em silêncio, ela foi fechando os botões de pérola enquanto ele, quieto e com o olhar vidrado, observava seus dedos trabalharem. Margrete terminou o último botão e segurou o queixo com barba por fazer do rei.

Ela o estava perdendo.

— Pensei que tinha dito para você ficar comigo — ela o lembrou. — Se *for* se perder, se perca comigo.

Um músculo na mandíbula de Bash estremeceu.

— Sobre a noite passada... — começou ele, dando um passo para trás e esfregando o rosto com a mão. — Não me lembro de muita coisa. Há vários pontos em branco. A última coisa que me *lembro* é de tomar uma bebida e desmaiar na minha mesa.

Margrete balançou a cabeça. O nó em sua garganta cresceu.

— Você estava na Caverna Adiria, cercado por sombras. Aparições. Você ficou no centro e falou com uma voz sem rosto. Prometeu que estariam juntos em breve.

Bash deu-lhe as costas, e ela se eriçou. Ele não podia fugir dela.

— Você não era você mesmo, Bash. Faz semanas que está estranho — continuou, implacável.

Por que ele insistia em excluí-la?

— Eu... eu ando muito ocupado lidando com o conselho, e talvez esteja trabalhando demais. — Os músculos de seu pescoço se retesaram. — Os deuses sabem que não tenho dormido muito ultimamente. Deve ser isso. Talvez o curandeiro do palácio possa me preparar um tônico. Não sei o que mais pode ser.

Mais parecia que ele estava tentando *se* convencer.

— Nós dois sabemos que não é isso.

O olhar de Bash desviou para as ondas além da varanda aberta, e o silêncio que se seguiu tornou-se doloroso. Ainda assim, ela não deixaria passar.

Margrete sentiu um cheiro de queimado no ar. Ela inalou a brisa e quase engasgou com o odor, que comparou a flores queimando. Não sabia se aquilo era um aviso ou um presságio, mas continuou pressionando.

— Bash — disse, suavizando a voz. — Me conte o que está acontecendo.

O cheiro estranho tornou-se pungente.

Definitivamente um aviso.

— Eu não sou feita de vidro, e posso lidar com o que você jogar no meu colo — falou, assim que Bash olhou para ela. — Você prometeu que falaríamos sobre tudo hoje, que você não se esconderia mais.

As íris escuras de Bash se expandiram, crescendo até que o branco de seus olhos fosse apenas uma lasca. Ela estremeceu. O olhar dele não parecia... humano.

Bash se aproximou.

— Às vezes, acho que você só está aqui porque tem o poder de Malum dentro de si. Que sente alguma obrigação de proteger o meu povo. — Seus olhos estavam inteiramente escurecidos. — Você ficaria se pudesse escolher? *Eu* seria sua escolha? Ou já se cansou de bancar a rainha?

Suas palavras lhe roubaram o ar. Ela não conseguia se concentrar na visão arrepiante dos olhos dele, apenas na acusação cortante.

— Não se atreva a voltar atrás — ralhou ela, o tom de voz pouco acima de um sussurro. — Não me afaste só porque está acostumado a fazer as coisas sozinho. Saiba que eu vejo através de sua atuação.

Uma sombra arrebatadora invadiu o quarto, e o sol da manhã sumiu enquanto nuvens de tempestade se formavam no céu. Toda a sua frustração estava direcionada a Bash, que voltou a atenção para a varanda, seu olhar sobrenatural se alargando enquanto ele observava as nuvens que se aproximavam.

Foi medo que ela vislumbrou? Ou alguma outra coisa?

A cada passo que Margrete dava, trovões retumbavam no palácio e três relâmpagos irregulares atingiram as águas agora turbulentas.

Bash olhou para Margrete, que estava a poucos metros de distância. Um raio abrasador de eletricidade efervescente caiu nas proximidades, iluminando os planos afiados de seu rosto.

Ela talvez tenha ouvido o mais leve sussurro de um silvo antes de suas íris voltarem ao normal, perdendo a apatia estranha que as envolvia segundos antes. Bash piscou rapidamente, o rosto se contorcendo em incertezas.

Só poderia haver uma explicação para o que tinha acabado de acontecer. Ela sentiu o cheiro de magia das trevas na noite anterior, e reconheceria seu fedor em qualquer lugar.

— Eu... — Ele examinou o quarto como se procurasse algo, o vinco entre as sobrancelhas se aprofundando. O choque confundia suas belas feições quando ele se virou para ela. — O que eu acabei de dizer? Deuses, eu... eu não penso nada disso.

— Talvez pense, secretamente.

Bash passou a mão pelo cabelo e agarrou a nuca.

— Eu estava tentando te afastar. A única coisa que prometi a mim mesmo que não faria. — Ele ofegava, o peito subindo e descendo rapidamente. Então passou a mão trêmula pelo rosto. — A verdade é que estou ouvindo vozes há semanas. Ouço coisas que não existem. Uma voz me incitando a fazer coisas indescritíveis. Coisas como assassinato. Sinto que algo horrível está crescendo dentro de mim, e está custando tudo de mim mantê-lo sob controle.

— Você tem ouvido vozes? — perguntou ela, sua irritação diminuindo.

Ele pensou que soaria desequilibrado, mas ela estava *vendo* coisas.

Visões.

Deuses.

Morte.

— Sim. Tenho ouvido vozes. Uma delas mais que as outras. Eu não queria te contar, pois sei que você tem seus próprios problemas para lidar. — Ele lançou um olhar aguçado para ela. — Não pense que não notei você acordando todas as noites coberta de suor. Ou que não vi como seus olhos às vezes ficam vidrados no meio de uma conversa. Eu não queria te pressionar, mas sei que você anda tendo visões. Sei disso porque convivo há anos com Nerissa e sei como acontece. E você não confiou em mim nem uma vez. Nem uma vez confiou em *mim*.

O calor em sua barriga diminuiu para um fervilhar.

Oh, deuses, ela era uma hipócrita.

Ela não tinha contado a ele sobre suas visões. Bash não era seu pai, não era cruel e sem coração. Ele não as teria visto como uma fraqueza ou como alguma doença que a maculava. A percepção a atingiu como um raio e, de repente, ela deu um passo para trás.

Ela já deveria saber, seu passado tinha voltado para assombrá-la.

As ondas cessaram seu frenesi e as nuvens de tempestade lentamente se dissiparam para revelar trechos de céu azul. Em vez da brisa enfumaçada obstruindo seus sentidos, o ar fresco flutuou pelo cômodo, acariciando suas bochechas aquecidas.

O feitiço jogado em seu rei, seja ele qual fosse, tinha ido embora.

Aquele era *Bash*. Seu amigo, seu amor, sua *casa*, e ele tinha lutado tanto quanto ela. Ambos lutaram para entender as consequências do ataque a Azantian. Ambos estavam tentando lidar da melhor maneira que podiam, e ambos estavam acostumados a lidar com os problemas sozinhos.

Era hora de mudar isso.

— Não deveríamos esconder tanta coisa um do outro — ela finalmente disse. Margrete agarrou a mão dele com força e enlaçou os dedos nos dele, com firmeza. — Não sabia que você tinha percebido que eu estava tendo visões. Não que seja uma desculpa. Eu *deveria* ter contado, mas não queria que se preocupasse.

Bash apertou os olhos brevemente e balançou a cabeça.

— E eu não queria que *você* se preocupasse com as vozes que tenho ouvido. As sombras que me seguem, acordado *e* em meus sonhos. É difícil falar com alguém sobre isso, até mesmo com você. *Especialmente* com você. Nem mesmo Adrian me conhece completamente, e ele é o mais próximo que tenho de um irmão. Não posso prometer mudar da noite para o dia, mas *estou tentando*. Tudo isso é novo para mim. Foi instintivo tentar te afastar, mas só quero que você fique segura. A salvo de *mim*.

Bash deu um suspiro, e a derrota que ela viu a fez se perguntar se tinha imaginado os sinais reveladores de magia das trevas o tempo todo.

Ela sabia que não.

— Bom, *chega disso*. Sei que nós dois tivemos... criações incomuns, e confiar em outra pessoa não é fácil para nós. Mas acabamos com isso aqui e agora. E assim que matarmos as crianças do mar, descobriremos o que está acontecendo com você. — Ele não estaria sozinho em sua luta. — Mas sem mais segredos. Não podemos mais nos esconder. Não se quisermos prosperar juntos.

Bash usou a mão livre para agarrar o queixo dela, forçando-a a encontrar seus olhos. Ela estremeceu sob a intensidade deles, com medo de que, se olhasse muito de perto, o transformassem em um estranho. Novamente.

— Sinto muito. De verdade. Não apenas por manter as vozes em segredo, mas pelas palavras duras que acabei de falar. Aquela escuridão de que te falei? Ela vem e me toma, e me assusta pra caramba. — Sua cabeça baixou de vergonha. — E, com toda honestidade, uma parte de mim imaginou que você gostaria de ficar longe assim que descobrisse a verdade. Eu não quero te machucar. Nunca. É a *última* coisa que quero, mas estou com medo, Margrete. Estou com medo de verdade de estar perdendo o controle da realidade.

Margrete balançou a cabeça com fúria, disposta a fazer com que ele entendesse.

— Não permitirei que o homem que amo seja tirado de mim. — Todo o corpo dele ficou rígido. — Eu te amo, não porque é um rei poderoso ou porque acha que estou presa aqui. É por causa de como faz meu sangue ferver ao mesmo tempo que quero te beijar. Sei que, aconteça o que acontecer, você sempre estará ao meu lado. Meu amor. Meu amigo e aliado mais próximo. A casa que nunca pensei que encontraria. — Ela tirou a mão dele do queixo dela. — Seu homem insuportável. Você é realmente um tolo...

Os lábios de Bash a silenciaram, e suas mãos se entrelaçaram no cabelo dela e agarraram os fios. Ele a beijou com uma combinação mortal de alívio e desespero.

Quando ele se afastou, deixando-a sem fôlego, ela notou as pequenas explosões de prata brilhando em seus olhos mais uma vez.

— Você me ama? — perguntou ele, como se precisasse. Sua voz estava crua, hesitante e mais temerosa do que quando ele contou das vozes. Eles nunca tinham trocado essas palavras, mas ela achava que ele sabia.

Suas bochechas coraram, e os cantos de seus lábios se ergueram.

— Não vou repetir.

O peso do momento anterior desapareceu, varrido pela mesma brisa antinatural que comandava os céus.

— Eu também te amo, princesa. E vou dizer isso quantas vezes eu quiser.

Ele a beijou novamente com um sorriso tímido nos lábios enquanto roubava sua respiração, sua alma. A briga deles não parecia mais significativa. Não quando a declaração trouxera novo ar aos seus pulmões.

— Diga que você me perdoa — pediu ele, afastando-se para olhar em seus olhos. Foi-se o sorriso, a alegria exultante, substituída pelo mesmo medo que ela tinha visto antes, a mesma vulnerabilidade que ele nunca mostraria a mais ninguém.

Somente a ela.

— Eu perdoo suas palavras. Mas você não é mais o rei solitário que se isola e afasta todo mundo, e eu certamente não sou a mesma mulher que chegou nestas praias. — Ela segurou sua bochecha, e ele imediatamente inclinou a cabeça em sua palma, fechando os olhos. — A partir de agora, avançamos como um só.

— É uma negociação difícil, mas eu aceito.

— Juntos — afirmou ela, a esperança florescendo.

— Juntos — ecoou ele.

O peito dela se apertou quando o calor divino de um deus se espalhou por suas entranhas. Este poder latejava e pulsava, cada centímetro de seu corpo zumbindo. Margrete não pôde deixar de sentir o aviso enquanto segurava Bash, a essência de Malum parecendo recuar ao toque dele.

Mas ela empurrou seus instintos de lado e o abraçou, contente em ignorar a ameaça que ela sentia no ar.

A ameaça que era o rei de Azantian e a magia das trevas que o havia envolvido.

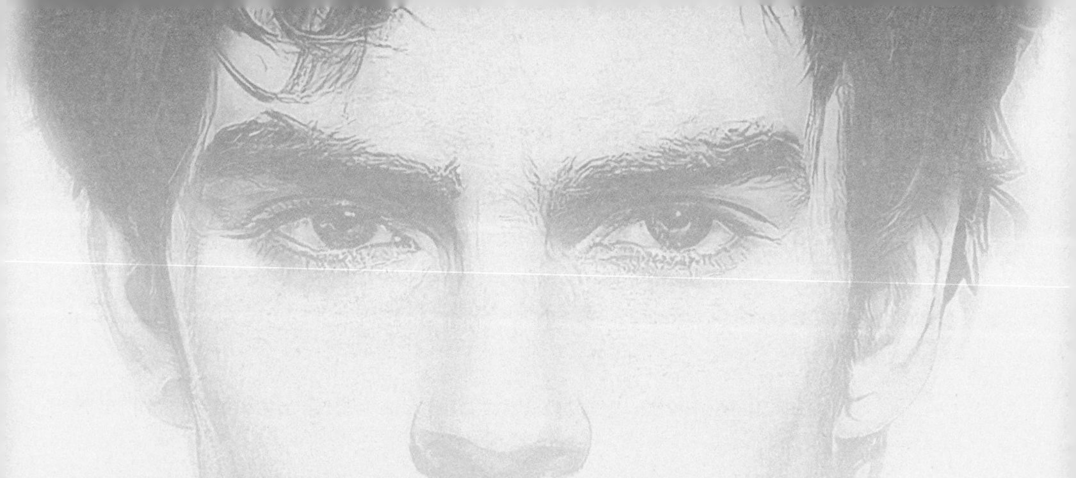

CAPÍTULO NOVE

Bash

Uma escuridão vivia no fundo da alma de Bash. Escuridão que ele passou toda a vida tentando esconder. Não tinha sido tão difícil sufocá-la antes, mas agora ele sentia que ela queria subir à superfície, implorando libertação.

E ele sabia que, um dia, em breve, não conseguiria mais contê-la.

Naquela manhã, uma mortalha de escuridão o invadira. Ele se sentiu como se fosse outra pessoa, e que ele observava esse estranho de cima, incapaz de fazer qualquer coisa além de gritar internamente enquanto ele proferia palavras insensíveis para Margrete.

Ele não era aquele homem, e se recusava a ceder a quaisquer forças sobrenaturais que o assombravam. Bash tinha que ser mais forte.

Seu coração disparou quando Margrete, diante do *Phaedra*, acenou. Os longos cachos castanhos chicoteavam suas bochechas, rosadas pelo vento forte, os olhos brilhando de ansiedade. No entanto, foi aquele sorriso torto dela que o quebrou e o emocionou.

Ela era a criatura mais impressionante que ele já tinha visto.

Bay se aproximou dela, como sempre fazia, um sorriso tímido brincando em seus lábios. Ninguém adivinharia, só de olhá-lo, que ele poderia derrubar um homem no chão em um piscar de olhos. Muitos pensariam que ele estava apenas conversando com uma amiga, mas Bash notou como seus olhos examinavam as docas, a tripulação agitada, o horizonte, silenciosamente procurando qualquer sinal de perigo. Sempre o protetor.

— Você não deveria estar comandando sua tripulação? — Margrete perguntou quando Bash se aproximou. Ela apontou com o queixo para os cerca de cem marinheiros que subiam e desciam pela prancha. — Eu não gostaria que você perdesse a diversão. Sei o quanto adora ouvir o som da sua própria voz.

Bay bufou enquanto lhe dava uma cotovelada brincalhona nas costelas. Ela retribuiu o gesto.

Os lábios de Bash se curvaram. Deuses, ele queria beijá-la até arrancar todo aquele atrevimento dela. Não. Talvez não arrancá-lo; ele gostava demais daquela atitude. Além disso, apreciava sua provocação. Era uma distração bem-vinda.

— E privá-la da minha companhia? — Bash pegou a mão dela. — Eu não sonharia com isso.

— Vejo que você voltou a ser como era. O arrogante de sempre. — Ela contraiu os lábios, lutando para não sorrir.

Bash se inclinou para que apenas ela pudesse ouvi-lo.

— Você não me amaria se eu não fosse.

Quando ele se afastou, as bochechas dela estavam rosadas. Ela o *amava*. Poucas pessoas já haviam falado aquelas palavras para ele — seu próprio pai só as dissera algumas vezes.

Mas o amor de Margrete parecia diferente. Precioso. Frágil. *Perigoso.*

— Irmã!

De dentro do navio, a vozinha de Birdie soou forte e segura. Ao que parecia, Atlas tinha colocado a jovem para trabalhar carregando suprimentos para cima e para baixo na rampa. Mas ela não parecia se importar. A irmã de Margrete aproveitou para tentar impressionar Atlas. Bash suspeitava de que ela fazia isso porque Atlas parecia impossível de impressionar.

Em muitos aspectos, ela era exatamente como a irmã mais velha — inteligente, impossivelmente gentil, *teimosa* —, e Bash sorriu vendo-a descer a rampa e jogar os braços ao redor de Margrete.

— Lembre-se do que eu te disse, passarinha...

— Sim, sim. Não irrite Adrian. — Birdie revirou os olhos. — Pelo menos não *muito*.

— Eu não usei exatamente essa palavra, mas sim. Acho que está certo. — Margrete riu, esfregando o topo dos cachos de Birdie e bagunçando-os completamente. Sua irmã fez uma careta.

— Deuses, vou sentir falta de você — Margrete disse enquanto a puxava para um abraço. Birdie revirou os olhos novamente, mas abraçou a irmã com a mesma força.

— Eu também — murmurou contra a camisa de Margrete. — Não se esqueça de me trazer algo interessante da viagem. — Birdie se afastou, a umidade cobrindo seus olhos.

— Sempre pedindo coisas. — Margrete sorriu e deu um pequeno toque no nariz da irmã. — Comporte-se, e eu vou pensar nisso.

Bash observava as irmãs se abraçarem novamente quando Nerissa apareceu ao seu lado. Ele sempre comparava a vidente a um fantasma, pois ela se movia com passos silenciosos e se aproximava quando menos se esperava. Embora isso enervasse algumas pessoas, Bash achava notavelmente impressionante. Além disso, gostava do comportamento quieto e centrado de Nerissa – isso tinha um efeito calmante sobre ele.

— Cuide bem dela — instruiu, sua voz baixa. Bash confiava em seu povo com os cuidados de Birdie, mas sabia como os mares ficavam perigosos, e ela se tornara uma luz em sua vida. Ela se tornara família.

— Sempre — Nerissa respondeu friamente. — Eu a protegerei com minha vida.

Bash se virou para ela, olhando para sua vidente pela primeira vez. Ela parecia abatida – o cabelo preto liso estava despenteado e o vestido, amassado. Não era do feitio dela. Ele abriu a boca para perguntar se ela estava bem, mas Atlas gritou, anunciando do outro lado do convés que a partida seria em dez minutos.

Então, em vez de palavras, Bash lançou a Nerissa um olhar de agradecimento e gentilmente deu um aperto no braço dela. Os olhos dela se iluminaram com um calor brilhante.

— Preparada? — Bash soltou Nerissa e se virou para Margrete. A vidente estendeu a mão, e Birdie hesitou por um segundo antes de pegá-la.

Margrete torceu o nariz de brincadeira para a irmã, depois passou o braço pelo dele. Silenciosamente, ele os conduziu pela longa ripa de madeira que levava ao navio. A tripulação fluía ao redor deles, e Margrete graciosamente se esquivou e desviou do caminho. Ela ficara bastante ágil desde a noite do ataque. Às vezes, ele não a ouvia se aproximar até que ela estivesse bem atrás dele. Logo estavam a estibordo, tão sozinhos quanto podiam.

— Você parece melhor — comentou, os olhos voltados para a tripulação. — Mas vai me contar se ouvir vozes de novo?

— Vou — prometeu ele, sério. Ele não estava mais sozinho em sua luta, e nunca mais se esconderia dela.

Margrete assentiu, desviando o olhar do *Phaedra* e das ondas.

Ultimamente, ela vinha fazendo isso com frequência. Bash se perguntou se ela podia ver as respostas no infinito azul.

Bash suspirou, segurando a mão dela mais uma vez.

— Tenho que falar com a tripulação — disse ele, esfregando o polegar em círculos ternos em sua pele antes de se forçar a soltar. Ficar longe dela era a última coisa que ele queria fazer. — Conversaremos mais depois que zarparmos e traçarmos um plano — assegurou ele, saboreando o beijo suave que ela lhe deu.

Disposto a deixá-la no parapeito, Bash virou-se para o frenesi da tripulação.

Pelo canto do olho, viu Adrian nas docas. Seu amigo mais antigo permaneceria em Azantian enquanto Bash supervisionaria a caçada. Adrian governaria no lugar de Bash, e não havia ninguém em quem ele confiasse mais.

Tinha falado com ele brevemente pela manhã e, felizmente, seu amigo não mencionou o estado de Bash após a reunião do conselho. Em vez disso, puxou-o para um abraço feroz. As palavras nem sempre eram necessárias, e Adrian entendia isso bem.

Naquele momento, Adrian se aproximava para o lado de Bay e deslizava um braço ao redor de sua cintura. Gentilmente, ele baixou a cabeça até alinhar o nariz com o do namorado. Bash viu seu segundo em comando dar um beijo doce nos lábios sorridentes de Bay, suas mãos movendo-se para cobrir o rosto dele.

Ele se aqueceu ao ver sua família antes de deixá-los se despedir em paz. A culpa já pesava, e ele odiava que Adrian ficasse separado de Bay por tanto tempo.

Tinha chegado a hora de se dirigir aos marinheiros, os Azantianos que ele havia escolhido pessoalmente para caçar as feras. Eles arriscariam suas vidas e mereciam um discurso digno do sacrifício.

Estava prestes a abrir a boca e chamar a atenção deles quando ouviu um sussurro ameaçador que lhe causou arrepios na espinha, uma voz que só ele podia ouvir.

Nosso reencontro se aproxima, jovem rei.

Cada músculo do seu corpo travou, tensionando os ombros alarmados. Por que, *por que* não o deixava em paz?

Vá embora, ele silenciosamente rangeu, as narinas dilatadas.

Ninguém prestou atenção à batalha interna que ele travava. Eles não podiam ver como ele lutava para manter o controle sobre a realidade. Cerrou os punhos e cravou as unhas na palma das mãos.

Saia. Da. Minha. Cabeça.

A voz não respondeu. Não precisava. A ameaça já tinha sido feita.

Em algum lugar nos recônditos de sua mente, Bash ouviu uma risada que soava como pregos se arrastando pelo vidro. Um som de triunfo. De alguém que já tinha vencido.

Você vai desistir em breve, rei.

CAPÍTULO DEZ

Margrete

O coração de Margrete doía ao ver Azantian diminuindo a cada onda. Mesmo que ela tenha chamado Prias de lar por vinte e três anos, faltava-lhe o sentimento de pertencimento, aquele sentimento indescritível que um *verdadeiro* lar tem.

Eles voltariam em breve.

Eles tinham que voltar.

Margrete fez seu voto silencioso na popa, perdendo-se no balanço tranquilo do *Phaedra*, que deslizava pelas cristas. Ela observou o céu, onde avistou algo flutuando nas nuvens. Algum tempo passou até que o objeto a alcançou, e quando ele pousou precariamente ao lado de sua mão na grade, seu coração parou.

Uma única folha preta. Assim como a que tinha aparecido em seu colo dois dias antes.

Ela não acreditava mais em coincidências.

Algo estava vindo de encontro a eles. Quer aparecesse em um minuto ou uma hora, ela estava convencida de que o início de sua viagem seria manchado com a morte.

Horas depois, Margrete não conseguia encontrar Bash. Ele não estava no convés nem na cabine do capitão. Não era comum ele se esconder. Não era um rei quando estava a bordo daquele navio e gostava de ficar entre a tripulação.

Podia ter sido intuição ou pura paranoia, mas Margrete correu para a cabine deles, o coração batendo selvagemente no peito. Depois do que ele tinha confessado, ela não correria nenhum risco. Sabia muito bem que algumas vozes não cessariam até destruírem o alvo.

A porta se abriu com um rangido, e a cortina de linho se fechou sobre a única escotilha. Margrete distinguiu uma figura andando de um lado para o outro, as mãos cobrindo os olhos.

Era Bash.

— Pare — implorava para ninguém. — Só *pare*.

— Bash! — Margrete correu para o lado dele, agarrando os dois pulsos e afastando-os do rosto. Os olhos de noite profunda estavam arregalados, temerosos e irreconhecíveis.

— O que foi? O que há de errado?

Bash sibilou.

— A voz — rangeu, atormentado por ter que admitir. — Está ficando mais alta, *mais perto*, e não consigo fazê-la parar! — Sua voz se elevou a um grito, assustando-a. Ainda assim, ela não se afastou. Não, ela o puxou para mais perto.

— Shhh. — Ela envolveu os braços ao redor da cintura dele e apoiou a bochecha no peito dele. O coração batia irregularmente. — Está tudo bem. Apenas segure-se em mim. Estou bem aqui. — E ela não iria embora.

Não se pode escolher momentos para amar alguém. O amor envolve tanto os dias ensolarados como as noites frias e difíceis. Tentar evitar a noite seria como nunca sair da praia por medo de uma tempestade. Mas as tempestades passam, a chuva cessa e o sol sempre volta.

Ela não era estranha à escuridão, e se pudesse ser a luz de Bash, ela seria.

Bash a apertou com força, a bochecha barbada se esfregando contra a pele dela, a respiração quente em seu rosto.

— Merda. Me desculpe, estou uma bagunça, mas, desta vez, parece... diferente, como se houvesse mais de uma voz. E elas todas estão gritando na minha cabeça — sibilou, tentando se afastar. Margrete não permitiu.

Bash tentou novamente, mas ela o segurou firme, e quando ele ergueu a cabeça, seus olhos estavam cheios de surpresa. Ela tinha ficado mais forte nos últimos meses. E não apenas por treinar com Adrian.

— Eu não vou embora — disse com firmeza, segurando seu queixo. — Nós não deixamos um ao outro quando as coisas ficam difíceis. Não é assim que funciona.

Bash estava tentando fugir, sim, mas também queria *protegê-la*.

Agarrando a parte de trás de seu pescoço, ela o puxou para perto, seus lábios indo de encontro aos dela. Ele tinha gosto de pânico e desespero, mas, sob o medo amargo, ela *o* provou. O mar e o sal, o céu aberto.

Ele só precisava de um lembrete de tudo o que ele era.

Margrete o beijou com força, desejando que ele sentisse o amor que ela sentia em suas entranhas. Ela o beijou para mostrar que estava bem diante dele, que ela o *escolhia*. Como os machucados e tudo.

Bash se assustou, mas apenas por um momento, seus lábios congelados junto aos dela. Com uma forte inspiração, ele roubou o ar dela, e então a beijou de volta como se fosse morrer sem seus lábios nos dele. Margrete agarrou a camisa dele, apertando o linho.

Quando ele se afastou, ofegante, seus olhos começavam a vagar novamente para as sombras, que espreitavam nos cantos. Margrete virou o queixo dele para ela.

— Fique comigo — exigiu.

Como se a voz dela vencesse as dúvidas e o pânico crescente, os braços de Bash serpentearam ao redor de sua cintura, pressionando as costas dela com as palmas das mãos, segurando-a como se ela fosse flutuar para longe se a soltasse.

Ela sentiu o peito dele subir e descer contra o dela, seu hálito quente soprando em sua pele exposta.

— Só me deixam em paz quando estou com você — murmurou. — Tudo, as vozes, os pesadelos, a escuridão, tudo vai embora quando nos beijamos e sinto você junto de mim. É como se sua presença afugentasse tudo. — Ele estremeceu, seu abraço se tornando feroz. — Enquanto você estiver ao meu lado, nunca estarei perdido de verdade.

Ele moveu a mão para o cabelo dela e agarrou os fios, inclinando o rosto dela para que não tivesse escolha a não ser se perder em seus olhos.

— Mas você tem que me prometer uma coisa, Margrete.

Ela se acalmou ao ouvi-lo dizer seu nome, o modo imponente como ele o pronunciou.

— Se chegar o dia em que eu não... for eu mesmo, preciso que você fuja. Fuja para o mais longe possível de mim. E se não puder fugir... — ele fez uma pausa, seus olhos se estreitando em fendas determinadas — ... não hesite em se defender. Faça *o que for* preciso.

Margrete franziu a testa, entendendo o que ele queria dizer.

— Isso nunca vai acontecer...

Bash colocou um dedo nos lábios dela.

— Não sei o que está acontecendo comigo, mas, por favor, *por favor*, me prometa que não vai permitir que eu te machuque.

Ela ficou completamente rígida. Uma parte sua sentiu a escuridão à espreita, escondida logo abaixo da pele dele, mas a outra parte – a que era teimosa e se recusava a perder Bash – argumentou que ela poderia vencê-la.

Em vez de falar o que achava, ela simplesmente assentiu. Bash precisava que ela concordasse, mesmo que apenas para acalmá-lo, mas não precisava saber que estava mentindo.

— Que bom — suspirou ele, afrouxando um pouco o abraço. Então deu um beijo na testa de Margrete. — Você pode ser a chave para proteger meu povo, mas se tornou muito mais preciosa para mim. Até que eu esteja... curado do que me atormenta, quero que fique alerta. Não baixe a guarda, mesmo se achar que estou bem.

Ela hesitou, e Bash ergueu uma sobrancelha.

— Serei cautelosa — concordou, a promessa amarga em sua língua. — Mas saiba que não permitirei que nada de ruim aconteça com você. Meus poderes podem ser novos, e talvez eu ainda não saiba como usá-los, mas *sinto* a magia em mim, e ela é poderosa. Quando eu a entender, pode ter certeza de que eliminarei qualquer ameaça a você.

— Tão teimosa — Bash sussurrou, suspirando. A tristeza vincou seus olhos antes que ele descansasse a testa contra a dela.

— Você gosta da minha teimosia.

Uma risada fez seu peito retumbar.

— Não vou admitir isso.

Eles continuaram ali, sem se atreverem a se mover, sem vontade de quebrar a ilusão de paz. Ela apenas se concentrou em como a respiração dele batia em suas bochechas e fazia com que o calor se espalhasse em sua barriga.

Logo eles enfrentariam monstros, e então, se sobrevivessem, teriam outra batalha para enfrentar – afastar os demônios que assombravam Bash. Até que esse momento chegasse, Margrete aproveitaria cada segundo.

Só quando uma batida sacudiu as paredes da cabine foi que Margrete levantou a cabeça a contragosto e encontrou os olhos arregalados de Bash.

Momentos depois, o som de sinos alarmantes e gritos frenéticos cortaram o ar.

Margrete respirou fundo.

E assim, sua frágil tranquilidade foi invadida pelo fedor podre da morte.

CAPÍTULO ONZE
Margrete

As águas cortavam as laterais do *Phaedra* como facas afiadas, decididas a consumir o navio e sua tripulação. De cima da cabine de Margrete, gritos estridentes de homens e mulheres chegavam aos seus ouvidos, a chuva que caía abafando as ordens frenéticas do contramestre.

— Eu vou com você — Margrete disse a Bash. — Posso ajudar.

Ele hesitou por apenas um momento, então deu um aceno relutante.

— Por favor, fique longe dos lados de bombordo e estibordo — implorou, movendo-se para segurá-la pelos ombros. Seus olhos eram um redemoinho de escuridão e incerteza, e parecia que ele queria dizer mais. Em vez disso, se inclinou para beijá-la na boca com carinho.

Ela sentiu tudo o que ele não conseguia dizer naquele único beijo.

Quando recuou, Bash entrelaçou seus dedos e lançou um último olhar para ela antes de conduzi-los para fora do quarto direto ao caos. Uma onda os jogou contra uma parede, o navio virando precariamente para a esquerda. Margrete quase perdeu o equilíbrio, mas Bash a segurou com mais força, lutando para levá-los para a escada.

Da última vez que enfrentaram uma tempestade naquele navio, ela quase se afogou. Isso foi *antes*. Agora, não perderia um segundo na inércia enquanto a corajosa tripulação lutava pelo controle. Não era uma donzela frágil. Margrete tinha dentro de si o coração de um deus e pretendia, pelo menos, tentar usá-lo.

Ventos fortes açoitavam seu cabelo enquanto ela e Bash lutavam para subir, o *Phaedra* balançando para frente e para trás em ondas violentas. Margrete colocou o cabelo atrás das orelhas e forçou os olhos a se abrirem contra a brisa cortante, abraçando a picada da água salgada enquanto seu corpo inteiro estremecia.

Ela lambeu os lábios. A chuva que entrou em sua boca tinha um gosto ruim. *Profano*. Instintivamente, ela soube que aquela não era uma tempestade, não do jeito que aqueles marinheiros estavam acostumados.

Não. Algo antigo estava em ação.

A água escura, turva e nublada escorria a bordo, encharcando a madeira, deixando cada centímetro do *Phaedra* brilhando com o ataque do mar. Margrete deu uma guinada e se esquivou de uma corda que passou voando, mas uma onda forte a jogou contra a grossa coluna de um mastro. Ela soltou a mão de Bash, que voou na direção oposta.

Ela achou algo sólido para segurar, tentando se orientar enquanto gritava internamente para que seu poder aflorasse.

Sua magia cintilou, mas a faísca não pegou. A essência de Malum era uma batida suave quando ela precisava desesperadamente de um rugido vicioso.

— Fique aí! — Bash gritou do outro lado do convés, seus olhos arregalados e suplicantes. Seus homens o chamavam, e sua cabeça virou na direção deles, voltando para ela um segundo depois. Ela sabia que ele não iria se ela não concordasse em ficar ali. Mesmo que não pretendesse ficar simplesmente parada.

Margrete deu-lhe um rápido aceno de cabeça, rezando para que ele não enxergasse além da mentira em seu olhar. Bash permaneceu por mais um momento, o rosto retorcido de arrependimento e medo. Quando o chamaram novamente, ele fez uma careta e saiu.

Agora ela tinha um trabalho a fazer.

Apertando os olhos, mergulhou em si mesma, procurando a fonte de poder que usou no dia em que afundou o navio de seu pai, aquela luz etérea azul e amarela dos deuses.

Ela mergulhou mais e mais fundo, o corpo balançando, a mente focada e determinada. Margrete sentiu-se gritar na tempestade — tanto a de sua alma quanto a que acontecia em torno de seu corpo físico. Apertando os dentes, ela avançou.

Mas só encontrou uma parede.

Ela deu um pulo para trás, e seus olhos se abriram ainda com a chuva batendo em seu rosto.

Me ajude, implorou ela, farpas machucando as palmas de suas mãos. A frustração subiu em sua garganta como bile. *Me diga como usar esse maldito poder.*

Qual era o sentido de carregar aquele fardo se nada de bom vinha dele?

Merda, me diga!

Um raio caiu perigosamente perto de onde ela se segurava. Ela se encolheu de horror com as faíscas violetas, prata metálica caindo dos céus. Nenhum trovão que se seguiu sacudiu seus ossos, mas o gosto de carne em decomposição continuou a permear a brisa.

— Deuses — suspirou ela, sugando o ar. O que foi isso?

Soltando o mastro em que se segurava, Margrete escalou para o convés superior, uma onda enorme quase a derrubando no mar. Ela esticou os braços para agarrar o corrimão, e seus dedos cravaram na madeira úmida, que machucou sua pele sensível, mas a doce dor aguçou seus sentidos.

Me ajude!, ela implorou novamente, com a cabeça inclinada em direção aos céus tempestuoso. *Por favor.*

Ela não sabia como controlar a essência de Malum, e tinha sido uma tola ao pensar que poderia dominar tal poder sozinha. Pânico puro e desenfreado inundou suas veias, deixando-as geladas.

Eu sabia que você precisaria da minha ajuda.

A voz deslizou ao redor de sua mente e se contraiu como uma cobra. Margrete recuou instantaneamente.

Darius.

É claro.

Me diga como posso ajudá-los, ela exigiu de seu inimigo. Mais relâmpagos violeta atingiram o mastro principal, espalhando a tripulação em todas as direções enquanto ele rachava e se estilhaçava. Ela sabia que parecia desesperada, mas não se importava. *Estava* desesperada.

Ah, agora você está implorando. Acho que gosto mais assim.

Margrete cerrou as mãos em punhos apertados, cada instinto gritando para ela desprezar Darius, para silenciá-lo. Mas não estava pensando direito. Não depois que viu Bash correndo pelas tábuas, ajudando seus homens a lutar contra os ventos e amarrar as velas. O cabelo ruivo estava grudado no rosto, os lábios contorcidos em uma linha fina e determinada.

Ela não podia deixar seu orgulho ser o fim deles. Não quando havia magia envolvida.

Tudo será como deveria, Darius disse friamente, nenhum traço de escárnio em sua voz. *As águas irão levá-la para onde você sempre esteve destinada a ir.*

O que isso significa?, perguntou ela, sua frustração superando o pouco controle que tinha sobre seu poder. *Você alega que não me quer morta, mas esta tempestade será o meu fim!*

Darius apenas respondeu com uma risada suave. O barulho chacoalhou em sua cabeça até desaparecer completamente, assim como o próprio deus.

Ela estava sozinha. As águas continuaram a bater na barriga do *Phaedra*, como uma criança pequena a quem algo foi negado. Faíscas prateadas caíram na cabeça dela, o cheiro de magia inebriante no ar.

Magia das trevas.

A mesma que ela tinha experimentado antes.

Tudo bem. Ela deveria ter pensado melhor antes de se envolver com Darius, mas isso não significava que pararia de tentar.

Concentrando-se na onda iminente que vinha em sua direção, crescendo a cada respiração, Margrete mordeu o lábio, erguendo as mãos no ar e curvando os dedos enquanto sua mente tentava dominar a força da onda.

Em um piscar de olhos, Margrete não estava mais presa ao seu corpo mortal — ela estava flutuando, cada vez mais alto, um fantasma sem ossos para aprisionar sua vontade.

Margrete se concentrou em uma onda que se aproximava e se elevava bem mais de dez metros acima do navio. Aproveitando a força com que tinha sido presenteada, ela ordenou que a parede de água que avançava caísse.

A pele de Margrete formigou como a picada de mil agulhas, um frio gelado varrendo seu corpo. Sua visão nublou e seu corpo balançou, mas ela se concentrou na onda que lutava para desobedecer. Ela não permitiria.

A desobediência das águas deixou mais fácil buscar a fonte de sua magia, e pouco antes de a onda atingir o casco, ela sentiu uma afluência de energia se libertar de seu corpo.

A onda desabou sobre si mesma e, quando atingiu a lateral do navio, os danos foram mínimos. Aplausos subiram acima dos gritos de turbulência.

Os joelhos de Margrete tremeram, assim como as palmas das mãos. Olhou para si mesma e notou algumas faíscas de luz chiando no centro de suas mãos. Seu poder mal havia se mostrado, e ela sabia que era capaz de muito mais.

Se ao menos ela não estivesse na iminência de desmaiar...

A tripulação comemorava os segundos de alívio, mas o vendaval não estava nem perto do fim. Precisou de *tudo* de si para ter alguns momentos de paz, e ela sabia que não poderia continuar assim para sempre.

O *Phaedra* estremeceu abruptamente, jogando Margrete de costas no chão, atrapalhado sua concentração. Lutando para se segurar, ela agarrou as bordas de madeira do navio, gritando contra os raios e a chuva não naturais.

As pranchas escorregadias não ofereciam apoio para seus dedos e, por mais que tentasse evitar deslizar pelo convés, o navio se deslocava perigosamente para a esquerda. Enquanto um lado do poderoso navio deslizava pelas águas índigo, Margrete teve uma visão de arrepiar os ossos...

Sombras.

Centenas de sombras rastejantes emergiam das águas profundas. Os olhos de Margrete se arregalaram quando a chuva a atingiu, e ela se esforçou para distinguir os detalhes das formas sinistras que lentamente entravam em foco.

Homens. Ou criaturas com corpos de homens. Pareciam quase humanos, mas, por trás das silhuetas escuras, redemoinhos de plumas de ônix, prata e lavanda seguiam em seu rastro. As luzes dançantes subiam e desciam cada vez que uma das criaturas voltava para as águas, iluminando o céu ao retornar ao ar.

Antes que Margrete pudesse estudá-los mais a fundo, o *Phaedra* se ergueu rapidamente, a força jogando-a bruscamente para a grade. Uma dor ardente e quente atravessou suas costelas enquanto ela cuspia. Contusões e ossos quebrados poderiam se curar, mas não haveria retorno da morte. E a morte certamente os desejava naquele dia.

Onde estava Bash?

Usando toda a energia que conseguiu reunir, Margrete levantou-se cambaleando, batendo os dedos embranquecidos nas laterais de madeira do navio e examinando, em pânico, a tripulação. Bash tinha que estar ali com seus homens, lutando para tirá-los daquele vendaval. Ele era um líder, e um líder sempre ficava ao lado de quem lutava por ele.

Margrete encontrou um rosto familiar e, embora não fosse o que procurava, o alívio encheu seu peito.

Bay.

Ele estava tentando apertar uma vela, seu cabelo loiro grudado nas têmporas. Margrete meio tropeçou, meio cambaleou até lá, os olhos dele a encarando enquanto ela agarrava seu bíceps. Era impossível se comunicar com o rugido da tempestade, mas Bay entendeu o que seus olhos suplicavam.

Onde ele está?

Bay balançou a cabeça, frenético e com os olhos vidrados. Então vieram os gritos de tumulto e o borrão de confusão, todos os rostos se transformando em uma névoa gigantesca de esperança naufragando.

Margrete se afastou do amigo.

— Bash!

Outra vela se rasgou, a onda do aguaceiro encobrindo o rachar da madeira. A questão não era mais saber se dominariam a tempestade. Sem dúvida, Margrete sabia de uma coisa com todo o seu ser: o *Phaedra*, o estimado navio da frota Azantiana, sucumbiria às águas.

Assim como na visão que ela teve.

Margrete empurrou o traquete caído para o convés do castelo de proa, suas botas se prendendo à madeira lisa enquanto ela subia a escada. Uma onda de corpos e névoa quebrou, mas seus olhos pousaram em uma figura solitária ao lado dos gurupés salientes.

Bash.

Imóvel, ele se enraizara no convés, e olhava para as ondas diante dele. Margrete gritou seu nome, mas foi recebida apenas por mais relâmpagos e trovões.

Quando o alcançou, seu peito estava arfando. Estava exausta, quebrada por suas tentativas tolas de controlar algo que não tinha ideia de como comandar.

— Bash! — rugiu ela enquanto se aproximava, estendendo a mão para agarrar seu braço. Ele não se moveu, não atendeu ao chamado ou ao ser tocado. O homem diante dela estava paralisado pelo que estava por vir, perdido em seu próprio mundo.

Sob o mesmo feitiço da noite anterior.

Margrete segurou o queixo barbudo e o virou para o lado, para olhar seu rosto vidrado. Chuva e suor cobriam sua pele, a camisa grudada no corpo musculoso.

O coração de Margrete afundou em algum lugar mais baixo do que as sombras sinistras que nadavam ao lado da embarcação condenada. Nada vivia naqueles olhos turvos, nem um único indício de reconhecimento. Era como se fosse uma casca de homem, e a visão a gelou até os ossos.

Margrete passou os braços ao redor de seu torso e o puxou, mas Bash era muito forte, e permaneceu enraizado no lugar.

— Você precisa vir comigo! — implorou ela. — Por favor, Bash! — acrescentou como uma oração. Mas para quem estava realmente rezando? As súplicas ansiosas ficaram sem resposta, e os braços exaustos de Margrete gritavam de dor a cada puxão.

Ele não se moveu sequer um centímetro.

Traçando a lateral de seu queixo barbudo, Margrete procurou *alguma coisa* em seus olhos, qualquer indício de reconhecimento. Ele olhava fixamente para a frente.

Para onde você foi, pirata?

O *Phaedra* caiu para frente e Margrete colidiu com o músculo sólido do peito de Bash. Bash não estava se segurando em nada, era como se seus pés estivessem cimentados por alguma força invisível.

Os céus se abriram, estalando com traços arroxeados, enfeitando os conveses com pedras de granizo afiadas. O gelo ardia em sua pele e a cortava, as minúsculas alfinetadas de sangue rapidamente lavadas pela chuva.

— Bash, por favor! — insistiu ela, frenética e morrendo por dentro. Ele morreria se permanecesse ali; ambos morreriam.

Antes que ela pudesse tentar movê-lo mais uma vez, gritos estridentes perfuraram o ar. Os gritos desumanos se misturavam com o uivo do vento e do granizo, uma melodia arrepiante de vozes distorcidas e gritos cortantes. O barulho estridente aumentou e machucou seus tímpanos, mas Margrete não conseguiu bloqueá-los e buscar alívio. Ela tinha que ficar ali e proteger Bash. Tinha que salvá-lo, e desistir não era uma opção.

As sombras que ela vislumbrara pouco antes, seguindo como abutres o navio que balançava, estavam de volta. Elas ressurgiram no ar gelado, balançando acima das ondas agitadas. Movendo-se em sintonia, formaram uma barreira ao redor do *Phaedra*.

Deuses.

Boquiaberta, Margrete observou os monstros que os cercavam por todos os lados. A parte superior dos corpos parecia de natureza humana, mas as metades inferiores eram cobertas por escamas afiadas que desciam em duas barbatanas serrilhadas.

Nymeras.

Ela poderia ter gritado, mas sua voz estava rouca demais para isso. Agarrou-se ao peito de Bash enquanto as criaturas se aproximavam ainda mais. Elas arrastavam os dedos pelas bochechas de Bash, sua mandíbula, seu queixo. Elas o tocavam suavemente, com *reverência*, até.

As mãos de Margrete dispararam, esperando uma faísca do poder de Malum, pelo menos uma lasca de magia.

Nada aconteceu.

— Por favor, volte para mim, pirata. — Margrete agarrou Bash com as duas mãos, segurando-o enquanto a névoa de feras tremeluzia sobre sua pele bronzeada.

O *Phaedra* se curvou perigosamente para o lado, mas Margrete se segurou, examinando os olhos de Bash uma última vez.

Ali.

Nas profundezas de suas poças noturnas, ela viu um lampejo de reconhecimento.

Bash inclinou a cabeça tão levemente que poderia ter passado despercebido. Mas Margrete percebeu, viu como seus olhos se enrugaram e entraram em foco.

— Bash? — sussurrou ela.

— Princesa. Isso é...

Um vento sibilante e gelado, carregando o fedor da morte, cortou o ar entre eles. Em um instante, o vendaval arrancou Bash de seus braços e a empurrou contra os trilhos, tirando o todo o ar de seus pulmões.

As nymeras envolveram o rei em seus braços e o consumiram até que não restasse nenhum vestígio de Bash. Ela estendeu a mão, frenética para alcançá-lo, mas os espectros foram muito rápidos. Ele mergulhou no mar e entre as ondas.

Sumiu.

Margrete não conseguia respirar, não conseguia pensar. Sentia apenas a picada penetrante de sua perda, uma agonia devastadora que a rasgava por dentro, pedaço por pedaço. Ela tropeçou nos trilhos e olhou para as ondas. Nada. Nem mesmo as sombras em movimento roçaram as cristas viciosas.

Ela poderia ter gritado, poderia ter estendido a mão, mas uma onda enorme a fez cambalear para trás e seu corpo bateu no convés com uma força terrível.

A água entrou em sua boca, sufocando-a, enquanto com os dedos buscava inutilmente um ponto de apoio. Uma onda atingiu o casco e, gritando, ela deslizou conforme o mundo se inclinava.

Um estalo horrível rasgou o ar, e a madeira abaixo dela rachou e quebrou. Os gritos da tripulação juntaram-se aos dela quando os mastros caíram e as velas se rasgaram. O poderoso *Phaedra* estava se desfazendo em pedaços sagrados, e as ondas implacáveis continuavam chegando.

A onda final de pura devastação os atingiu.

Margrete gritou, as tábuas gemendo enquanto se estilhaçavam e quebravam. Ela caiu, caiu e caiu até que a água subiu e a engoliu. A essência de Malum se inflamou, mas ela estava frenética demais para se concentrar, agitada demais para se concentrar nos poderes que não podia controlar.

Ela tinha falhado com Bash.

Tinha falhado consigo mesma.

Margrete afundou ainda mais nas águas. A inconsciência tomou conta dela segundos depois.

CAPÍTULO DOZE

Margrete

Margrete acordou na escuridão.

Água caía ao seu redor, e ela cuspiu e engasgou, tentando puxar algum ar. Estava deitada de bruços, com as mãos estendidas acima da cabeça, areia molhada e compacta embaixo dela.

Deuses. O *Phaedra* tinha naufragado. Na verdade, tinha sido engolido, um feito que ela não acreditava ser possível.

Rastejando de quatro, Margrete escalou até a praia, seus membros machucados e doloridos. Ela se sentiu como se tivesse sido jogada repetidamente contra uma parede de pedra, embora, felizmente, não sentisse cheiro de sangue no ar. Ela estava inteira, ao que parecia.

Seu próximo pensamento foi *nele*.

— Bash! — gritou, sua voz rouca.

Aquelas criaturas monstruosas o roubaram. *Nymeras*. Ela podia nunca ter visto uma na vida, mas no fundo de sua alma sabia o que eram. Ou talvez a essência divina que ela continha as tivesse reconhecido.

Como se ela o tivesse invocado, o calor queimou em seu peito e, lentamente, se espalhou por seu torso e pernas até os dedos dos pés. Entorpeceu a dor e afugentou o desejo de apenas ficar ali, deitada, e deixar a inconsciência tomá-la novamente.

Margrete esquadrinhou a praia enluarada.

Ali, a menos de cinco metros de distância, estava um corpo. Alguém estava imóvel na areia, de costas para ela. Ela ficou de pé e foi, com as pernas bambas, em direção ao outro sobrevivente. Quando ela cambaleou e o virou para cima, vislumbrou seu rosto. Seu coração deu um puxão agridoce.

Jonah. Um marinheiro do *Phaedra*. Não Bash.

Margrete o sacudiu, esperando que ele abrisse os olhos. Ele era jovem e inexperiente. Aquela tinha sido sua primeira viagem oficial com a tripulação de Bay. Ele não tinha mais que dezoito anos.

O cabelo preto de Jonah caiu em seu rosto, uma bagunça emaranhada de fios cor de meia-noite.

— Acorde — implorou ela, empurrando seu peito. O marinheiro estremeceu com violência, e então seus olhos verdes pálidos se abriram, e ele se lançou para o lado, cuspindo água salgada.

Margrete descansou apoiada nos calcanhares, sem fôlego, enquanto observava Jonah voltar à vida. Ela agradeceu em silêncio aos deuses por ele estar vivo, mas seu olhar ainda analisava a praia, esperando ver seu rei. Esperando, contra todas as probabilidades, que ele tivesse escapado das nymeras e chegado ali. Onde quer que *ali* fosse.

Em vez de Bash, um familiar cabelo loiro brilhava ao luar. Margrete levantou-se em um salto e correu para o lado do guerreiro, um raio de esperança ardente correndo por suas veias.

— Bay! — Ela o sacudiu freneticamente, como fez com Jonah. Demorou mais para despertá-lo, mas, por fim, Bay também acordou, tossindo e cuspindo água.

— Margrete? O-onde estamos? — perguntou ele quando recuperou o fôlego.

Margrete apenas balançou a cabeça. Parecia uma ilha comum, embora as areias tivessem um tom de cinza-ardósia. Árvores quebradiças com folhas mortas ladeavam a beira da praia, os galhos juncosos balançando com uma brisa cautelosa. Elas tinham algo familiar, e ela se concentrou nas folhas escuras que a lembravam dos olhos de Bash. O entendimento a atingiu em um afluxo doentio.

Ela já as *tinha* visto antes...

Na noite de sua visão e no *Phaedra*.

Margrete sentiu-se tontear com a lembrança, e, no fundo, sabia que a folhagem inusitada daquela ilha não era coincidência. Não poderia ser. Havia algo naquele lugar que fazia sua cabeça zumbir, como se houvesse uma memória aprisionada que ela não conseguia acessar. Empurrou a constatação para o fundo da mente para pensar nisso mais tarde.

— Você viu Bash? — Ela virou a cabeça e examinou a areia interminável. A ilha curvava-se ligeiramente. Talvez ele estivesse mais longe. Sim. Ele era forte, e mesmo que tivesse sido puxado para as profundezas do mar por aquelas criaturas, teria lutado contra elas e conseguido chegar à praia.

— Eu vi quando ele afundou no mar — disse Bay, sentando-se. Ele descansou a cabeça entre os joelhos. — Aquelas coisas o levaram. Nymeras. Tinham que ser. — Ele balançou para frente e para trás, uma mão indo à boca como se lutasse contra uma onda de náusea.

— Bash está vivo — declarou ela, nenhum traço de dúvida na voz. — Eu sentiria se ele tivesse morrido. — Se ele tivesse perdido a vida no mar. A parte dela que apenas havia começado a explorar tinha certeza disso, e o calor que ela sabia ser o poder de Malum pareceu pulsar com a menção do nome amado. — Vou procurar os outros. — Margrete ficou de pé, ainda instável. Ela não se importou. Seria preciso muito mais do que joelhos fracos para impedi-la de procurar Bash.

Bay engoliu o que quer que subiu em sua garganta. Com uma careta, se levantou e deu a ela um breve aceno de cabeça.

— Vamos nos espalhar — disse ele, inclinando a cabeça para trás. — Se encontrar sobreviventes, mande-os de volta para cá.

Margrete segurou o braço do amigo com um aperto reconfortante antes que ele desse meia-volta.

— Bay? Tenha cuidado. Por favor.

Eles não tinham ideia de onde estavam. Pelo pouco que sabiam, os inimigos espreitavam muito perto. Ou pior, as nymeras estavam por ali.

Bay estremeceu, mas puxou Margrete para um abraço. Ela o abraçou com a mesma força antes de soltá-lo.

— Vamos encontrar todos eles — prometeu Bay, recuando. — Somos Azantianos, lembra? Difíceis de matar. — Sua boca se torceu em um sorriso sombrio, mas a faísca habitual em seus olhos não estava lá.

Margrete viu Bay se virar e correr pela praia em busca da tripulação do *Phaedra*. Eles não podiam ser os únicos ali. Certo?

Algo afiado cutucou seu peito, bem ao lado do poder de Malum. Aquele lugar parecia errado. Desconectado. Até o ar tinha um cheiro rançoso, como se a ilha tivesse ficado trancada em um baú por décadas. A pura incorreção de tudo isso a deixou em pânico.

Margrete saiu correndo.

E não parou até ver uma figura imponente de cabelos loiros se aproximando à distância.

Atlas.

— Você viu mais alguém? — Margrete perguntou quando parou ao lado de Atlas. — Bay está procurando mais para baixo. — Foi difícil formar as palavras, que ficaram presas em sua garganta antes de saírem. Cada pensamento dela estava em Bash. Quanto mais tempo passava sem encontrá-lo, mais nervosa ficava. Atlas fez que sim, acelerando o coração de Margrete.

— Grant está ajudando Mila. Parece que ela quebrou a perna, mas deve se curar rapidamente.

E assim, sua esperança morreu. Nada de Bash.

Mais duas figuras se aproximaram mancando, uma menor encostada em um marinheiro musculoso com cabelos brancos que ela reconheceu de quando se aventurou em Azantian. Tinha que ser Grant.

— Ela está melhor, mas sugiro que imobilize a perna para que o osso não sare errado — Grant murmurou com sua voz profunda e rouca, como se tivesse passado sua vida na água gritando acima dos ventos rugindo. Margrete suspeitava que ele devia ter por volta de quarenta e tantos anos, embora adivinhar a verdadeira idade de um Azantiano fosse quase impossível.

Mila assentiu, o cabelo ruivo curto grudado na testa encharcada de suor. Margrete sabia pouco sobre Mila, mas podia sentir claramente sua coragem ao ranger os dentes e arrastar a perna quebrada pela praia. Ela indicou a direção que deveriam seguir.

— Vá com eles, Atlas. Vou procurar mais.

— Margrete, espere. — Atlas pegou e puxou a mão de Margrete. — Fui até um quilômetro e meio abaixo, e não vi nenhum sobrevivente. — Ela balançou a cabeça, lamentando. — Acho melhor todos nos reagruparmos e pensarmos no próximo plano de ação. — Atlas examinou a linha das árvores e estremeceu. — Este lugar me dá arrepios.

— De fato — disse Margrete. — Mas se todo o lugar é assim, eu vou. Diga a Bay para ficar na posição até eu voltar. Por favor.

Ela gentilmente tirou a mão da de Atlas e saiu correndo antes que a guerreira conseguisse argumentar. Não mudaria sua decisão.

Margrete correu até suas pernas virarem gelatina. Quando não conseguia mais senti-las, *ainda assim* seguiu em frente e não parou até sentir a mudança do tempo. Provavelmente já tinham se passado horas, e ela só encontrou um outro tripulante do navio. Não diminuiu o passo a não ser para instruí-lo a seguir até o local onde Bay aguardava.

Ela não encontrou mais ninguém.

Por fim, suas pernas cederam completamente, e ela tropeçou para frente, caindo na areia e formando um amontoado deselegante. Ela provou os grãos, que desceram por sua garganta ressecada, queimando ao engolir. Teria que conseguir água fresca. E logo.

Com um gemido, se forçou a levantar. Mal conseguia ficar de pé. Margrete sabia que encontrar Bash em suas condições era uma tola esperança, e a praia inexplorada não tinha fim.

Ele podia não estar morto, mas o rei de Azantian não estava por perto. Se continuasse nessa direção, talvez não tivesse energia para voltar para encontrar os outros, e então estaria realmente ferrada.

Margrete praguejou, a palavra suja perfurando o ar muito quieto. Lágrimas ameaçaram escapar, mas ela as segurou, engolindo em seco. Não havia necessidade de chorar, não até que visse a prova da morte de Bash.

Quantos anos Margrete permaneceu forte pelos outros? Ela poderia se recompor e ser forte agora pela tripulação restante. Por Bay. Por Atlas.

Quer ela desejasse ou não, o povo Azantiano tinha começado a vê-la como uma esperança. Sua salvadora. Não podia desmoronar quando tantos dependiam dela para ser forte. Inclusive ela mesma.

Margrete deu meia-volta, prestes a começar a retornar, quando sua bota bateu em um objeto duro. Franzindo as sobrancelhas, ela se abaixou e limpou uma camada de areia.

E amaldiçoou novamente.

Na ponta de seu calçado havia uma moeda. Uma que ela nunca tinha visto. Não era uma moeda usada em qualquer porto ou baía do reino.

A moeda *brilhava*.

Com as mãos trêmulas, Margrete pegou a reluzente peça de prata e a aproximou para examiná-la. Uma pessoa com algum senso de autopreservação poderia ter deixado cair a moeda *brilhante*, mas Margrete estava longe demais para se importar.

De um lado, havia a inscrição de um olho. O desenho era simples, até tosco, mas Margrete estreitou os olhos, e viu que havia um número gravado dentro da pupila.

— Um? — murmurou ela em voz alta. Virando-a, examinou o outro lado. Uma escrita elegante, em desacordo com o desenho rudimentar, foi gravada no metal.

Cuidado com a Noite Eterna.

Um arrepio percorreu todo seu corpo e as mãos começaram a tremer. Ela quase deixou a moeda cair ao sentir o poder de Malum faiscar antes de se extinguir completamente. A frieza de sua ausência era, de alguma forma, pior.

Sentiu como se já tivesse visto aquela moeda antes, mas, assim como a própria ilha, ela não tinha lembrança clara dela.

Colocou a moeda no bolso e se forçou a seguir em frente. Talvez Bay tivesse alguma ideia, e qualquer pista seria melhor do que nada. Algo estranho estava em jogo ali, embora ela não entendesse o quê.

Sua vida havia mudado de um mistério para outro.

Primeiro, Azantian. Então, seus poderes. Lutar contra um deus sem rosto.

Recordar seus pesadelos a fez se lembrar de sua visão. A que ela teve algumas noites antes.

Ela tinha visto o *Phaedra* afundar. Viu os destroços, a madeira lascada, as velas esfarrapadas e os mastros quebrados. Margrete parou, a noite girando e borrando em uma linha.

Ela poderia ter evitado isso. Impedido *tudo* aquilo.

Mas não tinha feito nada.

Ela caiu de joelhos, fechando as mãos na areia.

Abriu a boca e gritou, liberando toda a culpa, tristeza e raiva que havia reprimido para que a tripulação não visse. E, de dentro do bolso, ela sentiu a moeda estremecer, vibrando contra sua perna.

Aquela não era uma ilha comum.

CAPÍTULO TREZE

Margrete

Margrete conseguiu se levantar, enxugar as lágrimas e, algumas horas depois, chegou ao lugar onde Bay e os outros aguardavam. Seu amigo correu ao encontro dela, seus olhos a examinando da cabeça aos pés em busca de ferimentos. Mas ele não encontraria nenhum que pudesse ver. Suas feridas ardiam abaixo da superfície.

A realidade de que não tinham encontrado Bash teve para ela o efeito de um furacão, e foi preciso cada grama de força de vontade para manter em seu rosto uma máscara sem emoção. Eram nove sobreviventes no total, incluindo ela.

Nove.

Dos cem homens e mulheres com quem partiram. Isso fez a raiva de Margrete aumentar, e as pontas de seus dedos zumbiram. Os poderes que ela tentou invocar em casa, em Azantian, flutuavam dentro dela — calmos em um momento e indomáveis no próximo.

— Encontrei isso na praia — disse ela, enfiando a mão no bolso e pegando a moeda. A luz que irradiava não havia diminuído, e os olhos de Bay se arregalaram com a visão.

— Deixe-me ver — pediu ele, sua voz ficando fria. Ele a segurou entre o polegar e o indicador, virando-a de um lado para o outro. — Este símbolo... — ele apontou para o olho — ... pertence a Surria.

— Então por que está aqui? E, por favor, me diga que há uma razão para ela brilhar.

Diga que é apenas uma porcaria de uma moeda, e não uma pista sinistra depois de escaparmos da morte por pouco.

— Eu já vi uma dessas, ela foi guardada na galeria de Azantian.

Margrete ergueu uma sobrancelha, sem entender do que Bay falava.

— É a galeria onde guardamos outras relíquias e as joias da coroa — explicou ele. Não é um lugar que Bash teria pensado em te mostrar, já que o homem não se importa com "luxos obscenos", como ele os chama. Um desperdício, se você quer saber minha opinião — resmungou.

— Foco, Bay — incitou Margrete.

Ele suspirou.

— Bom, pelo que me contaram, existem apenas três dessas.

Bay virou a moeda para o lado onde estava escrito *Cuidado com a Noite Eterna*. Margrete se aproximou. Nada. Nem uma pista sobre o que aquilo poderia significar. Nenhum símbolo além do olho na outra face.

— Aparentemente, Surria as criou após o nascimento dos filhos — continuou Bay. — Milênios se passaram até que ela os levou para uma ilha que criou, onde forçou os irmãos a passarem por uma grande provação quando encontrassem uma moeda. A deusa queria garantir que eles fossem dignos de governar os mares, e seus filhos tiveram que se provar. Uma vez que as três tentativas foram concluídas, eles foram presenteados com uma onda de divindade. Depois disso, nenhum dos outros deuses jamais poderia negar seu direito de primogenitura. Sozinhos, eles poderiam ser derrotados. Mas juntos? Juntos, eles seriam mais poderosos do que qualquer um dos deuses combinados.

Margrete estremeceu com o pensamento. Se Darius e Malum não tivessem brigado, poderiam ter combinado poderes e feito grandes coisas. Ou destruído todo o reino.

— Que tipo de testes eles passaram na ilha? — perguntou ela, o cabelo da nuca se arrepiando. Nada daquilo parecia uma coincidência.

— Não sei — sussurrou Bay, com a testa franzida, pensando. — Mas imagino que não foram nada fáceis. — Ele ficou brincando com a misteriosa moeda jogando-a para o ato até que Margrete estendeu a mão e o fez parar.

— Bay. Primeiro, encontraremos Bash. Duvido que esta seja a moeda real da lenda. — Ainda enquanto falava, ela sabia que estava mentindo. A coisa amaldiçoada se iluminava como um farol. Certamente não pertencia a este mundo. Não ao mundo humano, pelo menos.

Além disso, ela não podia ignorar como a moeda a fez se sentir. E ela já sentia demais.

— Espero que Bash tenha lutado para se livrar do domínio das nymeras. Meu amigo não é de ceder tão facilmente. — Bay passou a mão pelo cabelo loiro e curto. As pontas ficaram espetando para todos os lados. — Voto por fazermos uma fogueira e nos acomodarmos para passar a noite. Quando amanhecer, poderemos continuar a busca. Adrian sempre diz que nenhuma boa ideia surge depois do anoitecer.

Adrian.

Margrete sentiu-se grata por ele ter permanecido em Azantian. Ela ergueu o olhar para o amigo e viu que seus olhos estavam cheios de lágrimas que ele tentava não derramar.

Em vez de fazer uma pergunta tola, ela apenas o abraçou. Bay podia não ter perdido o namorado para as ondas, mas perdeu sua tripulação. Os homens e mulheres que ele treinou por tantos anos.

Ela não conseguia alcançar a profundidade de como ele se sentia. A dor que ele devia estar sentindo.

— A gente vai encontrar o Bash, Margrete — sussurrou ele em seu cabelo. — E então vamos destruir todos os monstros que o levaram.

A manhã chegou devagar. Os céus permaneceram nublados, cinzentos e solenes. O sol mal penetrava nas nuvens densas que o cercavam, e a luz que passava pela neblina lançava na ilha um brilho artificial.

A fogueira que acenderam na noite anterior ardia sem chamas, apagando-se. Não tinha fornecido muito calor, de qualquer maneira. Margrete e Bay tinham se acomodado lado a lado, compartilhando o calor do corpo. Ela suspeitava que ele desejava a proximidade tanto quanto ela.

O resto da tripulação estava onde por fim tinha desmaiado na noite anterior, a maioria de joelhos dobrados contra o peito enquanto olhava para as águas. O som das ondas batendo na praia pouco adiantou para acalmar os nervos de qualquer um deles, ainda mais com aquela vegetação escura logo atrás do acampamento improvisado — um lembrete sinistro de para onde eles iriam em breve.

— Alguma novidade? — perguntou Margrete a Bay enquanto ele inspecionava a moeda pela centésima vez, seu corpo esguio curvado perto da fogueira.

— Não — Bay gemeu e entregou a moeda a ela com uma carranca frustrada. No momento em que tocou a palma da mão de Margrete, uma faísca percorreu seu braço.

Ela se encolheu.

— O que foi isso? — perguntou ele, notando a reação sutil.

— Nada — mentiu ela.

Bay ergueu uma sobrancelha, cético, mas não insistiu, o que a deixou agradecida. Ele se levantou e limpou a areia da calça, pousando os olhos nas árvores. Margrete suspeitava que o poderoso guerreiro e marinheiro diante dela não estava interessado em se aventurar mais fundo naqueles bosques.

— Precisamos procurar água — disse ele.

Ela se levantou também, agradecida por eles estarem fazendo algo *útil* ao invés de ficarem sentados esperando que algo acontecesse. Além disso, toda vez que piscava, ela via Bash e revivia aqueles últimos momentos horríveis, quando sentiu que o abraço dela estava cedendo. Quando ela o soltou.

— Melhor guardar isso — falou Bay, olhando para a moeda que ela segurava.

A essência de Malum pareceu recuar ao vê-la. Margrete a apertou com mais força na palma da mão.

Ao redor deles, a tripulação cansada desviou o olhar do fogo fraco para seu líder. Eles também pressentiam a jornada iminente.

— Espero que possamos encontrar um pouco de água doce no interior da ilha — Bay anunciou alto o suficiente para que todos ouvissem. — Água doce é nossa prioridade. Mas mantenham os olhos abertos. Alertem sobre *qualquer coisa* que pareça errada.

Os marinheiros assentiram, e Grant grunhiu em resposta. O homem mais velho mantinha os olhos em Mila, a marinheira ruiva que havia quebrado a perna. Ela fez uma careta quando a mexeu, mas ninguém saberia de seu ferimento só de olhar para ela andando. Mais algumas horas e seria como se ela nunca tivesse se ferido.

— Sairemos em cinco minutos.

Bay deu as costas para a tripulação enquanto eles faziam os preparativos – que não eram muitos, já que tinham apenas as roupas do corpo e nenhuma comida. Felizmente, alguns tinham cantis, que seriam devidamente enchidos quando encontrassem água. Eles teriam que compartilhar. Com sorte, não ficariam naquele lugar tempo suficiente para que os recursos limitados se tornassem um problema.

Um grito estridente soou das árvores. Margrete e Bay voltaram os olhos arregalados na direção da floresta. Parecia um pássaro, embora nunca tivessem ouvido um grasnado como aquele.

Quase ao mesmo tempo, Bay e Margrete inspiraram profundamente. A mão dela foi para o colar que ganhara de Bash, as facetas geladas perfurando a ponta dos dedos. O contato a colocou de volta no prumo.

— Pronta? — Bay perguntou, a mandíbula apertada. Ele desviou a atenção da floresta e das feras desconhecidas que ela continha. — Você está com a adaga de Adrian?

— Sempre — disse ela, estendendo a mão para a bainha da coxa. A adaga simples tinha pertencido ao pai de Adrian. Quando seu amigo e treinador a presenteara com ela um mês antes, Margrete quase chorou. O presente significava mais para ela do que ele jamais poderia ter imaginado.

— Ótimo. Fique com ela a postos. — Bay deu um tapinha no ombro dela. — Se você se machucar, Bash vai me matar quando o encontrarmos.

Sua tentativa de aliviar a tensão falhou, embora Margrete tenha forçado os lábios a se erguerem.

— Então sugiro que o encontremos antes que eu morra prematuramente.

Bay sorriu e balançou a cabeça.

— Você sempre tão otimista, Margrete.

Dez minutos depois, a tripulação se viu nas profundezas da floresta esparsa. Os galhos lambiam a pele de Margrete, cortando seus antebraços expostos, que já estavam cobertos de pequenos cortes e arranhões, mas ela mal os sentia.

Aquele lugar fazia os pelos de seus braços se arrepiarem e seu estômago ficar em um nó constante de ansiedade. Ela não conseguia explicar, mas, mesmo que seu corpo reagisse ferozmente ao novo ambiente, havia um zumbido pacificador logo abaixo de seus ossos, e ela teve uma sensação avassaladora de *déjà vu*.

Margrete afastou o pensamento peculiar. Ela nunca esteve ali. Os deuses sabiam que ela se lembraria de um lugar tão horrível.

O mesmo grasnado de antes soou mais três vezes. Estava mais alto, mais penetrante, e fez o coração de Margrete pular a cada vez. Estavam se aproximando de algo, o que quer que esse *algo* fosse.

Margrete agarrou a adaga, as palmas úmidas e frias. O clima ali não era normal. Mudava a cada dois minutos, de quente para frio e vice-versa. O único som — além dos guinchos — era o vento. Sacudia as folhas frágeis e golpeava a tripulação. Margrete fungou, detectando alguma especiaria estrangeira.

Abruptamente, Bay ergueu o punho no ar, e todos pararam. Ele virou a cabeça para a direita, e o olhar de Margrete foi para onde as árvores se separavam, revelando uma trilha quase invisível. Sem uma palavra, seu líder começou a descer o caminho estreito, os passos leves. Ele se movia como um fantasma.

Mila ficou perto de Grant, e Margrete se perguntou se eles eram parentes. A jovem marinheira continuamente trocava olhares com ele enquanto seguiam Bay. Atrás deles, dois irmãos caminhavam lado a lado, olhos azuis iguais, arregalados e alertas. E, por fim, um homem louro andava sozinho, com a mão fixa na adaga presa ao quadril.

Margrete foi a última a descer, depois que o último membro do modesto grupo seguiu atrás de Bay. Enquanto ela andava, seus olhos se desviaram para os céus. Quase nenhuma luz atravessava os galhos e as folhas cor de ônix, e era difícil discernir quanto tempo havia se passado.

As pontas de seus dedos zumbiram mais uma vez, e Margrete os moveu a sua frente, torcendo os pulsos. Nervosismo. Tinha que ser o nervosismo.

No entanto, mesmo enquanto ela se assegurava de que nada fora do comum estivesse em jogo, a moeda em seu bolso parecia vibrar com vida, pulsando em sintonia com cada batida do seu coração. Se a moeda fosse real, se realmente pertencesse à deusa, então...

De súbito, Margrete colidiu com as costas largas de Grant.

Todo o ar saiu de seus pulmões, e um pedido de desculpas morreu em sua língua. Havia uma razão para todos terem parado de andar abruptamente — e a cena à frente de Margrete congelou-a no lugar.

Ossos.

Ossos humanos.

Eles estavam espalhados em uma clareira, alguns quebrados e estilhaçados, outros inteiros. Alguns ainda tinham vestígios de músculos em decomposição que não tinham se separado.

— Santos deuses — disse ela em um fôlego. — Que porra é...

Ela caiu no chão com um grito de dor que sufocou suas palavras. Sua perna *queimava*, formigando como se mil agulhas minúsculas estivessem sendo espetadas em sua pele. Na agonia confusa, ela enfiou a mão no bolso, porque sentiu a moeda escondida latejando furiosamente em sua mão. O cheiro de cobre flutuou para suas narinas, e o calor se acumulou na palma de sua mão.

Enquanto Bay cambaleava para perto dela, Margrete estendeu a moeda. Seus dentes rangeram enquanto a olhava com admiração. E com medo. A moeda não tinha mais um brilho misterioso.

Sangue.

Escorria do símbolo como lágrimas.

Margrete virou-se para Bay assim que a primeira gota caiu e a ilha fez um estrondo brutal. O restante da tripulação tombou no chão, tendo perdido a firmeza dos pés.

Bay a segurou enquanto lutava para mantê-los firmes. Ela agarrou sua camisa rasgada com as duas mãos, virando o rosto para o peito dele, estremecendo tão violentamente quanto a terra.

Um segundo depois, tudo cessou. Tudo se acalmou. O mundo cinza se endireitou.

Margrete espiou por baixo da segurança do braço de Bay. O nevoeiro da cor da meia-noite avançava em direção a eles, serpenteando por entre as árvores e a mata. Seu ritmo não lhes daria tempo para fugir, para correr de volta à praia. Movia-se como se fosse senciente, como se sentisse a presença deles e desejasse sufocá-los sob seu espesso manto de veneno.

Os olhos dela se fecharam enquanto a névoa a envolvia, roubando seu ar e sua visão. Ela percebeu a pulsação fraca em sua mão, a batida estrondosa da moeda diminuindo. Por fim, parou de latejar completamente quando Margrete deu um último suspiro.

CAPÍTULO QUATORZE

Bash

Algo pesado estava em cima de Bash.

Ele acordou segundos antes, o cheiro de carne podre entupindo suas narinas. Quando tentou se levantar, fazer alguma coisa para escapar do odor pungente da morte, não conseguiu se mover sequer um centímetro. Não conseguia *ver* nada além de cinza e branco.

O pânico imediatamente correu em seu sangue, e a adrenalina fez seus braços sacudirem, debatendo-se contra a camada branca que o envolvia. Os objetos empilhados em cima dele eram gelados ao toque, duros, mas quebradiços, e cheiravam mal.

Um estalo soou no alto, o barulho o incitando a continuar lutando. Por fim, ele conseguiu levantar o braço alguns centímetros e usou esse espaço para fechar a mão em punho e bater contra a barreira restante.

Não havia tempo para considerar onde ele estava ou o que o prendia. Bash só sabia que, se não saísse logo, sufocaria aos poucos. Já estava ficando tonto pela falta de oxigênio, e o aroma pungente fez a bile subir, queimando sua garganta.

Bash engoliu o medo, como costumava fazer, e se focou na tarefa. Ele se concentrou em pequenos movimentos, as mudanças triviais que permitiam que mais ar se infiltrasse e o ajudasse a respirar. Pouco a pouco, deslocou os objetos que o prendiam, e com a visibilidade quase nula, imaginou a única coisa que sempre o acalmava. A única *pessoa*.

A imagem dela lhe deu força, e, com um rugido, Bash ergueu os dois braços ao mesmo tempo e quebrou a camada final de branco que o mantinha cativo.

Ele se libertou, enchendo desesperadamente os pulmões, ofegante, enquanto acalmava sua pulsação. Mesmo piscando, não conseguia clarear a visão, e uma fina camada de pó flutuava no ar, lançando tudo em uma névoa sombria.

Onde ele estava?

Bash gemeu enquanto se levantava e se apoiava nos cotovelos. Algo duro estalou sob o peso de sua mão, e seu olhar instantaneamente foi para baixo. Ele quase desejou não ter olhado.

Merda.

A adrenalina que o salvara momentos antes voltou com força total, embora, desta vez, a ansiedade que a acompanhou fez o mundo girar.

Ele foi enterrado sob ossos.

Ossos.

Ele se levantou com outro grito. Restos humanos não o assustavam, mas acordar sepultado sob eles? Enterrado como se fosse outro corpo sem alma deixado ali para apodrecer? Sim, aquilo certamente era o suficiente para desencadear seu pânico.

Bash se arrastou para cima e para fora da pilha de restos humanos, propositalmente não olhando para onde pisava. Memórias do *Phaedra* naufragando quase o fizeram se dobrar de horror, mas se forçou a seguir em frente, rangendo os dentes. Tinha que chegar onde Margrete e sua tripulação estavam. Ele se dirigiu a uma pequena aglomeração de árvores à sua direita, deu um passo descuidado para frente...

E caiu.

O momento de queda livre foi rápido. Em um segundo, seu coração despencou e seu estômago se contorceu em nós enquanto suas botas balançavam ao ar livre, e, no próximo, ele sentiu o impacto.

A água congelada correu ao redor dele e o engoliu. Ele lutou contra a corrente que o levava por um riacho estreito, manchas de neblina branca revestindo as margens.

Ele perdeu segundos preciosos abrindo a boca para gritar, e sabia que não tinha muito tempo antes que seu ar acabasse. Azantiano ou não, ele não conseguia *respirar* debaixo d'água. Não como Margrete conseguia.

Ao pensar nela, Bash se impulsionou com mais força, chutando com mais vigor. E se ela tivesse sido enterrada, assim como ele, sob uma pilha de restos humanos? E se estivesse clamando por ajuda e ele se afogasse porque estava em pânico demais para enxergar direito?

Bash se esforçou, dentes à mostra, lutando contra a corrente. Não podia morrer. Não assim, e não com a segurança de Margrete em jogo.

Como costumava fazer no passado, Bash se entregou à água, usando a corrente a seu favor. Ele relaxou o corpo o melhor que pôde e fechou os olhos, buscando o pulsar da água, sua força vital.

Azantianos foram feitos para isso, e os instintos de Bash assumiram o controle.

Uma grande sacudida o atravessou no momento em que se conectou, e a resistência que o prendia se dissipou. Com a mulher que amava nos pensamentos, Bash chegou à superfície.

A correnteza ainda o carregava, embalava-o enquanto ambos se moviam, e ele conseguiu encher os pulmões de ar fresco e vida. Bem, fresco não era a melhor palavra. A brisa trazia alguma especiaria exótica que se misturava ao aroma geral de decomposição do ambiente.

Emergindo e imergindo, Bash mal conseguia ver as árvores do tipo *trema orientale* e seus galhos finos, mal podia ver o solo escuro que corria de ambos os lados. No entanto, quando suas pernas começaram a formigar, se concentrou nessa sensação. Começou lentamente, o tremor, a dormência formigante. Subiu pelos dedos dos pés e rastejou além de suas botas e panturrilhas.

Bash se virou para o lado, chutando com seus membros instáveis, esperando alcançar a margem e se arrastar para a terra firme. Foram preciso três tentativas, mas, enfim, ele agarrou uma das raízes retorcidas mergulhadas na água. Com a raiz bem segura entre as mãos, ele se ergueu do riacho, fazendo uma careta enquanto lutava para jogar a parte superior do corpo no solo preto.

Ele caiu com um gemido.

Bash estava ali, imóvel e completamente atordoado. Aquele estranho formigamento em suas pernas cessou, e ele movimentou os dedos dos pés dentro das botas encharcadas. Rastejando até a margem, virou de costas, olhando para cima em busca de um menor indício de céu brilhando entre as árvores.

O *Phaedra* tinha naufragado.

A pergunta óbvia, é claro, persistia: como ele foi parar tão longe da costa e ainda por cima coberto de ossos? O certo seria ter chegado à praia com os outros, se *houvesse* outros sobreviventes. Não fazia nenhum sentido.

Bash colocou a mão em seu coração, que batia descontrolado. Agora que não estava mais enfrentando a morte iminente, tinha que descobrir sua localização e formular um plano. Ficar parado ali não lhe daria respostas, e certamente não lhe diria o que aconteceu com Margrete e seus amigos.

Ele se sentou — prestes a se levantar do chão — quando fez uma pausa. Avistou sua mão direita.

O medo com o qual ele estava lutando se libertou.

Tinta preta manchava os cantos de suas unhas perto da cutícula, sua pele tingida de um tom correspondente logo abaixo. Bash aproximou a mão, usando a outra para tentar limpar a tinta. Não limpou. Na verdade, ele poderia jurar que viu a tinta se espalhar, ainda que só um pouco.

Ele amaldiçoou, mais alto do que pretendia. Podia ser qualquer coisa, algum tipo de tintura que iria desaparecer, mas a forma como a tinta parecia girar e se mover destruiu sua compostura. Absolutamente acabou com ela.

No fundo, ele sabia que não era tinta.

Bash ficou de pé e virou a cabeça para a esquerda e para a direita, examinando a floresta fantasmagórica que se elevava ao seu redor como esqueletos carbonizados. Não havia gritos de animais nem o chilrear dos pássaros, nenhum dos sons típicos que se ouve em uma floresta. Apenas o barulho do riacho e dos ventos ruidosos chegavam a seus ouvidos, e a brisa trazia aquele maldito cheiro de podridão.

Calma. Bash teve que se concentrar para encontrar alguma calma. Porque, naquele momento, preso e sozinho em um lugar que só os deuses sabiam onde, ele estava muito perto de perder a cabeça. Ignorou seu instinto de gritar o mais alto que podia, chamar por sua tripulação desaparecida. Por Margrete. Em vez disso, anos de treinamento tático com Ortum o fizeram desacelerar e avaliar a situação.

Movendo-se para a árvore mais próxima, Bash passou a mão tingida pela casca áspera. Ele nunca tinha visto ou ouvido falar de uma árvore com folhas pretas, o que significava que não havia relatos daquela ilha na biblioteca de Azantian — o que era bastante estranho. Os guardiões do mar conheciam qualquer ilha ou costa em que as águas roçassem a praia.

Abaixando a mão, Bash continuou andando através do mato, murmurando uma centena de novas maldições. Galhos caídos agarraram violentamente sua calça rasgada, e Bash detectou o leve cheiro de seu sangue no ar.

Alguns minutos de caminhada sem rumo o levaram a uma espécie de clareira. Uma árvore solitária erguia-se bem no centro e, embora parecesse semelhante às outras, o tronco era largo e grosso e as folhas escuras brilhavam com manchas cor de prata reluzente.

Bash não deveria ter se aproximado. Quantas histórias ele tinha lido nas quais o herói conscientemente tocava o objeto amaldiçoado ou divino durante uma de suas missões? Esses contos nunca terminavam bem, e ele sempre achou que teria tomado uma decisão melhor se estivesse no lugar do protagonista.

Talvez não fosse tão inteligente quanto imaginava.

A poucos metros de distância, Bash percebeu uma confusão de redemoinhos e madeira lascada. Algum tipo de escrita havia sido esculpida no tronco.

Cuidado com a Noite Eterna.

Incapaz de evitar, Bash tocou a inscrição, roçando a madeira descascada onde havia sido gravada. Uma mancha vermelha brilhava ao lado da letra *C*. Ele se inclinou, observando com horror como a mancha vermelha florescia, enquanto se transformava em um fio carmesim. Bash disparou para trás.

Ele sentiu cheiro de sangue — e não era o dele.

O sangue passou a escorrer livremente das letras esculpidas, e Bash tropeçou em seus pés, desesperado para ficar o mais longe possível da árvore *sangrando*. Na pressa, ele deu meia-volta e tropeçou em um galho, caindo de cara no chão. Ele resmungou com o impacto.

Adrian estaria rindo pra caramba se tivesse visto seu rei exibindo tal deselegância. Bash treinou por anos para ser um assassino silencioso, um oponente formidável, mas, naquele momento, foi superado por ossos, um riacho e, para um toque final, um mero galho.

Bash se ergueu pelo que parecia ser a centésima vez e esfregou as mãos sujas na calça.

Reuniu o que sabia: Margrete no convés, a tempestade, o *Phaedra* prestes a afundar. Mas uma lembrança em particular, uma cena com bordas borradas, chamou sua atenção. Ele tinha visto algum tipo de sombra, uma que se movimentava em direção a ele de mãos estendidas, como se quisesse agarrá-lo. A ventania se ampliou ao redor de Bash, e ele se perguntou o que estaria fazendo na proa em vez de estar com seus homens. Nunca os teria abandonado durante uma tempestade, ele...

Um grito soou.

O vento parou de soprar.

O ar ficou frio, pesado pelo gelo.

Bash se acalmou, seu corpo ficando reto. Os anos de treinamento enfim tinham aflorado, e ele rapidamente pressionou as costas contra a árvore mais próxima, os ouvidos atentos enquanto ouvia o barulho estridente soar de novo. Aquilo não poderia ter sido um animal.

Ele esperou por muitos longos minutos, prendendo a respiração com medo de que o que quer que tivesse feito aquele barulho viesse atrás dele e o atacasse. No entanto, nenhum galho quebrou ou folhas se enrugaram, nenhum sinal de que alguém ou alguma coisa se aproximava. Bash cautelosamente saiu de seu esconderijo, olhando a floresta através de fendas estreitas.

Recomponha-se, ele se repreendeu. Adrian teria dito a ele para...

Bash viu um movimento logo à frente, apenas um leve vislumbre de cinza. Estendeu a mão para segurar sua adaga enquanto uma névoa preta e ardósia rastejava ao redor das árvores como vapor. A névoa correu em sua direção, rápida demais para fugir e densa demais para ver além.

Não poderia ter um momento para recuperar o fôlego?

A névoa pareceu acelerar em resposta.

Acho que não.

Dando meia-volta, ele disparou, desviando de árvores e troncos caídos, pulando os arbustos e a vegetação rasteira e espessa. Seu coração disparou e suor umedeceu sua testa, mas ele não ia parar.

Embora determinado, Bash sabia que apenas pura vontade não seria suficiente para livrá-lo do nevoeiro. Ele o perseguia, ansioso para engoli-lo inteiro. Então impulsou as pernas para a frente, desejando que seu corpo não estivesse tão lento, tão fraco.

Quando a névoa mística deslizou atrás dele e envolveu seu corpo, Bash cerrou os dentes, ainda lutando para correr. Lutar.

Uma vez que a névoa encheu seus pulmões, Bash caiu, desabando no chão. Ele bateu a cabeça, e manchas pretas pontilharam sua visão. Em segundos, a escuridão tomou conta de todo o restante.

Bash parou de respirar.

Então fechou os olhos, um pesadelo de garras, dentes e escamas varrendo sua mente. Ele gritou no vazio, o tempo todo sabendo que não havia escapatória.

CAPÍTULO QUINZE

Margrete

Margrete abriu os olhos. Estava em um penhasco rochoso à beira do mar. Sozinha. O céu, que antes estava cinza e nublado, tinha sido varrido por um azul vibrante, o sol brilhando sobre ela com força total. Ela se virou.

Prias.

De alguma forma, Margrete se viu novamente em Prias, no topo dos penhascos que davam para a baía, os que ficavam bem ao lado da fortaleza de seu pai. Ela franziu a testa. Embora a brisa que refrescava seu rosto fosse bem-vinda, não cheirava a Prias. Misturando-se aos aromas familiares das docas abaixo da fortaleza pairava uma especiaria que ela não reconheceu.

Espere.

Ela a *reconhecia*. Embora tenha sentido o cheiro pela primeira vez na praia, era a mesma que sentiram depois de quase perderem a vida.

Tudo voltou para ela em uma corrida doentia, e a última coisa de que se lembrava era de uma neblina... então nada.

Sem saber por que ou *como* aquele nevoeiro peculiar a levara ali, dentre tantos outros lugares, Margrete atravessou as rochas em direção à fortaleza. Mal caminhara alguns metros quando algo tiniu dentro de seu bolso. Ela estendeu a mão e retirou a moeda que encontrou enquanto procurava Bash.

Cuidado com a Noite Eterna.

O aviso a olhou de volta, provocando-a. O que aquilo significava? E como a moeda tinha ido parar no bolso dela? Sua lista de perguntas só crescia.

Margrete acelerou o passo, incerta de tudo, de cada movimento que fazia, de cada respiração que dava. Ela apenas se movia. Mais longe das falésias, longe do mar que a chamava, Margrete não parou até que abriu os portões principais da fortaleza do pai e entrou.

O silêncio a cumprimentou. Nem mesmo os sons habituais dos empregados chegaram aos seus ouvidos, e ela espiou pelos cantos enquanto passava pelos corredores, procurando qualquer outra alma. Mais uma vez, se viu completamente sozinha. Como se o instinto a guiasse, Margrete agarrou o corrimão da escada e subiu na ponta dos pés até o segundo andar.

A fortaleza que ela tinha chamado de lar por vinte e três anos parecia vívida demais para ser real, como se estivesse olhando para a versão de um artista e ele tivesse usado muita cor.

Estava prestes a subir para o terceiro andar, onde encontraria o quarto dela e de Birdie, quando os pelos de seus braços se arrepiaram. Uma suave canção de ninar tocava em algum lugar próximo, uma melodia que ela nunca tinha ouvido. Isso a lembrou do verão, da inocência e tudo o que ela não teve quando criança. Não conseguia se conter e continuava caminhando em direção à fonte.

Seus membros ficavam fatigados a cada passo, sua mente ficando pesada também, e sempre que ela se concentrava em algo além da canção de ninar, a escuridão rastejava ao redor de sua visão.

Margrete não percebeu onde estava até que fosse tarde demais.

Estava no centro do escritório de seu pai. O lugar onde seu trauma começara.

Aquela música inebriante continuou a tocar, provocando-a. Ela tinha que encontrá-la; estava desesperada para segurar a música em suas próprias mãos e guardar tudo para si mesma. Era uma promessa de futuro, uma melodia de alegria e infinitas possibilidades.

Margrete se arrastou até a mesa de mogno do pai e, mesmo que o som exigisse que continuasse a procurar, seus pés tropeçaram. Ela não queria estar ali, de volta àquele escritório. Seu pânico floresceu, e o suor umedeceu sua testa. A sala começou a girar, e ela temeu que seu coração, que batia selvagemente, escapasse do peito.

Ela estava tendo algum tipo de ataque.

E não conseguia respirar. Mal conseguia se mexer.

Margrete fechou os olhos. A sala girou e ficou borrada, e ela só queria que tudo parasse, queria estar em qualquer outro lugar do mundo. De repente, voltou a ser criança, chorando para que o pai abrisse a porta da caixa, implorando para que ele a amasse. Isso era tudo o que ela sempre quisera, uma coisa tão simples, e ainda assim era a única coisa que ele não poderia dar a ela.

Quando Margrete abriu os olhos em seguida, estava na escuridão total. Ela gritou e o som ecoou, ficando mais alto, mais estridente com o passar dos segundos. Instintivamente, seus braços se ergueram, e imediatamente tocaram os painéis de madeira maciça de uma prisão que ela conhecia muito bem.

A caixa.

A arma que seu pai tinha usado para controlá-la. Uma tentativa de tirar a divindade que se abrigava em sua alma e enviá-la de volta para a pedra sagrada que ele tinha roubado. Com isso, ele não conseguiu recuperar a magia, mas certamente conseguiu deixá-la assustada, transformando-a em uma criança perdida, implorando freneticamente por ar, por luz. Por amor.

Margrete bateu na madeira, chutando e gritando até a garganta ficar em carne viva. Não parou até que o calor se espalhou por seus dedos, até que seu sangue gotejou no chão. Deuses, ela não poderia estar ali. De novo, não.

Quando gritou novamente, o chão sob suas botas tremeu e balançou. Ela cambaleou para o lado da caixa, batendo o ombro e uivando de dor. Deve ter cortado mais do que os punhos, porque o cheiro de sangue intensificou.

Aquilo poderia ser um sonho, uma invenção de sua imaginação, e não teria importância para ela. Mas enquanto aquelas paredes a cercassem, Margrete não conseguiria pensar direito.

A caixa estremeceu com violência, e então ela estava rolando, girando e girando como se sua prisão tivesse sido jogada para fora do castelo. Margrete se dobrou, ansiando por ar enquanto girava em um ciclo interminável de tormento.

Não conseguia pensar em Bash, Birdie ou na ilha em que desembarcaram. Tudo o que a consumia era a sensação avassaladora de estar confinada. Estar ali trazia toda a sua dor de volta, o peso esmagador de nunca ser suficiente, como se ela fosse um refugo a ser descartado sempre que o capitão achasse adequado.

O medo de Margrete a devorou.

Ele a torceu e virou do avesso.

Ela arquejou quando a caixa bateu em algo que parecia mais duro que pedra. O ar saiu de seus pulmões, e ela estendeu os dois braços, tocando as paredes de sua jaula. Tinha parado de rolar, mas...

Ela ouviu ondas.

Sentiu o cheiro do mar.

Sentiu-se *afundando*.

O grito de terror puro e verdadeiro que saiu de seus lábios machucou seus tímpanos. As unhas sangravam de tanto arranhar a madeira, na tentativa de escapar como um animal enlouquecido. Ela podia sentir a caixa caindo, podia sentir que descia nas ondas.

A água entrou pela fresta da porta. Ela bateu em seu rosto, entrou em sua boca. Era seu maior pesadelo — estar presa e morrendo naquela caixa de horrores. Dar seu último suspiro na engenhoca construída para destruí-la.

Margrete sempre se julgou capaz de pensar rápido o suficiente para se salvar quando colocada em uma situação de vida ou morte. Mas ela se autoconhecia melhor àquela altura.

O medo, em sua forma *mais pura*, a imobilizava.

Ela se ouviu falar o nome de Bash, mas soou distante, ao contrário de sua própria voz. Suas palavras eram distorcidas e estridentes. Desequilibradas.

Pare.

A voz que preencheu sua mente não pertencia a Darius. A Bash. A Birdie.

Em algum lugar à distância, ela distinguiu os comandos de estabilização, todos dizendo a ela para se acalmar, para se lembrar de que nada daquilo poderia ser real. E... aquela voz?

Pertencia a ela.

De alguma forma, *de alguma forma*, uma pequena parte dela se elevou acima do alarme e do pânico e exigiu que ela lutasse. Margrete se agarrou à voz com força e a acolheu. Apertando os olhos, ela ouviu cada sílaba dominante, ignorando o quanto tremia.

Ele falhou. Ele nunca ia conseguir te quebrar.

O capitão tentou e não conseguiu. Ele a torturou por anos, e sempre que abria a porta da caixa, ela erguia o queixo e forçava um sorriso. Foi assim que ela lhe mostrou que ele não poderia quebrar sua armadura, e que nunca conseguiria roubar totalmente sua alma.

Uma alma que não o deixaria vencer.

É isso, disse sua própria voz, guiando-a. *Respire fundo. Ele se foi. Morreu. Não pode tirar mais nada de você.*

Margrete manteve os olhos fechados, fingindo que a água não tinha subido até seus quadris.

Você é mais forte do que isso. Do que ele.

Ela suportou o inferno e saiu dele, e teve a sorte de encontrar a felicidade e a metade que faltava em sua alma. Margrete sofrera, como tantos outros, e se reerguera.

O som das águas agitadas ficou rígido e, lentamente, ela o desligou completamente.

Margrete imaginou Azantian, a ilha onde mudou seu destino. Ela se imaginou subindo na onda que destruiu seu pai, e reviveu o momento em que permitiu que aquela onda letal caísse, matando seu algoz.

Em vez da vergonha que sentiu durante meses após a morte dele, Margrete sentiu... justiça. O senso de justiça que veio ao enfrentar o mal encarnado e triunfar.

Todo o barulho parou e o ar ganhou vida, vibrando tão forte que até as tábuas sob suas botas estremeceram.

Quando tudo se acalmou e um manto de paz caiu sobre sua alma cansada, Margrete abriu os olhos.

CAPÍTULO DEZESSEIS

Bay

O corpo carbonizado de Adrian não se movia. Seu peito não subia e descia com as respirações firmes que muitas vezes embalavam Bay para dormir. Seus olhos não se abriram e brilharam com sua própria malícia sutil. O homem sem o qual Bay não poderia viver jazia morto nas pedras do lado de fora do palácio de Azantian.

Bay não se importava que o palácio tivesse queimado. Como poderia? Ele sacudiu seu amado, as lágrimas caindo nas bochechas marcadas de Adrian, pingando em um rosto que estava quase irreconhecível pelas queimaduras. Um rosto que nunca mais iluminaria seu coração.

— Vamos, Adrian. Abra os olhos. *Olhe* para mim. — soluçou Bay, jogando-se contra o peito largo de Adrian. A bile subiu em sua garganta quando o cheiro de pele e cabelo queimados atingiu suas narinas, sufocando-o. Ele engoliu em seco e apertou Adrian com mais força, esperando que seu amor pudesse salvar os dois, porque se ele morresse...

Bay não sabia se iria se recuperar.

Esteve sozinho por tanto tempo que, quando Adrian entrou em sua vida, percebeu quão despedaçado estava. Quão solitário.

Por ser órfão, Bay nunca pensou que encontraria uma conexão como aquela com outra pessoa. Acreditar e esperar levava à decepção e à dor, e ele já estava farto. Por isso se concentrou no treinamento, nas armas e em se tornar alguém temido e respeitado. Ignorou os soldados que lhe disseram que era muito pequeno ou muito fraco para se tornar um dos reverenciados soldados Azantianos. Bay ignorou todos eles.

Ele nunca se importou.

Adrian *fez* com que ele se importasse. E então ele não conseguia parar.

Bay se levantou do peito de Adrian. O palácio rugia em chamas, as labaredas fazendo com que os andares superiores desmoronassem e caíssem. Elas o alcançariam em breve. Se Bay ficasse ali por mais tempo, seria levado com os escombros.

Bay não se mexeu. O fogo poderia levá-lo também, porque onde quer que Adrian fosse, ele o seguiria sem pensar.

Ele não sabia como o incêndio tinha começado. Tudo o que se lembrava era de um flash de faíscas alaranjadas, o cheiro de magia das trevas, e, depois, o desastre total. Ele arrastou o corpo de Adrian para fora dos portões e não se moveu desde então.

Talvez ele merecesse aquele fim. Sempre achou que morreria sozinho e subserviente. Pateticamente indesejado.

Seu braço direito começou a tremer incontrolavelmente. Ele quase podia sentir dedos fantasmas apertando seu músculo, cavando sob sua camisa e machucando a pele. O que quer que tivesse tomado conta dele tornou-se implacável, e a visão de Bay nadou enquanto ele era jogado ao lado do cadáver de Adrian.

Ao longe, alguém o chamou.

Ele caiu de costas e seus olhos se desviaram para o céu. A tremedeira continuava. Era tanta que até que o próprio sol parecia piscar, as nuvens se acinzentando e perdendo toda a brancura.

O palácio oscilou dentro e fora de foco, mesmo quando Bay olhou para a janela mais alta, notando apenas um mínimo vestígio de cabelo ruivo.

Bay!

Os dedos que ele sentiu em seus braços apertaram, e então outro par segurou seu outro braço.

Acorde!

Parecia familiar. Como se pertencesse a alguém que ele amava. Alguém que o amava também.

Bay olhou fixamente para os olhos fechados de Adrian, sabendo que nunca mais os veria faiscar.

Não é real.

O chão em que ele estava deitado estremeceu. O céu escureceu, e ele pôde distinguir flashes de folhas carbonizadas e galhos pretos.

Não me deixe.

Bay deu um salto. O ar não tinha o cheiro certo, não como sua casa. Cheirava mal. Assim como...

A ilha.

Bay estava em uma ilha de areias cinzentas, e Margrete... era a voz *dela* que implorava para ele acordar, para voltar para ela.

Quando a onda de consciência assaltou seus sentidos, o ar que ele sabia estar errado ficou pesado e espesso. Ele fechou os olhos e se concentrou na voz que o alcançou quando nem ele conseguiu alcançar a si mesmo.

Volte para mim.

CAPÍTULO DEZESSETE

Bash

O tempo passou e fluiu, e Bash não conseguia distinguir uma respiração da outra. Um cruel vazio de sombras fez sua pele coçar e pinicar, como se mil aranhas dançassem em seu corpo e picassem sua carne.

Bash se virou e tudo o que encontrou foi escuridão sem fim. Ele estava sobre uma pedra, a pedra ônix lisa com veios brancos que se estendia por toda a ilha, como os galhos.

Ele devia estar morto. Ou morrendo. Não havia outra opção.

Ele ouviu passos se aproximando à distância, um suave tamborilar de pés descalços. Bash prendeu a respiração e esperou, cada músculo de seu corpo tenso e preparado para uma batalha. Embora pudesse ter deixado o plano mortal, não estava especialmente interessado em desistir e aceitar seu destino. Se algo viesse, ele lutaria com unhas e dentes.

Sua respiração parou completamente quando uma mulher emergiu do nada cinza e preto esfumaçado, usando um vestido feito de pura seda branca. Cabelos longos e escuros pendiam frouxamente pelas costas, as pontas com uma aparência quase chamuscada. Escamas pretas e cintilantes acariciavam seu peito e envolviam seu pescoço como um laço horrível, e as pontas dos dedos dos pés estavam escurecidas como se tivessem sido queimadas.

Não era o oponente que ele esperava, e Bash estagnou, imóvel sob o peso do olhar astuto da estranha figura. Não era uma mulher, mesmo com pernas no lugar de uma cauda pontiaguda. Não. Bash percebeu com clareza surpreendente o que ela era.

Uma *nymera*... e uma que parecia mais humana do que ele imaginava ser possível.

Bash cerrou os punhos enquanto ela se aproximava, se movimentando preguiçosamente, sem pressa, sorrindo como se ela se divertisse com sua crescente inquietação.

A criatura o avaliou com grande interesse, seus olhos redondos deslizando por sua forma com o que ele poderia confundir com curiosidade. Seu pulso acelerou em resposta, um grito sufocado preso no peito. Ele sabia, pelos poucos livros que lera sobre nymeras, que eram rápidas, embora normalmente fossem encontradas perto do mar, de onde extraíam parte de sua energia. Naquele abismo sobrenatural, não havia mar. No entanto, aquela mulher, aquela coisa, estava ali, se aproximando.

Quando ela parou — melhor dizendo, *pairou* — a não mais do que um metro e meio de distância, ela se acalmou, inclinando a cabeça para o lado e fechando os punhos. Com horror, Bash vislumbrou suas garras serrilhadas, que estalaram ritmicamente uma contra a outra. Ele baixou o olhar, observando aquelas armas perfeitamente afiadas nas pontas de seus dedos. Não tinha dúvidas de que poderiam infligir uma dor inimaginável.

Talvez fosse por isso que ele simplesmente levantou os olhos para saudar o demônio de vestido branco tão enganosamente puro.

Olá, querido rapaz.

As boas-vindas roucas foram direto para sua mente, os lábios rachados da criatura continuavam imóveis. O som ecoou no crânio de Bash, cada sílaba pronunciada e cortante. Era uma voz que ele tinha ouvido antes — em sonhos, durante a reunião do conselho, sob o palácio, na Caverna Adiria. Era *ela*. A besta que o chamava.

— Quem é você? — Bash exigiu saber, erguendo o queixo. Sentir medo não era uma opção. Bash sabia que aqueles monstros se alimentavam de desordem, inalando medo para aumentar sua força.

Ele só desejava poder ver sua oponente corretamente, e que o ar não pesasse em seus ossos, fazendo tudo parecer dolorosamente lento.

A nymera levantou a mão, deixando à mostra teias de aranha de tinta preta como veias retorcidas na pele de porcelana. Bash não podia fazer outra coisa além de recuar. Se tentasse pegar sua adaga, a criatura atacaria.

Bash não conseguia se mover. Deuses, ele mal conseguia ficar de pé.

Uma pressão fantasma pousou em seus ombros, obrigando-o a ficar de joelhos. Ele lutou, e não se dobrou facilmente.

Um sorriso malicioso curvou os lábios da nymera, e ela se inclinou para frente, colocando um único dedo sob sua mandíbula. Seu toque era terno, se não reverente, e ela arrastou a garra afiada até seu peito, parando acima do coração, que batia descontroladamente. Foi ali que ela parou.

Ao longo de sua análise vagarosa, Bash segurou seu olhar. Ele era um rei. E aquela *coisa* não merecia seu medo. Ainda assim, algo o atormentava quanto mais olhava para ela. Ele respirou fundo, embora a sensação incômoda permanecesse.

Você cresceu bem.

A nymera baixou a mão e abriu um sorriso largo o suficiente para exibir um conjunto de dentes irregulares, mais afiados do que qualquer predador no mar.

— Eu cresci bem? — ecoou ele, se arrepiando. Ele queria atacar e derrubar a abominação sorridente, mas seu corpo se recusou a seguir seu comando. A mulher, a nymera, sorriu, um tipo de sorriso conhecedor que disparou todos os alarmes de Bash.

Você vai descobrir o que quero dizer em breve.

Congelado, atordoado, *indefeso*, Bash assistiu enquanto uma névoa rolante — a mesma que o havia atacado na floresta — veio rápido pelo espaço vazio. Uivos estridentes soaram, crescendo dolorosamente altos à medida que as nuvens se aproximavam, e ele percebeu mãos se movendo em meio ao caos. Caudas. Rostos.

Sim. Bash conseguiu distinguir vários rostos na neblina, todos pálidos e vazios, com íris escuras como as dele. Um vento podre carregou a horda de monstros e, como se fossem um só, esticaram seus dedos alongados, alcançando Bash.

Ele não conseguia mais controlar o medo.

Bash gritou, tentando se mover, correr. Sua luta foi inútil.

Encurralado. Ele estava preso e nada poderia salvá-lo da onda de criaturas com presas feitas para perfurar a pele. Presas de monstros que podiam sugar a alma diretamente do corpo de suas vítimas.

Você é seu próprio pesadelo, soou a voz da nymera feminina em algum lugar distante. Bash não podia virar a cabeça para procurá-la, mas sentia sua presença.

Ele queria balançar a cabeça, negar suas palavras. Elas podiam não fazer sentido para mais ninguém, mas ele as entendia muito bem.

Sentia aquela escuridão dentro de si havia muito tempo, e desde o ataque a Azantian, seu domínio sobre sua besta interior estava diminuindo. As pontas dos dedos de Bash formigaram novamente, e como seus olhos eram a única coisa que podia mover, ele olhou para os lados.

A tinta em suas unhas.

Deuses.

Suas unhas escurecidas cresceram diante de seus olhos, longas, afiadas e grotescas. Ele poderia ter gritado quando o sangue se acumulou ao redor da base, quando a pele se esticou e aceitou as garras saindo de ambas as mãos, mas ele não ouviu nada além de seu coração pulsando.

Nada naquele lugar parecia real, mesmo que Bash *sentisse* uma dor severa e cortante. Era como estar preso em um sonho lúcido, totalmente consciente e suscetível aos horrores que invadissem sua mente. E ele não podia fazer nada sobre aquilo.

Bash ergueu os olhos e encontrou seu reflexo. A névoa sobrenatural que o havia roubado da realidade rodopiava caoticamente, dançando ao redor de um espelho prateado forrado com pedaços quebrados de vidro escuro do mar.

Olhe. Olhe para o seu verdadeiro rosto. A voz ecoou em sua melodia assombrosa, uma provocação amaldiçoada.

Bash vislumbrou seu rosto, os olhos escuros e... o cabelo, agora preto.

Os fios encaracolados tinham mudado de castanho-avermelhado para o preto mais escuro. Boquiaberto, ele não conseguia acreditar que a criatura que observava era ele mesmo. As escamas enrolavam-se em seu pescoço, serpenteando para mergulhar sob a camisa esfarrapada, suas extremidades brutas e afiadas.

Ele piscou, e a mulher de branco voltou para diante dele, o espelho e seu reflexo desaparecidos.

Ela fez um gesto com a cabeça, baixando o queixo em boas-vindas.

Eis quem é você, meu filho.

CAPÍTULO DEZOITO

Margrete

Margrete pairou sobre o corpo adormecido de Bay. Ela o sacudiu de forma rude, tentando desesperadamente libertá-lo do feitiço ao qual ambos sucumbiram. Aquele maldito nevoeiro… ele deve ter causado as alucinações venenosas.

— Acorde! — Ela agarrou os braços de Bay com força suficiente para machucar, não aceitando que não veria seu sorriso travesso novamente ou sentiria os abraços muito apertados. Ele era seu amigo, e ela precisava dele muito mais do que ele sabia. — Por favor, volte para mim!

Bay abriu os olhos com um suspiro ofegante.

Virou para o lado e vomitou, nada além de ar sufocado saindo de seu estômago vazio.

Graças aos deuses.

— Shhh. — Margrete o acalmou, esfregando-lhe as costas. O coração dele batia contra as costelas. Ela pensou que tinha perdido Bay para o submundo. Para sempre.

Com o canto do olho, Margrete vislumbrou alguns membros da tripulação começando a se mexer e a se sacudir no lugar, voltando à vida, despertando de suas próprias visões. Atlas se apoiou nos cotovelos, ofegante, e Mila soltou um gemido enquanto rolava para o lado.

— O que foi isso? — Bay perguntou, agarrando o braço dela, usando-a como apoio. Seu corpo inteiro tremeu quando se sentou ereto.

— A neblina... — Ela olhou por cima do ombro, examinando a floresta. — Acho que ela causou esses pesadelos.

— Você sonhou com...

— Sonhei com meu pior medo.

Bay engoliu em seco.

— Parecia tão real — murmurou ele, ainda sem fôlego. Com os olhos vincados, deu uma boa olhada no resto da tripulação. — Estava me afogando em minha dor, e então ouvi você me chamar. Me implorando para acordar.

Todos se renderam à inconsciência ao mesmo tempo, e se suas visões tivessem sido tão horríveis quanto as de Margrete, ela sabia que tinham sofrido algo pior do que qualquer pesadelo. Era preocupante que alguns ainda não tinham aberto os olhos.

— Este lugar... — Bay engoliu em seco. — Tem algo errado.

Eles não tinham como concordar mais sobre isso, mas ainda não entendiam a razão.

— A moeda. — Margrete não a havia soltado. Lentamente, foi levantando o braço e virando o pulso. Bay prendeu a respiração quando os dedos dela começaram a se abrir, a testa franzida com o medo remanescente.

Margrete abriu a mão.

O olho esculpido no metal olhou-a, e ela poderia jurar que o viu piscar.

— O número sumiu — Bay observou, prestando atenção dentro da pupila, onde antes estava marcado com o número *um*.

Eles se entreolharam por um tempo.

Os números não desaparecem... a menos que a maldita moeda tenha pertencido a Surria e, nesse caso...

— Margrete! — Atlas gritou do outro lado da clareira. — Venha aqui!

Ela quebrou o contato com Bay e enfiou a misteriosa moeda de volta no bolso. Correndo em direção a Atlas, Margrete a encontrou pairando sobre um marinheiro de cabelo loiro-claro.

— Ele é o único que não está acordando.

Mila passou por ela e Atlas. Ela caiu de joelhos e colocou o dedo no ponto de pulsação do rapaz. A respiração estava irregular, espaçada por longos segundos.

— O coração mal bate. — Mila baixou a cabeça no peito dele. A pele do marinheiro tinha um tom doentio, e hematomas escuros se formaram sob seus olhos, como se ele não tivesse dormido. A ruiva virou-se para Margrete, com fogo nos olhos.

— Resolva isso. Cure-o.

Margrete se afastou do olhar suplicante da mulher, a exigência mordaz em seu tom de voz. Mila olhou para ela como se tivesse o poder de estalar os dedos e acordar o homem em coma.

Deuses. Talvez ela *pudesse*, mas não significava que sabia como acessar uma magia tão potente.

— Mila... — avisou Grant, se aproximando e colocando a mão em seu ombro. — Não tenho certeza se ela... se ela pode fazer isso.

— Que se dane! — disparou Mila. — Ela já salvou nosso rei, então pode *salvá-lo*.

Margrete observou o rapaz. Ele era bonito, com uma mandíbula forte, maçãs do rosto salientes e um nariz aquilino. De memória, sabia que ele tinha olhos azuis brilhantes e um sorriso gentil. Ela se sentiu culpada por ser tudo o que ela conseguia se lembrar.

— Eu... — Margrete travou, os olhos de cada membro da tripulação grudados nela, esperando, *na expectativa*. Foi demais. — I-isso aconteceu lá... — ela inclinou a cabeça na direção da praia, para o mar — ... e eu nem sei como fiz aquilo.

— Inútil — disparou Mila, levantando-se. Seu olhar venenoso ficou cheio de lágrimas. — Todos agem como se você fosse algum tipo de salvadora. Uma deusa entre nós. Você é pura enganação.

Margrete engasgou com um suspiro.

As palavras doeram, principalmente porque ela havia pensado a mesma coisa de si mesma. Mas e se Mila estivesse certa? Toda aquela prática depois do treino tinha sido um desperdício. De que adiantava levantar as águas a um metro e meio de altura? Claro, ela salvou Azantian uma vez, mas não tinha invocado poder algum para isso. O poder que usara era fruto de sua raiva, nascida do ódio palpável por seu pai.

— Olha só, ela não está negando o que eu disse — zombou Mila, recuando. Ela balançou a cabeça e saiu com raiva, esbarrando no ombro de Grant e desaparecendo entre as árvores. Seu companheiro imediatamente a seguiu, chamando por ela.

— Ela não quis dizer isso de verdade — sussurrou Bay, apertando seu ombro.

Margrete o ignorou.

— Não. Ela quis, sim.

Margrete fechou os olhos. Tentou se lembrar do que passou por sua cabeça quando salvou Bash, *como* invocou tanto poder. Ficou tão desesperada quando viu Bash imóvel e pálido, e algo dentro de si estalou. Só... aconteceu.

O marinheiro loiro sobre o qual ela pairava tinha pulso, embora lento. Margrete cerrou os dentes. Se ela tinha feito aquilo antes, poderia fazê-lo novamente, e tinha que ser mais fácil do que ressuscitar alguém.

No entanto, naquele dia em Azantian, tinha usado as palavras dos antigos, e agora não sabia se precisava entoar algum feitiço para que sua magia funcionasse. Mas não tinha proferido comandos pertencentes a uma linguagem mística. Não havia absolutamente nada.

Mesmo assim, não desistiria. Ainda não.

Colocando as duas mãos no peito que mal se movia, Margrete imaginou os fiapos de magia brilhante que tinham contornado sua visão naquele dia fatídico. Como vaga-lumes na noite, ela os perseguiu, esperando encontrar uma faísca e prendê-la.

Os murmúrios da tripulação ficaram em segundo plano. Ela ouviu as ondas e escutou sua música. Seguiu o chamado do mar e implorou que a ajudasse.

Por muitas vezes, ela chegou perto daquele poder, mas ele escapava de seu alcance. Toda vez que não conseguia capturá-lo, seu coração despencava no estômago. Começou a implorar silenciosamente, com aquela luz, rezando baixinho, para os deuses que ela, particularmente, não gostava. Recorreu a barganhar tudo e qualquer coisa, e, ainda assim, a magia não a escutou. Na verdade, recuou ainda mais. Margrete não entendeu.

Ela tinha que tocar as águas? Talvez esse fosse o problema. Ela ouviu as batidas fracas do coração do marinheiro inconsciente e petrificou ao perceber que os batimentos estavam diminuindo. Ela não teria tempo, mas se eles chegassem à costa...

Parou.

A batida *parou.*

Os olhos de Margrete se abriram, as mãos ainda no peito dele, centradas sobre o coração. Ela empurrou, se impulsionando contra ele, em movimentos ásperos e desiguais. Por causa do pânico, mal percebeu a mudança no corpo, como estava completamente mole. Continuou a empurrar o peito do rapaz até que seus lábios se separaram e...

Uma língua bifurcada apareceu e lambeu os lábios e o queixo do rapaz. Parecia que algo estava *dentro* da boca dele, se movendo, fazendo com que suas bochechas inchassem.

Ela congelou, horrorizada, quando dois olhos serpentinos a fitaram, a cabeça de uma cobra preta abrindo sua mandíbula impossivelmente larga.

Não. Ela não podia estar vendo aquilo. Não era real. Tinha que ser outra alucinação.

Mas não era uma alucinação. Em absoluto terror, Margrete viu a cobra preta saindo, deslizando para fora da boca, seu corpo comprido ainda preso na garganta. Ela podia ver como se movia sob a pele fina, fazendo o pescoço do marinheiro inchar e ondular.

Alguém gritou, talvez ela, talvez um dos outros.

Vagamente, ela ouviu Bay chamar por ela, sentiu o toque dele em seu ombro, mas ela continuou a empurrar o peito do rapaz em vão, mesmo vendo que outra cobra subia, sibilando e sacudindo a língua em advertência, seus olhos de um vermelho sinistro.

A magia de Margrete se dissipou com a visão, e ela não sentiu nada além de um medo sufocante.

E o pior era que as cobras não paravam de sair.

— Margrete, pare!

Mãos seguraram seu torso, e ela voou de costas, para longe do marinheiro imóvel que ela não conseguiu salvar.

As cobras, ágeis e cercadas de sangue vermelho e amarelo, rastejaram sobre o corpo, suas presas alongadas afundando na carne que lentamente esfriava. Elas perfuraram cada centímetro dele, sibilando enquanto se enrolavam em torno de braços, pernas e pescoço.

Margrete deu chutes no ar, lutando para retornar ao marinheiro sem nome, para tentar encontrar sua força vital e banir a magia das trevas que o amaldiçoava. Ela não podia permitir que Mila estivesse certa, não podia *se* permitir estar certa. Tinha que haver uma maneira de domar seu poder e usá-lo para ajudar quem precisasse. Margrete não queria passar a vida sendo um mero receptáculo. Ela estava destinada a mais do que isso.

— Ele se foi — sussurrou Bay em seu ouvido assim que já estavam longe do alcance da tripulação restante. Margrete espiou por cima do ombro do amigo. Os Azantianos estavam todos a uma distância segura do rapaz, a maioria com os punhos cerrados em aparente frustração por nada poder ser feito.

Eles deviam odiá-la.

— Mila estava certa! — disse Margrete, quase rosnando. — Mal posso levantar uma maldita onda, e, ainda assim, eles olham para mim como se eu pudesse salvar a vida de alguém. Como se *devesse* salvar. Porra, eu nem sabia o *nome* dele.

Margrete não tinha percebido que tinha começado a chorar até que lágrimas salgadas deslizaram entre seus lábios. As lágrimas a deixaram ainda mais irritada.

— Ninguém espera que você saiba como usar os poderes de um deus, Margrete — falou Bay, apertando o rosto dela contra o peito. — Todos nós vimos as cobras, todos sentimos a magia das trevas. Duvido que você pudesse ter feito muita coisa. E suspeito que ele mesmo era o único que poderia ter se salvado. Aqueles sonhos, alucinações, seja o que for... eram um teste. Um teste que eu teria falhado se você não tivesse me encontrado a tempo. — Ele a envolveu com um braço, segurando-a firmemente no lugar. Ela permitiu.

Não importava se ela, de alguma forma, tinha salvado Bay e o libertado do pesadelo. Ainda se sentia responsável por não salvar a vida daquele marinheiro.

— Eu trouxe Bash de volta, mas não pude fazer o mesmo hoje. — A expressão desapontada de Mila passou por sua mente. Seus olhos estavam cheios de tanta animosidade, um ódio tão veemente.

— O nome dele era Jace — disse Bay suavemente. — Mila o encontrava em segredo há algumas semanas. Ela achava que Grant não sabia, mas ele gostava bastante de Jace. Ele aprovava.

Margrete recuou para olhar nos olhos de Bay.

— Grant é o pai dela?

Bay balançou a cabeça.

— Não biologicamente, mas é o pai dela em todos os aspectos importantes. Ele a acolheu quando seu irmão e mãe morreram.

Bay empurrou o cabelo dela para trás e colocou uma mecha solta atrás da orelha.

— Você não pode ajudar todo mundo, Margrete. Todos sabemos que sua jornada levará tempo, e Mila disse aquelas coisas por tristeza. Não foram de coração.

Margrete não respondeu. Não havia nada que pudesse dizer para mudar o que tinha acontecido. Então pegou a moeda e a colocou entre ela e Bay. Seu amigo a olhou com medo legítimo.

— Vivi meu maior medo. Senti como se estivesse morrendo, *realmente* morrendo. Me salvei no último minuto, mas, deuses, estava tão perto. Muito perto.

Margrete virou a moeda e passou o polegar pela inscrição.

Cuidado com a Noite Eterna.

Bay abaixou os braços e deu um passo para trás, os olhos fixos no que descansava na palma da mão dela.

— Se a lenda das moedas de Surria e seus testes forem verdadeiros... então aquilo foi apenas o começo, e Jace não passou — murmurou ela suavemente. — Ele sucumbiu aos seus pesadelos. Cobras, ao que parece. — Margrete fechou os dedos, o metal cravando-se em sua carne. Ela cerrou os dentes. — E tenho a sensação de que não vai demorar para acharmos a segunda moeda.

E então mais deles morreriam.

CAPÍTULO DEZENOVE

Bash

Bash acordou no mesmo lugar que o nevoeiro o levou.

Levantando-se em um salto, ele começou a andar, sem nenhuma noção de direção, apenas movido pela necessidade de ficar o mais longe possível daquela clareira. Se seu cérebro não conseguia entender o que ele tinha acabado de ver, então ele se moveria até que tudo fizesse sentido. Em algum momento, *tinha* que fazer sentido.

Ele vagou a maior parte do dia, sem querer admitir que o encontro com a nymera não tinha sido um sonho. Estava mais para uma alucinação medonha aninhada na realidade. Real, mas de alguma forma não do mundo real.

Assim como a própria ilha.

Mas o homem que ele vira no espelho... era o pior pesadelo de Bash. Aquela criatura que usava seu rosto era a personificação de como ele se sentia quando os pensamentos sombrios dominavam tudo.

Algumas vezes, enquanto caminhava pela floresta, sentiu que era observado. No entanto, quando se virava de punhos erguidos e pronto para lutar, não via nada atrás dele. Tudo o que o recebia eram assobios, um barulho mais selvagem que humano, embora ele pudesse jurar que todos sussurravam a mesma palavra.

Siga.

Ele ignorou. Ignorou tudo.

Não adiantaria escutar, e tudo o que conseguiria seria uma dose doentia de pânico.

Quando o crepúsculo se aproximou, ele mal teve tempo para encontrar abrigo. Uma árvore tombada jazia sobre uma depressão na terra, dando espaço suficiente para ele se acomodar, e os galhos de junco acima bloqueavam boa parte do vento cortante. Ele se recostou contra a terra compacta e colocou as mãos sob a cabeça.

Uma mecha caiu sobre sua testa, um cacho obscurecendo seu olho esquerdo. Preto. Seu cabelo ruivo se fora, modificado para sempre depois que vislumbrou aquele espelho miserável.

Lembrou-se das palavras que ele tentou ignorar o dia todo.

Cuidado com a Noite Eterna.

Bash rosnou. Que se fodesse aquela maldita árvore e sua maldita inscrição, e também a nymera de branco. Ela o chamara de *filho* e, em seguida, teve a ousadia de desaparecer e deixá-lo sem chão. Não que ele tivesse acreditado em uma palavra do que ela disse. A mãe de Bash morrera logo depois que ele nasceu, e os retratos no grande salão a mostravam como uma mulher de olhos gentis e cabelo loiro-claro mais luminoso que ouro puro.

Seu pai lhe disse que foi sua mãe quem escolheu seu nome. Sebastian. O falecido rei nunca o chamara assim, e Bash sempre se perguntou por quê. Era bem sabido que seu pai amava sua mãe. As pessoas falavam de sua beleza, de sua generosidade, de quão perfeita ela tinha sido, mas, conforme Bash crescia, ela foi se parecendo mais como um conto de fadas para ele, uma deusa que o vigiava.

A abominação que visitou seu pesadelo acordado não era sua mãe.

Bash se moveu para o lado, o chão implacável não ajudando seus músculos doloridos. Outra estranheza, de fato, já que os Azantianos se curavam rapidamente, e seu corpo já deveria estar melhor. No entanto, quanto mais ele andava pela floresta, mais pesados seus membros se tornavam e mais doíam.

A fome também se apoderou dele, e ele manteve os olhos atentos à comida, embora nenhuma caça pequena passasse entre a vegetação rasteira. Ele teria que procurar alguma planta comestível ou bagas. Margrete saberia quais eram seguras. Bash levara para ela todos os livros sobre plantas que conseguiu encontrar na biblioteca de Azantian — o que era muito, considerando que foram necessários cinco homens para carregá-los. Sua princesa era faminta assim — sempre buscando informações e nunca satisfeita quando fechava a capa de um livro. Uma parte dele acreditava que ela estudava tanto para compensar a falta de conhecimento em outros assuntos, ou seja, seu poder. Ele não tinha dúvidas de que ela conquistaria isso também.

Bash a sentiu naquele momento, profundamente, em seus ossos. Ela não estava ali, segura em seus braços, mas ele sabia que ela estava viva, mesmo sem saber explicar a lógica por trás de sua certeza. A manhã chegaria em breve, ele se assegurou, e então teria energia para se mover, energia para encontrá-la.

Enquanto isso, ele precisava se lembrar de quem era Margrete. Mesmo que aquela ilha fosse um lugar do mal, ela tinha enfrentado inimigos maiores antes… e os vencera. Margrete era uma lutadora. Mais forte que ele, até.

Bash fechou os olhos, repetindo esse jeito de pensar várias vezes. Convencendo-se de que, se alguém estava em perigo, era ele.

Ele adormeceu horas depois, dominado pela exaustão, que o arrastou cada vez mais fundo no vazio escuro, onde sua mente se separou de seu corpo, e logo ele flutuou.

Bash sonhava com bosques escuros como breu.

Ele sabia que estava sonhando, que seu corpo físico dormia despreocupado sob uma árvore tombada. O fato de, mesmo dormindo, estar sonhando com a ilha o enfureceu. Por que ele não conseguia pensar em Margrete ou Azantian e permitir que sua mente descansasse?

Naquela neblina, avistou a grande árvore de antes, aquela com a inscrição de sangue. Ela o encarou como se tivesse um par de olhos que não piscavam, e ele ouviu o silvo de sussurros ininteligíveis. Vozes que não pertenciam a humanos flutuavam pelos galhos, alcançando seus ouvidos e causando arrepios na espinha.

Desta vez, Bash não foi tolo de tocar na marca. Ele ficou enraizado no lugar, inclinando a cabeça para o céu e procurando estrelas. Claro que não havia nenhuma.

— Sempre me perguntei o que te fez tão digno.

Bash virou a cabeça na direção da nova voz. Era profunda, maculada com pecado e magia cruel. Uma parte dele a reconheceu.

— Olá, rei Azantiano.

Um homem se apoiou casualmente contra a árvore ensanguentada, com a cabeça inclinada para o lado enquanto seus olhos azuis brilhantes avaliavam Bash. Sua cabeça era coroada por cabelos loiros da cor do sol da manhã que se enrolavam em torno de suas têmporas e daqueles olhos desumanos.

Bash não falou. O silêncio era uma arma melhor para enfrentar um inimigo desconhecido. Desafie-o primeiro. Normalmente funcionava, embora ele devesse saber que essas táticas não teriam nenhum efeito sobre o homem sobrenatural à frente dele.

— Vejo sua mente trabalhando. — O estranho suspirou, afastando-se do tronco. — Mas estou decepcionado. Achei que você me reconheceria imediatamente. — Seus olhos recaíram sobre as feições de Bash, enquanto curvava a boca em um sorriso de escárnio.

Em resposta, Bash apenas se endireitou.

— Mas também você não é tão astuto quanto eu acreditava. Outra decepção. Eu teria preferido um oponente mais... interessante — continuou o estranho.

O loiro se aproximou, sua altura impressionante elevando-se sobre Bash por pelo menos trinta centímetros.

— Você permanece firme — o homem continuou, sem se intimidar com o silêncio de Bash. — Não está correndo como um ratinho assustado só de me ver. A maioria dos humanos foge imediatamente, então suponho que isso adicione pontos a seu favor.

Bash fez uma expressão entediada. Ele sabia quem era aquele homem, mas, mesmo assim, perguntou:

— E quem é você?

Seu tom era apático, como se ele mal se importasse com a resposta do deus. Sentiu imenso prazer quando um músculo na mandíbula de Darius tremeu.

Ele se recuperou rapidamente.

— Eu sou aquele que vai tirar sua vida. *Em algum momento* — Darius acrescentou com um rosnado. — Embora eu tenha que ser paciente e esperar o momento certo para roubar sua alma. Tudo deve se desenrolar como o planejado, e você, querido rei, será meu peão favorito.

— Não sou peão de ninguém — disse Bash, se aproximando. O loiro riu, embora seus olhos tenham ido para os pés de Bash, aparentemente surpreso com o avanço.

— Você nem sabe o que é, mas, quando perceber, será tarde demais. E como vou saborear esse momento.

Bash notou que o homem estava todo de preto, exceto por um anel de ouro na mão direita. Ele semicerrou os olhos, sem conseguir distinguir o desenho no anel. Mas não precisava ver. Sabia que encontraria dois círculos entrelaçados.

A insígnia de Darius. O símbolo que havia sido marcado na pele de Ortum quando encontraram seu cadáver. A mesma marca que, na festa em homenagem à deusa da lua, foi pintada com sangue no trono de Azantian.

Seu desgosto deve ter sido aparente, porque Darius bateu palmas de prazer.

— Ai está! Eu estava esperando que aquela máscara cuidadosa caísse.

— Darius.

O nome ecoou entre eles.

— Sebastian — o Deus do Mar respondeu, zombando de seu nome de batismo. — O grande rei de Azantian. O mortal que conquistou o coração do próprio mar, ao que parece.

Nesse momento, o cabelo na nuca de Bash se arrepiou.

— O que você quer? — Ele manteve a voz firme. Era um tom usado quando descansava em seu trono, sentado diante de seus súditos.

— Eu quero tantas coisas — Darius respondeu, encolhendo os ombros. Apenas um metro e meio os separava agora. — Mas talvez eu tenha ficado ganancioso nas últimas semanas. Como esperei mil anos por minha vingança contra meu querido irmão, imaginei que poderia esperar um pouco mais para ter o trono *e* aquela que me chama do outro lado do mar. — Ele suspirou dramaticamente. — E como ela chama! Juro, ela está praticamente gritando meu nome, embora não saiba *por quê*. Sendo o deus benevolente que sou, pretendo remediar isso em breve, e então ela saberá minha verdade. A verdade *dela*.

É claro. Darius queria Margrete. Ele deixou suas intenções claras na noite do ataque do capitão quando olhou para ela com desejo pouco antes de afundar Bash. O rei tentara esquecer essa emoção – o *desejo* nos olhos de Darius.

— Isso nunca vai aconte cer — retrucou ele, movendo-se em um semicírculo ao redor do inimigo. — Ela não está te chamando, e você não vai chegar perto dela para explicar sua suposta verdade. — Mentiras eram a única língua que Darius falava. — E o poder dela é dela, Darius, não seu. Malum se certificou disso.

Darius riu mais uma vez, começando a espelhar seus movimentos, sem nunca deixar de sorrir com crueldade.

— Não preciso tirar dela, não quando ela *compartilhará* de bom grado.

Foi a vez de Bash rir. Margrete era sua luz-guia. Ela preferia morrer a permitir que um deus corrupto a usasse e a prendesse como seu pai fez durante a maior parte de sua vida.

— Acho divertido que você ache essa afirmação engraçada, rei. — Uma veia na testa de Darius latejou e o nariz franziu com desgosto. Ele deu um passo gigante, invadindo o espaço de Bash, que se manteve firme com esforço, desprezando como teve que inclinar a cabeça para encarar o rosto do deus. — Eu me pergunto se você vai rir quando estiver morrendo afundado em uma poça de seu próprio sangue, uma adaga nas mãos da mulher que você mais ama.

— Que delirante — Bash grunhiu. — Margrete nunca me machucaria.

— Talvez não a Margrete que você conhece — respondeu Darius, inclinando a cabeça e estalando a língua. Sua confiança fez os punhos de Bash se apertarem. — Mas, em breve, muito em breve, na verdade, sua amada passará pelos mesmos testes que meu irmão e eu passamos. Infelizmente, os testes afetam a todos na ilha, embora eu não me importe nem um pouco com os outros, se serão bem-sucedidos ou se morrerão. — Ele sorriu, os caninos cutucando seu lábio inferior.

Bash apertou ainda mais as mãos, desejando o sangue do deus que o provocava. Darius pareceu sentir sua raiva crescente. Seus olhos voaram para as mãos cerradas de Bash com um sorriso.

— Teremos que concordar em discordar quanto ao resultado — disse Bash, abrindo os dedos, lutando para recuperar a calma. A máscara de Darius escorregou um pouco. Seu olho esquerdo se contraiu. — Você não sabe o quão forte Margrete é, e eu mal posso esperar para ela te destruir.

Se alguém podia fazer isso, era Margrete.

Ela podia não saber como usar seus novos poderes, mas, sob pressão, ela pensava e reagia com rapidez. Bash confiava na capacidade dela de proteger, especialmente se alguém que ela amava estivesse em risco.

— Suponho que descobriremos em breve — respondeu Darius, as narinas dilatadas. Ele não se moveu de onde pairava sobre Bash, que se manteve no lugar por um fio desgastado de controle. — Enquanto isso, aproveite os testes. O segundo é o meu favorito. — Ele examinou Bash com desdém. — Embora já pareça que você está sucumbindo à loucura.

Bash respirou fundo por entre os dentes. Não podia tocar o deus, não naquele mundo de sonho. Tentar atacar só mostraria sua fraqueza.

O rei não respondeu, mas sorriu, fazendo o possível para enervar o Deus do Mar. Um maldito *deus*. Ele nunca teria imaginado que iria contra uma entidade divina e a *provocaria*.

O amor o tornou imprudente. Também o fez mais forte do que qualquer imortal sem coração.

— Ah, eu mal posso esperar para vê-la transformar você em cinzas — Darius disse, inclinando a cabeça para baixo em despedida, seus olhos cor de mar ficando difusos. Ele caminhou para trás, em direção às árvores, para longe do alcance da fúria de Bash. — Adeus por enquanto, rei.

Bash assistiu estoicamente enquanto o Deus do Mar se fundia às sombras, como se a noite o comesse vivo.

CAPÍTULO VINTE

Margrete

Margrete passou a noite abraçada com Bay. O guerreiro talvez não tivesse percebido, mas suas bochechas ficaram cheias de lágrimas durante o sono. Enquanto ela as enxugava, se perguntou o que ele tinha suportado quando a névoa alucinógena tomou sua mente.

Ele não tinha perguntado os detalhes do pesadelo de Margrete, e ela não iria pressioná-lo por respostas que ele não estava pronto para dar. Os deuses sabiam que ela ainda cambaleava com a sensação de estar confinada naquela caixa, afundando nas ondas e se afogando lentamente.

Tudo pareceu tão real.

Quando o sol hesitante nasceu na madrugada seguinte, a determinação de Margrete em encontrar Bash só aumentou. Ainda assim, sua prioridade era encontrar água fresca. Dois dias sem ela os deixaram fracos, e Margrete lambeu os lábios rachados com o simples pensamento de saciar sua sede. Tinha chegado ao ponto em que doía engolir. Se os testes fossem reais, como ela suspeitava, eles não teriam chance se mal pudessem se mover.

— Bom dia — resmungou Bay, erguendo-se sobre os cotovelos. Ele a observou, vendo-a deitada sobre sua jaqueta dobrada. Ele insistira, na noite anterior, que ela deitasse na peça, praticamente empurrando-a sob sua cabeça quando ela tentou recusar. Seu amigo era teimoso; uma característica que ela adorava.

Margrete sorriu com gravidade.

— Precisamos de água — disse ela, afirmando o óbvio. Bay apenas assentiu, provavelmente evitando o esforço de falar. Círculos escuros machucavam a pele abaixo de seus olhos, e os lábios se torceram em uma careta. Ela poderia dizer que foi preciso esforço para ele se segurar.

— Vamos para o norte — Bay finalmente falou, inclinando o queixo naquela direção. — Tem que haver um córrego em algum lugar próximo. Caminhamos o dia todo ontem.

Eles começaram a jornada logo depois de queimarem o corpo de Jace. O costume Azantiano ditava que os mortos fossem enviados ao mar em uma jangada de flores de *Solanthium*, e um arqueiro dispararia uma flecha flamejante, incendiando o corpo e o arranjo de flores.

Eles decidiram usar apenas as chamas. Levar o corpo de volta para a praia enquanto estavam desidratados mataria a todos.

Mila não olhava nos olhos de Margrete desde o dia anterior. Margrete viu a ruiva do outro lado do acampamento aconchegada ao lado de Grant, que gentilmente acariciava suas costas. Seus olhos tinham o peso de um pai que assistia a um filho sofrer de coração partido.

Margrete desviou o olhar rapidamente.

— Ela não te culpa. — Bay levantou-se. — A dor pode transformar até o coração mais mole em aço. Dê um tempo a ela.

Margrete entendia bem a situação. Ela fez que sim com a cabeça, sinalizando que compreendia, e se levantou, limpando a sujeira das roupas. Sua camisa tinha vários rasgos, e ela sentia o cheiro de sangue seco deteriorando sua pele onde os galhos tinham cortado.

— Pronto? — perguntou ela, ignorando suas palavras. Não havia mais nada a dizer sobre o assunto, e chafurdar na pena não ajudaria. Ela ganharia a confiança da jovem de outra maneira.

Bay baixou o queixo antes de acordar gentilmente o restante da tripulação. Havia oito deles.

Quando todos ficaram em um semicírculo ao redor deles, Bay deu instruções para seguir para o norte. Margrete percebeu que a fé deles havia vacilado da noite para o dia, e até mesmo o otimismo habitual de Jonah havia entorpecido, os lábios do rapaz curvados em uma carranca pesada.

Atlas, que normalmente expressava sua opinião, ficou quieta. Se alguém tão temível quanto Atlas estava atordoada em silêncio depois do dia anterior, então a visão da guerreira devia ter sido cruel. Era a primeira vez que Margrete a via como humana – bem, quase humana, considerando sua origem.

— Eu escolhi vocês para nossa jornada porque são os melhores dos melhores — Bay entoou, sua voz aumentando. Ela imaginou que tinha doído. — Vocês também são Azantianos, e nós não morremos facilmente. Somos a fúria do vento e o sal do mar. A força das ondas. — A tripulação, em nenhum momento, baixou os olhos. Eles se agarraram a cada palavra dele como uma tábua de salvação. — Se eu não acreditasse em suas habilidades, na capacidade que têm de superar os maiores obstáculos, vocês não estariam aqui agora. Hoje encontraremos água. Nos reabasteceremos. — A voz de Bay falhou um pouco, mas ele continuou. — E então encontraremos nosso rei perdido. Sairemos desta ilha amaldiçoada e mataremos as feras que escaparam de nossa guarda. Somos guerreiros, e guerreiros não se curvam diante de ninguém além do Deus da Morte.

O Deus da Morte: a entidade sem rosto que toda alma conhecia no final da vida. Ele não tinha nome, não como o resto dos imortais, mas Margrete suspeitava que isso tinha mais a ver com superstição humana do que qualquer outra coisa.

Mesmo invocando o Deus da Morte, a tripulação obedientemente balançava a cabeça, concordando. O peso que estava nos ombros de Margrete diminuiu, e até o ar ficou mais leve, como se o discurso de Bay tivesse afugentado a névoa espessa que encobria aquele lugar. Ele era o tipo de pessoa que inspirava esperança.

Quando Bay assumiu a liderança e os levou floresta adentro, Margrete assumiu sua posição do dia anterior, seguindo o último membro da tripulação. Ela examinou as árvores enquanto se arrastavam pela densa vegetação rasteira, e notou que as folhas começaram a mudar lentamente. De um preto quebradiço, elas se transformavam em um vermelho suave à medida que avançavam. Não queria dar nenhum significado à transição, mas era difícil não o fazer.

Três torturantes horas depois, a audição aguçada de Margrete captou o mais belo dos sons.

Água correndo.

Bay provavelmente também ouviu, porque decolou em uma corrida irregular. Até mesmo o corpo Azantiano sofria, mas o som de sua salvação o fez cambalear à frente, com a tripulação bem atrás dele.

Margrete corria, afastando os galhos finos e as folhas avermelhadas. Ela se abaixou para passar um galho baixo e, quando se levantou, sua boca se abriu em choque. Diante deles estava a visão mais magnífica que ela já tinha tido.

Três riachos separados fluíam de diferentes direções para se unirem em uma única piscina do azul mais claro. Bem no centro havia uma pequena ilha rochosa, uma superfície cinza-escura polida e escorregadia por causa da água.

— Graças aos deuses — Jonah, logo a frente dela, murmurou. — Pensei que todos morreríamos de sede. Não era como eu planejava morrer, com certeza. — O rapaz correu para a beira da piscina. Mergulhou nela a cabeça inteira; em seguida a tirou e sacudiu as gotas de seu cabelo. Um sorriso entusiasmado iluminou seu rosto. Margrete não conseguiu esconder o sorriso.

Todos correram ao mesmo tempo para a margem e seguiram a liderança do jovem marinheiro. Margrete colocou as mãos em concha e bebeu, forçando-se a tomar devagar. Ela molhou o rosto com a água fria, suspirando de alívio enquanto ela escorria pelo queixo, pescoço e peito.

Eles sobreviveriam mais um dia.

Mila e Grant estavam mais adiante na margem, conversando em voz baixa enquanto também bebiam e lavavam seus braços e rosto. Margrete captou o olhar acalorado de Mila. A ruiva quebrou o contato com uma carranca, voltando-se para o pai.

Ela podia ficar com tanta raiva quanto quisesse. Margrete estava grata por terem chegado àquele oásis. Se tivessem que andar mais uma hora, ela não tinha certeza se teria forças para continuar.

Margrete tinha acabado de lavar o rosto quando viu. Metal brilhando à luz.

Seu coração parou.

Ali, na ilha de pedra polida, no centro dos riachos convergentes, o sol se libertou das nuvens para brilhar sobre uma única moeda. Ela colocou as mãos de lado, sua respiração falhando.

A segunda moeda. *O segundo teste.*

Bay se agachou ao lado dela, seguindo seu olhar.

Ele xingou.

— Não temos que tocar nela — disse ele. — Não chegaremos nem perto daquela coisa.

Margrete estremeceu. Foi preciso tudo de si para se libertar da pequena ilha e se virar para seu amigo, que ainda olhava para a moeda sinistra com a testa franzida. Segundos depois, as nuvens voltaram ao lugar e o metal ficou embotado, o símbolo de Surria se misturando de volta à pedra.

— Concordo — falou ela, embora seu estômago se revirasse em nós. — Não vamos tocar naquilo.

Bay ficou de pé e lhe ofereceu a mão, ajudando-a a se levantar.

— Devemos encher os poucos cantis que temos com água e voltar para a praia. Veremos se há algum vestígio de Bash por lá. De qualquer maneira... — ele segurou a mão dela, entrelaçando os dedos — ... temos que ir embora. Eu nunca senti algo tão poderoso, tão sombrio...

Um grande respingo soou.

Bay e Margrete se viraram bem a tempo de ver um enorme tentáculo erguer-se da água e descer à superfície com um estrondoso baque. A água encharcou a tripulação enquanto eles olhavam boquiabertos, os que não estavam em choque se afastando da piscina.

O peito de Margrete se encheu de calor, e o poder serpenteou em torno de suas entranhas como uma coisa viva. A magia empolgante se estendeu por seus braços e torso, movendo-se para alcançar seus pés, e logo ela a sentiu em todos os lugares, tudo de uma vez, em uma corrida nauseante.

A força daquilo quase a fez se dobrar. Ela cerrou os dentes, forçando os olhos a permanecerem abertos, forçando-se a assistir enquanto o monstro jogava outro tentáculo no ar. Quando ele derrubou os dois juntos, a tripulação não conseguiu se mover rápido o suficiente para evitar a explosão.

A água atingiu todos eles, e Margrete virou a cabeça para tentar desviar a maior parte. O resto dela doeu com o impacto, mesmo através das roupas.

— Saiam daí! Voltem! — Bay gritou, alarmado, deixando de lado sua fachada calma.

Todos correram para a floresta, para longe do que quer que aquela coisa fosse. Atlas teve que puxar com ela uma jovem em aparente choque. Margrete acreditava que seu nome era Dani. Seu gêmeo, Jacks, ajudou a guerreira loira a tirar a irmã do perigo.

Margrete esperou enquanto a tripulação passava correndo por ela, contando-os à medida que passavam.

Sete.

Incluindo a si mesma, ela contou apenas sete.

Margrete olhou para a piscina enquanto a fera se erguia no ar, três braços com tentáculos sustentando sua cabeça bulbosa. Escamas pontiagudas de um verde e azul profundos brilhavam ameaçadoramente na luz suave, as pontas de cada uma mais afiadas que uma lâmina. Se tinha boca, ela não conseguia distinguir onde ficava, pois todas as escamas estavam perfeitamente juntas. Virou-se na direção da criatura, seus braços movendo-se fluidamente sob ela.

Seus olhos se encontraram.

Orbes amarelos brilhantes seguravam e exigiam sua atenção. Eram sem vida, parecendo mais pedras preciosas do que olhos reais, mas não desviaram, não quando ergueu um de seus tentáculos... levantando um corpo pequeno a centímetros da própria face.

O cabelo vermelho foi a primeira coisa que ela viu.

Mila.

O tentáculo que a segurava agarrou seu corpo amolecido com força, e a ponta do braço do monstro se enrolou para acariciar o rosto pálido da marinheira.

Margrete saltou. Não pensou nas consequências de seu gesto, não parou para considerar que tinha apenas a adaga de Adrian em sua coxa e uma magia que não sabia como comandar. Poderia até se afogar ou ser espremida até a morte, mas sabia de uma coisa: não podia ficar parada só assistindo.

A água se abriu quando Margrete mergulhou de cabeça, a frieza penetrando em todos os seus poros. Ela abriu os olhos, o fogo em seu peito crescendo em uma chama arrebatadora. Assim como fez quando Darius tinha afogado Bash meses antes, ela abriu a boca e respirou na água densa como ar.

A água desceu por sua garganta e em seus pulmões, enchendo-a tão completamente que ela pensou que fosse explodir. Margrete parou bruscamente, no meio da braçada, enquanto seu corpo estremecia com força. Uma faísca de luz a cegou antes de desaparecer por completo.

Margrete engasgou, e mais água encheu sua boca.

Ela estava viva. Por quanto tempo mais, não sabia.

Não se concentrando no que encheu seus pulmões, ou *como*, ela continuou a nadar, os dentes à mostra, indo em direção à criatura com uma intenção quase selvagem.

Abaixo da superfície, outros longos tentáculos giravam, o movimento que mantinha a parte superior do corpo flutuando. Felizmente, Mila estava sendo mantida acima da água.

Alcançando sua adaga, Margrete reduziu a distância entre ela e o primeiro membro da criatura. Sem hesitar, golpeou a pele grossa e escamosa e cortou, tirando uma pitada de sangue verde-azulado. Ele saturou a água e nublou sua visão, mas ela ergueu e baixou o braço, perfurando a pele pela segunda vez.

Um rosnado reverberante sacudiu a piscina, e o poder de Malum estremeceu. Aquilo não poderia ser um bom sinal.

Margrete esfaqueou a fera mais uma vez antes que ela reagisse, antes que seu tentáculo ferido a alcançasse. Ela mergulhou, evitando que ela a atingisse por centímetros. A fera veio atrás dela novamente, que escapou do ataque, mas seu poder vacilou, enfraquecendo lentamente. Tinha sido uma tola por não praticar mais em Azantian. Levantar as ondas uma hora por dia não a ajudaria a superar aquela criatura. A adaga em sua mão penetrou o monstro mais uma vez, e ela cerrou os dentes enquanto enfiava mais fundo, cortando a pele endurecida. O uivo continuou, e o tentáculo recuou. Margrete não deixou passar. Com a mão segurando a arma, ela serpenteou o braço ao redor de sua tromba grossa, se segurando enquanto a fera a balançava de um lado para o outro como uma boneca de pano, na esperança de afastá-la.

Só que não.

Margrete apertou a mão e, o tempo todo, a lâmina cortava mais fundo. Quanto mais a fera se debatia, mais fundo a faca ia, e logo a metade inferior de seu membro se partiu, pendendo inutilmente por uma faixa de músculo.

Ela sorriu, e o poder em seu peito pareceu sorrir também.

Aí está você. A essência de Malum reagiu à destruição, à adrenalina do triunfo, e, quando ela decepou completamente o membro, sua magia cresceu.

Ela agarrou o outro tentáculo, prestes a enfiar a lâmina, quando a fera atacou. Em um piscar de olhos, a criatura estava sob a superfície, Mila ainda enrolada em seu tentáculo livre. Seus olhos estavam arregalados de medo.

Os Azantianos podiam prender a respiração por muito mais tempo do que um humano comum, mas, se Mila estivesse ferida, Margrete não tinha certeza de quanto aguentaria. Ela suspeitava que tinha cerca de cinco minutos... cinco míseros minutos para matar a criatura e salvar Mila.

O poder de Malum queimava com o desafio. A energia ardente e quente desceu para roçar cada centímetro dela, e o corpo de Margrete endureceu. Uma força, como ela nunca tinha sentido, a fez se mover e nadar ao redor da criatura antes que ela tivesse a chance de pegá-la.

A magia fluindo através de seu corpo hipersensível era viciante. Sob seu feitiço, ela se viu sob uma nova luz — forte e formidável. Uma mulher que poderia ser temida. Uma guerreira.

Margrete nadava em círculos, fugindo do alcance da fera, cansando-a. Restava um minuto, e os olhos de Mila estremeceram quando seu peito, de repente, ficou imóvel.

Com uma maldição, Margrete se impulsionou para cima, diretamente na barriga da fera. Um rugido gutural sacudiu as águas enquanto ela enfiava a faca profundamente em seu ventre macio, torcendo a lâmina antes de se afastar para esfaqueá-la novamente.

Margrete não tinha certeza de quantas vezes perfurou a pele, quantas vezes afastou o braço e enfiou a faca na criatura, mas, por fim, não viu nada além de verde-azulado. Ela respirou seu sangue, provou-o em sua boca. Podre e almiscarado. Velho e amargo.

Sua essência vital tornou-se seu mundo inteiro, e ela o saboreou, deliciando-se com os movimentos lentos da criatura. Como a morte lentamente cravou as garras no coração da fera e apertou.

Margrete esfaqueou sua barriga uma última vez.

A energia que compunha o monstro definhou, sua força vital tinha ido embora em um zumbido.

O tentáculo que mantinha Mila cativa se desdobrou, e seu corpo foi solto para afundar no abismo, os braços estendidos acima da cabeça. Margrete enfiou a lâmina de volta na bainha e nadou em direção à indefesa Azantiana, seu cabelo ruivo como um farol na escuridão crescente.

Vamos lá, Margrete persuadiu, sua adrenalina sumindo junto com o controle de seu poder. Agora que ela havia matado a besta, a essência de Malum se acalmara, e ela não conseguia controlá-la como fizera momentos antes.

Ela estendeu a mão para alcançar Mila, seus dentes cerrados com tanta força que temeu que quebrassem. A possibilidade de perdê-la era inadmissível. Já tinha havido morte demais, desespero demais, e Margrete sabia que, se não voltasse à superfície com Mila nos braços, o restante da tripulação perderia a pouca fé que ainda tinha.

Alguns preciosos segundos depois, Margrete deu um impulso final e enrolou os dedos no pulso de Mila. Ela não olhou para o rosto da mulher, simplesmente segurou firme e se impulsionou para cima, a fraca luz do sol atravessando o topo da água.

A água em seus pulmões queimou, e Margrete cuspiu, sua cabeça girando.

Por favor, fique bem, ela implorou para ninguém e para o nada. *Por favor, viva.*

Antes que a escuridão a puxasse para baixo, Margrete se libertou, rompendo a superfície com um suspiro sufocado. A água que ela havia inalado escorria de seus pulmões enquanto ela se ajustava ao ar, e ela ofegava sentindo que aquilo a estrangulava.

Mila balançava na água ao seu lado, imóvel e pálida. Com o mundo oscilando e a vertigem virando sua visão de cabeça para baixo, Margrete nadou, com a marinheira a reboque. Gritos soaram, o chamado familiar de Bay alcançando seus ouvidos.

Ela mal o sentiu quando ele a encontrou no meio do caminho, ajudando-a a levar Mila de volta à terra firme. Mais gritos encheram o ar, e então uma mão pesada a golpeou nas costas enquanto ela lutava para se apoiar com as mãos e os joelhos. Margrete ergueu a cabeça e olhou para Grant, agradecendo. Ele deu um último golpe, e ela expeliu o resto da água.

— Abram espaço! — Bay gritou, e Margrete se arrastou até onde seu amigo massageava o peito de Mila. A boca estava entreaberta, os lábios em um tom de azul. Ela não podia fazer nada além de assistir enquanto Bay batia no peito de Mila, assim como tinha feito com Jace no dia anterior. Aquela ilha agia para matá-los um por um, e a ironia distorcida de levar os dois amantes primeiro parecia cruel.

Atlas pairava nas proximidades, seus lábios em uma linha fina.

— Bay, eu não acho...

— Quieta! — Bay a interrompeu sem olhar.

Ele continuou a bater no corpo pequeno de Mila, desejando que a vida voltasse a seus pulmões, tentando fazer seu coração bater mais forte. Margrete estendeu a mão, agarrando a de Mila. Ela segurou os dedos frios enquanto uma lágrima quente descia por sua bochecha. Ela gotejou na coxa de Mila.

Margrete poderia jurar que viu um lampejo de luz quando sua lágrima penetrou nas roupas encharcadas da garota. Ela respirou, trêmula, apertando a mão da garota com força suficiente para machucar.

Viva, ela pensou, repetindo a única palavra várias vezes. Mila ainda tinha tantos anos pela frente, tantos dias de tristeza, felicidade e aventura.

Era muito jovem para morrer em um lugar tão cruel.

Viva, malditos sejam os deuses!

Bay deu um pulo para trás ao mesmo tempo em que os olhos de Mila se abriram. A garota virou para o lado, água jorrando de sua boca em um fluxo aparentemente interminável, e Margrete estendeu a mão para acariciá-la nas costas.

Aplausos soaram enquanto a tripulação uivava de alegria, sorrindo e rindo diante da quase-morte. Ela tinha sobrevivido, contra todas as probabilidades. Ela tinha lutado, caramba.

Margrete sorriu com eles, seus membros tremendo com a adrenalina que restara em seu corpo. Alguns diziam seu nome, outros o cantavam. Ela caiu no chão, de quatro, deixando uma risada maníaca carregada de alívio sair de seus lábios. Ela tinha conseguido, usara seu poder para salvar alguém. A alegria que sentiu aqueceu seu corpo, afugentando o frio. Aquilo a fez se sentir útil, *digna* de tal presente.

Ela não tinha certeza se sua lágrima brilhante a salvara ou se ela simplesmente resgatou Mila no tempo certo. De qualquer forma, ela estava viva, e Margrete não tinha falhado com mais uma pessoa.

— Hum, Margrete. — A voz de Bay soou acima da comemoração da tripulação, o tom pesado congelando suas veias. Lenta e cautelosamente, Margrete ergueu a cabeça.

Mila começou a fazer sons de asfixia de novo, seu corpo tremendo violentamente. Grant teve que correr e segurá-la firme para que não se machucasse.

— Deixe sair — pediu ele, com os olhos arregalados de pânico. — Vamos, querida. Não desista de mim ainda. — O aperto em seu ombro aumentou visivelmente, a cor deixando sua pele.

Mila deu um último suspiro.

A água escorria de seus lábios... junto com uma moeda de prata. A moeda girou antes de cair de lado, duas palavras claramente visíveis.

Não confie em nada.

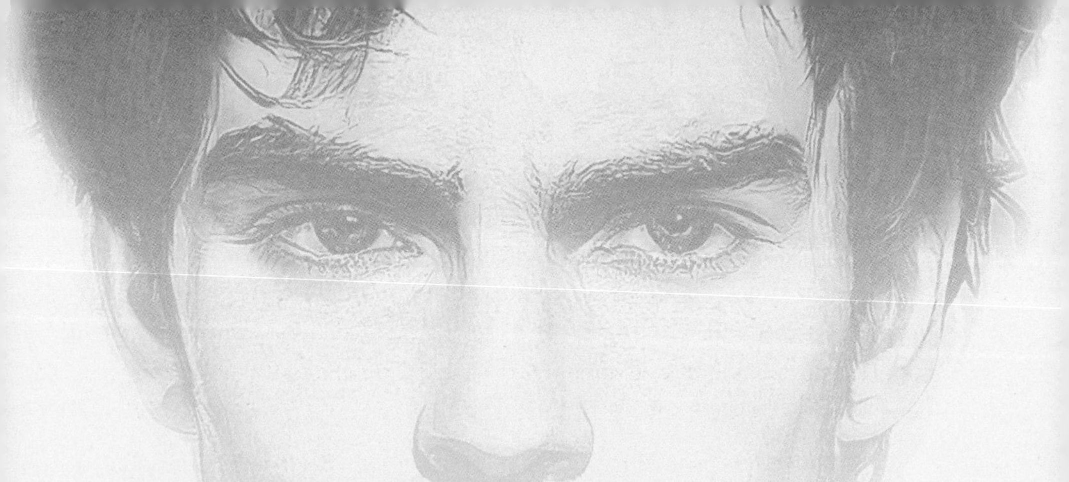

CAPÍTULO VINTE E UM

Bash

No dia seguinte, Bash adentrou mais na floresta. O cabelo e as unhas permaneciam pretos, e as escamas ao redor de sua garganta começaram a descer gradualmente em direção ao torso.

Ele fez o seu melhor para ignorar tudo aquilo.

Concentre-se nas coisas que pode mudar, Adrian sempre dizia. *Agarrar-se ao impossível é como segurar pedras e mergulhar no mar, esperando flutuar.*

Seu amigo mais antigo e verdadeiro tinha razão. Bash sentia falta dele e de sua presença pacificadora. Não queria tê-lo deixado em Azantian, mas estava feliz por tê-lo feito. Adrian poderia não ter sobrevivido ao naufrágio. Bash nem sabia se o resto da tripulação sobrevivera ou que horrores suportaram. E Margrete poderia estar sozinha, enfrentando os deuses sabiam que tipo de monstros selvagens...

Não. Ele nem seguiria por esse caminho. Margrete sabia como se defender e, se estivesse com Bay ou seus homens, todos estariam vivos.

Isso não significava que ele não estava ansioso para chegar até ela. Não conseguiria descansar até vê-la, com os próprios olhos, em carne e osso e respirando.

Em um ponto em sua jornada sombria, Bash pensou ter ouvido um grito, um grito humano. Viera do nordeste, e ele acelerou o passo, pensando em Margrete. O grito soou feminino, mas podia ter sido sua mente pregando peças.

Ao meio-dia, chegou a um riacho. A água naquela ilha tinha um gosto diferente, mas estava fria e saciou sua sede. Não podia se dar ao luxo de pensar demais em algo tão simples quanto a água.

Enquanto caminhava pela mata, Bash não ouviu mais gritos, embora nunca tenha parado seu ritmo implacável. Tinha que haver *alguém* além dele, com certeza. Só não queria encontrar Darius. O deus não tinha saído de seus pensamentos desde o sonho da noite anterior.

Darius desejava Margrete *e* o poder dela. Bash sabia que Darius poderia estar, naquele momento, surpreendendo e capturando Margrete, e o rei chegaria tarde demais para ajudá-la. Aquele pensamento o estripou ao mesmo tempo em que o enfureceu, enviando ondas de choque de raiva gelada por sua espinha. Sua ira era tão potente que ele a sentia estremecer a cada passo.

Ao cair da noite, encontrou abrigo em uma caverna, se é que poderia ser chamada assim. Não era muito profunda — a extensão equivalia à altura de Bash. Ele se enrolou ao redor do fogo que fez, observando as chamas dançarem ao longo das bordas da pedra. Pareciam meses desde que tinha visto Margrete pela última vez, e, ainda assim, sabia que só tinham se passado dias.

Era difícil dormir sem a amada em seus braços. Antes de Margrete entrar em sua vida, a insônia o atormentara por décadas, e só quando ele dormia ao lado dela encontrava alguma paz. Sua respiração constante o acalmava, e a pele quente pressionada contra seu peito impedia que sua mente vagasse para lugares que não deveria. Ele daria qualquer coisa para abraçá-la naquele momento.

Bash suspirou, vagando o olhar para suas mãos. Eram um lembrete constante da doença que ele sentia se espalhando por suas veias.

Eis quem é você, meu filho.

As palavras da nymera tinham sido só um jeito de falar? Ou ela quis dizer aquilo no sentido literal? Bash resmungou, o peito tremendo de frustração. Suas unhas pareciam mais longas do que de manhã, lembrando as garras da nymera. A maldita mulher de branco.

Ele as cutucou com a lâmina da adaga.

Aquele monstro devia estar mentindo. O único propósito daquela ilha parecia ser enganar. No entanto, Bash também tinha sido visitado por Darius, e aquilo parecia real, então não sabia onde estava o limite entre a verdade e a fantasia.

Um galho se partiu em algum lugar distante.

Bash ficou de pé de imediato, a adaga firmemente em sua mão.

Ele aguçou os ouvidos para identificar o som, embora os ventos tornassem difícil ouvir muito mais do que farfalhar das folhas. Qualquer tipo de animal poderia chamar aquele lugar de lar, e Bash suspeitava que as criaturas que ele encontraria não se assemelhassem a nada que ele tivesse lido em seus livros.

Outra coisa da qual ele sentia falta — os tempos em que seus livros de mitos e lendas eram apenas histórias impossíveis que não o afetavam. Ele cresceu lendo sobre as crianças do mar, sobre Surria, a Deusa do Vento e do Céu, e seus dois filhos. Tinha sido um passatempo vasculhar as páginas que descreviam a raiva insaciável de Charion. Ele releu relatos de marinheiros perdidos que encontraram o caminho de casa por causa dos sussurros da deusa da lua, Selene. Na época, pareciam mais ficção do que seres vivos. Sentia falta de sua ignorância.

Outro galho quebrou e Bash se encolheu.

Algo estava ali, e estava perto.

Sua boca se abriu. Estava pronto para exigir saber quem ousava se aproximar, mas refreou o instinto. Se Darius acreditava que poderia se aproximar dele, estava muito enganado.

Outro estalo e então...

Bash soltou a adaga.

A lâmina caiu no chão, fazendo um som abafado. Ele começou a correr.

— Margrete!

Assim que chegou perto, Bash a pegou em seus braços e a levantou. A alegria se espalhou por ele enquanto a girava e girava, provavelmente a abraçando com muita força. Mas não conseguia se controlar. Pensou que a tinha perdido e agora ela estava ali, bem na frente dele, em seus braços. Era tudo o que ele tinha desejado.

— Bash! — Ela suspirou, fazendo o nome dele soar melhor do que qualquer música ou melodia. — Finalmente te encontrei.

Bash recuou apenas o suficiente para olhar em seus olhos azuis, algumas lágrimas escorrendo por suas bochechas rosadas.

— Quando não te encontramos com os outros, pensei no pior. — A voz de Margrete falhou, e mais lágrimas caíram. Ele mesmo podia ter derramado algumas delas. Ele nunca sentira um alívio tão palpável.

As palavras lhe escaparam inteiramente, mas ele se inclinou, beijando seus lábios e transmitindo seu amor de outra maneira. Eles pareciam como ele se lembrava, tão macios, tão suaves e feitos para beijá-lo. Ele levou a mão à nuca dela e agarrou os fios, puxando-a incrivelmente perto, esmagando-a contra ele. Precisava sentir cada centímetro dela, tocá-la, sentir seu calor lavando seu corpo como o sol da manhã.

Margrete passou um braço ao redor de seu torso enquanto o segurava firme em um abraço muito mais forte do que ele se lembrava.

— Princesa — ofegou ele quando se afastaram, observando que ela puxava o ar de olhos semicerrados. — Deuses, eu senti sua falta.

Ele estendeu a mão para traçar a curva de sua bochecha com um toque leve como uma pluma, completamente o oposto da força que usara segundos antes. Ela parecia tão preciosa dentro daquele abraço, tão brilhante, tão radiante e tão totalmente *dele.*

Bash sabia o quão sortudo era.

— Também senti sua falta — murmurou ela, descansando a cabeça na dele. Seus narizes se tocaram. — Saí para te procurar enquanto os outros dormiam. Sabia que você estava perto, senti sua presença.

Ele riu, o barulho alegre.

— Você não deveria ter feito isso, mas estou feliz que o fez — disse ele, ainda cambaleando. — Onde fica o acampamento? É longe?

Margrete balançou a cabeça.

— Não, é pertinho. — Seu rosto se iluminou quando ela sorriu. O coração de Bash bateu descontroladamente. — Fica a cerca de dez minutos ao norte. Podemos ir até lá agora mesmo.

Bash assentiu, animado, disposto a se reunir com sua tripulação, com Bay. Na companhia de Margrete, ele se sentiu como si mesmo novamente, um rei que, ao lado de sua parceira, poderia derrotar qualquer obstáculo.

— Vamos, então — falou ela, agarrando as duas mãos dele. Seu sorriso era brilhante e largo, e ela não perdeu um segundo ao puxá-lo através das árvores com passos seguros e firmes. Ele a seguia, sorridente. Bash se sentiu bêbado com sua presença, intoxicado por sua proximidade.

Ele tinha mentido para si mesmo; não tinha certeza se a veria novamente.

Mas então... ele se permitiu a esperança que lhe foi negada.

— Rápido! — insistiu ela, sua voz saindo estridente. As sobrancelhas de Bash se franziram, mas ele não soltou sua mão.

O cabelo de Margrete ondulava enquanto ela corria, os cachos cor de chocolate sedosos e brilhando ao luar nebuloso. Ele se perguntou como ela podia estar tão limpa depois de dias presa em uma ilha. Ela estava linda, e Bash parecia...

Espere aí.

Bash puxou suavemente a mão dela, mas ela não parou. Margrete o arrastou à frente, segurando-o de forma quase punitiva.

— É bem por aqui — disse ela enquanto passavam por duas árvores encurvadas. Os galhos estavam sobrecarregados de folhas vermelho-profundo, forçando-o a dobrar a cabeça para passar.

Assim que passaram pelas árvores espinhosas, Bash puxou a mão dela novamente.

— Margrete, espere. Pare por um momento. — O coração de Bash trovejou, e todo o seu corpo estava frio. — Por favor, apenas pare.

Ela o ignorou, rindo.

— Tão preocupado. Eu juro, são só mais alguns segundos...

Bash puxou com força, forçando-a a parar. Ela esbarrou em seu peito. Virando, ela encontrou seu olhar pesado.

A mulher à frente dele parecia sua Margrete, soava como ela, até exalava seu perfume de lavanda. Mas...

— Notou algo diferente, princesa? — perguntou ele, inclinando a cabeça.

Ela podia parecer e soar como sua Margrete, mas a mulher que ele conhecia e amava não teria saído correndo para a floresta depois de ver seu novo rosto. Ela os faria sentar e falar sobre o que aconteceu. Margrete era excepcionalmente teimosa quando queria saber alguma coisa, embora ele secretamente gostasse da preocupação dela. Aquela criatura – Bash soltou a mão dela e deu um passo para trás – não perguntou sobre suas escamas, suas unhas, seu cabelo recém-escurecido.

Ela apenas olhou para ele sem expressão, nenhuma faísca atrás de seus olhos. Nenhum *fogo*.

— Quem é você?

Bash procurou sua adaga. Sua mão encontrou apenas o ar.

Um flash de prata chamou sua atenção, e Margrete – ou a *coisa* disfarçada como ela – puxou a lâmina *dele* de trás de suas costas.

— Procurando isso? — perguntou ela, sorrindo.

O estômago de Bash gelou.

— Quer vir aqui e pegar? — Ela acenou com inocência, recuando lentamente. Bash deu um passo, sua mandíbula apertada. — Vamos, tire isso de mim — brincou ela, a voz ficando quase cruel. Afiada e dura. Aquilo o lembrou da voz de outra pessoa, embora ele não pudesse dizer quem.

— Eu perguntei quem você é — repetiu ele, frustração fervendo em seu peito. — Diga agora.

Sua ordem soou enfraquecida. Mesmo sabendo que não era Margrete, sua ousada princesa, a criatura usava seu rosto, e ele impulsivamente queria acreditar que se tratava de Margrete.

— Não seja bobo — respondeu ela, continuando a recuar. Bash seguiu.

— O que deu em você? Estamos quase no acampamento, e posso explicar tudo lá. Adrian tem perguntado sobre você sem parar.

Bash parou completamente.

— Adrian não estava no *Phaedra*.

Não havia mais margem para dúvidas.

A mulher que usava o rosto de Margrete suspirou dramaticamente enquanto suas feições endureciam.

— Opa. — Ela riu. — Você *tem* pensado muito em Adrian.

Como ela sabia no que ele pensava?

Bash cerrou as mãos em punhos nas laterais do corpo. Ele desejou segurar sua adaga, uma arma, *qualquer coisa* para se defender. Aquilo não era humano.

— Bem, isso foi inteiramente minha culpa. — Ela fez um aceno despreocupado no ar. — Um pequeno deslize, infelizmente. — A mulher estalou a língua e deu um passo para o lado em um borrão de membros e um flash de cabelo vermelho vibrante. Os fios voltaram a ficar marrons segundos depois, no momento em que a floresta começou a se mover, girar e oscilar ao redor dele. Bash tropeçou no lugar, sentindo-se desequilibrado.

— O-o que está acontecendo?

— Só mais alguns passos, meu rei. — Mais risadas se seguiram, do tipo que o lembrava de pregos se arrastando pelo vidro. — Mais. Um. Passo.

Bash não tinha percebido que tinha dado um passo em seu estado desorientado.

Ele lutou para manter os membros firmes no chão.

— Precisa de ajuda? — A voz de Margrete perguntou, embora tenha ficado mais profunda, se transformando em um eco oco.

Bash balançou a cabeça e apertou as têmporas. Ele não conseguia enxergar direito, e toda vez que pensava ter visto a mulher, ela desaparecia. Bash estendeu a mão, esperando poder ser segurar a uma árvore próxima, esperando se equilibrar...

Ele deu um passo…

Seu pé encontrou o ar livre.

A floresta desapareceu, substituída por penhascos e rochas pontiagudas. Bash lutou para segurar alguma coisa, *qualquer coisa*, mas já era tarde demais.

— Bons sonhos, rei.

Bash mergulhou de cabeça na lateral do penhasco.

CAPÍTULO VINTE E DOIS
Margrete

Não confie em nada.

Uma cobra grosseiramente gravada circundava a inscrição, a língua bifurcada deslizando para fora e tocando o *N*. Como na última moeda, ela tinha um número na outra face. Um *2* simples e sem adornos.

Zangada, Margrete passou a moeda brilhante entre os dedos. A coisa amaldiçoada os encontrara, e da maneira mais horrível. Como a moeda tinha ido parar *dentro* da garganta de Mila era um mistério. Do tipo que eles provavelmente não encontrariam resposta.

Enquanto ela examinava a moeda pela milésima vez, os outros se sentaram em silêncio ao redor do fogo que fizeram, olhando fixamente para a frente. Grant havia moldado uma lança com sua adaga logo após o resgate de Mila, e os dois peixes magros assando sobre as chamas estavam ali graças a ele.

Atlas era a única que não tinha olhos vidrados. Ela continuava lançando olhares estranhamente tímidos para Dani, que estava totalmente alheia a suas atenções. Margrete achava que nunca tinha ouvido a voz da garota. Ou do irmão gêmeo, para falar a verdade. Eles só ficavam entre eles.

Mesmo que seu estômago roncasse e a fome a consumisse por dentro, o pensamento de comer a deixava enjoada. Ou talvez ela estivesse enjoada porque *não tinha* comido. Não conseguia mais pensar direito.

— O que você acha que isso significa? — perguntou Bay, cutucando-a com o cotovelo. Ele estava quieto desde que Mila tinha vomitado a moeda antiga, junto com o resto da água de seus pulmões. Tentar ignorar os testes, ao que parecia, não era uma opção. As moedas de Surria sempre os encontrariam.

— Acho que nossa noite será longa — Margrete disse baixinho, enrolando os dedos ao redor do metal frio. A moeda parecia mais pesada do que a primeira.

Bay apoiou a cabeça no ombro dela. Ela aninhou a bochecha nele, suspirando.

— Vamos nos revezar na vigília. Embora eu duvide que isso nos faça algum bem. — Bay ergueu a cabeça. Ela notou como sua pele ficou pálida, e os círculos abaixo de seus olhos se intensificaram.

— O primeiro teste... você está bem? — Ela prometeu que não pressionaria, que não pediria detalhes, mas precisava saber como ele estava. Toda a postura de Bay ruiu com a pergunta.

— Eu vi o cadáver de Adrian. Queimado. Carbonizado.

Margrete engoliu em seco, tentando não vacilar.

— O palácio de Azantian estava em chamas. Eu o tirei de lá, mas era tarde demais. Ele estava morto.

— Nossos piores pesadelos — disse ela, observando o fogo.

Eles conversavam baixinho, atentos aos outros.

— Sim, ver a outra metade da minha alma queimar até ficar crocante estaria no topo da lista de piores pesadelos. — Bay tentou rir. Foi terrivelmente fraco.

— Por que fogo? — Margrete pressionou. Podia entender a morte de Adrian, mas a presença do fogo lhe parecia estranha. Ou, pelo menos, era específico o suficiente para se destacar.

— Não tenho certeza, mas não consigo evitar a sensação de que estou esquecendo alguma coisa. Tudo aconteceu em um borrão, mas sei que há uma peça do quebra-cabeça que estou perdendo. — Bay se afastou para olhar nos olhos dela. — Com o que você sonhou?

Margrete enrijeceu.

— Sonhei que me afogava dentro na caixa em que meu pai costumava me colocar.

Deuses, só de pensar naquilo já começava a tremer. Ela tinha conseguido escapar do pesadelo, mas por pouco. Desejou ser mais forte.

Com uma das mãos, Bay segurou as duas mãos dela. O peso do contato estabilizou o tremor.

— Você se libertou, Margrete. Não estaria aqui se não tivesse vencido a crueldade de seu pai. A tortura. Você é mais forte do que pensa — falou com suavidade, como se tivesse lido sua mente. Ele descansou a cabeça no ombro dela.

Margrete o abraçou, transmitindo agradecimentos silenciosos. Se tivesse um amigo como Bay em Prias, poderia ter escapado de seu pai muito antes. Ela nunca teve alguém com quem compartilhar os segredos mais íntimos. Agora entendia por que seu pai a isolara, por que fez de tudo para tornar quase impossível qualquer pessoa se aproximar dela. O amor fortaleceria Margrete, e ele trabalhava incansavelmente para fazê-la acreditar que era fraca.

O amor pode ser uma arma por si só.

Como sempre acontecia, pensou em Bash.

— Sinto saudade dele — sussurrou ela, observando as chamas faiscarem e estalarem. Parecia bobo dizer em voz alta, considerando tudo o que suportaram e tudo o que ainda enfrentariam. Ainda assim, se alguém podia entendê-la, seria Bay.

— Nós vamos encontrá-lo. Bash é mais teimoso do que você, o que diz muito — falou ele com um sorriso cauteloso. — E, além disso, você teria sentido algo, certo? Se Bash tivesse... — Ele não conseguia dizer a palavra, mas ela sabia o que ele queria dizer.

Margrete assentiu.

— Eu teria sentido, assim como senti quando o perdi da outra vez.

— Então isso significa que ele está aqui, provavelmente nos procurando — falou Bay com firmeza. — Não sou de ter fé, mas o amor tem um jeito de fazer de mim um crente. Por mais terrivelmente sentimental que isso soe.

— Eu gosto quando você é terrivelmente sentimental — sussurrou ela, passando a mão no cabelo dele e esfregando seu couro cabeludo. — E obrigada por me contar — murmurou. Sobre seu maior medo.

— De nada, Margrete. Obrigado por confiar em mim também.

Em silêncio, Margrete ficou fazendo um cafuné em Bay, brincando com os fios curtos. O guerreiro adormeceu ali, bem encostado em seu ombro, e Margrete ficou de vigília.

Ela olhou para a noite. Não conseguia evitar a sensação de que ela a olhava de volta.

Margrete sonhou com Azantian.

Ela vagava pela praia, em direção à Caverna Kardias. Bay havia lhe mostrado o local quando ela chegou, e ela tinha ficado fascinada. Como poderia não ficar? Abaixo das águas batendo contra as paredes rochosas estavam os portões, aqueles que tinham sido construídos para aprisionar os filhos do mar.

Margrete deslizava pela caverna, suspirando enquanto a escuridão tomava conta de sua pele. Naquele mundo de sonho, ela não perdeu um passo, não se atrapalhou. Conhecia cada rocha e fenda e andava com a postura correta de alguém que crescera naquelas praias.

Um zumbido começou a soar, suave no início, como um sussurro. As ondas afogavam boa parte do ruído, mas ele aumentava a cada passo para dentro da caverna. Quando chegou à abertura, onde o mar encontrava a boca escancarada, o zumbido era tudo o que ela conseguia ouvir.

Os membros de Margrete estavam soltos e o pulso, firme. Aquilo era surpreendente, dada a sensação de mau presságio que inundou seu peito exatamente onde vivia o poder de Malum. Aquela essência se animou, como se ouvisse uma melodia familiar, tentando decifrar se adorava ou detestava a melodia que ouvia.

— Está gostando da minha ilha?

Margrete deu um pulo. Um homem encapuzado com cerca de dois metros de altura emergiu das sombras. Mechas de cabelo loiro escapavam das laterais do capuz, que cobria praticamente todas as suas feições, exceto o queixo orgulhoso e a curvatura do sorriso.

Embora, no fundo, soubesse que nada daquilo era real, ela deu um passo para trás e estendeu as mãos diante de si, pronta para se defender. A música das ondas continuou a tocar e, em algum lugar distante, ela distinguiu as cordas de um violino melancólico.

Inclinando a cabeça encapuzada, o homem entrou mais fundo na caverna, ficando bem no centro. Margrete percebeu, então, que se movera inadvertidamente contra a parede oposta, encostando as mãos em uma das muitas colunas hexagonais.

Ela se endireitou, erguendo a coluna.

— Vou tomar seu silêncio como resposta. — O homem riu. — Eu particularmente não gostei.

Suas palavras confirmaram tudo.

— O que você quer? E como está aqui, no meu sonho? — perguntou ela, cheia de uma ousadia que endurecia seu tom de voz. Se sentiu orgulhosa, e, em resposta, seu poder vibrava.

— Para responder à sua primeira pergunta, eu quero muitas coisas. Coisas que não acreditava que desejaria novamente. Mas suponho que a velhice faz você perceber exatamente o que quer. O que está perdendo há tantos séculos.

Margrete se afastou da parede. Fingindo uma confiança que não sentia, ela caminhou até o Deus do Mar, parando a quase um metro de distância.

— Chega de jogos mentais. Chega de enigmas. Responda à maldita pergunta. Como você está aqui? — No sonho que era dela. Invadindo seu lugar mais sagrado.

Darius.

Ele a ameaçou em Azantian. Disse a ela que, se não fosse com ele, machucaria Bash. Novamente.

Ele é o responsável por tudo isso? O naufrágio do *Phaedra*? A ilha? As moedas de Surria?

— Estou levemente ferido por você não ter me sentido em seus sonhos antes, Margrete. Achei que teria me sentido meses antes.

— *Meses.* Você está perseguindo meus sonhos há meses? — Ela soltou um suspiro trêmulo. — Por quê?

Se ele desejava seu poder, entrar em seus sonhos não seria o melhor caminho a seguir. Ele teria mais sorte se procurasse em livros antigos sobre mitos uma pista de como remover a marca protetora de Malum.

Com o pensamento, sua mão deslizou para a tatuagem. Instantaneamente, uma calma frágil a percorreu.

Darius sorriu, a curva de sua boca perversa.

— Eu poderia mentir para você, mas, sinceramente, minhas ações foram totalmente egoístas. Uma maneira de... entender.

— Entender *o quê*? — A frustração borbulhou à superfície.

Lentamente, Darius ergueu as mãos, alcançando o capuz.

— Eu queria entender você e o que se tornou — respondeu friamente. Seus dedos brincavam com a bainha do capuz, como se estivesse considerando se deveria ou não revelar seu verdadeiro rosto. Margrete ficou tentada a arrancá-lo.

Ela ignorou suas palavras e estreitou os olhos. Não tinha como suas razões terem sido tão simples.

— Está com muito medo de me mostrar o monstro escondido atrás da máscara? — perguntou ela, fazendo o pouco que podia para enervá-lo. Na verdade, a presença dele sempre conseguia virar o mundo dela de cabeça para baixo. E, no fundo, sabia que ele não faria nada para machucá-la fisicamente. Poderia tê-la machucado mil vezes, mesmo com a marca protetora de Malum, mas não o fez. A pergunta era por quê.

Os dedos de Darius agarraram a capa.

— Estou longe de ter medo. Na verdade, eu estava querendo mostrar a você.

Ele baixou o capuz em um borrão, e o ar ficou pesado.

— Você é uma das poucas que já me viram. O meu verdadeiro eu.

Deuses acima e abaixo. Darius era... de tirar o fôlego. De tirar o fôlego de uma forma puramente devastadora. Ele era todo ângulos afiados e maçãs do rosto cortantes, uma mandíbula forte e lábios carnudos e rosados. Um olhar tão frio, mesmo com olhos que rivalizavam com a beleza do mar. Azuis e verdes verdejantes cercavam suas pupilas, e lascas de ouro brilhavam em suas íris. Eles eram o tipo de olhos em que alguém poderia se perder para sempre.

Ou se afogar.

Margrete mordeu o interior da bochecha, desejando cortar o contato visual.

— Devo dizer que sua reação não decepcionou. — Um canto de sua boca se curvou e, por um breve segundo, seus olhos ficaram suaves. — Por mil anos, eu usei as conchas de estranhos, forçado a sobreviver como um mortal. Mas agora... — ele se aproximou, perto o suficiente a ponto de ela poder sentir sua respiração em seu rosto — ... não tenho mais que me esconder.

— Devo me sentir honrada? — perguntou ela, recusando-se a recuar. Era isso o que ele queria. Que ela se encolhesse. — Não me importo com sua aparência, Darius. Quero saber por que estamos aqui. Nesta ilha.

O que ele ganharia com tudo aquilo?

— Você não tem ideia do que você é. — Ele suspirou. — E desejo remediar isso, de uma vez por todas. Esta ilha revela muito e, embora eu a despreze, provavelmente tanto quanto você, é um mal necessário.

— Eu sei o que *não* sou — disparou. — E estou cansada de ser um peão nesse jogo distorcido que você está jogando.

Darius a circulou.

— Você não é um peão. Não, não, não. — Ele balançou a cabeça, os cachos loiros caindo sobre os olhos. — Você é muito mais preciosa do que isso. Não tem ideia.

— Então esclareça — retrucou ela. Mais uma vez, ele falava em enigmas.

— Eu vi seus olhos se arregalarem e ouvi seu coração acelerar quando abaixei meu capuz. Quer admita ou não, eu a afeto profundamente, você não pode evitar. Semelhantes se atraem.

Ele ergueu a mão, passando um dedo solitário no rosto dela. Seu toque gelado a fez estremecer, mas ela cerrou os dentes e prendeu a respiração. Cautelosamente, ele desceu o dedo pela curva de sua bochecha e para a parte inferior da mandíbula. Ele inclinou o rosto dela para que o encarasse.

— Você é muito mais corajosa do que eu jamais poderia imaginar — disse ele com orgulho. — Eu nunca deveria ter duvidado de que você era a certa.

— Certa? — Algo frio e antigo deslizou ao redor da garganta de Margrete e a apertou. Ela sentiu como se tivesse sido empurrada de um penhasco e estivesse caindo no ar, esperando o impacto inevitável.

Darius suspirou e tirou a mão de seu rosto. Ele se contorceu.

— Se você sobreviver e completar o terceiro teste, tudo será revelado. Suspeito que você vai conseguir. — Ele a olhou, demorando-se em seus lábios. — Você não é de desistir tão facilmente. Uma característica que sempre admirei.

Ele falou como se a conhecesse há anos.

Margrete fez uma careta.

— Quero sair desta ilha imediatamente e quero saber onde está Bash. Agora.

Ela ergueu o queixo quando o olhar de Darius se tornou letal, o azul se transformando em aço. Ao som do nome do rei, ele ficou rígido.

— As nymeras têm suas razões para levarem Bash, Margrete — disse ele suavemente, como se estivesse falando com uma criança pequena. — Elas o teriam matado imediatamente se o sangue delas não corresse em suas veias.

Seus lábios se separaram. O que Darius insinuou não era possível. Ela tinha visto os retratos de seus pais, dezenas deles pendurados por todo o palácio.

— Ele não é um…

— Ah, sim, ele é, sim — falou Darius, sua voz cheia de risadas. — Mal posso esperar até que você o veja novamente. Que surpresa deliciosa será.

— Então, ele *está* aqui.

— Eu nunca disse que não estava, Margrete. Não menti uma única vez para você. Ao contrário *dele*.

A luz que entrava na Caverna Kardias tremeluziu e as paredes adquiriram um tom leitoso de ardósia. Margrete sentiu que não tinha muito mais tempo até acordar. Sua visão estava se desfazendo.

E porque aquilo era um sonho e Darius não podia fazer nada para machucá-la, Margrete estendeu a mão e agarrou sua capa. Ela o puxou para perto.

— Diga onde ele está, ou juro que passarei o resto dos meus dias te caçando. Posso ser apenas meia Azantiana, mas *tenho* o poder de seu irmão dentro de mim, e é apenas questão de tempo até que ele passe a agir sob minha vontade.

O sorriso de Darius se abriu até ficar impossivelmente grande.

— Estou contando com isso, amor. Gosto muito quando você mostra os dentes.

Ela o empurrou para longe enquanto ele ria. Seu corpo etéreo formigava, e tufos escurecidos de neblina rolaram para o centro da caverna. Darius ergueu as sobrancelhas antes de se curvar em uma zombaria.

— Até a próxima — prometeu ele quando se levantou. — E, acredite em mim, mal posso esperar pelo nosso reencontro.

Quando Darius e a Caverna Kardias desapareceram, outra cena assumiu o lugar — a mesma que ela tinha visto quando Darius apareceu nas praias de Azantian.

Era ela, olhando nos olhos dele com profundo amor, os braços envolvendo seu torso. O deus se inclinou para dar um beijo suave em sua testa, os olhos se fechando em êxtase pacífico. Se fosse fácil enganá-la, poderia imaginar que era real.

Quando abriu os olhos, aquela imagem ficou com ela, assombrando-a muito depois do sol nascer. Não ajudou que seus braços formigassem no local em que o deus a havia tocado no sonho, e não importava o quanto ela esfregasse a pele, tentando afastar seu toque fantasma, ele permanecia como uma marca.

CAPÍTULO VINTE E TRÊS

Bash

Bash estava sonhando com Margrete quando a chuva espirrou em sua testa.

Ele se moveu para o lado e abriu os olhos — e quase se lançou da beira de um penhasco.

— Merda! — Bash escapou para longe da queda perigosa, suas botas chutando algumas pedras errantes para o lado e para a fenda sem fundo abaixo. Ele vislumbrou apenas rochas e sombras, o poço parecendo infinito.

Merda, merda, merda, merda.

Todo o seu corpo doía enquanto ele se levantava no ar espesso, tentando identificar a última coisa de que se lembrava. Bash fechou os olhos, embora até aquilo parecesse doer. Na noite anterior, tinha ficado hipnotizado pelas chamas, pensando na vida que sentia que havia perdido quando...

Uma brisa soprou, esfriando o suor em sua testa. Ele suspirou, pressionando-se ainda mais contra a parede de pedra, suas costelas ardendo. Aquela brisa, cheia de notas de eucalipto, também emanava outro aroma distinto — o aroma com o qual ele acordava todos os dias.

Lavanda.

Sim. Agora ele se lembrava, embora desejasse esquecer.

A compreensão o atingiu com força, e sua cabeça latejou quando fragmentos de memória o atacaram. Ele tinha visto Margrete, e ela o levara ali antes de desaparecer.

Espere, não, isso também não estava certo. Bash se concentrou, pegando os pedaços de imagens distorcidas, vasculhando os pedaços borrados em busca de qualquer sinal de verdade. Margrete se materializou na floresta, eles correram um para o outro e se abraçaram, e ela estava tão animada para levá-lo ao acampamento onde ele veria Bay e...

Isso mesmo.

Não era Margrete.

Era uma cópia perfeita dela, mas aquela sósia não tinha a faísca indescritível que sua Margrete possuía. Tinha ficado tão esperançoso que, no início, não viu a verdade e se permitiu ser enganado.

Os ombros de Bash se curvaram. Como desejava que ela fosse real e não outra ilusão construída por aquela ilha de horrores.

Porra de lugar maldito.

Com membros instáveis, ele se levantou e encarou a parede do penhasco. A subida não era longa, mas não era das mais fáceis. Ele avistou alguns pontos de apoio aqui e ali, meio soltos, de um jeito que podiam terminar em sua morte imediata.

— Adorável. — Ele se arrepiou, colocando as mãos na laje rochosa.

Olhou para as pontas dos dedos. Ainda pretas. Ainda assustadoramente monstruosas.

Bash começou a subida, fazendo o possível para evitar olhar para as mãos. O que, não surpreendentemente, se provou ser impossível.

Graças a todos os deuses não havia um espelho disponível. Não era um homem vaidoso — bem, não por completo —, mas supôs que seu reflexo não o agradaria. Felizmente, as escamas não tinham chegado ao rosto. Ainda.

Grunhiu enquanto subia mais alguns metros. Em geral, não sentiria tanta exaustão ou falta de foco, mas algo estava acontecendo com ele, e podia sentir seu corpo mudando, quase como se estivesse se refazendo.

Essa linha de pensamento em particular não estava ajudando em nada. Então teve que desligar tudo e apenas subir.

Bash conseguiu apoio e usou as pernas para se içar mais alto, os dedos desesperadamente agarrados às laterais do penhasco por sua preciosa vida. Um punhado de seixos soltos caiu em seus olhos, e ele balançou a cabeça, piscando para afastar a poeira residual que deixaram para trás.

Ele se impulsionou para a frente. Aquele era um ponto sem volta.

Erguendo-se em busca de outro apoio, percebeu com clareza nauseante o quanto a parede do penhasco se curvava precariamente para dentro. Foi um erro ter ido àquela borda, para começo de conversa. Com base em sua posição e na planície áspera em que acordou, provavelmente estava perdido na noite anterior, quando caiu.

Não se concentre nisso, ele se repreendeu. *Concentre-se em não se matar agora.*

Ainda bem que Adrian insistiu que ele focasse seu treinamento em fortalecer a parte superior do corpo pelo menos três vezes por semana.

— Merda!

Sua mão escorregou. A pedra se desfez no local em que ele tinha se apoiado, arrancando um pedaço significativo de rocha. A mão machucada pendeu ao lado do corpo.

O suor lhe cobria a testa e escorria pela espinha. A brisa esfriou, fazendo cócegas na pele úmida, e o aroma de lavanda no ar ficou mais potente. Ou talvez fosse sua imaginação. Cerrando os dentes com força suficiente para ouvir toda a mandíbula estalar, Bash lançou o braço direito, procurando um apoio estável. Com as mãos ficando mais úmidas a cada segundo, ele sabia que logo escorregaria.

Errou o alvo. Novamente ele balançou o braço direito, e novamente errou.

Fechou os olhos, procurando a escuridão, como tantas vezes fazia quando a vida ficava muito... esmagadora. Ele se aventuraria abaixo do palácio até a Caverna Adiria e simplesmente se sentaria e deixaria o silêncio consumir seus problemas. Não foi a escuridão completa que ele encontrou naquele momento, mas aquilo o centrou.

Bash mirou. Conseguiu fazer contato e cravou os dedos na pedra. Ele tinha conseguido.

Uma energia percorreu sua corrente sanguínea, e ele abriu os olhos. A adrenalina parecia fria, sensível, como mágica que poderia afetar uma alma viva.

Era muito para lidar de uma vez, mas não tinha escolha.

Concentrou-se na situação difícil em que estava, e seus olhos captaram os menores detalhes enquanto ele percorria a pedra porosa. Sentiu cheiro de sal e lavanda, e de um sangue que não era dele. No fundo de sua mente, uma pequena voz sussurrou que o aroma vinha de pelo menos cinco quilômetros no interior da ilha. Norte, talvez? Claro, seus sentidos Azantianos eram aguçados, mas aquilo foi além de suas capacidades normais.

E os músculos. Eles ondularam com uma força recém-descoberta. Não queimaram enquanto ele subia com cuidado até o topo. Parecia que agora era um novo homem, e não mais a versão machucada que acordou quebrada e com o coração partido.

Bash chegou ao limite e se jogou em terra firme com um rugido determinado. Ele tinha conseguido, estava vivo e inteiro.

Antes de se levantar, ele se virou e aproveitou um breve segundo de alívio para descansar e acalmar o coração acelerado. Examinou a floresta.

Notou as folhas. No dia anterior, eram pretas, com algumas folhas de tom avermelhado se misturando ao mar de escuridão. Naquele momento, estavam um pouco mais detalhadas.

Esse *pouco* queria dizer muito.

Os veios das folhas vermelhas que ele tinha visto estavam bem-marcados com o que parecia ser uma tinta preta brilhante. Redemoinhos e linhas caóticas serpenteavam pela superfície quebradiça, cada folha diferente da outra. Os desenhos não faziam absolutamente nenhum sentido para Bash, mas ele não resistiu e estendeu a mão para pegar uma de um galho baixo.

Instantaneamente, a tinta preta brilhante desapareceu.

Franzindo o cenho, Bash tentou outra. Ela também perdeu os padrões selvagens.

— Isso acontece sempre que elas são separadas da ilha.

Bash se virou.

— Deuses, você precisa mesmo continuar a fazer isso? — Ele olhou ameaçadoramente para a criatura que se esgueirara atrás ele.

Diante dele, encostada no tronco de uma árvore retorcida, descansava a nymera que ousara chamá-lo de *filho*. Seus lábios pálidos, quase azuis, se torceram em uma carranca em reação ao tom agressivo de Bash, e seus olhos muito arregalados se estreitaram.

Bash não se importava se ela tinha se ofendido. Talvez aquela energia recém-descoberta pudesse ajudá-lo em uma briga, e não hesitaria em usar os punhos para resolver seus problemas.

Ninguém jamais poderia dizer que ele era perfeito.

— Eu te segui depois que aquela criatura miserável te levou e evitei sua morte. — Ela cruzou os braços esqueléticos, seu vestido branco esvoaçando nas laterais do corpo, o vento batendo na bainha. Ela se desencostou da árvore, fazendo o corpo ágil deslizar pelo ar do jeito que alguém se moveria na água.

Bash olhou para sua nova inimiga. Uma nymera nunca era confiável.

Ao redor dos pés descalços da nymera giravam nuvens prateadas e violeta. Vinham da floresta e serpenteavam ao redor de seu corpo. A neblina pareceu estremecer de prazer ao tocar em sua pele.

— Magia das trevas — disparou ele. Deuses, ele estava cansado de magia das trevas. Além de tudo que tinha enfrentado, magia das trevas era o que faltava para exasperá-lo de vez.

— Sim. E foi isso que salvou sua vida. De nada, aliás. Se eu não estivesse com você ontem à noite, quando se permitiu ser vítima de uma alucinação óbvia, aquela ninfa teria ficado até ter certeza de que tinha terminado seu trabalho. Coisinhas maldosas, as ninfas. — A nymera de cabelos de um preto profundo sorriu, deixando os caninos projetarem-se no lábio inferior cheio. — Aquelazinha em particular é notoriamente uma enganadora, mas, felizmente para você, ela recebeu um chamado para retornar ao mestre dela ao nascer do sol, então você está seguro por enquanto.

— Ninfa? As ninfas não são donzelas criadas por Brielle?

— A Deusa do Bosque Profundo e da Caça não teve nenhuma participação *naquilo*. Embora ela seja orgulhosa o suficiente para ficar com o crédito, tenho certeza.

— Então quem foi? — Bash deu um passo corajoso para frente. Um metro e meio os separava. Ele suspeitava que ela poderia atacar a qualquer momento e roubar sua alma. Mas, ainda assim, ela não se moveu um centímetro.

— Antes de continuarmos, acho melhor você saber qual é o meu nome, já que é falta de educação que eu saiba o seu e você não saiba o meu.

— Não quero saber seu nome, demônio. Eu quero respostas.

Ela zombou, despreocupada.

— Vejo que você tem as maneiras do seu pai.

O sangue de Bash ferveu.

— Ele era um homem bom e decente — retrucou. — Você não sabe nada dessas peculiaridades, não é, ladra de almas?

Suas narinas se dilataram ligeiramente, o único sinal de que as palavras atingiram o alvo.

— Você conhece tão pouco de sua própria espécie e, no entanto, julga tão rapidamente.

— Eu não sou uma nymera.

— A negação não combina com você, meu filho. — Ela se endireitou, e as nuvens que rodeavam suas pernas subiram até os quadris. Bash recuou quando a neblina que contornava o corpo da nymera esvoaçou para lamber sua pele exposta. — Nada pode mudar o fato de que falo a verdade. Quer você acredite ou não. Mas imagino que deu uma boa olhada no seu rosto. Seu cabelo. Suas unhas. — Ela apontou o olhar para os dedos escurecidos de Bash. — Você me chama de ladra de almas como se pudesse me ofender, mas eu faço o que tenho que fazer para sobreviver. Assim como você deve fazer.

— Eu nunca me alimentaria de outra pessoa. — Ele estremeceu de desgosto. — Prefiro morrer.

O sorriso dela ficou tenso.

— Você *vai* morrer se não se alimentar. E precisa se alimentar.

Os punhos de Bash tremeram quando a raiva mal disfarçada estremeceu seu corpo. Ele sentiu tanta raiva e fogo, tanta fúria tangível, que doía respirar. Não queria acreditar nela, mas também não podia negar o óbvio, a menos que...

— E não. Eu não *transformei* você em uma nymera, se é isso que estava prestes a perguntar — disse ela. E sim, era isso que ele *estava* prestes a perguntar. — Não se pode transformar alguém em nymera. Se nasce nymera.

Excelente. Ele esperava que os livros tivessem entendido errado, e que, de alguma forma, aquela criatura tivesse distorcido sua aparência usando magia das trevas. Ela cheirava à magia.

— Minthe — falou ela, oferecendo uma mão. Ele olhou com ceticismo. — Meu nome é Minthe.

— Já disse, não quero saber — Bash rosnou, desviando da nymera e seguindo em frente, para longe dela. Ele tinha que encontrar Margrete e sair daquela ilha. Essa era sua missão. Se aquela mulher, quer dizer, criatura, realmente fosse sua mãe, ele lidaria com isso mais tarde.

— Eu posso ajudar — cantarolou Minthe atrás dele. Bash não se virou. — Você está indo pelo caminho errado, sabe? — Ele parou de se mover.

Bash considerou se devia encará-la novamente, mas não conseguiu. A familiaridade que ele sentia sempre que observava seus olhos profundos lhe dava calafrios.

— Pegue o caminho da esquerda — Minthe instruiu. — Quando encontrar um riacho, siga-o até o anoitecer. Encontrará sua amada assim que a lua nascer. — Por um lado, ela poderia muito bem estar mentindo e mandando-o na direção errada. Por outro, ele sabia que não teria pousado sozinho naquela borda onde passou a noite. Era para ele ter caído do penhasco e morrido. O que significava que ela devia estar dizendo a verdade sobre o uso de magia das trevas para ajudá-lo. Ele se negava a perguntar *como*, mas percebeu que ela poderia facilmente tê-lo machucado antes. Inclusive naquele exato momento, em que ele estava de costas, ela poderia atacá-lo e matá-lo. Nymeras eram supostamente tão rápidas quanto o relâmpago que parecia segui-las para onde quer que a horda se deslocasse.

Suas opções eram ir pela direita e torcer para dar certo ou ouvir a devoradora de almas que dizia ser sua mãe.

Bash odiava ambas as opções.

Ele não disse uma palavra, mas tomou o caminho da esquerda, sem dar satisfação a ela. Ele podia sentir o sorriso de Minthe queimando na parte de trás de seu crânio.

Ele estremeceu quando a voz da nymera flutuou para dentro de seus ouvidos:

Até a próxima, filho.

— Que merda... pois eu espero que não tenha uma próxima.

CAPÍTULO VINTE E QUATRO

Margrete

— Você tem tido sonhos estranhos? — Margrete perguntou a Bay durante a viagem para o norte. Já tinham andado a manhã toda e não encontraram nada além de árvores.

— Eu... — Bay tropeçou em um galho caído. Rapidamente se endireitou, embora sua mandíbula estivesse apertada. Aquela foi resposta suficiente.

— Entendo — disse ela. — Eu também.

— Estou ansioso para sair daqui — sussurrou Bay, diminuindo o ritmo. — Acho que ainda não enfrentamos o segundo teste, embora meu sonho de ontem tenha sido menos que o ideal.

— Eu sonhei que estavam me enterrando vivo em um caixão de cobras. — Jacks se aproximou para se juntar à conversa, com a gêmea ao lado. Margrete não achava que estava falando muito alto, mas tinha se esquecido da audição Azantiana.

— Esse sonho ganha do meu — murmurou Bay, estremecendo.

Dani, irmã de Jacks, apenas baixou a cabeça em silêncio. Margrete se perguntou que terrores ela suportara enquanto dormia. Ela era a mais quieta dos gêmeos. Aquela beleza de cabelos pretos com pele negra e olhos cor de safira raramente falava. Seu irmão parecia falar pelos dois.

De canto de olho, Margrete viu o rosto de Atlas se franzir com preocupação. A loira baixou o olhar de volta para o chão, como se não estivesse secretamente ouvindo a conversa deles.

— Você está bem, Dani? — Margrete perguntou em voz alta, principalmente por causa de Atlas. Dani mal levantou a cabeça antes de fazer um aceno sutil.

— Ela não está bem — Jacks respondeu por ela, passando a mão em seus cachos. — E eu concordo. O pior está por vir.

Atlas tropeçou em um galho, chamando a atenção de Dani. Ela rapidamente desviou o olhar e voltou para o lado do irmão.

A declaração de Jacks certamente havia abalado o clima, e o silêncio prevaleceu pela hora seguinte.

A cada passo, a sensação de mau presságio de Margrete aumentava a um grau insuportável. O poder dentro dela se recusava a aparecer, o que era totalmente enlouquecedor. Ele tinha se escondido profundamente abaixo da superfície onde ela não podia alcançá-lo, e quando fechou os olhos e procurou, não encontrou nada.

Tanto esforço para progredir... Ela até pensou que o tinha dominado no dia anterior – bem, não *dominado*, mas entendido melhor. Talvez ele fosse como o mar, de onde vinha sua magia, e não pudesse ser domado ou invocado à sua vontade.

— Alto lá, pessoal! — Bay levantou a mão, parando a tripulação. Seus ouvidos se animaram enquanto ele ouvia a floresta silenciosa. Com cuidado, caminhou à frente, afastando os galhos e marchando através da densa vegetação rasteira. Todos aguardavam seu comando.

Bay espiou por entre as folhas e, instantaneamente, sibilou.

Aquilo não poderia ser bom.

— Todo mundo em alerta — disse ele, acenando para que prosseguissem. Ele segurou os galhos até Margrete passar, seus olhos mais afiados do que qualquer lâmina.

Ela parou na linha das árvores. Diante deles havia um abismo separado por dois penhascos com uma ponte de madeira amarrada de cada lado. Já parecia instável o suficiente só para *olhar*, quanto mais para atravessar. Margrete foi até a beirada e espiou. Então xingou.

A queda provavelmente tinha mais de sessenta metros.

Aninhado ao fundo, corria um riacho estreito. Ela se perguntou se alguém poderia sobreviver a tal queda. Rezou para não descobrir.

Margrete voltou a atenção para a ponte frágil e tocou nas cordas desgastadas que a mantinham no lugar. Finas tábuas de madeira levavam ao outro lado, embora houvesse algumas lacunas onde as tábuas estavam apenas penduradas em pedaços de corda.

— Isso *não* parece promissor — disse Jonah. — Estou oficialmente me oferecendo para ir por último. — Ele se afastou com segurança da borda, esbarrando em Dani. Ela o olhou com curiosidade antes de desviar os olhos.

— Tem que haver outra maneira de atravessar — Bay ponderou, examinando a ponte. Levou a mão à testa, analisando a floresta ao redor. Os malditos penhascos pareciam infinitos. — Voto para procurarmos outro caminho, porque garanto que não vai resistir a todos nós. Inferno, pode até não resistir a um...

O crepitar de chamas interrompeu suas palavras. Toda a tripulação, ao mesmo tempo, se virou para olhar para trás.

Fogo e fumaça. Chegando perto deles por todos os lados, e se aproximando. Estavam cercados por homens. Homens feitos de fogo.

— Bem, foda-se. — Jonah cambaleou para trás, a testa já úmida de suor.

— Penso o mesmo que você. — Jacks foi para o lado dele, alcançando o punhal que seria inútil em uma luta contra chamas. O rapaz mal-humorado parecia fazer o tipo que tenta, mesmo em tais circunstâncias.

As figuras dignas de pesadelo avançaram.

Eles eram reais? Ou aquilo era mais um truque?

A primeira e a segunda moeda tilintaram no bolso de Margrete quando ela se mexeu. *Não confie em nada*, dissera, e diante deles apareceu o impossível. Algo em que ela certamente *não deveria* confiar.

— Tem que ser um truque da mente — opinou ela com confiança. — A segunda moeda alertou sobre isso.

— Estou sentindo o calor daqui — Mila retrucou, aparecendo ao lado de Margrete. Seu cabelo vermelho brilhante combinava com as criaturas flamejantes que os encurralavam. Era difícil dizer, mas eles pareciam estar pairando acima do chão, suas longas pernas a centímetros do solo preto.

— Eles parecem bem reais para mim — Jonah murmurou, dando um passo brusco para trás. — E, só para constar, não tenho intenção de descobrir.

Se Margrete tivesse que arriscar um palpite, diria que as criaturas os estavam conduzindo para o abismo, onde certamente cairiam na fenda rochosa abaixo.

Um dos demônios brilhou em branco antes de conduzir o exército sem rosto para mais perto. Eles deviam estar a apenas três metros de distância. Reais ou não, era perto demais para o gosto dela.

Mila olhou para trás.

— Voto por não brincarmos literalmente com fogo e tentarmos cruzar a ponte.

— Concordo — opinou Jacks, com os olhos arregalados e compreensivelmente alarmados. — Não tem como esfaquear fogo.

Atlas falou:

— Mas a ponte não vai aguentar. As duas opções levam à morte.

Não era o momento para a honestidade brutal de Atlas.

Bay ponderou entre as criaturas de fogo e a ponte instável balançando ao vento. Ele era o líder, e Margrete seguiria qualquer decisão que ele tomasse. Confiava nele com sua vida.

Ele ergueu a mão, silenciando todos. Com a confiança que ela sabia que ele não estava sentindo, Bay se esgueirou até o demônio mais próximo. Em um movimento rápido demais para ela compreender, o ágil guerreiro esfaqueou com sua lâmina Azantiana a maior das criaturas. Quando ele se afastou, Margrete viu o metal queimando vermelho antes de voltar a ficar prateado.

Eles eram reais. Deuses, eles eram *reais*.

Bay xingou alto o suficiente para sacudir as árvores. O demônio de fogo deu um passo à frente, perseguindo Bay até a ponte. Ela notou que ele não havia colocado a arma de volta na bainha, e se perguntou se ainda estava quente.

— Vamos atravessar — decidiu ele com rapidez, seus olhos azuis afiados e cheios de determinação implacável. Mesmo diante da morte, ele se recusava a se curvar.

Margrete não podia discutir com a prova que tinha visto, e correu na direção de Bay, com Mila e Grant logo atrás.

Demônios de fogo. Justo o que precisavam. Se ao menos ela tivesse o poder do mar dentro dela. Oh, espere. Ela tinha.

Só que ele preferia se esconder e vê-la sofrer.

Margrete agarrou a corda de cada lado, colocando um pé hesitante na primeira tábua. Bay já havia caminhado até a ponte e batido na madeira com as botas antes de apoiar todo o seu peso nela.

Margrete olhou de soslaio por cima do ombro.

As criaturas tinham acelerado o passo.

— Depressa! — gritou ela, forçando Bay a abandonar a cautela. Ele deu uma espiada antes de acelerar o passo, se movendo pela floresta com pouco cuidado. Mila esbarrou nas costas dela, dando um rápido murmúrio de desculpas. Jacks assumiu a retaguarda, fazendo o possível para parecer corajoso e controlado. Ele não foi totalmente bem-sucedido. Sua irmã fechou os olhos e atravessou, o rosto como uma máscara fria. Jacks murmurou algo em seu ouvido, e ela assentiu, de mandíbula apertada.

Eles tinham acabado de chegar ao meio, mas Margrete sabia que, se seus agressores sobrenaturais apenas tocassem na ponte, a corda se esgarçaria e todos cairiam. Eles tinham talvez segundos para chegar ao outro lado... e simplesmente não seria tempo suficiente.

Ela ouviu a faísca pegar antes de olhar por cima do ombro.

Houve um silvo e um estalo, e uma das cordas presas ao penhasco se partiu. A ponte inteira estremeceu e se virou perigosamente para a direita.

— Corram! — Bay gritou, se apressando para o outro lado.

Não houve hesitação, não houve tempo para verificar cada tábua de madeira podre. Eles simplesmente correram freneticamente, e outro cabo estalou e se partiu. Então tudo que mantinha a ponte no lugar era uma corda esticada.

Margrete lançou um olhar no momento em que a criatura de fogo alcançou a corda...

Tudo aconteceu tão rápido.

Ela cambaleou até Bay, fazendo-o voar pelo ar e cair de joelhos. A mão dele prendeu em uma das tábuas, o braço pendurado no ar enquanto ele lutava para se libertar. A tripulação, em pânico, empurrou uns aos outros, fazendo com que Margrete voasse em direção às cordas. Ela gritou quando a metade superior de seu corpo balançou sobre o trilho desgastado. Uma mão firme agarrou seu braço e a puxou para cima.

Mila.

Assim que Margrete se orientou, fez um aceno para a ruiva, agradecida. Mila não retribuiu o gesto, mas disparou até Grant, cujos olhos se arregalavam de medo diante do rio abaixo de seus pés.

Margrete viu Bay se libertar da madeira podre e ficar de pé, cambaleando.

— Eles estão pisando na ponte! — Jacks gritou, empurrando a irmã, incitando-a a correr. Dani soltou um grito, uma única lágrima deslizando por sua bochecha.

Bay estremeceu até parar abruptamente, forçando todos a parar no meio do caminho.

Mais demônios de fogo. Do *outro* lado.

— Bay! — Atlas rugiu. Ela agarrou a camisa de Dani, e seu aperto feroz era a única coisa que impedia a jovem de tombar para o lado. — E agora?

E agora? Eles estavam completamente ferrados.

Inimigos se aproximavam de ambas as extremidades, e não havia como afastar criaturas que não podiam ser mortas. Margrete agarrou os lados da ponte e espiou. O rio seria sua única esperança, o que não inspirava confiança.

Bay e Margrete se encararam. Uma conversa inteira se passou entre eles.

Estamos em desvantagem. Estamos ferrados. Saltar é a única saída. Como viemos parar aqui de novo?

Margrete tentou se concentrar em seu poder, na essência de Malum. Lutou para chegar ao rio e ver se conseguia levantá-lo, fazer com que, quando caíssem, tivessem algum tipo de amortecimento.

Mas falhou miseravelmente.

A faísca tentou acender, mas algo a sufocou. Se sentiu irremediavelmente mortal e, pela primeira vez, lamentou a perda do que nunca realmente quisera. *Sentia falta* de seu poder.

Outra corda se partiu quando as criaturas do outro lado chegaram à ponte. Margrete olhou para Bay.

— Não confie em nada — disse ela. — Sabemos que são reais, mas *aquilo*... — ela inclinou a cabeça para o estreito rio abaixo... — pode não ser o que parece.

Confiança. Ela tinha que ter confiança, fé e todas essas outras bobagens.

— Vamos saltar — Bay gritou, surpreendendo a tripulação. Antes que pudesse se jogar para o lado com base em suas suspeitas infundadas, Margrete subiu na corda e se jogou primeiro...

Por um momento, ela disparou. Voou, os olhos bem apertados, os braços estendidos como asas.

Margrete atingiu a água mais rápido do que esperava, mais rápido do que era possível, dada a distância que vira da ponte até o rio.

Abriu os olhos. A água entrava em sua boca, seu nariz. Ela cuspiu. Era mais fundo do que achavam também. Ela não podia ver o fundo, mas lutou para se manter à tona, se deixando levar pelo fluxo suave da água.

Gritos soaram no alto...

Seguidos de respingos.

Um por um, liderados por sua fé imprudente, saltou da ponte. Ela se virou quando Bay aterrissou, para ver seu amigo subindo à superfície e sacudindo a água da cabeça.

Ela viu Mila, Jacks e Dani, Jonah, Atlas.

Faltava apenas Grant.

O rio os levou para longe da ponte, mas ela distinguiu uma figura solitária parada bem no centro dela. Ele não tinha pulado, e ela o ouviu gritar, perguntando para onde todos tinham ido.

Foi quando percebeu que ele não podia *vê-los*.

Tinha sido uma ilusão, o rio, quão distante parecia, quão sem esperança. Ela pulou com base em um palpite, e a equipe a seguiu quase imediatamente.

Todos, exceto o pai de Mila.

— Ele tem medo de altura! — Mila engasgou com a água enquanto se lançava para a margem. — Merda! Eu devia ter segurado a mão dele e saltado com ele. — O arrependimento fez sua voz falhar.

Margrete podia sentir a essência vital da água, que a empurrou para o solo encharcado das margens. Parecia que seus poderes haviam retornado, ou talvez apenas tivessem sido suprimidos quando estava na ponte. Aquilo tinha sido um teste. Outro maldito teste.

Essa era a única explicação.

— Pule! — Mila gritou inutilmente, ficando de pé na margem. — Grant, pule agora!

O homem mais velho se virou como se procurasse a voz dela, mas segurou a corda com mais força. Ele não pularia. Nem mesmo com as chamas se aproximando dele.

Lentamente, os monstros o cercaram. Ele gritou, as chamas de um branco brilhante e abrasador. Eles queimaram seu corpo tão rápido que Grant mal conseguiu chamar o nome de Mila pela última vez.

Mila gritou, um grito de angústia de gelar os ossos.

Margrete correu até ela e passou os braços ao redor de sua cintura, impedindo-a de se jogar de volta no rio. Elas assistiram a ponte se transformar em cinzas e as chamas ferverem até não restar nada. Se não fosse pelo fedor de morte no ar, Margrete quase teria acreditado que nunca tinha havido uma ponte ali.

Como se eles a tivessem imaginado.

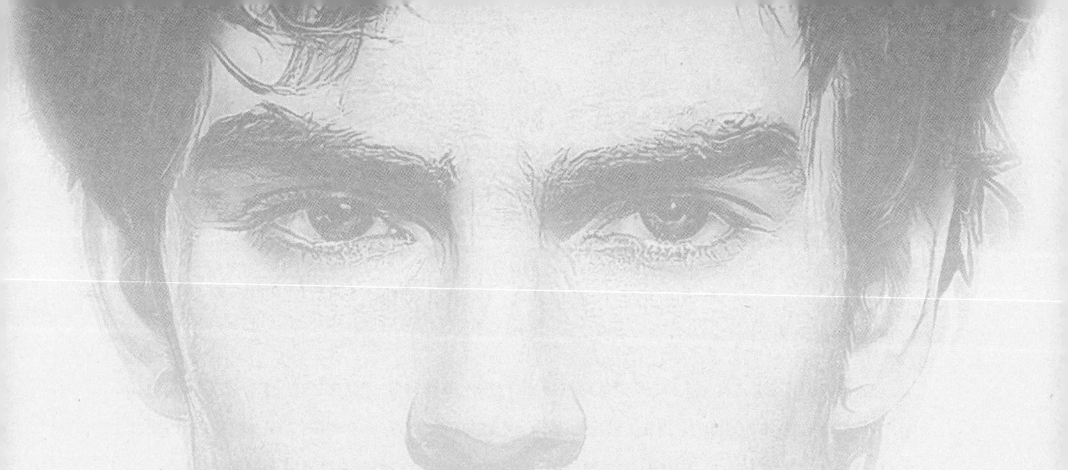

CAPÍTULO VINTE E CINCO
Bash

O dia já entrara pela tarde, e o desconforto de Bash cresceu. Tudo o que ele sentia era que Margrete estava em apuros. Algo se agitou em seu estômago, e suas mãos se recusaram a parar de tremer. Ele as sacudia, mas os tremores não cessavam.

Ele examinou as árvores pela milésima vez, procurando os deuses sabem o quê. Cada músculo ficou retesado, desconfortavelmente tenso. Ele esperava que Minthe aparecesse a qualquer segundo, ou Darius, o que era pior. O Deus do Mar não o tinha visitado novamente, e Bash não estava reclamando. Ainda assim, sua ausência significava que o imortal provavelmente estava agindo em outro lugar. Possivelmente perseguindo Margrete.

Bash acelerou o passo. Minthe afirmara que alcançaria Margrete e a tripulação ao anoitecer. Esse pensamento o mantinha em movimento, mesmo que seus membros protestassem e seus músculos queimassem. Quanto mais andava, mais fraco ficava.

Aquela pequena explosão de energia com a qual tinha sido presenteado não tinha durado muito. Felizmente, sua raiva ardia forte o suficiente para alimentá-lo.

Depois que deixou Minthe, sua raiva cresceu. A frustração floresceu e criou raízes, e ele amaldiçoou o fato de ter sido separado de sua tripulação e de Margrete. Amaldiçoou como tinha sido transformado e retorcido para se parecer com um monstro. E, junto com toda aquela frustração, uma autoaversão vivia e respirava. No fundo, sabia que o homem que tinha sido não existia mais. Possivelmente para sempre.

As coisas nunca mais voltariam a ser como eram antes de tudo aquilo, mesmo que ele, de alguma forma, saísse daquela ilha inteiro.

E sua fome...

Bash tinha encontrado ovos de pássaros algumas horas antes, mas teve que se forçar a comer. Não tinham o gosto certo, e pesaram em seu estômago como chumbo. Pior que nem tinham ajudado a matar sua fome.

Talvez tenha sido por isso que jogou a cautela ao vento e mordiscou algumas frutas vermelhas brilhantes que encontrou. Margrete o teria castigado por ser tão descuidado, caso fossem venenosas, mas ele só queria que aquela fome excruciante diminuísse.

Então Bash continuou, mesmo enquanto o fogo em sua barriga queimava, exigindo *mais* do que ele não conseguia encontrar. Nem comida, nem água. Alguma coisa inominável que o fazia cerrar os dentes de irritação. Sua pele estava muito quente, e suor cobria sua testa.

Quando encontrou o riacho que Minthe lhe contara, seguiu por suas margens sem pensar. Ficou tentado a lavar a sujeira e mergulhar um pouco, mas não podia perder tempo, mesmo que a água gelada parecesse atraente.

Bash parou quando ouviu o som distante de farfalhar e batimentos cardíacos acelerados.

Girando rapidamente, ficou cara a cara com uma corça de olhos arregalados. Ela congelou, seus suaves olhos castanhos encontrando a escuridão dos olhos dele, seu nariz tremulando como se cheirasse sua fome. Ele retinha os impulsos de um predador, mesmo sem armas, e o olhar assustado da corça parecia reconhecer o perigo.

Bash não percebeu que estava se movendo até que se lançou. Voou pelo ar, mais rápido do que deveria ter sido possível devido ao seu estado, e se agarrou nas costas da corça. Ela soltou um som estrangulado, de medo e dor, mas ele ignorou, ansioso para aplacar o sentimento de vazio dentro de si.

Seu coração trovejou quando a criatura se debateu e lutou sob seu domínio, e Bash notou, com uma percepção doentia, que ele estava sorrindo, *apreciando* o medo que o animal irradiava. Podia sentir no ar — doce, maduro e amargo. O medo tinha um sabor incrível, concluiu, e aumentou o controle sobre seu prêmio.

Bash não conseguiu se conter quando passou o braço em volta da garganta da corça e quebrou seu pescoço como se não fosse nada mais que um galho fino.

A criatura ficou imóvel em seus braços.

Bash endureceu. A adrenalina que sentira segundos antes desapareceu, e a fome apenas aumentou. Disse a si mesmo que só precisava comer e então se sentiria melhor, mas suspeitava que não era verdade. O abismo se alargou quando ele, diante da fogueira acessa, percebeu que não possuía nenhuma adaga, nenhuma faca para esfolar sua presa. A criatura disfarçada de Margrete a havia roubado.

Então Bash fez o impensável.

Ele usou os dentes.

Poderiam ter se passado horas ou dias, e ele não saberia dizer. Tudo em que se concentrou foi no cheiro do sangue da corça, como molhava sua língua e tinha o gosto de uma morte deliciosa. Bash se perdeu naquele sangue, cedeu à fome que o guiava. Mas o sangue não era suficiente. Ele precisava de *mais*.

Bash arrancou um pedaço da coxa da corça e devorou os músculos e tendões inteiros. Engoliu, a refeição deslizando por sua garganta com facilidade.

Mais.

Bash deu outra mordida. E outra. E mais uma.

Não foi suficiente.

Ele queria que aquilo parasse; aquela necessidade insaciável de preencher seu corpo. Bash ficou desesperado, mas continuava a devorar a corsa, deixando o sangue escorrer pelo seu queixo. Quando terminou, o animal estava irreconhecível. Não era nada além de couro rasgado e ossos estilhaçados.

A escuridão girava em torno de sua visão enquanto ele lambia o último osso, uma névoa que dançava ao redor de seus olhos, bloqueando a fraca luz do sol. Ele permitiu que entrasse.

Ele não era Bash. Não era nada, e o nada era bom.

Recostou-se em um tronco de árvore e fechou os olhos. Estava de barriga cheia, mas a fome permanecia.

Bash acordou horas depois.

Ele se levantou, passou as mãos pela roupa e começou a andar.

O que pareciam ter sido muitos quilômetros depois, ele percebeu que a umidade e a viscosidade que sentia se prender a suas roupas eram, na verdade, sangue. Ergueu os braços. Um vermelho duro coloria suas mãos, estendendo-se até beijar a tinta preta na ponta dos dedos.

Bash deixou os braços caírem, sua mente uma confusão de memórias distorcidas. De Margrete. Azantian. A ilha. Minthe. Afundando os dentes no pescoço da corça...

Escuridão. Perder tempo. Perder a *si mesmo*.

Bash seguiu em frente. Se não parasse, não pensaria demais. Se continuasse correndo, poderia superar seus demônios.

Quando se deparou com um pequeno lago, entrou e mergulhou fundo nas profundezas obscuras. Na água turva, ele esfregou a pele e as roupas, sem respirar até que seu corpo estivesse livre do vermelho.

Bash rompeu a superfície com um suspiro e examinou as árvores, piscando para tirar as gotas de seus olhos. Ele não conseguia se lembrar de nada além de caminhar e mergulhar naquele lago, e mesmo *essas* memórias tinham uma camada de confusão que as encobria.

Suas mãos se contorceram ao lado do corpo, e Bash olhou para baixo, franzindo a testa quando viu uma única mancha de sangue. Ele a limpou com o polegar.

Já caminhando, não conseguia tirar aquela única gota de sangue de sua mente. Mesmo depois de quilômetros de caminhada, Bash não conseguia afastar uma sensação constante de erro. Fechou os olhos e, quase imediatamente, uma cena horrível aconteceu por trás de suas pálpebras. Uma criatura envolta em mechas escuras e relâmpagos prateados oscilava dentro e fora de foco. Usava seu rosto, seu sorriso, seus olhos...

E então o monstro que ele viu se inclinou, deixando transparecer um sorriso malicioso ao observar um corpo inerte pendurado sem vida em seus braços. Uma mulher, com cabelos castanhos profundos que desciam pelas costas e lábios macios e cheios que tinham um leve tom azulado.

Margrete.

Bash esfregou as têmporas com fúria, desejando que a visão horrível fosse embora. Tropeçou enquanto serpenteava sem rumo na floresta. A imagem de sua amada tão congelada, tão imóvel, fez seu coração partido bater no peito. O tempo era irrelevante. Deixou de ser real, e Bash não conseguia segurar qualquer pensamento por muito tempo, como fios desfiados escorregando por entre os dedos.

A última coisa que viu antes de cair no chão e fechar os olhos foi o maxilar do monstro se abrindo, *seu* maxilar se abrindo, e depois ele se inclinando para sugar a alma de Margrete.

CAPÍTULO VINTE E SEIS

Margrete

O crepúsculo pairava sobre o mundo turvo como um manto manchado.

A segunda moeda tiniu contra a primeira no bolso de Margrete. Pouco depois da ponte, o número 2 desapareceu da face da moeda, significando que completaram o teste. Ficou tentada a jogar a maldita coisa no rio de onde emergiram.

O silêncio permanecia desde que Grant explodira em chamas. Mais de uma vez, Margrete tentou se aproximar de Mila, estendendo a mão, mas a jovem a ignorou todas as vezes e apressou o passo, sem vontade de ser consolada.

Uma parte de Margrete entendia isso — a necessidade de rejeitar a todos e mergulhar fundo dentro de si, onde ninguém poderia chegar. Ela tinha feito a mesma coisa por anos.

— Este lugar parece bom para acampar — Atlas anunciou, espiando ao redor da pequena clareira que encontraram. Ela enxugou o suor da testa e colocou mechas loiras atrás das orelhas. Margrete não tinha certeza de como conseguia, mas ainda aparentava uma combinação impossível de deslumbrante e perigosa.

Bay assentiu, mal olhando para cima.

— Vamos fazer uma fogueira — instruiu ele, marchando para dentro da floresta. Seus passos rápidos sugeriam que não queria companhia. Margrete só podia imaginar que ele carregava nos ombros a culpa pela morte de Grant.

Como líder, Bay era o responsável pela vida da tripulação, e perdera outra alma para aquela ilha amaldiçoada.

Margrete viu o amigo se afastar com o coração pesado. Falaria com ele mais tarde. Então voltou suas atenções para outra pessoa.

Mila estava encostada na base de uma árvore, olhando para longe, com os olhos cheios de lágrimas. Não se importando se seria rejeitada novamente, Margrete foi até ela e sentou-se. A mulher não reagiu à sua presença.

As pessoas, muitas vezes, sentem que precisam dizer algo para proporcionar conforto, mas aquele dificilmente era o caso. Às vezes, a presença física de uma pessoa podia ter mais significado do que as palavras.

Margrete não estendeu a mão para Mila, como fizera antes, mas recostou-se no tronco que compartilhavam e seguiu sua linha de visão. Bay voltou com lenha e, enquanto a tripulação acendia o fogo, ela se moveu lentamente até roçar o braço de Mila. Surpreendentemente, a ruiva não se afastou. Ela se *aproximou.*

Mila a salvara na ponte quando ela estava prestes a cair. Claro, ela teria sobrevivido à queda, mas não sabia disso na ocasião.

Talvez houvesse esperança de uma amizade.

Ficaram sentadas assim, em completo e confortável silêncio, até que chamas alaranjadas e vermelhas brilhantes floresceram. Mila se encolheu quando o fogo faiscou e estalou, e ela engoliu em seco. Margrete notou as lágrimas em seus olhos. Ela estava pensando em Grant, em seus momentos finais excruciantes.

Se não precisassem do calor, Margrete teria apagado o fogo ela mesma.

Do outro lado do acampamento, Bay se levantou e pegou na bolsa as frutas que haviam encontrado mais cedo, indo até cada membro da tripulação e dando um punhado. Como Margrete não conhecia a maior parte da flora da ilha, não soube dizer se eram venenosas. Foi Jonah quem as vira primeiro durante a caminhada, e ele não perdeu tempo enfiando uma na boca. Como não morreu imediatamente, todos se juntaram a ele.

Jonah não tocou em nenhuma outra fruta desde então. Rapaz esperto.

O silêncio pesado persistiu enquanto todos mastigavam, embora alguns, em seu pequeno grupo, simplesmente segurassem as frutas na palma da mão, a perda do dia pesando. Margrete pegou Atlas olhando para Dani, cheia de preocupação manchando suas feições.

Dani, como sempre, não notou nada. Mesmo quando seu irmão colocou um braço em volta de seus ombros, ela mal se moveu. Margrete se perguntou como uma alma gentil como Dani se envolveu com a tripulação de Bay.

— Não precisa ficar aqui comigo.

Margrete olhou para Mila, que a encarou de volta, os olhos em chamas.

— Não faço nada que não queira — respondeu ela, sabendo exatamente o que Mila estava fazendo. Seria preciso mais do que olhares e palavras cortantes para afastá-la.

Mila zombou e balançou a cabeça como se Margrete fosse uma praga. Mas não disse para ela ir para o inferno, o que parecia uma melhora. Ela continuaria ao lado de Mila pelo tempo que fosse necessário. Ninguém devia passar por uma perda sozinho, e ela insistiria mesmo que a pessoa não gostasse muito dela. Margrete pretendia mudar isso. Bash a teria chamado de teimosa. Um canto de sua boca se curvou com o pensamento.

Quando a lua surgiu alta no céu e as nuvens varreram as estrelas, todos se deitaram para passar a noite. Margrete deitou-se, com os braços apoiados sob a cabeça, ao lado de Mila. As horas foram passando, o silêncio quebrado por um ronco aqui e ali, mas ela não conseguia descansar. Só conseguia pensar em Bash.

Ainda o sentia, tão forte quanto antes, mas algo tinha mudado. Não conseguia explicar o que era, mas, quando fechava os olhos e imaginava seu rei, um frio gelado pinicava sua espinha como pequenas adagas.

Eles tinham que encontrá-lo. E rápido. O que quer que tenha mudado deixou seu estômago embrulhado em nós. Ela estaria um desastre se não soubesse que ele estava vivo, mas, no fundo, Margrete se preocupava...

Ela tinha visto a escuridão dele em primeira mão. Lá em Azantian.

Bash estava perdido — não apenas no sentido literal —, e Margrete não pararia até descobrir o motivo e afugentasse seus demônios. Ele faria o mesmo por ela. Iria ao submundo e voltaria, se ela pedisse. Margrete sorriu ao se lembrar da última manhã tranquila juntos em Azantian. Como desejava poder se envolver naquela memória e segurar firme.

Mila finalmente sucumbira à exaustão. Suas bochechas estavam vermelhas e manchadas. A jovem ainda não havia derramado uma lágrima sequer, mesmo que seu corpo lutasse por isso. Ela quebraria a qualquer momento. A tristeza nunca pode ser contida.

Margrete se virou para longe do fogo e da mulher com lágrimas no coração. As folhas das árvores se avermelharam, e a cor a lembrou de sangue seco. Outro presságio.

Um tremor violento transpassou seu corpo quando um vento gelado soprou.

Ela ficou de pé rapidamente. Ninguém se mexeu, todos dormiam profundamente, exceto Atlas, que havia sido instruída a fazer a primeira vigília. Sua cabeça não parava de balançar enquanto lutava contra o sono, os olhos meio fechados concentrados na gêmea de Jacks.

O sangue de Margrete esfriou e ela cerrou os dentes. Algo estava próximo. Se era um animal, uma fera ou algum grupo de resgate milagroso, não sabia dizer. Ela se levantou e deslizou entre as árvores. Atlas não notou, porque ninguém a chamou.

Aqueles bosques eram assustadores durante o dia. À noite, eram aterrorizantes.

Cada galho era um braço estendido para agarrá-la, e sempre que um galho se partia, Margrete temia que fosse o último som que ouviria. Ainda assim, seguiu em frente, atraída por aquela consciência inominável fervendo em seu peito.

Dez minutos se passaram antes que outra onda de gelo escorresse por sua espinha.

Estava perto.

Margrete apressou os passos e se entregou à sua intuição. Poderia não ser a coisa mais confiável, mas aceitaria de bom grado *qualquer* sinal ou pista equivocada naquele momento.

A cada passo, foi sentindo mais frio, o corpo foi ficando mais rígido, como se ela tivesse corrido por quilômetros pela neve densa. Sua respiração saía em um sopro, e ela levou os dedos aos lábios para aquecê-los.

O que poderia estar ali fora?

Um galho quebrou, e ela parou bruscamente. Em algum lugar, as folhas sussurravam umas contra as outras, e algo na escuridão... se *moveu*.

Margrete alcançou seu poder, sentindo-o estremecer de volta à vida. Veio com facilidade, seu calor interior mais forte do que antes. Ele havia despertado meses antes, e agora parecia que estava finalmente pronto para sair ao sol.

Ouviu mais farfalhar, e então...

Margrete saiu correndo assim que o viu. Ela correu sem pensar ou hesitar, e não parou até que colidiu contra o torso musculoso do homem que amava e colocou os braços em volta do pescoço dele.

— Bash! — Ela o apertou mais forte, querendo acreditar que aquilo era real, que ela realmente abraçava seu rei, seu pirata, a outra metade de sua alma. Se fosse outra piada cruel, ela não tinha certeza se conseguiria lidar.

O corpo que ela segurava se encolheu e, em um movimento rápido demais para compreender, Margrete foi lançada voando no ar.

Um ruído estrangulado deixou seus lábios quando ela caiu no chão, prostrada no solo úmido. Olhou para cima, tomando ar, na mesma hora em que um borrão de sombra e pele pálida passou por ela.

Bash.

Em um piscar de olhos, ele deu pelo menos dez passos largos e pressionou a coluna contra uma árvore distante. Ele se inclinou, as mãos nas coxas, e seu peito arfava como se tivesse corrido por quilômetros.

Margrete o observou — *estudou* —, parado ali sob um raio de luar prateado atravessando as árvores. Ela piscou, certa de que o que estava vendo não podia ser real, ou talvez fosse um truque da luz. Havia escamas pontiagudas no pescoço de Bash, e as pontas dos dedos estavam manchadas de preto.

Margrete observou enquanto ele passava a mão pelo cabelo, que já não brilhava com um tom ruivo profundo. Nenhum fio de cobre brilhava ao luar.

O cabelo agora combinava com os brilhantes olhos ônix, os fios escuros sedosos e completamente estranhos.

Ela não pôde conter um suspiro.

Margrete o *sentiu* antes de vê-lo, aquele formigamento familiar de reconhecimento dançando em sua espinha. Sobrecarregada de alegria, não tinha percebido as outras características de Bash.

O que tinha acontecido?

Ela se levantou do chão úmido, estendendo as duas mãos à frente. Bash ficou rígido, seus olhos nunca deixando os dela. Ele a observou como um animal encurralado faria com um caçador.

— Bash? — Ela se aproximou, odiando como ele se encolheu. — Você está bem? — Parecia uma coisa tão boba de perguntar, já que ele estava longe de "estar bem", mas ela não esperava... bom, *aquilo*. — Bash, por favor, fale comigo — tentou novamente, dando mais um passo. Ele não se moveu, mas ela sentiu o cheiro do seu medo. Era pungente. O poder de Malum pulsava em seu peito, claramente inquieto. — Você me reconhece? — indagou, a preocupação corroendo seu coração. E se ele não se lembrasse dela, ou se não fosse o Bash *dela* ou...

— Não se aproxime.

Três palavras. Três palavras foram suficientes para quebrar sua armadura. Elas eram frias, cruéis e horrivelmente cortantes. E seus lábios se torceram com desdém enquanto as falava.

Aquilo partiu seu coração.

— So... sou eu — sussurrou ela, sem conseguir disfarçar a mágoa. — Margrete.

Por que não me deixa te tocar? Por que me olha com tanto ódio?

Bash estendeu as duas mãos, tentando afastá-la.

— Eu disse para você parar! — rugiu ele, pressionando-se mais forte contra o tronco. Suas palmas voltaram para a casca, e seus dedos escurecidos cavaram na madeira áspera.

Misturada com a animosidade que ela sentia, havia uma dor inconfundível. Dor. Pesar. Preocupação.

Ele movimentou os olhos. Inclinando a cabeça na direção oposta, evitou os olhos dela como se olhar muito profundamente neles lhe causasse um tormento inconcebível.

— Não quero que me veja assim. — Ele balançou a cabeça e fechou os olhos brevemente. — Nem acho que você é real, então não sei por que estou perdendo meu tempo falando. — Ele soltou uma zombaria irônica. — Você provavelmente é outra alucinação ou uma maldita ninfa.

Uma ninfa?

— Eu sou real, Bash! — grunhiu ela, colocando força suficiente em cada palavra para que ele acreditasse. — Estou realmente aqui.

E ele também. *Real*, isso era. O Bash que ela conhecia — se ele aparecesse *assim* — reagiria da mesma maneira. Ele tentaria afastá-la e protegê-la. Mesmo que tivesse que protegê-la de si mesmo.

Ela ficou mais confiante, seus passos mais fortes. Margrete ignorou como ele apertou a mandíbula e rangeu os dentes. Ignorou a forma como seu olhar se estreitou cheio de suspeita, a forma como as mãos tremiam.

Margrete estava a centímetros de distância, bloqueando seu caminho, mantendo-o no lugar. Seus olhos estavam vazios e sem profundidade enquanto sussurrava seu nome, e, pela vida dela, o som desolado quase a fez desmoronar.

Ela assentiu, tomando cuidado para não fazer movimentos bruscos. Tudo o que queria era se jogar nos braços dele novamente e beijá-lo até esquecer tudo. Não se importava com a aparência dele. Contanto que estivesse seguro e ao lado dela, o resto não importava.

Em vez de perguntar o que havia acontecido com ele e por que as escamas de nymera cobriam seu pescoço, ela simplesmente questionou:

— Posso tocar em você?

O silêncio se estendeu, e o coração de Margrete se tornou um tambor batendo implacavelmente contra as costelas. Ela não sabia o que faria se ele a rejeitasse. Bash inclinou a cabeça, seu olhar afiado quase selvagem.

— Eu... eu não sei o que aconteceu — sussurrou. — Sinto que estou ficando louco. Esta ilha faz algo com a pessoa.

— Está tudo bem — ela se apressou em dizer. — Seja o que for, vamos descobrir uma maneira de superar juntos. — O voto que fizeram um para o outro. A promessa inquebrável.

Bash virou a cabeça, e algo dentro dela estalou. Em um flash, ela agarrou o queixo dele e o forçou a olhar para ela. Seus olhos se arregalaram.

— Não me afaste, pirata — disse ela, a voz endurecendo. — Você sabe o quanto isso me irrita.

Os segundos passaram enquanto ele estudava o rosto dela. Enquanto inspecionava olhos, boca e nariz franzido.

E então...

Bash... sorriu.

Era uma coisa frágil, macia. Como se ele tivesse esquecido como sorrir. Margrete se derreteu com a visão. Diante de tantas mudanças, seu sorriso não tinha mudado. A covinha solitária que ela adorava pontilhava sua bochecha, e ela resistiu à tentação de se inclinar e beijá-la.

— Aí está você. — Ela sorriu também, embora uma lágrima tenha descido de seu olho. Antes que pudesse limpá-la, Bash estendeu a mão e a colocou na ponta do dedo. Ele a levou aos lábios, beijando sua tristeza e alívio.

A força de vontade de Margrete desapareceu. Não que já tivesse tido muito quando se tratava de Bash. Ela o abraçou e se aninhou em seu peito, inalando pinho, sal e *casa*.

— Deuses, eu senti sua falta — disse ela bem junto dele, mais algumas lágrimas se juntando às primeiras.

Cautelosamente, ele a abraçou de volta, com o toque gentil e inseguro. Ela suspirou e forçou os braços dele para que a abraçassem com mais força.

— Maldição. Me abrace logo.

Uma risada chegou ao ouvido dela, e então ele a levantou e girou e girou. A floresta ficou borrada, e ela ergueu a cabeça, vendo apenas Bash, seus olhos ônix e o sorriso que roubava seu ar.

Bash a colocou no chão, tratando-a como porcelana, como se fosse quebrá-la se a apertasse. Suas mãos foram para seus quadris, seu olhar intenso indo para sua boca.

— Se você não me beijar ag...

Bash a interrompeu com os lábios.

Margrete agarrou o cabelo preto dele e enrolou os dedos nas mechas recém-escurecidas. Ele gemeu em sua boca quando ela o puxou para mais perto, aproximando-o mais. Ela o queria o mais perto que pudesse até que o sentimento desesperado dentro dela fosse embora. Talvez nunca fosse.

Bash chupou seu lábio inferior entre os dentes, e ela instantaneamente sentiu os caninos cutucando sua carne. Era uma sensação nova, mas ela deu boas-vindas à leve picada quando ele se afastou, e agarrou seu cabelo com mais força. Estimulado por sua reação, as mãos dele se moveram para cima e para baixo em suas costas, seus quadris, seu traseiro, os dedos roçando suas costelas, a parte inferior de seus seios. Ele a tocou em todos os lugares, aparentemente ansioso para reaprender cada centímetro dela. Margrete enfiou as mãos por baixo da camisa fina dele, estremecendo com a sensação gelada de sua pele. Traçou a dureza de seu abdômen definido antes de passar os braços ao redor de suas costas.

Ela sentiu a reação dele empurrando seu estômago e sorriu. Passou a mão levemente por seu comprimento grosso antes de agarrá-lo por cima da calça. Ele sibilou.

— É *mesmo* você — disse ele, recuando. Ela quase quebrou com a visão de seu sorriso. — Só você me provocaria de uma maneira tão cruel.

— E eu sei que é você porque adora ser provocado — respondeu ela, olhando para baixo incisivamente.

O sorriso de Bash se desmanchou ligeiramente.

— O que foi? — perguntou ela, levando as mãos ao peito dele.

Ela sentiu nas palmas das mãos que ele estava tenso, e ela o sentiu se afastar.

— Você me *viu*, princesa?

Se ele temia que sua aparência mudada a afastasse, estava muito enganado.

— Eu vi, e você ainda é o meu Bash. — Era tão simples assim. Aquela ilha agia para mudar todos eles, mental ou fisicamente. — Desde que seu coração não tenha mudado, não dou a mínima para a cor do seu cabelo ou das suas unhas. — Ela passou a mão pelos fios. — Na verdade, meio que gosto desse visual.

Bash suspirou... mas não recuou. Que bom.

— Tenho muita coisa para te contar.

Ela assentiu, saindo da névoa de luxúria. Provocações à parte, ela entendeu que a razão por trás de sua transformação não poderia ser boa.

— Eu também — disse ela.

Margrete ainda não estava pronta para sair da bolha deles, ainda não. Egoisticamente, ficou na ponta dos pés e deu um beijo carinhoso nos lábios dele. Mesmo frios, eram os mesmos que a adoravam todas as noites em casa. Os mesmos que a faziam ver estrelas enquanto enviavam fogo através de seu sangue.

Ela beijou seu pirata até perder o fôlego, e então a realidade se fez presente.

Eles não podiam ignorá-la por muito mais tempo.

E enquanto ela abraçava seu amor — vivo e inteiro —, uma pequena voz dentro de si sussurrou que o destino trabalharia para mudar aquilo.

CAPÍTULO VINTE E SETE

Margrete

Os olhos de Bay se abriram no momento em que Margrete e Bash voltaram para a pequena clareira onde acamparam. O fogo diante dele destacou seus lábios entreabertos, um suspiro de alívio palpável escapando. Ele deu um pulo e ficou de pé.

— Bash? É mesmo você? Santo inferno.

Ela ficou surpresa por nenhum dos outros tripulantes ter acordado com a explosão de Bay, embora Mila e Atlas tenham se mexido.

Bay correu, praticamente derrubando Margrete de lado, enquanto abraçava seu amigo e rei. Seu irmão, melhor dizendo.

Como aconteceu com Margrete, a nova aparência do rei não o impediu. Algumas conexões não poderiam ser quebradas.

Margrete jurou que vira um indício de lágrima nos olhos de Bay, mas ele não as soltou. Seu sorriso, por outro lado, brilhava com tal esplendor que iluminou a noite.

Quando finalmente recuou, Bay se deleitou com seu rei e as novas *adições* à sua aparência. Seu choque era aparente, e ele não fez nenhuma tentativa de escondê-lo.

— Sinto que deveria perguntar sobre... — Ele indicou com a mão o pescoço, o cabelo e as mãos do rei.

— Eu não saberia te dizer — Bash respondeu secamente, movendo-se com desconforto. Margrete sentiu a vergonha irradiando dele. — Acordei assim depois de um sonho. Bom, não era realmente um sonho. Parecia muito real. Esta porra de ilha... É difícil confiar em qualquer coisa.

Ela sentiu que ele estava se segurando e sabia mais do que deixava transparecer.

— Quero dizer, poderia ser pior, não é? Você poderia ter criado presas ou algo assim — provocou Bay.

Margrete fez uma careta, mas não sentiu necessidade de mencionar como seus caninos *pareciam* mais pronunciados.

Ainda assim, ela fez um aceno agradecido. Ele estava dando um jeito de ignorar as escamas de nymera que cobriam o pescoço de Bash, como se tivesse acabado de fazer uma nova tatuagem. Ou talvez fosse simplesmente muito hábil em esconder seu medo. Margrete suspeitava da última opção.

Bay agarrou o braço de Bash e deu um aperto.

— Eu estava tentando ser positivo por causa dela. — Ele apontou com o polegar para Margrete. — Mas realmente achei que você tinha morrido. Enterrado na trincheira mais profunda. Virado comida de tubarão. A cabeça decepada e partes do corpo faltando.

— Obrigado — disse Bash, zombando, embora seus lábios tenham se contraído levemente. — Fico feliz que Margrete ainda tinha fé, ou você já estaria a meio caminho de casa agora.

— Isso também não parece muito bom — murmurou Bay, balançando a cabeça e soltando seu braço. — O *Phaedra*? Sim, não sobrou absolutamente nada para consertar. Teremos que começar do zero. Ou, no caso de nossas circunstâncias fantasticamente terríveis, teremos que construir uma jangada minimamente decente e esperar que outro navio, um que não seja comandado por piratas, é claro, nos resgate.

— Que beleza — Bash resmungou, e Margrete estremeceu com o timbre profundo de sua voz. Embora pudesse estar utilizando seu sarcasmo alternativo como defesa, não soava como ele. A voz saiu mais como um grunhido, e as leves reverberações que ela captou no ar causaram arrepios em seus braços e nuca.

Atlas, que dormia encostada a uma árvore, se mexeu de seu canto. Ela tinha falhado miseravelmente em manter a vigilância.

— Por favor, me diga que não estou tendo outra alucinação — murmurou ela. Seus olhos foram direto para as escamas e cabelos escuros. — Ah, merda. *Estou* alucinando.

Bay lançou a Margrete um último olhar interrogativo, mas ela balançou a cabeça.

— Acredito que não, Atlas — disse Bay, com um sorriso esperançoso iluminando seu rosto. — Parece que nossa querida Margrete encontrou nosso rei rebelde. Não vou questionar os detalhes no momento, principalmente porque estou muito feliz.

Sua voz foi aumentando a cada palavra, e, um por um, o resto da tripulação acordou. A maioria piscou como se não pudesse acreditar no que viam, embora estivessem certos em desconfiar de qualquer coisa na ilha, especialmente a visão de seu rei recém-mudado.

— Estamos todos vendo isso?

Foi Mila quem falou. Ela se levantou e pegou sua adaga, provavelmente pensando em todas as maneiras de esfaquear Bash se ele fosse outro truque cruel.

— Ele está vivo. É realmente ele — anunciou Bay ao grupo acordado. Bash parecia se encolher, o que não era do feitio dele, com os ombros curvados e os olhos baixos. Margrete entrelaçou os dedos nos dele e apertou ainda mais. Ele ergueu os olhos e deu a ela um sorriso animado.

— Temos *certeza* de que é realmente ele? — Mila não se convenceu facilmente, e Margrete não podia culpá-la.

— Basta! — Bay gritou, e Mila sabiamente calou a boca. — Como todos podem ver, Bash sofreu algo por causa deste lugar. Assim como nós. Até descobrirmos o significado por trás de tudo isso, sugiro que se lembrem de quem está diante de vocês agora.

O líder deles. O rei deles.

Cabeças balançaram, e Mila guardou sua lâmina.

— Temos poucas horas até o amanhecer, então aconselho que todos descansem mais um pouco. Não sabemos o que enfrentaremos quando o sol nascer e precisaremos de nossa energia. Amanhã seguiremos para a costa, onde construiremos uma pequena embarcação. Afinal, somos Azantianos, a construção de navios está em nosso sangue.

Se chegarmos até a costa, pensou Margrete, mas não expressou suas preocupações.

— Vocês ouviram o homem — gritou Atlas, o comando gelado pesado em seu tom. — Descansem um pouco.

Dani e Jacks se acomodaram lado a lado novamente, o irmão olhando Bash cautelosamente enquanto colocava um braço protetor ao redor da irmã. Mila, que havia sofrido a ira da ilha tanto, se não mais, do que qualquer um deles, continuou a olhar abertamente para seu líder, embora tenha dado um passo para trás para se apoiar em um tronco largo. Jonah, que Margrete tanto invejava, simplesmente sorriu, sem nenhum traço de dúvida em seu rosto. Ele fez uma mesura rápida antes de se sentar. Fechou os olhos imediatamente, confiando que algo tinha dado certo.

Sim, Margrete invejava seu otimismo esperançoso.

Bash, anormalmente quieto, recuou e foi se sentar em um lugar distante sob um aglomerado de árvores. De olhar vidrado, ele passou os braços em volta dos joelhos. Ela queria saber cada pensamento que o atormentava, mesmo que apenas para afastar sua dor óbvia.

Um braço agarrou o dela antes que pudesse voltar para o rei.

— Margrete — sussurrou Bay, os olhos ferozes. — Você precisa ficar de olho nele.

Seu aviso, tão diferente de sua alegria anterior, a pegou desprevenida.

— Vou ficar — prometeu, com firmeza, e ele a soltou. — Nós só precisamos dar o fora desta ilha antes que ela destrua mais de nós. E se a agitação nas minhas entranhas servir de aviso, tenho a sensação de que os próximos dias serão intensos, com mais do que uma caminhada extenuante pela floresta. — Ela engoliu o nó sempre presente em sua garganta.

— Concordo — disse Bay. — Mesmo que eu não tenha a magia dos deuses em minhas veias, sinto nossa destruição iminente. — Ele sorriu para o absurdo da situação. — Mas vou pegar o próximo turno, então tente descansar um pouco. Falaremos mais pela manhã. — Bay deu um tapinha no ombro dela antes de sair sem olhar para trás.

Margrete sacudiu a apreensão arrepiante que inundou seu peito e foi ao encontro de Bash. Ele não tinha se movido, parecendo mais estátua do que homem.

Ela odiava quão pequeno ele parecia.

Sentando-se ao lado dele, Margrete pousou a mão em seu joelho, tomando cuidado para não fazer movimentos bruscos. Ele parecia arisco. Ela queria perguntar o que ele tinha suportado, mas Bay estava certo, conversariam mais tarde. Bash parecia ter passado por muita coisa; precisava descansar e dos braços dela em volta dele.

Em vez de falar, Margrete abaixou-se e estendeu a mão para puxar Bash para perto dela. Ela pegou o braço dele e o apoiou em sua cintura. Ele imediatamente endureceu.

— Só me abrace, Bash. Por favor.

Pode ter sido egoísta, provavelmente *foi* egoísta, mas ela precisava dele. Precisava do abraço dele, para lembrá-la de que ele estava ali. Vivo.

Talvez tenha sido seu *por favor* desesperado, mas Bash a abraçou de volta. Ele relaxou apenas um pouco para junto dela, que notou como ele deixou um centímetro de espaço entre eles. Margrete odiava aquele único centímetro.

Ela esperava que eles diminuíssem a distância antes que ela o perdesse para sempre.

Margrete acordou bem depois da meia-noite.

Talvez a ilha a tenha feito se mexer, ou o fato de que o corpo de Bash não estava pressionado contra o dela. Ela se endireitou, o sono ainda grudado em seus olhos enquanto os esfregava.

Ela olhou por cima do ombro, e não se surpreendeu ao ver que o local onde Bash estava agora estava vazio. Ainda assim, o pânico explodiu, e seu coração bateu alarmado.

De novo, não.

Margrete ficou de pé de um salto, tomando cuidado com os corpos inconscientes espalhados ao redor das chamas fracas. Mila descansava encostada em uma árvore distante, longe de todos, seus olhos injetados de sangue abertos e em alerta. Devia ser o turno dela.

A jovem a encarou, parecendo entender a pergunta silenciosa de Margrete: *Onde estava o rei deles?*

Mila suspirou antes de inclinar a cabeça para a direita, onde terminava a pequena clareira e começava a floresta densa. Ela murmurou as palavras: *Por ali.*

Margrete baixou a cabeça em agradecimento, mas, na verdade, não estava feliz por Mila ter permitido que Bash se afastasse sozinho. Os deuses sabiam o que espreitava naquelas matas, e Margrete *acabara* de encontrá-lo novamente.

Temendo perdê-lo de novo, ela acelerou os passos e correu na direção das árvores. Galhos baixos e arbustos espinhosos arranhavam suas pernas, seus braços, suas bochechas. Ela amaldiçoou baixinho enquanto os empurrava de lado, sua visão gradualmente se ajustando à noite.

Cinco minutos dolorosamente longos depois, ela se deparou com outra pequena clareira, embora esta ostentasse uma formação rochosa irregular, grande como uma bela casa Azantiana, com pelo menos dez metros de altura. As pedras se projetavam na noite em um ângulo quase plano, como se da própria terra tivessem brotado dedos enormes e alcançado a lua. Sentado no topo do ponto mais alto, com a cabeça inclinada para o céu, estava Bash.

Ela soltou um suspiro irregular de alívio.

— Deuses, Bash! Você me assustou!

Agora que ela o encontrara são e salvo, queria torcer seu pescoço.

— Margrete? — Bash espiou por cima dos pedregulhos quando ela começou a subir, mechas errantes de cabelo preto caindo em seu rosto. — O que está fazendo acordada a essa hora?

— Acordei e você não estava comigo — disse ela, subindo mais. Demorou menos de um minuto para que ela chegasse ao topo, e Bash lhe ofereceu a mão, ajudando-a a terminar de subir.

— Eu poderia ter descido — falou ele quando ela se acomodou na superfície lisa e plana. Daquela altura, podia-se vislumbrar a ilha por cima das árvores. A floresta parecia infinita até ser engolida por uma névoa espessa.

— Você deveria ter me acordado e então eu poderia ter vindo com você. — Margrete sabia que devia dar-lhe espaço, mas, particularmente, não queria. Era difícil se livrar da paranoia.

— Venha aqui — chamou Bash, a voz grave. Ele abriu os braços com hesitação, embora ela tenha notado como ele cerrou os punhos para esconder as unhas escurecidas.

Margrete deslizou para os braços dele. Ele demorou um pouco até envolvê-los ao redor dela. Ela fez uma careta.

— Me abrace com vontade, pirata — ralhou ela, puxando as mãos dele até ficarem planas contra sua barriga. Suas costas estavam pressionadas no peito dele, e ela se moveu até conseguir descansar a cabeça na curva de seu pescoço.

Melhor. Muito melhor.

Bash mal parecia respirar, e ela podia sentir as batidas do coração dele reverberando contra ela.

— Sei que não vai me machucar — falou ela, acreditando em cada palavra.

— Minha aparência está assim por uma razão, Margrete — Bash sussurrou, sua respiração fazendo cócegas em seu cabelo. — Sei que você foi sincera antes, na floresta, mas eu não me sinto *bem*.

Margrete esticou o pescoço até encontrar seus olhos. Ela deu a ele seu melhor olhar.

— Tenho certeza de que nenhum de nós nesta ilha “se sente bem”. Lutei contra um maldito monstro marinho, pelo amor de Deus.

Isso chamou a atenção dele.

— Você *o quê*?

— Ah, sim. E Mila quase morreu. Foi bastante extraordinário, se é que posso dizer isso. É uma pena que você tenha perdido.

Bash bufou.

— Meu coração teria parado — disse ele, soltando um riso genuíno. Ele distraidamente esfregou o polegar em sua barriga. — Não estou dizendo que eu não teria fé, mas você matar uma fera estaria na lista de coisas que eu preferiria não ver. Pelo menos, não sem um pouco de cerveja à mão.

— Esse é o Bash que conheço. Sarcástico como sempre. — Margrete deu um beijo em seu pescoço, logo acima das escamas. Bash se encolheu, mas ela ignorou.

— Calminha aí — repreendeu ele levemente, um lado de sua boca se curvando e deixando a única covinha aparecer. — Vejo que, mesmo em meu estado terrível, você ainda procura me provocar.

Aquilo não mudaria.

Margrete saiu dos braços dele e se virou antes que ele pudesse detê-la. Ela montou em seus quadris, enrolando os braços ao redor do pescoço dele. Os lábios de Bash se separaram, em choque, mas as mãos foram automaticamente para o quadril de Margrete.

— Você *soa* como o meu Bash — falou ela, tocando-lhe o nariz com o dedo. Os olhos dele se estreitaram com o gesto. — O que posso fazer para provar a você que nada vai mudar como eu te vejo?

Bash soltou os braços.

— Parece que não sou um verdadeiro Azantiano... — Seu olhar baixou para seu corpo, para suas unhas pretas. — Qualquer um pode ver isso.

Margrete o silenciou com um dedo nos lábios. Sempre que ela se encontrava presa em um ciclo interminável de dúvidas, Bash estava lá, ao seu lado, forçando-a a ver todo o bem que ela havia feito. Ela sabia que podia ser teimosa porque ele nunca desistia de tentar fazê-la sorrir, e ela também não desistiria dele.

Naquele momento, tudo o que ela queria era que ele esquecesse os horrores daquela ilha e as escamas em seu pescoço. Ela queria que ele esquecesse tudo, menos eles.

Em silêncio, ela empurrou suavemente o peito dele, forçando-o a deitar de costas. Um olhar de pura confusão cruzou suas feições afiadas, e, quando ele abriu a boca para questioná-la, ela balançou a cabeça lentamente para frente e para trás.

Sem perder o contato visual, Margrete foi descendo pelo corpo dele em direção ao cinto. Os olhos de Bash se arregalaram quando ela o abriu e começou a trabalhar nos botões da calça.

Bash agarrou seus pulsos, incerteza clara em seu olhar.

— Não precisa fazer isso, princesa.

Ela zombou.

— Já lhe ocorreu que eu quero? — *Desesperadamente.*

Ele ia abrir a boca novamente quando ela alcançou seu comprimento e o libertou., seus lábios se separaram, e nada além de uma expiração irregular saiu, seu argumento morrendo na língua.

Margrete sorriu.

Bash, uma vez, dissera a ela que ele havia se viciado em seu gosto, mas o que ele não sabia era que ela havia se viciado no dele.

Sem palavras, ela circulou a ponta sensível, seu sorriso brilhando quando ele soltou um som mais próximo de um rosnado.

Os olhos de Bash se fecharam quando ela moveu a mão para cima e para baixo, torturando-o como ele tinha feito tantas vezes com ela.

— Que malvada...

A voz de Bash falhou quando Margrete baixou a cabeça e o tomou em sua boca. O gosto familiar a fez gemer, e seu membro se contraiu. Bash amaldiçoou e voou as mãos para o cabelo dela.

— V-você está tentando me matar, mulher? — grunhiu, quase incapaz de falar.

Ela sorriu ao redor dele. Os ruídos que ele fez a deixaram louca de necessidade, e saber que estava fazendo com que ele se desvendasse fez seu núcleo doer. Acelerando, Margrete girou a língua enquanto se movia, arrancando seu prazer, destruindo seu controle. Bash apertou os dedos em seus cachos, seus quadris empurrando para encontrar sua boca enquanto ele cantava seu nome.

— V-você é tão boa — murmurou ele sob a respiração. — Isso aí, princesa. Deuses, sim.

Quando todo o seu corpo ficou tenso, próximo da liberação, Bash abruptamente a levantou de cima dele. Assustada, ela encontrou os olhos dele, que estavam mais escuros do que ela já tinha visto.

— De jeito nenhum eu vou gozar sem sentir que você gozou primeiro.

Uma corrente de ar deixou seus pulmões quando Bash a puxou para cima, sobre seu peito. Cuidadosamente, ele a virou de lado, deitando-a na superfície rochosa. Com dedos ágeis, ele se moveu entre seus corpos, rapidamente desabotoando seu cinto e os botões da calça. Ele deslizou a mão dentro, e ela sibilou ao sentir os dedos gelados em sua pele quente. A sensação enviou arrepios em todos os lugares certos.

— Muito melhor — sussurrou ele, provocando o conjunto de nervos. A respiração dele patinou no rosto dela, os lábios a centímetros de distância. Ele aliviou um dedo antes de enrolá-lo, atingindo um ponto bem no fundo. Ela precisava de mais. Como se estivesse lendo sua mente, ele acrescentou mais um dedo, beijando seus lábios quando ela soltou um suspiro. Ele engoliu o som, inalando sua respiração, consumindo-a inteira.

Margrete mal teve a capacidade de alcançar seu comprimento quando ele enfiou um terceiro dedo. Um ruído estrangulado a deixou, puro êxtase atirando em seu núcleo, seu centro pulsando e implorando por *mais, mais, mais*. Ela se sentia tão deliciosamente cheia que era quase demais para suportar.

Eles se moviam como um, respirando o mesmo ar, ambos perseguindo o prazer que só o outro poderia trazer. Ela murmurou seu nome, e ele respondeu movendo-se mais rápido, levando-a para mais perto do êxtase. Mas Margrete não estava preparada para aquele momento terminar.

— Eu nunca te quis mais do que agora — murmurou ela, sentindo Bash tremer na palma da mão. — Só você me faz sentir assim.

Algo parecido com dúvida brilhou em seu rosto, mas ela rapidamente o afugentou quando passou o polegar sobre sua fenda sensível. Bash gemeu, seus quadris empurrando a mão de Margrete. Ele não tinha que acreditar nela ainda, mas iria. Ela se certificaria disso.

— Mostre-me o quanto eu te afeto, rei — pediu. Estava tão perto. — Mostre-me...

Ambos ficaram tensos, e os olhos de Bash se fecharam. Onda após onda de euforia balançava seu corpo, sua liberação parecendo nunca ter fim. Todo o tempo, ela o encarou, e sua expressão lindamente quebrada apenas prolongou o êxtase de Margrete.

O pênis empurrou em sua mão, e um gemido profundo e retumbante o deixou enquanto ele a olhava com uma intensidade que deixou suas entranhas em chamas.

Bash uniu a boca com a dela e roubou seu oxigênio, seus pensamentos, sua sanidade. Ele beijou seus lábios e os adorou, sua língua mergulhando e girando com a dela até que ambos desceram do êxtase.

Margrete não tinha certeza de quanto tempo permaneceram assim, mas, por fim, Bash a colocou sobre seu peito, um braço em volta da cintura dela. Em um silêncio feliz, eles observaram as estrelas até que as pálpebras de Margrete ficaram pesadas.

Ela adormeceu e, quando percebeu, estava nos braços de Bash, sendo carregada enquanto ele caminhava por entre as árvores e voltava para o acampamento. Ela captou flashes de suas escamas que brilhavam na fraca luz da lua.

— Durma, princesa — sussurrou ele. E, sem hesitar, ela fechou os olhos e permitiu que o sono a levasse mais uma vez. Ela nunca se sentira tão segura quanto com ele, mesmo ali, naquele lugar miserável criado por uma deusa enlouquecida.

Não sabia o que estava reservado para eles em seguida, mas uma coisa era certa: ela destruiria o mundo antes de permitir que alguém levasse Bash para longe dela novamente.

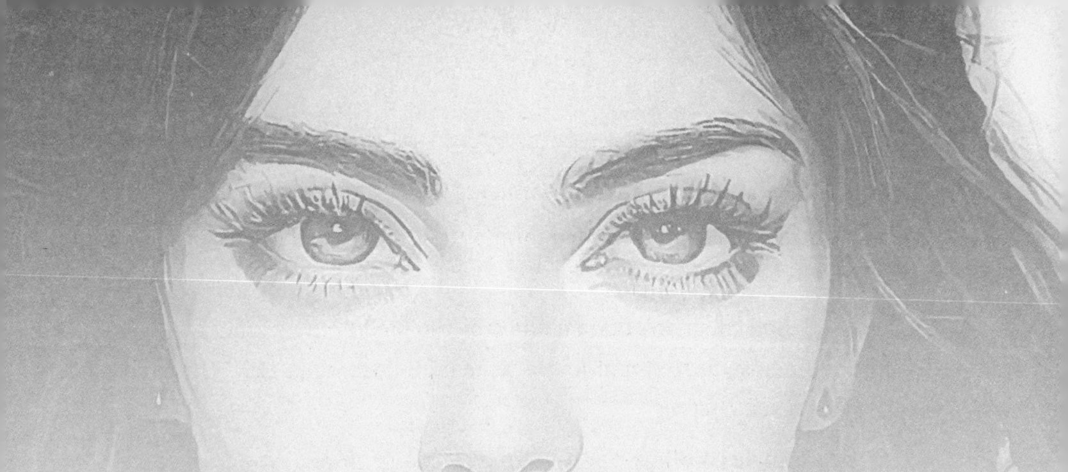

CAPÍTULO VINTE E OITO

Margrete

— Margrete.

Ela abriu os olhos ao ouvir seu nome vindo por cima do ombro. Ficou tensa por um segundo, mas então a noite anterior voltou depressa.

Bash.

Ela sorriu, permitindo-se um momento para sentir alegria, e se virou. Um suspiro satisfeito deixou seus lábios enquanto ela saboreava a visão do rei Azantiano.

Mesmo com escamas pretas se enrolando em seu pescoço e mergulhando abaixo da gola da camisa, Bash ainda era a coisa mais linda que ela já tinha visto. Ele poderia não gostar que ela o chamasse de bonito. Provavelmente preferiria "robusto" e "perigoso".

— Por que está sorrindo? — perguntou ele, seu próprio sorriso erguendo seus lábios.

— Só estou feliz — sussurrou ela. O acampamento estava em silêncio, o que lhe dizia que ainda havia algum tempo antes do amanhecer.

Cautelosamente, ela estendeu a mão para segurar a bochecha barbada de Bash. Em vez de afastá-la ou recuar, como tinha feito na noite anterior, ele se inclinou, de olhos fechados, em seu toque. Ela sentiu o corpo dele estremecer sob a palma de sua mão, e a esperança floresceu dentro dela. Talvez pudessem consertar aquela bagunça.

— Senti sua falta — disse Bash, sua voz firme, mas gentil. Ele cobriu a mão com que ela segurava sua bochecha. — Você nunca saiu dos meus pensamentos. Nem por um único momento. Parecia que mil anos tinham ido e vindo.

— É uma coisa boa que eu não seja tão facilmente esquecível, então — respondeu ela, se aproximando até ficar bem encostada nele. Outro arrepio transpassou seu corpo.

Bash abriu os olhos e soltou uma risada profunda.

— Acredite em mim, você está longe de ser esquecível. Minhas noites foram preenchidas pensando em você.

Seus lábios estavam nos dela antes que ela pudesse respirar. Ela inalou o ar dele, sorrindo no beijo. Sim, as coisas dariam certo, e então eles sairiam daquela ilha e voltariam para casa.

— Tão deliciosa — Bash murmurou entre beijos. Sua voz ficou grave, mais profunda. — É como se nunca tivéssemos nos separado. — Ela hesitou por um segundo, mas, quando ele entrelaçou os dedos em seu cabelo e a puxou contra seus lábios, ela derreteu.

A outra mão dele se moveu para roçar seu quadril com dedos gentis, inseguros. Ela gemeu quando a língua dele traçou a costura de seus lábios, e ao som necessitado, os movimentos de Bash ficaram desesperados. Suas mãos não estavam mais inseguras. Ele a agarrou como se ela fosse se afastar se ele a soltasse. Algo estava diferente em seu beijo, e ainda era tão familiar ao mesmo tempo.

Margrete mordeu o lábio inferior dele, saboreando-o, tentando lembrar-se do seu...

Ela ficou quieta. Ele tinha gosto de sal, fúria e uma especiaria estrangeira que queimou sua língua. Instintivamente, ela recuou.

Bash inclinou a cabeça, com as sobrancelhas franzidas e os lábios afinados.

— O que foi, querida?

Querida. Bash nunca a chamara assim, mas outra pessoa o tinha...

Margrete empurrou o peito dele no momento em que os olhos escuros que ela amava mudaram de cor — de preto-escuro para azul-brilhante.

— Darius — disparou ela, se afastando e ficando de pé. Ela examinou o acampamento, percebendo que estavam sozinhos. Nenhum dos outros dormia pacificamente, encolhidos ao lado do fogo moribundo. Era só ela e o Deus do Mar.

Outro maldito sonho.

Lentamente, em seu ritmo, Darius se elevou a toda sua altura. Margrete assistiu horrorizada enquanto o corpo dele se mexia, e ela percebeu o som distinto de ossos se quebrando. Sua pele ondulou, suas feições mudando e se ajustando. Diante de seus olhos, ele se transformou em seu inimigo.

Margrete foi se afastando, até que suas costas colidiram contra a casca áspera.

Darius se aproximou. Ele colocou uma mão acima da cabeça dela e se inclinou, embora não a tocasse novamente.

— Cuidado com a lua de sangue, querida. Chega em três dias — avisou, sorrindo. — No entanto, vou aproveitar cada segundo disso. Esperei muito pelo seu retorno e mais tempo para acertar as coisas entre nós. — Seus olhos se fecharam quando ele inalou o cheiro dela, e antes que ela pudesse reagir, ele pegou uma mecha solta de seu cabelo, girando-a ao redor dos dedos. Ele parecia cativado pela visão.

Ela sacudiu a cabeça, e Darius franziu a testa, soltando o cacho.

— O que quer dizer com vai acertar as coisas entre nós? — perguntou ela, arfando. Ela não conseguia recuperar o fôlego. Ele estava muito perto. E foi por isso que, quando ele recuou dois centímetros, ela deslizou sob seu braço. — Responda! — exigiu, virando-se para encará-lo. — E por que sinto que conheço você? E não apenas desde aquele dia em Azantian, mas... de antes? — As palavras saíram de sua boca antes que ela pudesse detê-las.

Sempre que estava na presença dele, seu pulso disparava — e não por medo. E então houve aqueles breves vislumbres deles se abraçando.

Nada daquilo fazia nenhum maldito sentido.

Darius se levantou da árvore e passou a mão por seus cabelos dourados, fixando-a no lugar com seu olhar. Havia tantas emoções girando em seus olhos, e a magia queimava em seu peito, *respondendo* a ele de uma forma que a inquietava.

— Eu quero te contar tudo — disse ele, e a sinceridade de sua voz aumentou ainda mais a determinação dela. — Mas algumas coisas você deve descobrir sozinha, e espero que uma dessas surpresas seja divertida para você.

Margrete cerrou as mãos em punhos apertados.

— Vejo que não estava errado sobre você — continuou Darius, livre de seu olhar carrancudo. — E como será emocionante quando perceber que sou a última pessoa contra quem você deveria lutar. — Ele riu secamente. — Não se pode odiar o reflexo do que se é. E você, minha querida, certamente não vai me odiar por muito tempo.

Ah, ela duvidava daquilo. Mas, por enquanto, queria Darius fora de sua mente. *Imediatamente.*

No mesmo instante, a cena estremeceu como uma chama, e um lampejo de incerteza torceu os lábios de Darius em uma carranca. Com uma sobrancelha erguida, ele a avaliou, aparentemente impressionado e incrédulo.

Uma onda de raiva a inundou, e os bosques ao redor de Darius se inclinaram e borraram. O próprio deus balançou, tremeluziu e voltou ao lugar. Sua mandíbula permaneceu cerrada enquanto seu corpo etéreo flutuava dentro e fora da existência.

— Você está ficando mais poderosa a cada dia…

Margrete atacou, seu punho mirando o rosto bonito.

Ela saiu voando, sem encontrar resistência, navegando pelo ar. Margrete soltou um ganido pouco antes de colidir com a terra.

O ar saiu de seus pulmões quando seus olhos se abriram. Estava deitada na terra dura, um corpo frio pressionado contra suas costas, um braço musculoso apoiado na cintura. Ela se encolheu.

— Margrete?

Ela se virou, esperando ver Darius.

— O que aconteceu? — A voz de Bash soou alarmada quando ele se levantou, já levando a mão para a bainha vazia. Quando percebeu que havia perdido sua arma, levou a mão ao rosto dela. Sua testa se franziu vendo que ela respirava fundo. Ele deixou cair o braço.

Ela estava realmente acordada?

— Eu... — Ela não sabia o que dizer. Deveria perguntar a ele se aquilo era real? Perguntar se ele era o Deus do Mar disfarçado? Margrete não confiava em nada.

Ela olhou ao redor do acampamento. A tripulação estava toda acordada, alguns se espreguiçando, outros amontoados e cochichando. Seu olhar voltou para Bash.

— Princesa? Me diga o que está errado. — Seu tom era afiado, mas ela o reconheceu.

Para testar, ela estendeu a mão e tocou seu cabelo, passando a mão pelos fios e descendo até o pescoço. Uma escama espetou seu dedo, e o sangue instantaneamente floresceu. Antes que ela pudesse limpá-lo, Bash pegou seu pulso e parou para encontrar seus olhos. Ela se perdeu em suas íris escuras quando ele levou lentamente o dedo ferido aos lábios, e sua língua roçou a pequena ferida. Seu estômago vibrou em resposta. Sem quebrar o contato, ele beijou a ponta do dedo dela e o levou de volta para o lado dela, embora não a soltasse.

Ela engoliu o nervosismo crescente, embora pudesse jurar que seus olhos brilharam com um branco nebuloso antes de voltar ao preto.

Mas não importava. Sem qualquer dúvida, ela reconheceu o homem diante de si, e nenhuma magia poderia disfarçar a sinceridade em seu toque.

Aquele era o seu Bash.

— Eu... eu tive outro sonho — finalmente admitiu.

A mandíbula de Bash se apertou.

Raiva. Sua magia sentiu a raiva dele, e tinha um gosto repulsivo e amargo.

— Darius — Bash disse friamente, estreitando os olhos. Aquilo não tinha sido uma pergunta.

Ela assentiu. A tensão em seus ombros afrouxou quando a faísca familiar de determinação iluminou seus olhos. Ela o sentiu se afastando, movendo-se para algum lugar que não podia alcançar. Seu peito aqueceu como se confirmasse seus medos mais sombrios, e ela desejou que sua maldita magia pudesse falar com ela. Com certeza facilitaria muito as coisas.

— O que ele fez com você? — O aperto de Bash em seu pulso aumentou. Mais uma vez, seus olhos brilharam.

— Eu pensei que tinha acordado e que você estava comigo, e então...

— Então? — Bash indagou, seu tom letalmente calmo.

— Então nos beijamos — admitiu ela. — Eu pensei que era você, e não...

Bash imediatamente relaxou.

— Shhh — ele a acalmou, alcançando sua bochecha. A sensação sufocante em seu peito se dissipou, e a mandíbula de seu rei se abriu. — Você não sabia, e não tem que se explicar. Sei que ele tem um talento para se infiltrar em sonhos e causar estragos na mente.

Margrete suspirou de alívio.

— Só estou feliz que ele não machucou você... ou pior. — O olhar de Bash queimava com intensidade, e ela suspeitava do que ele temia. — E você não é a única pessoa que ele visitou. Ele me procurou dias atrás — Bash admitiu em um sussurro. — Ele me provocou. Fez ameaças.

— Que tipo de ameaças?

— Ele quer você *e* o poder, Margrete — disse ele, suspirando. Sua outra mão ergueu o queixo dela. — Ele parece achar que tem algum direito sobre você. Não sei se é por causa de seus novos poderes, ou se simplesmente tem alguma fixação distorcida em você, mas saiba que ele não vai ganhar. Não vou permitir.

Sua promessa parecia familiar. Como a que ele fez no *Phaedra* meses antes, quando estavam indo negociar com o pai dela.

O que Bash tinha que perceber era que ela não precisava dele para protegê-la. Ela precisava protegê-*lo*. Protegê-lo de se tornar mais... bem, o que quer que ele estivesse se tornando. Margrete tinha que ser cuidadosa com o assunto, pois reconhecia a dor em seus olhos sempre que olhava muito de perto suas escamas, seus dedos escurecidos, mas ela *encontraria* uma maneira de interromper a transição antes que roubasse o homem que ela amava.

Em vez de dizer isso, ela apenas tocou a testa dele com a sua, seus narizes roçando.

— Nós vamos proteger um ao outro — insistiu ela. E deu um beijo carinhoso em seus lábios. — Mas ele me disse outra coisa. — Bash ficou rígido. — Acho que o plano dele se concretizará em três dias durante a lua vermelha. E precisamos estar preparados.

Bash fechou os olhos brevemente como se uma contagem regressiva para a morte tivesse começado.

— Se Darius nos ensinou alguma coisa, é que deuses podem morrer — sussurrou ele, não soando tão convencido quanto ela gostaria.

Pelo bem de todos, Margrete desejava que ele estivesse certo.

CAPÍTULO VINTE E NOVE
Bay

Algo estava errado com Bash.

E não apenas na aparência óbvia de escamas e cabelos e dedos pretos. Não. Não era por isso que Bay olhava por cima do ombro a cada poucos minutos para inspecionar seu rei.

Bay sentiu... uma mudança. Uma alteração em seu velho amigo que parecia quase tangível. Pesava sobre ele a cada passo que davam em direção à costa. Ele não conseguia se livrar da noção de que seu amigo havia se transformado em um inimigo que ele deveria tomar cuidado. O pensamento era absurdo, ele bem sabia, mas não conseguia afastar sua apreensão. *Malditos instintos de guerreiro*, pensou, fazendo uma careta.

Margrete, se sentia o mesmo, não dissera nada. Não que ele esperasse que ela o fizesse. Ela não tinha saído do lado de Bash desde seu retorno.

Bay não podia culpá-la. Se ele tivesse perdido Adrian, e por algum milagre o encontrasse vivo — embora mudado —, ignoraria todo o resto. Até os sinais de alerta. Felizmente, Margrete o tinha para cuidar dela. E ele o faria.

Bay inclinou o queixo para a esquerda, conduzindo a tripulação por um caminho com vegetação rasteira menos espinhosa. As farpas rasgaram sua roupa e, de alguma forma, cortaram partes de suas botas de couro. Eles teriam sorte se chegassem à praia completamente vestidos até o final daquilo.

Suspeitava de que ainda tinham um dia de caminhada até encontrarem as areias cinzentas e pudessem começar a construir algum tipo de embarcação para chegar em casa. Ou ao continente mais próximo. Construir uma jangada sólida não o preocupava — Bay crescera com um martelo e uma serra na mão e confiava em seu sangue Azantiano. Ele só se preocupava em *chegar* à costa, isso era sua prioridade.

Deuses. Ele estava tão preocupado.

Adrian normalmente era quem se preocupava, pensou ele, e um sorriso tímido apareceu em seus lábios. Ele sentia mais falta do namorado do que de não ser perseguido interminavelmente pela morte em uma ilha cheia de alucinações e criaturas de fogo.

Bay imaginou como seria se Adrian estivesse ali com eles. Seus lábios estariam torcidos em uma careta, e sua testa, franzida de preocupação. Era seu visual habitual — um que Bay achava imensamente atraente. Homens inteligentes faziam isso com ele. Homens que podiam derrubar um oponente apenas com palavras. E se, por acaso, as palavras de Adrian não funcionassem, Bay sempre poderia usar os punhos.

— Você está tão nervoso com tudo isso quanto eu? — Atlas entrou na fila ao lado de Bay. Os pensamentos sobre Adrian se desvaneceram, e Bay mudou de expressão. Não podia se perder em memórias mais felizes quando sua sobrevivência estava em questão.

— Se quer dizer a própria ilha ou o retorno do nosso rei, então sim. Sim para ambos. — Mentir para Atlas era um esforço inútil. Ela estava sempre muito ansiosa para acusá-lo de mentir.

— Que bom — disse ela com um aceno curto. — Eu estava preocupada que você ficasse todo amável e alheio como Margrete.

Bay engoliu um suspiro.

— Se alguém que você ama voltasse depois que você achasse que estava morto, suponho que o aceitaria de qualquer maneira.

Atlas se virou, os olhos mirando em frente. Bay não deixou de perceber como seu maxilar estalou. Sabia de sua pequena paixão por certa marinheira há alguns meses. Ela achou que escondia bem, mas esqueceu que Bay notava tudo.

Além disso, estava ficando óbvio para todos, *menos* para Dani.

— Foi o que pensei — falou ele. — Mas fique alerta. Não sabemos o que aconteceu com ele, e assim que ele se estabelecer e encontrarmos abrigo, pretendo perguntar. — Não iria apressar seu rei a falar de quaisquer horrores que enfrentara sozinho naquele lugar. Ele poderia ter um relacionamento mais casual com ele do que a maioria, mas certas linhas não deveriam ser cruzadas.

— Tudo bem — Atlas retrucou. — Mas é melhor você perguntar, ou eu vou.

Lá estava a guerreira teimosa que Bay conhecia e amava.

— Não se preocupe, amiga. Não pretendo perder mais ninguém. — A tristeza em seu tom endureceu a voz. Atlas percebeu, como ele sabia que ela faria.

Uma mão firme pousou em seu ombro, o aperto mortal.

— Você é meu líder. Meu amigo. Aquele que eu seguiria para qualquer lugar. Não carregue nem por um maldito segundo as perdas que enfrentamos apenas em seus ombros. Se continuar se culpando, serei forçada a socar a culpa para fora de você, e sabe o quanto eu adoro uma boa briga.

Os cantos de sua boca se curvaram. Bay sabia muito bem como ela ansiava pela batalha. A pressa da luta. Ele não deveria tentá-la.

— Obrigado pela oferta generosa — disse ele ironicamente. — Mas, por enquanto, mantenha esses punhos para si. Podemos precisar deles mais tarde.

O mais tarde veio.

Os ventos mudaram, e, com isso, veio aquele cheiro horrível de podridão. Aquilo lembrou Bay de cabelos queimados e carne em decomposição. Que cheiro adorável.

— Alguma coisa está vindo — anunciou Margrete.

Bay virou-se para a mulher que ele passou a ver como irmã. Os olhos dela eram mais afiados do que qualquer lâmina Azantiana, e sua mão deslizou para a tatuagem de onda em sua clavícula.

— Eu sinto... eu sinto que olhos nos observam — sussurrou ela, segurando a mão de Bash. Seu rei a olhou, seus próprios olhos de noite profunda se estreitando com preocupação. Bay podia ver os músculos de seu pescoço ficarem dolorosamente tensos.

— Eu sinto também. — Todos paralisaram ao som da voz de Dani.

A irmã gêmea de Jacks nunca falava, a menos que fosse absolutamente necessário. Mas, quando o fazia, tinha peso – uma razão pela qual Bay a aceitara em sua tripulação. Além disso, ele entendia que os gêmeos não podiam ser separados. Um era tudo que o outro tinha, e ele não estava disposto a separar irmãos órfãos. Como órfão, Bay crescera sabendo o que era não ter nada nem ninguém.

— O que está sentindo, Dani? — Bay perguntou, aproximando-se da garota. Ela estremeceu no lugar, espiando cautelosamente através de seus grossos cílios de ônix para se dirigir a ele.

— Morte.

Margrete soltou Bash e foi até o lado de Dani. Ela colocou uma mão gentil em seu ombro.

— Você... você vê alguma coisa? — Margrete pressionou suavemente. — Imagens? Flashes?

Bay não tinha a mínima ideia do que ela falava, mas escutou com muita atenção. Assim como Atlas, que se aproximou de Dani e Margrete. Um pouco mais perto de Dani. A mão dela foi para a adaga.

Dani esfregou as têmporas e fechou os olhos.

— Vou parecer tola — sussurrou ela, quase baixinho até mesmo para a audição aguçada de Bay.

— Não vai, não — Margrete assegurou, virando a garota para que a encarasse. — Os deuses sabem que nada mais soaria tolo. E se isso faz você se sentir melhor, eu também vi algo. Ou acho que vi. — Uma ruga se formou na testa de Margrete. Bay percebeu que ela não queria admitir quaisquer horrores que tivesse vislumbrado. Ela não gostava de compartilhar, especialmente quando se tratava de seus poderes.

— Eu poderia jurar que vi alguém na floresta. Uma silhueta encapuzada. Um flash de vermelho. — Dani olhou para o chão. — Eu pisquei e ele se foi, mas parecia tão real...

Margrete assentiu, parecendo entender. Ela se virou para Bay.

— Precisamos encontrar um lugar seguro. Um que nos permita ver nossos inimigos caso ataquem. Estamos sendo seguidos.

Um arrepio percorreu a espinha de Bay. Rigidamente, ele olhou para frente. As árvores densas tornavam quase impossível ver claramente, mas se ele apertasse os olhos, poderia distinguir o início de uma colina rochosa. Se conseguissem alcançá-la, talvez pudessem subir e ter uma visão melhor dos arredores.

— Há uma colina bem à frente. Devemos ir para lá. Agora — ordenou ele. Bay tinha a sensação de que, se alguém os seguisse, teriam prazer na perseguição. Tudo naquele lugar parecia adorar a caça.

Bash deu-lhe um aceno confiante, seu rei aparentemente contente em abrir mão de algum controle.

Dani recuou para o lado de Jacks, e seu irmão colocou um braço protetor ao redor de seu ombro. Os olhos de Atlas se demoraram nela pelo tempo de uma batida de coração até que ela, relutantemente, focasse em frente. Ela tirou a adaga da bainha e a segurou diante de si, pronta para enfiá-la em quem a irritasse.

— Precisamos nos apressar — Bay murmurou para sua segunda no comando. — Se Dani e Margrete estiverem certas, um ataque é iminente.

Atlas não disse uma palavra, mas não precisava. Ambos entendiam a situação precária.

Com passos rápidos, o restante da tripulação atravessou o mato, empurrando os galhos finos para o lado. O silêncio enervante aumentava a cada estalo de galho e a cada inspiração. O sangue de Bay virou gelo, mas suas pernas continuaram a se mover, levando sua tripulação para a colina rochosa onde esperavam encontrar melhores oportunidades.

Então as árvores diminuíram o suficiente para Bay ver seu destino. A cerca de sessenta metros de distância, uma fenda se abria na encosta da colina. Ela não parecia grande o suficiente para passarem, mesmo espremidos.

Bay olhou para cima. A colina parecia ter cerca de algumas centenas de metros de altura e tinha pontos de apoio suficientes para que subissem com facilidade. Ele não conseguia distinguir como era o topo, ainda não, mas esperava que fosse plano. Não gostava de escalar. E nem de altura. Poucos sabiam de seus medos, e ele pretendia que continuasse assim.

Na ponte, quando as criaturas de fogo os encurralaram, ele precisou de tudo de si para dar aquele salto de fé com Margrete. No momento que hesitou, o rosto de Adrian brilhou diante de seus olhos. Isso foi o suficiente para Bay pular. Por ele.

Mas isso não significava que ele não estava com medo naquele momento.

— Quase lá — sussurrou ele para a tripulação. Alguns responderam com resmungos. Jonah tropeçou em um galho caído na pressa para chegar. O rapaz era desajeitado, mas era um bom companheiro. Bay apenas rezou para que o pobre garoto conseguisse sair dali vivo para testar sua habilidade em mar aberto.

Um uivo cortou o ar. Bem, não um uivo, mais como um grito misturado com um gemido. Parecia... humano.

Bay parou imediatamente. Ele ergueu a mão.

O ruído metálico das lâminas sendo sacadas cortou o ar atrás dele. Ele examinou as árvores enquanto pegava a adaga. O uivo não soou novamente.

Cinco batimentos cardíacos se passaram. Então dez. Então vinte. Quando mais silêncio angustiante se seguiu, Bay acenou lentamente para seus homens, indicando que se movessem com cautela.

Ele olhou rápido por cima do ombro. Margrete estava ereta, com o olhar concentrado, e não estava mais de mãos dadas com Bash. Seus braços estavam estendidos nas laterais do corpo, as mãos em punhos, e Bay pensou ter visto uma faísca de luz em um deles.

Ele voltou o foco para o destino que se aproximava. Estavam quase lá.

Dois uivos perfuraram o silêncio. Todos se aquietaram novamente. Desta vez, a respiração ofegante foi dolorosamente audível.

Três uivos se seguiram.

— Corram! — Bay gritou assim que os galhos atrás deles começaram a se mover e um farfalhar agitado soou. Ele ouviu passos pesados, pelo menos de uma dúzia de homens ou mulheres, e, pelo seu treinamento, sabia que estavam logo atrás deles.

Juntos, Bay e a tripulação correram por entre as árvores e pularam sobre galhos e troncos caídos. Havia uma clareira pouco antes da colina, e ele nunca correra tão rápido na vida.

— Merda! — Jonah sibilou.

Bay parou e viu que o jovem estava de quatro, segurando o tornozelo. Um galho quebrado estava logo atrás dele. Apontando para o resto da tripulação à frente, Bay correu para o lado de Jonah e o puxou para cima, forçando o braço ao redor de seu torso. Jonah se curaria, mas não tão rápido quanto precisava. Não com demônios ou monstros se aproximando.

— Te peguei! — grunhiu ele enquanto se acostumava ao peso de Jonah. O rapaz era surpreendentemente pesado. Temendo que as criaturas devorassem os dois, outra pessoa correu para o outro lado de Jonah para apoiá-lo.

Mila.

— Obrigado — Jonah grunhiu, virando-se para Mila. As bochechas dele ficaram vermelhas com o breve aceno de cabeça que ela deu. E se intensificou quando ela o puxou para mais perto de seu lado.

Com a ajuda dela, eles conseguiram chegar à clareira quase ao mesmo tempo que os outros, embora não tivessem muito tempo para descobrir como se defender. Eles não podiam escalar a colina ainda. Seria tolice dar as costas a um inimigo.

— Você fica com ele? — Bay perguntou a Mila. Ela assentiu, segurando Jonah com mais força. O rosto do jovem se contraiu de dor, mas ele fez o possível para esconder.

Bay encarou as árvores. Os galhos se moveram e os passos trovejaram.

Ele empunhou a adaga à sua frente, prendendo a respiração, mas pronto para atacar, para matar qualquer novo horror que surgisse das árvores.

No entanto, Bay deveria saber que sua adaga não seria suficiente.

Uma dúzia de figuras se materializou da floresta, todos com os olhos pingando sangue.

CAPÍTULO TRINTA

Margrete

— Que merda é essa?

Bay raramente xingava. Aquilo era ruim.

Margrete assistiu em choque, total e completo choque, quando uma dúzia de seres que pareciam humanos entrou na clareira. O sangue escorria de seus olhos como lágrimas viscosas, escorrendo pelas bochechas encovadas até o queixo. Seus corpos eram magros e doentios, e a pele tinha um tom opaco de verde-acinzentado.

— Que merda é essa, mesmo? — Atlas disse, levantando sua adaga. — Não sei o que são, mas mal posso esperar para tentar matá-los.

— Se eles *puderem* ser mortos — gorjeou Dani, ganhando um olhar de dor de Atlas. Ela se moveu na frente da jovem marinheira, bloqueando a visão dos agressores macabros.

Aquela parecia ser uma pergunta comum naquela ilha – se ou como algo poderia ser morto. Isso, ou *o que está realmente acontecendo?*

A horda invasora avançou com passos vagarosos, não precisando mais perseguir e encurralar. Como se fossem um só, eles deslizaram para a clareira e formaram uma linha irregular, de tal forma que fosse impossível qualquer tentativa de fuga pela floresta.

Margrete ousou olhar para a colina rochosa atrás deles. Eles poderiam tentar subir, mas as criaturas os pegariam em um piscar de olhos. *O que quer que* fossem. Mortos. Vivos. Humanos. Feras. Margrete era esperta o bastante para perceber que não eram amigáveis, não com a forma como lambiam os lábios rachados no que ela quase podia confundir com fome.

— A maioria está usando armadura — Mila observou suavemente. — Parecem velhas. De algumas décadas, pelo menos.

Margrete realmente não tinha notado, já que sua atenção se focara nas *lágrimas de sangue*, mas todos usavam a mesma armadura dourada que parecia décadas desatualizada. E seus peitorais traziam um pássaro alado estampado na frente.

O símbolo de Surria.

— Eles *não podem* estar vivos. Quero dizer, *olhem* para eles — Jonah disse. — Mas eu também não quero que estejam *mortos*, porque se estiverem... — Ele engoliu em seco e se calou. Sua declaração transmitiu a situação bem o suficiente. Se estivessem mortos, então a tripulação estava ferrada.

Você não pode matar uma pessoa morta.

Margrete agarrou a mão de Bash.

— Fique atrás de mim — sussurrou ela, sem tirar o olhar dos soldados que avançavam. Uma criatura particularmente corajosa com a pele soltando do crânio raspado e tatuado passou sua longa língua pelo lábio inferior, seus olhos opacos e nublados emoldurados por lágrimas de sangue.

Bash grunhiu, rejeitando o comando pedindo para que se afastasse. Ele se inclinou e sibilou em seu ouvido:

— De jeito nenhum eu vou ficar atrás de você. Lutarei ao seu lado, princesa.

— Por mais que eu aprecie isso, vou tentar algo, e ficaria grata se você me desse algum espaço — sussurrou ela de volta, seu tom mais áspero do que pretendia.

Bash teve que aceitar que ela tinha o poder de um deus. Ela era sua melhor aposta no momento, gostasse ou não.

Ele não se mexeu. Na verdade, ele a segurou com mais força.

— Não temos tempo para sua teimosia — retrucou ela, ficando

frustrada. Seus inimigos monstruosos se aproximavam.

— Não vou me mover — rosnou ele de volta. — Você vai ter que me forçar a abandoná-la, e deveria estar guardando suas forças para eles... — ele inclinou a cabeça para frente — ... em vez de discutir inutilmente comigo.

Maldito fosse.

Ela deu um suspiro. Teimoso, que macho teimoso.

Aos outros, Margrete ordenou:

— Entrem na fenda e fiquem lá. Não saiam, não importa o que escutem. Se não conseguirmos, então corram. — Ela tentaria segurar aquelas coisas pelo maior tempo possível para dar a seus amigos a chance de escaparem pela fissura e, esperançosamente, do subsolo para outra saída.

Margrete praticamente podia sentir a hesitação de Bay. Pelo canto do olho, ela o viu se mexendo desconfortavelmente, as mãos cerradas em punhos. Um momento depois, ele ficou quieto e, como uma máscara deslizando para o lugar, adotou a personalidade apaixonada do líder confiante que era.

— Vocês a ouviram! — Bay trovejou, gesticulando rapidamente para que os outros se dirigissem para a abertura da caverna. — Entrem e preparem-se para correr. Não parem por nada, não importa quem fique para trás.

— Depressa! — insistiu Margrete.

A caverna em questão – se é que poderia ser chamada assim – mal permitia espaço suficiente para Atlas entrar, e ela grunhiu quando as bordas afiadas agarraram sua camisa. Jonah nunca havia se movido tão rápido, mesmo com o tornozelo ainda não totalmente curado.

Mila não era tão facilmente influenciada. Somente quando um dos soldados sobrenaturais sibilou e ergueu sua lâmina foi que ela seguiu na direção de Jonah.

Mas os soldados de Surria basicamente mantinham os olhos fixos *nela*. Não nos outros. Nem em Bay nem em Bash. Todos olhavam para Margrete, como se ela fosse a única que os interessava. Ela não tinha certeza de como se sentia quanto a isso, mas a essência de Malum certamente tinha outra opinião.

Instantaneamente, seu peito aqueceu e o poder a inundou como uma arma recém-afiada para a batalha.

Como normalmente acontecia quando ela passava por uma aflição, ou sempre que sua adrenalina atingia níveis quase perigosos, seu poder aflorava com força. Embora agradecida, Margrete ainda desejava poder controlar *quando* esse poder aparecia, mas não iria reclamar.

Uma das criaturas com armadura se aproximou, seus olhos injetados de sangue fixos em Margrete. Ele deu um sorriso largo que mostrava incisivos amarelados, as pontas anormalmente afiadas. Ela poderia jurar que um inseto deslizou pelos dentes da frente.

Bash rosnou, o som rivalizando com a mais temível das feras. Ele se moveu na frente dela, seus olhos voltados para os inimigos, que riram com prazer enquanto caminhavam em direção a eles.

Ela não podia deixar Bash distraí-la, não podia deixá-lo ficar em seu caminho. O pensamento a fez fazer uma careta, mas era a verdade.

— Bash. — Margrete puxou sua mão. Ela teve que lhe dar outro puxão antes que ele se virasse para encontrar seu olhar. — Preciso que confie em mim.

Suas narinas se dilataram e seus olhos se contraíram. Ela temia que ele rompesse um vaso sanguíneo. Ele não gostou da ideia.

— Já disse que não vou deixar você sozinha — retrucou ele.

— E não espero que faça isso, mas vou assumir o comando.

Bash hesitou, lutando contra a necessidade inata de proteger. Então por fim, *por fim,* recuou com a mais feroz das caretas. Ele encarou Margrete e fez um aceno de cabeça.

— Eu te seguiria para qualquer lugar. Até para o submundo, princesa.

Ela apertou a mão dele, esperando que transmitisse tudo o que não podia dizer. As palavras ficaram presas em sua garganta. Felizmente, Bay tinha colocado a maior parte da tripulação para dentro da caverna, fora do caminho da luta que estava prestes a acontecer. Os soldados estavam a quatro metros e meio de distância, circulando ela e Bash como uma presa.

Em vez do medo que corria por suas veias segundos antes, pura adrenalina não diluída a atingiu como um relâmpago. Desceu por sua espinha e irradiou para tocar cada centímetro dela, com uma força tão intensa que quase a deixou de joelhos.

Bash deslizou um braço em volta da cintura dela, segurando-a firme enquanto ela se ajustava. Sua fundação. Sua rocha.

Talvez ela *precisasse* de sua ajuda, afinal. Eles trocaram um último olhar.

— Vamos fazer isso, princesa.

Margrete olhou para Bash, cujos lábios se curvaram em um sorriso sombrio. Era hora de lutar.

A primeira criatura atacou, sibilando enquanto golpeava o ar com uma mão ossuda, vindo em direção a ambos com velocidade desumana.

Ela rapidamente empurrou o peito de Bash, enviando-o voando pelo ar e fora de perigo. Margrete desviou do ataque de seu oponente colocando sua memória muscular em ação, e ela rapidamente agradeceu a Adrian por todas as aulas de defesa. Ela tinha sido uma tola por pensar nelas como tediosas.

Outra criatura disparou para a frente, uma mulher com uma cicatriz irregular que ia da sobrancelha direita até a ponta do queixo. Uma podridão escura saía da ferida não cicatrizada.

Margrete ergueu a mão.

A mulher voou pelo ar quando a magia de Margrete a atingiu, e seu corpo foi arremessado no espaço como uma pena levada pela brisa. Ela colidiu contra um tronco de árvore com um estalo nauseante.

Margrete estudou a palma da mão, abrindo a boca em descrença.

— Santo fogo do inferno, Margrete. — Bash voltou para o lado dela, seus olhos escuros arregalados com uma combinação de medo e admiração.

Não houve tempo para inspecionar sua mão, que ainda vibrava com energia bruta. Dois guerreiros vestidos com a mesma armadura dourada de aparência antiga dispararam, suas espadas em posição. O sangue cobria praticamente todo o rosto deles, como uma pintura de guerra, e pingava livremente no solo escuro enquanto avançavam.

— Eu pego um — insistiu Bash, pouco antes de enfrentar o primeiro soldado. O rei se moveu mais rápido do que nunca, mais rápido do que ela *já* o tinha visto se mover. Ela prendeu a respiração quando ele inclinou o braço para trás, preparando-se para desencadear o inferno.

Quando colidiu o punho com o metal da armadura do soldado, toda a floresta pareceu estremecer. Em vez da armadura desviar o soco como esperado, Bash lançou o soldado voando de costas. A seis metros de distância.

Aquilo foi impressionante e além do possível, mesmo para um homem forte como Bash.

— À sua esquerda! — Bash gritou, forçando-a a voltar à realidade. Ela se virou segundos antes do soldado baixar a espada, e sua palma se ergueu mais uma vez.

Daquela vez, a luz azul – a cor do mar no crepúsculo – explodiu das palmas e foi direto para as entranhas do homem.

Eletricidade crepitante encheu o ar, e Margrete assistiu enquanto sua magia queimava através do metal como uma chama em um pergaminho, destruindo completamente a insígnia de Surria. O homem mal teve tempo de soltar um grunhido antes de cair, o peito devorado pela luz azul. *Sua* luz. Seu poder.

Uma onda de tontura a varreu com a aproximação de outro inimigo. Uma mulher.

Ela se movia com equilíbrio letal, claramente bem treinada e habilidosa. Avançava com graça felina, embora não tivesse o olho esquerdo. Sangue fresco ainda saía da cavidade vazia.

À sua direita, Bash evitou dois atacantes ao mesmo tempo, fazendo o seu melhor para dar mais tempo a Margrete. Seus punhos eram armas por si só, e cada golpe que ele dava lançava os soldados de costas.

Margrete se viu sorrindo.

Ela levantou a palma da mão, uma corrente de fogo e magia vibratória formigando de seu ombro até as pontas dos dedos. Com a mulher na mira, Margrete se soltou, e a força dentro dela disparou em direção ao alvo, explodindo sua cabeça.

A onda de tontura ficou mais pronunciada, e Margrete tropeçou. O zumbido de eletricidade em suas veias queimou. A sensação era de que seu poder a cozinhava viva de dentro para fora.

Não era um bom sinal.

— Margrete! — Bash gritou quando derrubou um guerreiro sem a mão esquerda. Ele deu uma olhada para ela e fez uma careta, a preocupação torcendo seus lábios. — Precisamos ir com os outros.

Maldito. Ele sabia que ela estava perdendo o controle — ou que sua magia estava diminuindo. E ali estava ela, finalmente, pegando o jeito também. Margrete amaldiçoou quando suas palmas brilharam com fogo azul, embora a luz crepitasse dolorosamente segundos depois.

Bash estava certo. Ela tinha que recuar, por mais que aquilo lhe doesse. Mais inimigos chegavam, correndo por entre as árvores, seus passos ecoando enquanto batiam na terra seca. Logo venceriam a floresta e os cercariam.

— Vamos! — gritou ela, certificando-se de que Bash a ouvira antes de dar meia-volta e disparar para a caverna. Os passos de Bash bateram alto, e ela não parou até que ambos deslizaram para dentro da fenda e através da abertura estreita.

A escuridão a envolveu em seus braços e, por um segundo, ela se perguntou se havia desmaiado, mas a náusea esmagadora que sentia era muito real.

Margrete sabia o que tinha que fazer, e tinha energia suficiente para fazê-lo.

— Vá mais fundo na caverna! — ela comandou Bash. Ele a ouviu sem olhar para trás.

Antes que a onda de soldados que se aproximava pudesse entrar na fissura, Margrete ergueu a palma da mão uma última vez e mirou bem acima de suas cabeças. No segundo em que sua magia se libertou, o caos se seguiu.

Rochas caíram ao redor da tripulação enquanto gritavam em alarme. Ela caiu no chão, e a escuridão, do tipo verdadeira, a inundou, forçando toda a energia de seu corpo. Ela sentiu a terra fria entre os dedos, sentiu mãos em suas costas. Mas mais notavelmente, percebeu que os rosnados frustrados

dos soldados ficaram abafados do outro lado das rochas caídas.

Ela apostara certo, e agora estavam presos atrás de uma rocha sólida.

CAPÍTULO TRINTA E UM

Margrete

Bash passou os braços ao redor de Margrete e descansou o queixo no topo de sua cabeça. Mesmo no escuro, com poeira e detritos ainda caindo, ela se sentia segura.

— Você está bem, princesa? — sussurrou ele em seu ouvido.

Ela não estava. Mas estava viva. Todos eles estavam.

— Sim — respondeu, quase sem força. — Mas espero não ter condenado a todos nós.

— Tem alguém ferido? — Bay perguntou, assumindo o comando enquanto o rei cuidava de Margrete.

Ela deveria se sentir culpada por roubá-lo de seu dever, mas, para ser honesta, estava se sentindo egoísta, e Margrete queria o rei só para ela.

Alguns assentimentos resmungados soaram em resposta.

O calor no peito de Margrete queimou, embora diferisse do calor abrasador de antes, durante a luta. Aquele era um fogo que ela podia alcançar em sua mente e agarrar.

Ela era o vento, manipulando a chama, e a correnteza forçando a água rio abaixo. Margrete se imaginou tão claramente, enfim entendendo como aquela *coisa* extraordinariamente selvagem dentro dela funcionava.

Ela fechou os olhos, concentrando-se nos fios intrincados da magia gélida. Desligando todos os sons e vozes, se concentrou na batida constante de seu coração, o tamborilar de sua força vital. Aquela era a chave.

Ela tinha que se conectar com sua própria alma.

Segundos, minutos e horas pareceram passar enquanto ela estendia a mão e chamava suas chamas florescentes. Eram tangíveis, um poder que ela podia tocar, sentir e manipular. Com os olhos ainda fechados, Margrete olhou para o poço de magia sagrada dentro dela; a intensidade pura fez seu coração cair em seu estômago da maneira mais emocionante. Por um breve segundo, os batimentos cardíacos pararam completamente, e então...

O xingamento de Mila ecoou por toda a caverna.

— Deuses sagrados — sibilou Bay.

— Bem, isso é conveniente — Jonah brincou.

— Sim, muito conveniente. Mas estamos presos aqui por causa dela, lembra-se? — Mila resmungou em resposta.

— Ainda muito incrível. Não vejo *você* fazendo nada, Mila.

— Basta — Bay silenciou o par que discutia. — Margrete?

Ela ouviu que a chamavam. Ouviu a preocupação no tom da voz. O maravilhamento. A admiração. O medo.

Bay continuava a temê-la, quando se tratava de seus poderes. Ela odiava aquilo.

Margrete abriu os olhos.

Bash se ajoelhou diante dela, seu rosto brilhando com uma luz branca pálida. Luz que aparentemente aflorava *dela*.

Aquele cordão de magia que ela tinha visto? Ela realmente o tocara e desejara ao seu comando. E ela tinha se transformado em uma tocha humana viva.

Bash a olhou nos olhos, a magia dela perfurando as poças escuras e destacando as estrelas internas. Ele se ajoelhou diante dela, na frente de seu povo, sua tripulação, um rei de joelhos. Bash não parecia se importar. Poderia muito bem estar apenas os dois naquela caverna.

Margrete quebrou o momento e agarrou seu braço, incitando-o a se levantar. Ele a encarava sem piscar.

— Já te disse o quão incrivelmente deslumbrante você é? — Bash embalou seu rosto entre as mãos e inclinou a testa contra a dela. Ele soltou uma risada suave. — Eu sempre disse que você era minha luz, me guiando para casa. Parece que eu quis dizer isso literalmente.

Daquela vez, quando o calor inundou seu peito, veio de um tipo diferente de magia.

Bash recuou para dar um beijo carinhoso na ponta do nariz dela.

— Você nos salvou — disse ele, apontando para as rochas caídas. Para onde ela os bloqueou.

— Dificilmente. — Ela tentou virar o rosto, mas Bash não a deixou desviar o olhar. Sua luz vibrou antes de pousar nas paredes rochosas da caverna.

— Não. Nós não teríamos como enfrentar... o que quer que aquelas coisas fossem. — Suas sobrancelhas se franziram. — Você nos deu um tempo que não tínhamos e, por causa disso, salvou todos aqui.

Bash olhou incisivamente para cada membro da tripulação.

— Vocês todos deveriam estar agradecendo a ela agora. Não olhando para suas botas ou fazendo comentários sarcásticos. — Ele dirigiu aquela última parte para Mila. Para seu crédito, ela parecia realmente envergonhada.

Bash estendeu a mão para Margrete e entrelaçou seus dedos. Como uma vela, seu brilho dançava nas paredes enquanto ela se movia, e um brilho incandescente brincava no rosto da tripulação perplexa.

— Sabemos que Darius nos queria aqui. Sabemos que esse lugar está cheio de magia das trevas. E sabemos que existem forças inimagináveis por aí que nos querem mortos. A insígnia de Surria na armadura daqueles soldados deixou isso claro. — A voz de Bash ficava mais forte a cada palavra, e o rei que Margrete conhecia reapareceu. Seu coração amoleceu com a visão. — Mas também temos a magia de um deus do nosso lado — disse ele, inclinando a cabeça em direção a ela. — Isso nos torna igualmente formidáveis.

Margrete captou seu olhar e eles se entreolharam. Os olhos de Bash giravam com emoções diferentes, mas sua confiança feroz era a que mais se destacava para ela. Sua lealdade.

Contra a vontade dela, seus lábios se curvaram.

— Precisamos ir mais fundo na caverna. Vermos se há uma saída do outro lado — Bash instruiu. — Mas eu duvido que a rocha sólida nos deixe a salvo da intenção da ilha, então fiquem alertas e mantenham o foco.

— Vocês ouviram o rei. Hora de se mexer. — Bay deu um passo à frente, e a luz de Margrete se estendeu até afetuosamente roçar nele. Para seu imenso crédito, Bay apenas se encolheu antes de lhe dar um sorriso cauteloso.

Bash caminhou ao lado dela enquanto ela se virava para o túnel úmido que os levaria à liberdade. O rei Azantiano permaneceu em silêncio e firme, seus passos retumbantes um lembrete de que ele escolhera segui-la no escuro, sempre confiando nela, sem condições.

Assim como ela faria por ele... quando a hora inevitavelmente chegasse.

— Obrigada — murmurou ela suavemente, segurando a mão de Bash. Estava tão frio que queimava.

Bash zombou.

— Eu não diria nada que não quisesse. Você já deve me conhecer, Margrete. — Ela se virou a tempo de vê-lo sorrir. Aquilo a lembrou de seus sorrisos antes do ataque. Antes de ser transformado pelo mar.

Antes que ele começasse a se perder.

O olhar dele vagou sobre sua forma etérea, hipnotizado.

— Pare de olhar para mim assim — pediu ela, suas bochechas esquentando. Os joelhos de Margrete estavam fracos, mas suspeitava que tinha algo a ver com o olhar potente de Bash. De todas as coisas, ela notou uma pitada de desejo em seus olhos.

— Sempre vou olhar para você assim, princesa. Aquela sua pequena exibição aqueceu meu sangue — respondeu ele, brincando, embora tenha cedido e virado a cabeça de volta para a frente. — E posso olhar o quanto quiser — acrescentou com uma sobrancelha erguida, desafiando-a a questioná-lo. Ela não o fez.

Contanto que *ela* pudesse olhar de volta.

Margrete balançou a cabeça e o túnel brilhou com seu esplendor. A luz que ela emanava dançava pelas paredes, formando padrões que lembravam o reflexo do mar. O mais claro dos azuis ondulava contra traços finos de azul-marinho, fazendo com que todo o túnel parecesse balançar.

Deuses. Levaria algum tempo para se acostumar com aquilo. Se alguém *pudesse* se acostumar a brilhar. Margrete duvidava disso.

Em vez de negá-lo, ela se deu um momento para se aconchegar mais, se aproximando dele enquanto caminhavam. Ele passou o braço por seu quadril, e seus dedos brincaram no cós de sua calça. Instantaneamente, seus pensamentos se tornaram inapropriados, o que parecia impossível, dadas as circunstâncias, mas ela sentiu falta dele e de seu toque quente. No entanto, era muito mais do que isso — ele a acalmava. Acreditava nela tão profundamente que sua fé inabalável a forçava a acreditar em si mesma. Ela sentia isso cada vez que ele a segurava ou a olhava nos olhos com pura adoração.

Ninguém jamais olhara para ela de tal maneira — como se ela fosse a lua iluminando o mundo abaixo.

Ela nunca tomaria aquele olhar como garantido.

Eles caminharam por cerca de meia hora, em silêncio e perdidos em pensamentos, quando uma bifurcação apareceu. Duas passagens estreitas, igualmente sinistras e quase idênticas, ramificavam-se em direções opostas.

Claro, todos pararam e se viraram para ela.

Em momentos como aquele, ela desejava que outra pessoa pudesse pegar emprestada sua magia. E se escolhesse errado e os matasse? E se escolhesse a passagem que levava a um fim horrível em vez da fuga que eles procuravam?

Sim, ela definitivamente não se invejava.

Margrete inclinou o queixo e relutantemente soltou a mão de Bash. Fazendo o seu melhor para bloquear os sussurros de uma cética Mila e Jacks cochichando atrás dela, Margrete deu um passo em direção ao túnel à esquerda. Cheirou o ar.

Úmido. Almiscarado. Podre.

Rigidamente, ela virou para a direita. O ar que subia até seu nariz tinha um cheiro mais fresco, mais salgado. Cheirava como uma saída. Ou talvez fosse apenas uma esperança tola.

— Nós vamos para a direita — disse ela, cheia de falsa confiança.

— Cheira... mais fresco — Dani opinou, surpreendendo-a. Margrete virou-se para a jovem e sorriu. A marinheira havia sentido os soldados de Surria na floresta mais cedo, e agora sentia a mesma atração em direção à passagem da direita. Era algo que Margrete teria que explorar em outro momento, quando não estivessem à beira da morte.

Ela não hesitou em se mover, e os outros seguiram obedientemente. A cada passo, a confiança em sua decisão crescia. Não só o gosto do ar estava bom, mas uma brisa suave flutuava para refrescar sua testa úmida. Aquilo a lembrou de como os ventos em Azantian acariciavam seu corpo sempre que o sol aquecia sua pele.

Ela sempre comparou seus poderes a um sexto sentido. O cabelo se eriçava em sua nuca, e formigamentos desciam por sua espinha. Eles falavam com ela de uma forma que não exigia palavras, indo muito além da intuição. Quase como o zumbido de uma música que só ela conhecia.

Sua luz os guiou através do túnel úmido e, por fim, a passagem – que não devia ter mais de um metro e vinte de largura –, misericordiosamente, se abriu de forma a se assemelhar ao tamanho de um cômodo. Eles continuaram por mais uma hora insuportavelmente silenciosa. Depois mais uma.

Nada mudou.

O túnel não revelou uma fissura para o mundo exterior. A luz natural não iluminava as pedras, e o ar tinha um almíscar que a lembrava de que estavam no subsolo.

Então, quando ela pensou que não aguentaria mais, algo *mudou.*

Uma brisa gelada, arrepiante, soprou no rosto de Margrete. Ela estremeceu e então... sorriu. Sua frequência cardíaca acelerou com seus passos cada vez mais rápidos, e ela decolou em uma corrida carregada de pura adrenalina. Como a sensação da luz do sol em sua pele após meses de inverno e céu nublado, uma pequena semente de esperança criou raízes.

Bash a chamou, assim como Bay, mas ela não parou.

Uma melodia tocava em sua cabeça, uma que só ela podia ouvir, e soava como sinos e o assobio do vento, de ondas batendo e gotas frescas de chuva caindo dos céus.

— Margrete! — Bash estava logo atrás dela, suas botas batendo na pedra dura para acompanhá-la.

Ela virou a esquina, levando seu brilho com ela, e entrou na água até os tornozelos.

Margrete sibilou com o contato. Como acontecia sempre que tocava o mar, um raio de eletricidade subiu dos dedos de seus pés até o topo da cabeça. O poder de Malum vibrava com seu batimento cardíaco, e ela liberou sua magia com uma expiração. A água a seus pés ondulava e borbulhava, fluindo para longe de suas botas. A ondulação se transformou em uma onda suave, e levou um pouco de sua luz com ela.

Ela engasgou. A água — que brilhava em um azul suave quando ela a tocou — se transformou em uma safira brilhante cuja pureza rivalizaria com a mais opulenta das gemas.

À medida que a magia se espalhava, alcançando cada vez mais fundo na caverna e através da vasta extensão da piscina, Margrete percebeu as manchas prateadas incrustadas nas paredes. Elas cintilaram, brilhando como mil pequenas estrelas. Enquanto ela olhava abertamente, a luz mística continuou se espalhando, continuou se movendo como se um fim não pudesse ser alcançado.

— Eu diria que é bonito, mas isso parece um eufemismo — Bay murmurou, de repente parando à sua direita. Margrete virou-se, e viu que os olhos do amigo estavam arregalados e cheios de puro espanto. Nenhum deles esperava... *aquilo*. Até Mila lançou-lhe um olhar hesitante do que ela se atreveu a acreditar que era aprovação. Aquilo dizia mais do que qualquer coisa para ela, que sentiu a tensão entre elas aliviar.

Margrete reconheceu a essência do mar no ar e sentiu sua influência na água lambendo suas botas. Ela o ouviu chamá-la e sussurrar em seus ouvidos. Sentiu como ele desejava ser tocado, e como implorava para ela entrar mais fundo na água.

E, ainda assim, aquela melodia etérea que só ela podia ouvir continuou a tocar. Eles estavam perto do mar aberto, ela sentia em sua medula, e a emoção de chegar perto deu-lhe uma nova vida.

Ela estava *em casa*.

— Devemos descansar aqui — disse Atlas, içando-se nas margens pedregosas. Uma saliência cercava a piscina, larga o suficiente para eles se encostarem nas paredes e se espalharem com conforto. Margrete não se importava, desde que estivessem perto. — Não sabemos quando poderemos descansar novamente, e, pelos meus cálculos, já passou do pôr do sol — a guerreira loira acrescentou, em um tom todo profissional.

Todos os outros subiram no parapeito enquanto Margrete permanecia enraizada no lugar. Ela não se mexia, mal respirava. Seus olhos se fecharam em algum momento, porque uma mão gentil em seu ombro fez com que eles se abrissem.

Ela não brilhava por dentro como antes, e sua pele voltara ao bronzeado habitual. Margrete não teve tempo de perder sua luz, porque dois braços grossos envolveram sua cintura por trás.

Bash ficou em silêncio. Ele estava apenas *lá*, segurando-a enquanto a magia zumbia em seu sangue e seu coração batia forte. Seus braços a mantiveram firme, e sua respiração se juntou à música que tocava em sua cabeça.

Pela primeira vez desde o desembarque naquela ilha esquecida pelos deuses, Margrete sentiu uma sensação de paz. Ela não era ingênua a ponto de pensar que aquilo iria durar, mas, por um tempo, planejava se deleitar.

CAPÍTULO TRINTA E DOIS

Margrete

Todos dormiam — deitados nas margens de pedra, alguns roncando, outros abraçados a si mesmos.

Margrete se desvencilhou dos braços de Bash. Eles ficaram apoiados em uma parede úmida, a jaqueta de Bash descansando nos ombros dela. Ele insistira que ela a usasse para se proteger do frio. Como se pegar um resfriado fosse a coisa mais assustadora que poderia acontecer. No entanto, não protestara muito. Ela tinha o cheiro dele, e, de vez em quando, ela a levava ao nariz e inalava seu aroma amadeirado e marinho. Mas agora, precisava de mais do que sua jaqueta.

Eles tinham que conversar.

Margrete se levantou silenciosamente e deu a Bash um olhar de entendimento, que ele retribuiu com um aceno sutil. Sem dizer uma palavra, ela se abaixou e tirou os sapatos. Tirou a camisa e a calça, ficando só com as roupas de baixo. Ela ouviu as botas de Bash baterem no chão segundos depois. Ele parecia entender o que ela tinha em mente.

A saliência em que todos descansavam era pequena demais para a conversa particular, e suas vozes seriam ouvidas. Felizmente, não era a única opção.

Mais fundo na cavidade, onde as rochas salientes caíam sobre a piscina, escondia-se outra caverna. Havia algumas pequenas grutas quase escondidas a olho nu, mas a luz do lugar, ou o que quer que fazia aquele lugar brilhar, iluminava as fendas e depressões nas paredes rochosas.

Afundou até os ombros na água confortavelmente fresca e divina, a piscina trabalhando para fortalecer o domínio de seu poder. A conexão sustentou sua magia e reabasteceu o poço que havia sido drenado depois da longa trilha por dentro da colina. Ela exigia seu toque, e suspirou de alívio antes de olhar por cima do ombro.

Bash tinha descartado a camisa e a calça em algum lugar nas margens, e estava atrás dela, a luz sobrenatural da piscina dançando em sua pele.

E em suas escamas.

Margrete engoliu em seco. Desejou que ele não tivesse notado.

— Venha — foi tudo o que ela disse, nadando para longe da tripulação adormecida, sua visão voltada para uma gruta isolada à direita. Um respingo soou, e ela sabia que Bash não hesitara em mergulhar.

Quando as rochas salientes surgiram à frente, Margrete afundou no último minuto antes da colisão, deslizando pelo azul-claro e luminoso. Ela emergiu do outro lado sentindo-se rejuvenescida, como se a breve submersão a tivesse alimentado. Talvez tivesse. Ela estava aprendendo mais e mais sobre seus poderes naquela ilha infernal, enquanto que, em Azantian, ela se sentia tão perdida. Não fazia sentido.

Uma parte dela não conseguia negar o fato de que ela tinha uma conexão com aquele lugar. Como se sempre tivesse estado destinada a estar ali.

Bash subiu à superfície com um barulho alto, seu cabelo preto desgrenhado grudado nas têmporas enquanto ele sacudia as gotas de seu rosto. Com um sorriso esperançoso de derreter o coração, ele cautelosamente nadou até ela, parando a centímetros de distância.

Ele estava sendo tão cuidadoso com ela, especialmente quando a tocava; certamente não foi com a mesma confiança fácil de antes do naufrágio.

Margrete prendeu a respiração quando Bash levantou a mão, as pontas dos dedos parecendo escurecer ainda mais. Seus lábios se estreitaram e a mandíbula se apertou, mas ele lentamente levou a palma da mão à bochecha dela. Seu olhar acompanhou o movimento das mãos. Eram a prova de que ele havia se transformado em algo *diferente*.

— Está tudo bem, Bash — Margrete assegurou, tremendo por um motivo completamente diferente. Não importava a aparência. A proximidade de Bash tinha seu jeito de desmontá-la.

— Eu... — Bash deixou cair o braço e foi para trás, franzindo a testa com frustração e incerteza. Margrete odiava aquilo. Odiava a distância. Odiava o que aquele lugar estava fazendo com eles. — Eu não confio em mim mesmo quando estou com você. Me sinto... *errado*.

— Por quê? — perguntou ela, se aproximando. A água tocava o topo de seus seios. — Sou *eu*. Você nunca deve ter medo de estar perto de mim, e vamos dar um jeito nisso tudo, lembra-se?

Ela viu o nó em sua garganta quando ele engoliu em seco.

— Você não entende, Margrete. Não lhe contei sobre tudo o que aconteceu comigo lá fora, e não queria dizer nada na frente de Bay ou dos outros, mas...

— Então me diga agora — insistiu ela, suavizando o tom. — Lembre-se, nada do que você disser vai mudar as coisas. Então coloque para fora. — Ela estalou os dedos, esperando arrancar um sorriso dele. Mas falhou.

Bash fechou os olhos com força. Quando os abriu novamente, focou logo acima de sua cabeça, não em seus olhos.

— Eu disse a você que Darius me visitou, mas alguém, bem, *alguma coisa*, também o fez. Uma nymera. Ela tinha escamas e os olhos escuros como breu pertencentes a uma nymera, mas também tinha pernas e dizia saber usar magia das trevas. — Bash olhou por cima do ombro dela, sua mandíbula apertada. — Ela me chamou de *filho*.

Os olhos de Margrete observaram seu torso, seu pescoço. Aquelas escamas pretas que pertenciam ao mais astuto dos filhos do mar.

— Você acredita nela? — finalmente perguntou, assim que reuniu coragem. Não sabia quase nada sobre nymeras, mas nunca vira qualquer menção sobre elas nos livros. Elas só nasciam assim. O que significava...

— Sim, acredito. Contra todo o pensamento racional e a lógica, não posso deixar de acreditar na afirmação dela. — Bash passou a mão pelo cabelo.

Ele fez uma careta quando alguns dos fios pretos caíram em seus olhos. — Isso explicaria... — ele fez um sinal para si mesmo — ... por que estou assim.

— Mas por que isso estaria acontecendo agora? E por que não aconteceu quando você era jovem? — Essa era a parte que não fazia sentido. Bem, não *apenas* essa parte. Deuses, havia tantas coisas que ainda não estavam claras.

— Não faço ideia — confessou ele, a frustração evidente em seu rosto. — Tudo o que sei é que... sinto que matei algo lá na floresta.

Magrete ficou quieta.

— Mas não consigo me lembrar de todos os detalhes. Só tenho imagens, flashes. E isso me assusta pra caralho.

Assim como na noite em que ele desceu à caverna do palácio e falou com aquela voz...

— Era ela? — Margrete perguntou ao pensar na Caverna Adiria. Eles estavam de frente um para o outro, perto o suficiente para se tocarem, mas nenhum dos dois se aproximava. Por mais que ela quisesse agarrá-lo e abraçá-lo, aquela conversa era importante. — Naquela noite, quando você não conseguia se lembrar de como acabou embaixo do palácio... — continuou enquanto ele apenas ergueu uma sobrancelha. — Você estava conversando com alguém e depois me disse que estava ouvindo uma voz.

Bash exalou bruscamente pelo nariz.

— Era ela.

Margrete assentiu, abordando o assunto com cuidado.

— E agora? O que ela quer? — Tentou ao máximo parecer calma, indiferente até, mas sua voz tremia um pouco.

— Ela não disse, mas vou arriscar e dizer que não é bom. — Os lábios de Bash se ergueram, rígidos.

Foda-se.

Margrete chegou bem perto e envolveu os braços ao redor de seu torso nu. Ele estremeceu quando ela descansou a cabeça em seu peito, logo acima de seu coração palpitante. Aquilo era tudo o que importava, aquela pulsação selvagem e forte.

— Eu te assusto? — Bash perguntou contra a curva de seu pescoço, sua voz suave, insegura.

Ela ergueu a cabeça.

— Tenho medo *por* você, Bash, mas nunca tenho medo *de* você.

Ele já devia saber como ela era.

— Mas e se eu mudar mais, e se não conseguir controlar os pensamentos sombrios...

Margrete levou um dedo aos lábios dele.

— Acontece que eu acho que há beleza no sombrio. E sua escuridão não me assusta. Nunca assustou.

Ela tinha se apaixonado tão profunda e irrevogavelmente por ele. O amor, do tipo verdadeiro, nunca é fácil. É preciso trabalhar por ele, cultivar, sofrer nos momentos difíceis. Isso que faz dele precioso – o compromisso inabalável com outra alma, por mais falha que ela seja.

— Isso *deveria* te assustar. — A mandíbula de Bash apertou, e ele foi desviando o olhar. Ela agarrou o queixo dele.

— Não. Nada disso — disse ela, estalando a língua. — Preciso repetir? Você não foge de mim, e eu não fujo de você. E se está preocupado com sua escuridão tomando conta de você, saiba que não vou permitir isso. Não vou permitir que *nada* tire você de mim. Principalmente porque sou egoísta demais para isso. Além disso, posso ser luz suficiente para nós dois. Acho que provei isso hoje — arrematou ela, agarrando-o com mais força.

Assim como ele era sua fundação, ela poderia ser suas paredes, mantendo-os juntos.

Ela tinha certeza de que eles mudariam com o tempo. Mas, naquele momento, ela poderia impedi-los de quebrar.

— Eu já disse isso antes e provavelmente direi muitas e *muitas* vezes no futuro, e não apenas porque posso fazer algo que te aborreça, mas não te mereço. — Ele balançou a cabeça em descrença, e Margrete soltou uma risada gutural. — Só você daria uma olhada em mim e nas minhas escamas e consideraria como se isso fosse apenas um péssimo corte de cabelo. — Seu sorriso rígido afrouxou um pouco, assim como a tensão nos ombros. — Não posso me livrar de você, posso? — Então, sua covinha solitária apareceu, e Margrete guardou a visão dela na memória.

— Você é absolutamente insuportável — disse ela, tocando o nariz dele. Queria tanto que o sorriso dele ficasse em seu rosto. — Mas, independentemente disso, você ainda é *meu*.

O silêncio caiu. A respiração deles se combinou, unificando o ritmo. Tornou-se uma.

Algo brilhou nos olhos de Bash, e eles ficaram incrivelmente escuros. Ela poderia se perder olhando muito profundamente para eles – mapeando todas as manchas prateadas, as constelações que ela vislumbrara quando a luz os atingia diretamente. O calor se acumulou em seu núcleo, afugentando o frio das águas.

— E você é minha estrela do norte, sempre me guiando para casa. — Ele baixou o queixo. — Minha linda rainha.

Margrete se acalmou. Ela não era nenhuma rainha. Pelo menos, não se sentia como uma, e além disso, não tinha pensado *muito* nisso.

As mãos de Bash se moveram até seu traseiro, e, em um movimento rápido, ele a pegou nos braços. Ela esqueceu quase todo o resto, exceto como os dedos dele cravaram em sua pele enquanto ele a agarrava com força. Seu olhar semicerrado queimou suas entranhas, e ele parecia pronto para devorá-la inteira. Não que ela achasse ruim.

— Me dê sua escuridão. Sua luz. Seu amor. Me dê tudo. Todas as peças que considera despedaçadas. Todas as suas partes que esconde do mundo — sussurrou ela, inclinando-se para dar um beijo carinhoso em seu pescoço, logo abaixo da orelha e acima de uma escama ônix pontiaguda. — Eu os quero para mim, porque você conquistou meu coração em meus dias mais sombrios e o manteve seguro quando a luz surgiu novamente. Confio em você com todos os meus dias, todas as minhas noites e todos os momentos do crepúsculo no meio.

Bash levou a mão à nuca dela e a segurou no lugar. Ele parecia querer dizer alguma coisa, sua boca se abrindo, mas então a fechou e balançou a cabeça. Em seguida a puxou para seus lábios, que eram suaves, macios e gelados, o frio fazendo cócegas nela de uma forma que ela gostava muito. Se perguntou qual seria a sensação em outro lugar…

Bash gemeu quando ela beliscou seu lábio inferior, apertando seu pescoço de forma feroz. Em resposta, ela entrelaçou os dedos pelos cabelos dele e puxou os fios, sem se incomodar em ser gentil. Com ele, poderia ser ela mesma, e não escondia nada.

— Caramba, eu senti sua falta — Bash murmurou entre beijos. Ele arrastou os lábios para cima e para baixo em seu pescoço, chupando a pele macia e fazendo seu corpo inteiro estremecer. Ela arqueou com o toque em sua boca, saboreando a sensação.

— Nunca pensei que sentiria falta de alguém — disse ele, recuando. Ela soltou um gemido frustrado. — É irritante e maravilhoso ao mesmo tempo.

— Essa é a descrição perfeita para você — respondeu ela, sorrindo. — Embora agora esteja sendo totalmente irritante.

A boca dele não estava em seu corpo, e ela ainda estava com as roupas íntimas.

Nada disso a agradou.

— Que impaciente — repreendeu ele, movendo-os para a parede mais próxima. — Eu gostaria de ver o quão ansiosamente você sentiu minha falta.

— Tenho certeza de que faria maravilhas para seu ego — suspirou ela, inclinando-se para beijá-lo. Ele se afastou, balançando a cabeça provocativamente.

Ela rosnou.

— Você quer minha escuridão, princesa? *Tudo* de mim?

Margrete assentiu avidamente.

— Então me mostre.

A voz dele era grave, as palavras profundas indo direto para seu núcleo. Ela ficou intoxicada só por sua voz.

Um canto de seus lábios se ergueu quando ela o soltou e ficou na ponta dos pés. Ele ficou em perfeita atenção, olhando para ela como o predador incrivelmente bonito que era.

Mantendo seu olhar, ela tirou a blusa — *lentamente* —, apreciando o quão forte ele apertou sua mandíbula, quão rígido ele se manteve. Ela arrancou o tecido fino e o jogou de lado. Sua calcinha foi em seguida, e o olhar de Bash derreteu.

— Sua vez, pirata.

Os músculos do abdômen dele se esticaram quando ele se abaixou e se libertou de sua roupa de baixo. A frequência cardíaca dela dobrou, e triplicou quando focou toda a atenção nela, seus olhos se movendo avidamente pela extensão de seu corpo. Ela teve que lutar para evitar baixar as mãos dentro da água. Para sentir sua dureza crescente.

O ar ondulou com eletricidade, e não apenas o tipo de divindade e magia. Margrete sentiu seus poderes despertarem enquanto seu desejo saía do controle. A necessidade por Bash alimentou sua magia, e as águas se curvaram ao redor deles, subindo no ar. Elas cercaram o casal em uma parede imóvel, protegendo o mundo exterior do que estavam prestes a fazer.

Bash olhou para a água subindo, um sorriso diabólico aparecendo. Antes que ela pudesse se lançar contra ele do jeito que queria, ele estava sobre ela, estendendo a mão para agarrar seus pulsos. Ele os segurou acima da cabeça, olhando para ela com um olhar tão escuro que suas pupilas quase eclipsaram o branco de seus olhos.

Ela respirou fundo, e sua parede subiu mais alto em resposta.

Bash segurou os pulsos dela com apenas uma mão e se inclinou para sussurrar em seu ouvido, seu queixo barbudo se esfregando em sua bochecha.

— Eu deveria ser um cavalheiro e fazer você gozar primeiro nos meus dedos, ou talvez na minha boca, mas estou muito, *muito* impaciente.

Margrete arqueou-se contra ele, lutando contra o aperto em seus pulsos, querendo desesperadamente tocá-lo. O bastardo sorriu.

— Homem maldoso.

Bash baixou a cabeça e tomou um mamilo na boca. A frieza de seus lábios era tão deliciosa quanto ela imaginara que seria. Ele chupou o bico pulsante, girando a língua ao redor do botão rosado, enquanto sua mão livre amassava o outro seio, os dedos explorando com facilidade.

Então passou os lábios para o ombro, o pescoço, movendo-se para cima e para baixo em sua pele como um homem que não sabia por onde desejava começar primeiro. Ela se pressionou contra ele, desejando sua boca nela, exigindo mais. Seu núcleo doeu quando ele soltou um som profundo e baixo em seu pescoço, e ela tremeu com prazer delirante, sabendo que estava fazendo com que ele se soltasse.

Quando ele se levantou, ela capturou seus lábios e puxou o inferior entre os dentes; em seguida beijou o lábio dolorido. Ele rosnou enquanto sua língua dançava com a dele, duelando pelo controle, ambos querendo nada mais do que conquistar o que o outro dava livremente.

Bash murmurou o nome dela contra seus lábios enquanto a levantava contra a parede, seus braços apoiando suas costas, protegendo sua carne nua de raspar contra a rocha irregular. As mãos de Margrete caíram por seus ombros largos, cravando as unhas nele, segurando-o no lugar. Ela podia sentir a necessidade dele de pressionar contra sua entrada, uma provocação do que estava por vir. Margrete tentou se impulsionar para baixo, querendo ser preenchida, mas Bash a segurou firmemente no lugar, cavando os dedos em seus quadris.

Por um breve segundo, a hesitação cruzou suas feições.

Ele duvidava que ela o quisesse em tal estado.

— Eu quero você — suspirou ela, sabendo o que ele precisava ouvir. — Por favor, Bash. Deuses, eu preciso...

Ele se impulsionou nela, enchendo-a completamente e cortando sua súplica. Ela gemeu em seu beijo, segurando em seus ombros enquanto ele se afastava, apenas para mergulhar em seu calor mais uma vez. Ele a torturou com movimentos lentos, um ataque sem pressa, levando-a à beira, mas não perto o suficiente para chegar ao ápice.

Margrete agarrou o cabelo da nuca dele e puxou, beijando-o como se fosse a última vez. Suas mãos percorriam o peito dele, seu torso ondulando, sentindo como seus músculos ficavam tensos com cada impulso apaixonado. Ela sussurrou o nome dele na concha de sua orelha, e Bash estremeceu quando baixou a boca para adorar seu pescoço, sua mandíbula, suas bochechas.

Serpenteando a mão entre eles, Margrete sentiu onde estavam unidos, os dedos deslizando até seu pênis. Ele soltou um gemido engasgado, e seu núcleo apertou, a sensação dele deslizando dentro e fora dela trazendo-a mais perto do ápice.

— Eu quero você para o resto dos meus dias — murmurou ele, entrando nela. — Eu quero que nunca saia do meu lado. — Outro golpe forte. — Quero você na minha cama. — Ela gemeu quando ele levou os dedos ao ápice de suas coxas e os moveu habilmente contra seu feixe de nervos. Ela estava tão perto. — Mas acima de tudo... eu quero você no meu trono. — Ele mergulhou nela com força suficiente para fazê-la subir pela parede.

Margrete amaldiçoou. Ela suspirou o nome dele. Rezou para os deuses.

Bash riu sombriamente, e os olhos de Margrete se fecharam. Ela notou brevemente o quão alto as águas haviam subido ao redor deles, envolvendo-os em sua própria bolha.

— Isso é um sim, princesa?

Ela não conseguia falar. Ele esperava que ela falasse? Margrete pensou que poderia estar balançando a cabeça para cima e para baixo, mas não tinha certeza.

— Preciso de palavras, Margrete. Diga.

— Eu... — Ela queria gritar sim a plenos pulmões, mas algo a impediu. Talvez fosse porque eles talvez não saíssem daquela ilha vivos, ou inteiros, mas ela tinha a sensação de que as coisas não terminariam bem.

— Margrete? — Os movimentos de Bash diminuíram, e sua testa franziu. Ela praticamente podia sentir a ansiedade saindo dele em ondas.

Ele queria que ela fosse sua rainha. Que se *casasse* com ele. E mesmo que isso fosse tudo que ela mais quisesse, Bash tinha sofrido muito durante aqueles últimos dias, e ela não queria que ele fizesse o pedido quando temiam por suas vidas.

— Faça essa pergunta novamente quando sairmos desta ilha — disse ela, ofegante. — Quando sobrevivermos e estivermos em casa, em Azantian.

O olhar de Bash ficou nublado, e um lampejo de mágoa apertou suas feições, mas ele forçou um sorriso e assentiu antes de acelerar o ritmo.

— Vou perguntar todos os dias até que você diga que sim — prometeu, beijando seus lábios. Ela sentiu que se aproximava da liberação, e suas pernas se fecharam em volta da cintura dele, preparando-se para a queda.

— Eu não esperaria nada diferente — falou ela, movendo os quadris no ritmo dele.

Deuses, ela amava aquele homem.

Bash mergulhou em seu núcleo como um louco. Suas palavras eram uma promessa de resposta, e aquilo era bom o suficiente para ele. Por enquanto, pelo menos.

— Te amo — murmurou ele, bem quando faíscas brilharam atrás de suas pálpebras e arrepios desceram por sua espinha. Os lábios de Margrete se separaram em um grito silencioso, seus cílios esvoaçando contra a maçã do seu rosto. Ela ficou tensa quando inúmeras ondas de euforia a invadiram, levando-a para baixo, roubando seu ar.

Ela o segurou enquanto encontrava seu prazer, observando-o encontrar o dele com um gemido retumbante. As paredes da gruta pareceram tremer quando ele se desfez, e as águas faiscaram em um azul vibrante.

Quando ambos pararam, pressionados um contra o outro e ofegantes, Margrete segurou o rosto de Bash entre as palmas das mãos.

Ela baixou a cabeça e o beijou docemente.

— Mal posso esperar pelo dia que eu disser sim.

Eles ficaram assim – emaranhados um no outro – até que as águas dela caíram e a luz da piscina se transformou em um brilho opaco.

Margrete se certificaria de que chegaria o dia em que voltariam para Azantian, quando as crianças do mar fossem mortas e o mundo estivesse seguro.

Ela diria sim a ele, então, e seria uma resposta livre de angústia e cheia de esperança.

Mas, mais importante, Margrete diria sim quando matasse o deus que queria tirar seu rei dela.

Darius tinha que morrer.

E seria ela que o faria.

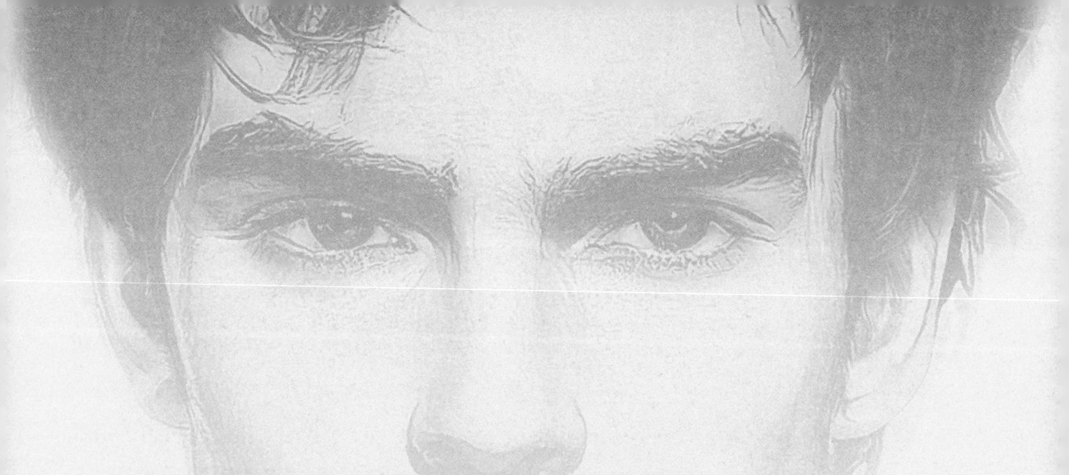

CAPÍTULO TRINTA E TRÊS
Bash

— Acorde, rei.

Uma bota cutucou Bash nas costelas, e ele recuou ao mesmo tempo em que seus olhos se abriram. Seus braços estavam vazios, livres da mulher com a qual adormecera abraçado, e acima dele, elevando-se como o bastardo perverso que era, estava Darius.

O Deus do Mar se ajoelhou, inclinando a cabeça e fazendo uma careta, torcendo os lábios.

— Alguém parece estar piorando — considerou. — Ou talvez eu esteja apenas sentindo toda a podridão que você não pode esconder. — Ele franziu o nariz como se estivesse com nojo.

Bash ficou de pé, e amaldiçoou quando alcançou sua bainha vazia.

"Droga", pensou. Ele realmente precisava pedir outra arma para Bay, embora percebesse que não importava. Ele estava sonhando. *Novamente.*

— Como você já adivinhou, este nosso pequeno encontro está todo na sua cabeça. E que lugarzinho escuro é esse? — Darius zombou, cruzando os braços à frente do peito largo. — Difícil de aguentar ficar dentro de sua mente por muito tempo antes de *eu* querer sair. E isso quer dizer muita coisa.

— O que você quer desta vez? — Bash suspirou, exasperado. Ele não tentou disfarçar a antipatia pelo governante dos mares... um deus temível que tinha o poder de feri-lo onde quer que estivesse. Mas Darius ainda não o havia matado, o que dizia a Bash que ele o estava guardando para outra coisa. Ou seja, precisava dele vivo. Por enquanto.

Além disso, já estavam naquele joguinho por muito tempo, e ele estava de saco cheio. Bom, de saco cheio e muito *irritado*.

— Tão impaciente. — Darius estalou a língua. — Só vim te dar um aviso.

— E por que você faria isso? — Bash perguntou, as sobrancelhas erguidas. Como se ele fosse tolo o suficiente para acreditar em uma única palavra que saísse daquela boca.

— Hoje vocês passarão por algumas... dificuldades, e eu gostaria que todos chegassem ao final do nosso joguinho inteiros. Pelo menos os jogadores principais. Com o resto da tripulação, eu não poderia me importar menos. — Os olhos cor de mar de Darius ficaram escuros. — O único jeito de sair daqui é através de um túnel subaquático, e temo que até mesmo um Azantiano possa ter problemas para prender a respiração por tanto tempo. No entanto, você dificilmente é um Azantiano de fato, suponho.

Nymera. Darius não teve que dizer a palavra; sua inflexão pairava entre eles como uma névoa espessa e sufocante.

— Por que está me avisando? — Bash perguntou, entrando no espaço pessoal de Darius. — Se eu vou ficar bem, e Margrete também, então por que essa mensagenzinha de boa vizinhança? — O tom de Bash continha a quantidade perfeita de desprezo e zombaria. Aquilo o fez sorrir.

— Eu não queria que Margrete fosse pega de surpresa — Darius disse entre dentes. — Isso é tudo.

— Então por que não falar com ela diretamente? Eu sei que você já fez isso. Ela me contou de suas visitas indesejadas.

Algo escuro e profano cruzou as feições afiadas de Darius. Um músculo em sua mandíbula se contraiu. A ausência de uma resposta grosseira ou cortante foi o suficiente para Bash entender.

— Você *não pode*, não é? Falar com ela, quero dizer.

Ou ele o teria. Sem dúvida.

O deus estreitou o olhar. O ar — mesmo naquela paisagem de sonho — ficou gelado.

— Ela está ficando cada vez mais forte — Darius finalmente admitiu. — Duvido que ela tenha noção do quanto cresceu, o quanto seus poderes despertaram desde o desembarque nessas praias. Às vezes, ela os usa sem perceber. Tem sido maravilhoso assistir.

Ele os *estava* seguindo. Observando-os. Não foi uma surpresa.

— Então ela está te bloqueando de alguma forma? — O sorriso de Bash se tornou perverso, e seu batimento cardíaco ficou estável, um tambor triunfante em seu peito. — Você não pode entrar na mente dela.

Não era uma pergunta.

Darius rosnou, suas narinas se dilatando. Parecia que seu temperamento estava levando a melhor sobre ele. Especialmente no que dizia respeito a Margrete.

— Não vai importar no final — prometeu ele, fervendo. — Uma vez que o terceiro teste esteja completo, *você* não será mais importante. Tudo será como deveria.

— Você pode tentar manipular Margrete, mas não terá sucesso. Você não a conhece de jeito nenhum.

— Eu a conheço melhor do que você pensa — Darius rebateu, quase perdendo todo o controle. A calma letal de sempre. — Ela é quem eu estava esperando. Ela me libertará.

Bash inclinou a cabeça, confuso.

— Libertar você?

Darius riu, o som áspero e forçado.

— Eu desisti de algo nesta ilha muitos, muitos anos atrás. Minha *querida* mãe decretou que isso me deteria, mas sinto que já passou da hora de me devolver. Tem tanta coisa que você não sabe, mortal. Se soubesse, desmancharia seu sorriso arrogante.

O estômago de Bash se contraiu quando Darius começou a rodeá-lo.

— Existe uma razão pela qual o poder do meu irmão escolheu

Margrete como casa anos atrás. Você achou que era pura sorte? — Ele riu, o som ecoando. — Eu não acreditei no começo, e só alguns meses atrás tive certeza. — Ele parou de andar, e Bash ficou rígido.

— Do que você está falando? — ele se pegou perguntando, aparentemente pela centésima vez. Bash estava enjoado e cansado de não saber o que estava acontecendo. Mas não conseguia se livrar da ideia de que o sacrifício de Darius tinha algo a ver com Margrete.

— Como eu disse, tem muita coisa que você não sabe.

— Então me diga — respondeu Bash. — Se isso vai me destruir tanto, por que guardar para si? Nós dois sabemos que você não quer nada além de me deixar infeliz. Então vá em frente. Faça o seu melhor, *deus*.

Darius riu, passando os olhos rapidamente por sua forma, suas escamas, suas unhas escurecidas.

— Eu acho que nós dois sabemos que não precisaria de muito para te destruir, e ao que parece, você não está muito longe de ceder à sua escuridão. Você nunca pareceu ter muita força de vontade, então duvido que consiga lutar contra seus instintos agora.

Bash cerrou os punhos, todos os músculos de seu corpo ficando tensos. Ele *estava* lutando contra seus instintos, e precisou de cada grama de força que tinha para desligar a pequena voz dentro de sua cabeça, incitando-o a simplesmente ceder.

— Não se machuque pensando nisso, rei. Tudo ficará claro em breve. — Darius balançou a cabeça zombeteiramente, cheio de falsa piedade brilhando em seus cruéis olhos azuis. — Embora, a essa altura, você já esteja longe demais para evitar de machucar Margrete. Ainda bem que estarei lá para consolá-la quando ela for forçada a acabar com você.

Foi o sorriso triunfante de Darius que fez Bash perder todo o controle. Fogo gelado queimou em seu peito, e então ele estava se movendo com apenas um objetivo em mente: tirar aquele sorriso satisfeito do rosto do deus.

Darius estava errado, e Bash provaria isso.

Com um rugido, ele disparou em direção ao deus, de punho erguido e pronto para atacar. Mas quando ele mirou e o socou, encontrou somente ar.

Ele amaldiçoou.

— Aqui — Darius provocou, e Bash deu meia-volta. O deus se materializou atrás dele, com as mãos enfiadas nos bolsos. Ele ergueu uma sobrancelha como se perguntasse: *Isso é tudo que você tem?*

— Você vai deixar Margrete em paz — rosnou Bash, os pelos arrepiados. — O que quer que pense que ela é para você, você está errado.

— Semelhantes se atraem, e ela me chama desde o momento em que ouvi suas orações nos penhascos de Prias. Há uma razão para tudo, querido rei, e quanto mais cedo entender que não há nada que possa fazer para me impedir, melhor será para você.

— Por que me contar isso? — Bash perguntou em um rosnado. — Qual o objetivo?

— Quem disse que havia um objetivo? — Darius ergueu um ombro. — Talvez eu simplesmente sinta um grande prazer em te ver frustrado. Em observar você juntando todas as peças e percebendo que nunca será o suficiente para ela.

A visão de Bash avermelhou, e seu coração quase parou.

As palavras de Darius atingiram o alvo.

Ele atacou.

Bash acordou com um engasgo. Ele se impulsionou para frente, abrindo os olhos enquanto se preparava para o ataque de Darius. Seu coração trovejou como se ele ainda estivesse voando pelo ar, segundos depois de envolver as mãos ao redor do pescoço de Darius e tirar a vida dele. Algo escuro se enrolou em seu estômago com o que o antigo deus havia revelado, e aquela fome de antes o consumiu.

Ele colocou as mãos sobre o peito, bem sobre o coração acelerado.

Uma mão tocou seu ombro. Bash pulou.

— Merda, você está péssimo.

Bash viu Atlas pairando acima dele, seus olhos se estreitando em fendas.

— Não apenas a coisa toda das escamas... — ela apontou para o pescoço dele com a mão livre — ... mas você parece que não dorme há semanas.

— Obrigado — ele se forçou a falar, a voz rouca. Ele examinou a gruta. Margrete não estava muito longe. Conversava com Bay em voz baixa, o rosto contraído. Bay estava dizendo algo de que ela não gostou, porque sua reação foi colocar as duas mãos nos quadris e inclinar o queixo.

— O que está acontecendo ali? — perguntou a Atlas, apontando para o par discutindo.

— Até parece que eu sei. Aqueles dois nunca compartilham nada com gente como eu. — Bash percebeu um pequena sugestão de frustração em sua voz.

— De qualquer forma, eu me prepararia, meu rei. Estamos saindo. — Atlas deu-lhe um tapinha reconfortante nas costas e caminhou até onde Dani e Jacks estavam compartilhando um punhado de frutas. Ele notou como Jacks deu a maior parte de sua quota para a irmã.

Quando se levantou, Bash notou que seus joelhos estavam fracos. A adrenalina do confronto com Darius ainda corria em suas veias como veneno, e suas mãos tremiam. Ele cerrou os punhos e foi até Margrete e Bay, embora tenha tido que pigarrear para chamar a atenção da dupla.

— Bash. — Bay se dirigiu a ele com uma leve inclinação de cabeça. Seu amigo mal encontrou seus olhos. — Está se sentindo melhor?

Ele ainda estava coberto de escamas e tinha acabado de acordar de um pesadelo envolvendo o deus enlouquecido que os havia aprisionado naquela ilha, mas, fora isso, claro, ele estava ótimo.

— Estamos prontos para ir? — indagou, ignorando a pergunta de Bay.

A resposta foi bastante óbvia.

— Sim, senhor.

— Que bom. Quero sair deste túnel o mais rápido possível. — Ele se virou para Margrete, que encontrou seu olhar com olhos brilhantes e um sorriso cauteloso. — Posso conversar com você? É rápido — ele pediu, usando um tom incomumente rígido. Bay se desculpou, murmurando algo sobre meias molhadas, e foi em direção a sua tripulação.

Ela pensou que ele ia questionar por que o negara na noite anterior, por que não aceitara o pedido de casamento dele. Bash entendia o raciocínio dela, mas seria um mentiroso se dissesse que não tinha ficado chateado.

Uma vez sozinhos, bem longe do alcance dos outros, Bash contou tudo a ela.

— Darius me fez uma visitinha. — Ela respirou fundo ao som do nome do deus. — Ele fez ameaças e falou em enigmas, e parece mais determinado do que nunca a chegar até você.

Margrete revirou os olhos.

— Não confio em nada que aquele homem, ou melhor, *deus*, diz.

— E talvez não devêssemos confiar nas palavras dele nesse momento, mas você precisa saber o que ele disse mesmo assim. — Bash se inclinou e falou pouco mais alto que um sussurro. — Darius disse que está conectado a você desde Prias. — Margrete fez uma careta.

— Desde Prias? Não depois que eu vim para Azantian?

— Desde Prias. Ele também me disse que já esteve nesta ilha antes. Antes que ele e Malum criassem suas feras que devastaram o oceano. Falou que foi forçado a suportar testes angustiantes e sacrificar algo de que gostava. Ele insinuou que *você* está conectada a esse sacrifício de alguma forma.

— Impossível — zombou ela. — Eu nem era nascida.

— Verdade ou não, ele parece acreditar que você é a chave perdida dele. Sua maldita salvação — disse Bash com os dentes cerrados, as palavras como ácido em sua língua.

Margrete instantaneamente ficou séria.

— Ele é louco.

— Não vou discordar.

Bash passou os braços em volta da cintura dela e a puxou contra o peito. Quando ela estava perto, ele conseguia respirar direito, e aquela fome crescente em sua barriga parava de doer, transformando-se em uma pontada incômoda.

— Apenas tenha cuidado, princesa. Ele quer você, e duvido que descanse até que toda essa charada esteja completa.

O pensamento de Darius em qualquer lugar perto dela o fez querer envolver as mãos ao redor do pescoço do deus e apertar. Talvez então ele tirasse aquele sorriso arrogante de autossatisfação...

— Ei. — Margrete o agarrou ferozmente, o nariz acariciando seu peito. Os pensamentos de assassinato desapareceram quando ela ergueu a cabeça, olhando para ele daquele jeito especial que tirava o ar de seus pulmões. — Vamos vencê-lo em seu próprio jogo — sussurrou.

Bash a puxou para trás e entrelaçou os dedos em seu cabelo. Agora que sabia como era o amor dela, não podia perdê-la. Seria como nunca mais ver o sol ou sentir os raios quentes em sua pele.

Bash se inclinou para frente e deu um beijo carinhoso em sua testa, inalando seu perfume.

— Você tem razão. Ele não vai ganhar. E mal posso esperar para ver como você o destruirá.

CAPÍTULO TRINTA E QUATRO

Bash

Bash não precisava que um deus lhe dissesse que o perigo se aproximava.

Ele sentia um gosto amargo no ar, na ponta da língua. A piscina continuava através do túnel principal, e eles seguiram com água até os joelhos enquanto se arrastavam por ela em um ritmo abaixo do ideal.

Margrete liderava o grupo, parecendo confortável na frente, no comando. Bash sorriu, cheio de orgulho. Ela seria uma excelente rainha... *se* aceitasse seu pedido. Ela era uma líder nata, com ou sem magia. Margrete triunfou sobre seu agressor e reivindicou a força em si mesma que Bash havia reconhecido desde o momento em que a vira naqueles penhascos em Prias.

Bash pensava com frequência no dia do ataque a Azantian, quando ela flutuou em uma onda que ela mesma criara, uma deusa vingativa. Ele nunca tinha passado por uma crueldade tão maligna como ela, e, por causa disso, Bash sabia que nunca poderia entender toda a luta dela. Ainda assim, aquilo não reduzia seu orgulho. A admiração absoluta por ela.

Margrete desacelerou abruptamente e os pensamentos do passado desapareceram.

— Tem... — Ela fez uma pausa, farejando o ar, as narinas dilatadas. — Estamos chegando perto.

Ela franziu as sobrancelhas, concentrada, enquanto ouvia os sussurros etéreos de sua nova magia. A tripulação inteira parou para segui-la em cada palavra. Ela conquistara o respeito deles, e até Mila observava Margrete com aparente confiança.

Tão de repente quanto diminuiu o passo, Margrete acelerou, um sorriso vitorioso florescendo.

— Venham! — ela falou por cima do ombro, com a voz leve e cheia de emoção.

Bash ficou curioso para saber o que ela sentia e experimentava quando seu poder divino falava com ela, mas não era hora de perguntar. Primeiro, tinham que sobreviver. Se tivessem sorte o suficiente para isso, então ele a incomodaria com perguntas mais tarde.

Bash e o restante da tripulação seguiram Margrete pela água azul luminosa. Ela não parou até cinco minutos depois.

Um beco sem saída. Uma parede sólida de pedra impenetrável surgiu na frente deles como uma provocação.

— Margrete — Bay começou a falar, cheio de cautela. — Eu acho que não...

Ela ergueu a mão, silenciando-o. Bash ficou surpreso ao ver que Bay obedeceu. Mas, como Atlas havia apontado, os dois tinham formado um vínculo maior depois que chegaram na ilha, um entendimento. Outra constatação que aqueceu o coração de Bash.

Aproximando-se da parede com passos medidos, as botas espirrando água, Margrete se agachou diante da pedra, a cerca de um metro e meio de distância. Colocando a mão nas águas brilhantes, ela torceu o pulso, criando um pequeno redemoinho. Com os olhos absortos em sua mão, ela se moveu no vórtice de magia que formou a partir dos elementos que a chamavam.

Luzes brancas faiscaram do redemoinho, e aquelas faíscas voaram mais fundo sob a água, aproximando-se da parede que os bloqueava. Bash assistiu com descrença atordoada enquanto elas disparavam para a parede. E passaram por *baixo*.

Havia uma passagem. Bash fervia por dentro, odiando que Darius tivesse falado a verdade. O deus o havia avisado sobre o mergulho perigoso, mas o rei de Azantian não quis acreditar nele, preferindo considerar cada uma de suas palavras uma mentira. Realmente, foi seu orgulho egoísta que segurou sua língua quando acordou do sonho.

Margrete se levantou e olhou para todos.

— Precisamos mergulhar e nadar. Deve nos levar direto para a costa.

— E qual é a profundidade desse mergulho? — Atlas perguntou o que estava na mente de todos. A guerreira deu um passo à frente com uma mão no quadril, não parecendo muito satisfeita.

As sobrancelhas de Margrete se franziram enquanto calculava em pensamento.

— Eu diria... cento e oitenta metros, mais ou menos.

— Parece uma maneira fantástica de morrer — resmungou Jonah, alisando seu longo cabelo preto.

— Sempre tão positivo — acrescentou Mila com um revirar de olhos. O rosto de Jonah ficou com um tom rosado de vermelho.

— Chega! — Bash ordenou, de pé ao lado de Margrete. Ele deveria tê-la avisado, mas tudo o que podia fazer agora era encorajar seus súditos. — Esta é nossa única saída, e se Margrete acha que podemos fazer isso, vamos tentar. Somos Azantianos e a água é nossa casa. Não tememos seu abraço. — Bash olhou para cada homem e mulher, que o encaravam de olhos arregalados. Estavam todos cansados, desgastados e desesperados. Uma combinação perigosa.

Aquela era a única opção. Margrete havia bloqueado a outra entrada com pedras suficientes para que eles levassem uma semana para cavar. E do outro lado havia os soldados mortos-vivos com seus olhos pingando sangue e suas mandíbulas desencaixadas, ansiosos por uma refeição.

Bash preferiria enfrentar o túnel do que aquelas *coisas* novamente.

— Hora de ir — ordenou ele, dando-lhes as costas. Ele ainda era o rei, e Margrete era a mulher que ele planejava ter ao seu lado, governando com ele. Se alguém lhe dissesse, há um ano, que ele abriria mão do controle tão facilmente, teria arrancado gargalhadas dele. Mas com ela era diferente. Até mesmo seus aposentos recém-reformados eram uma prova disso. Levou algum tempo para se acostumar, claro, mas passou a amar até o belo caos que ela trouxera para o quarto dele.

Baixando a voz, ele se inclinou para perto do ouvido de Margrete e perguntou:

— Você tem certeza disso?

— Infelizmente.

— Que encantador.

Bash marchou para onde água e pedra se encontravam e se abaixou para deslizar as mãos sob a superfície. Dificilmente ele caberia na lacuna. Ao se agachar para tatear ao redor da pedra irregular, um sussurro de um sibilo soou. Um sibilo *familiar*.

Ele ficou rígido. O sussurro ficou mais alto, transformando-se em um coro de rosnados ásperos.

Ele se levantou.

— Está tudo bem? — perguntou Margrete. — Bom, sei que não está *tudo* bem, já que estamos prestes a entrar num jogo divertido com a morte, mas você sabe o que quero dizer. — Ela bateu no ombro dele com o dela, um meio-sorriso sombrio em seus lábios.

— Estou bem — respondeu sem convicção.

Na verdade, ele estava muito, *muito* longe de estar bem. Ele reconheceu aqueles sibilos... já os tinha ouvido acompanhados pela voz de Minthe.

Internamente, ele amaldiçoou. Mas, por fora, Bash fez questão de parecer confiante e calmo; tudo o que Margrete precisava ver. Além disso, se as nymeras estivessem por perto, estariam atrás *dele*, não dos outros. Certo?

Bash se inclinou e deu um beijo carinhoso nos lábios de Margrete. Ele desejou poder abraçá-la com mais força, beijá-la mais profundamente, mas o tempo era essencial, e ele se afastou a contragosto.

— Vamos ficar todos bem, Margrete, eu prometo. — Ele a beijou na testa, rezando para não estar sendo um tolo otimista. — Além do mais, confio em você e na sua capacidade de nos tirar dessa confusão. Você nos salvou antes, e aquilo foi muito mais complicado do que navegar em um túnel subaquático.

— Isso é o que temo — murmurou ela, engolindo em seco. — Temo porque todos confiam que vou salvá-los. E se...

— Pare com isso — ordenou ele, passando um dedo pela bochecha e pelo queixo dela, inclinando seu rosto. — Quando vai perceber que você é uma força da natureza? — Margrete revirou os olhos, e ele estalou a língua. — Bom, então terei que lembrá-la todos os dias do quão poderosa é até que você mesma acredite. Temos muito tempo, princesa.

Bash deu outro beijo em seus lábios antes de se obrigar a soltá-la e dar um passo para trás. Fazer isso era mais difícil do que ele imaginava. Especialmente quando ela o olhava como se ele tivesse colocado todas as malditas estrelas no céu. Ele não merecia aquele olhar, mas isso não significava que ele não poderia apreciá-lo por mais algum tempo.

— Hora de ir — disse ele por cima do ombro para o restante, seu tom cortante não dando espaço para discussão.

Inspirando o ar precioso, ele deslizou sob a água e se impulsionou pela pequena abertura. A água queimou seus olhos, mas, felizmente, continuou a brilhar, permitindo que ele visse a passagem submarina pela qual nadou.

Um respingo abafado se formou atrás dele. Os cabelos de Margrete se espalharam ao redor de seu rosto como uma auréola, e ele a observou engolir uma grande quantidade de água. Seus olhos brilharam, parecendo tão intensos quanto a água que ela habitava, e ela os apontou para ele. Ele fez um aceno tranquilizador antes de voltar a nadar com cada grama de força que possuía.

Seria um longo mergulho, do tipo que até mesmo um Azantiano – ou *meio* Azantiano, se Minthe estivesse certa – teria dificuldade em fazer. Mas nymeras foram feitas para a água e suas profundezas. Aquilo não tranquilizou seus pensamentos nem um pouco. Ainda assim, não podia demonstrar medo. Se ele sucumbisse, Margrete também sucumbiria, e era sua vez de mantê-los unidos.

Mais respingos abafados atingiram seus ouvidos, e ele soube que o restante dos súditos havia se juntado a eles. Que bom.

Bash colocou as mãos em concha e cortou a água com a velocidade e a agilidade que dominara durante sua vida no mar. Era ali que ele se sentia em casa, em paz, e o suave barulho da água e as batidas de seu coração lhe davam força.

Um minuto se passou antes que uma frieza florescesse em seu estômago, movendo-se para fora para roçar suas costelas, seu torso. Deslizou para tocar as pontas dos dedos e descer pelas pernas. Parecia estranhamente calmante, embora a piscina não tivesse calor, e ele se viu relaxando quando a sensação de formigamento gelado se espalhou.

Margrete nadou para o lado dele. Adrian tinha feito bem em ensiná-la a nadar, embora nunca tenha agradecido ao amigo por isso. Algo que ele teria que remediar assim que voltassem.

Uma pequena corrente ajudou seus esforços, empurrando-o mais rápido, ficando mais forte a cada impulso. Ele se virou para Margrete. Seu rosto se contraiu, concentrado, os lábios franzidos com uma determinação quase tangível. A corrente tinha que ser obra *dela*. Ele se atreveu a dar uma olhada por cima do ombro, agradecido pela magia para apoiar o grupo.

Ele teria que lembrá-la de seu brilhantismo quando chegassem à superfície.

Outro minuto se passou, depois mais dois. Em média, os Azantianos conseguiam prender a respiração confortavelmente por até seis minutos.

Por seus cálculos, estavam na metade do caminho.

Em cerca de dois minutos, ele começaria a engasgar por falta de ar, e seus pulmões queimariam em menos tempo do que isso. Bash era um nadador capaz, mas nem todos da tripulação tinham a mesma característica. Jonah, embora fosse um dos jovens marinheiros mais promissores que conhecera, não era tão habilidoso. De acordo com Bay, o treinamento tinha sido muito difícil para ele. Isso preocupou Bash. Ele podia ser meio monstro, mas ainda era responsável pela vida daquele jovem.

Como se sentisse sua crescente inquietação, Margrete soltou um gemido estrangulado. Um clarão de luz branca brilhou, e a corrente que ela comandava ficou mais forte, empurrando os Azantianos para frente. Uma veia pulsava em sua testa enquanto ela cerrava os dentes. Estava usando muita energia em muitas pessoas ao mesmo tempo. Margrete mal sabia como usar sua magia para si mesma, quanto mais para outras seis pessoas além dele.

Bash.

Ele estremeceu com a chamada familiar de seu nome.

Você não vai conseguir. Nem todos vocês, de qualquer maneira.

Minthe.

Escondida em algum lugar próximo, ela estava zombando dele. Bash podia senti-la como podia sentir uma tempestade iminente. Sua mãe se recusava a deixá-lo em paz.

Aquele pequeno já está lutando. Jonah, não é? Ele será o primeiro a se afogar.

Bash balançou a cabeça, ignorando as palavras que só ele podia ouvir. Margrete mantinha o olhar à frente, muito focado em controlar a corrente. Minthe falava apenas com ele.

Ela está ficando cansada. Tão pouca prática nestes últimos meses.

Ela vai ficar bem, Bash pensou, zangado com a insinuação. Ela não tinha a menor ideia do que Margrete era capaz. *Me deixe em paz.*

A risada de Minthe ecoou em sua mente, um barulho como pregos se arrastando pelo vidro do mar.

Você tem mais um minuto, filho. Um minuto antes de chegar à saída. Mas eles têm menos de trinta segundos antes de tomarem o primeiro gole de água.

Bash instintivamente olhou para trás, e ficou horrorizado. Jonah estava diminuindo a velocidade, os olhos arregalados em alarme. Até Mila, que conseguia manter a calma nas circunstâncias mais terríveis, parecia frenética, sua pele ficando com um leve tom de roxo.

Veja. Eles morrerão em... vinte segundos.

Bash estendeu a mão e cutucou Margrete. Quando ela encontrou seu olhar, ele inclinou a cabeça para trás, forçando-a a seguir seu olhar. Ela viu a tripulação lutando, seus lábios se abrindo enquanto o medo tomava seus rostos. Ela começou a sugar a água em movimentos irregulares, hiperventilando.

O que significava...

Ela não pode salvar todos vocês. Ela já te *ajuda mais, como eu esperava, mas o controle dela não é tão focado nos outros.*

Bash duvidava que ela percebesse o que estava fazendo, usando a maior parte de sua magia para ajudá-lo. Ele sabia que ela ficaria horrorizada se descobrisse que seu poder não estava distribuído uniformemente.

Você tem dez segundos, Minthe falou, quebrando toda e qualquer calma restante. *Faça um acordo comigo e eu os salvarei.*

Pela primeira vez, ele só queria imaginar as coisas agindo a seu favor.

Que tipo de acordo? Bash parecia tão desesperado quanto se sentia. Mas não se importou. Seu primeiro dever era para com seu povo e sua segurança, e ele estava falhando.

Sempre falhando.

É simples. Venha comigo, com a gente.

Não. Bash balançou a cabeça, de repente tonto. Manchas pretas flutuavam ao redor de sua visão.

Então eles vão morrer.

E seria culpa dele.

Ele deu uma olhada final de volta, seu coração apertando quando se aproximou de Bay. Seu velho amigo tinha diminuído a velocidade, embora ainda lutasse para se mover. Viver.

Bash soube a resposta antes mesmo de pensar, e aquilo o partiu em dois.

Salve-os, pensou sem hesitar. *Salve todos ou nada de acordo.*

Minthe riu mais uma vez. *Como quiser, querido filho.*

A corrente de Margrete cessou e a água parou. Bash estendeu a mão para ela, um grito silencioso em seus lábios.

Seus dedos se tocaram, e o amor passou entre eles. Compreensão. Temor.

Ela ficaria bem, ele se assegurou. Mas não podia deixar que a vida da tripulação pesasse em sua consciência. *Isso* a mataria.

Um lampejo de preto passou por sua linha de visão, então o chicotear de uma cauda pontiaguda. Dentes brilhantes. Unhas pretas e serrilhadas. Cabelo da meia-noite.

Margrete murmurou o nome de Bash enquanto uma horda de nymeras cercava a tripulação por todos os lados da passagem. Elas se moveram mais rápido do que o relâmpago mais rápido, seus braços se estendendo para agarrar o humano mais próximo. Um por um, os outros foram pegos nos braços do inimigo, das mesmas feras que tinham sido caçadas dias antes.

Bash olhou para Margrete, sabendo que Minthe garantiria que ele honrasse o acordo. Ele falou, sem emitir som, três palavras que sentiu com cada fibra de seu ser.

Talvez em outra vida ele pudesse ter tudo.

Braços brancos como osso o envolveram no momento em que Margrete gritou novamente, a mão estendida como se quisesse alcançá-lo.

Mas era tarde demais. Bash fechou os olhos enquanto a horda de nymeras o levava para longe dela. De seus amigos. De sua tripulação.

Quando os braços ossudos que o seguravam o apertaram, a visão de Bash ficou preta e ele caiu em um vazio de sombras inimagináveis. Com Margrete fora de vista, aquela fome voraz em sua barriga rugia, implorando para ser saciada, ficando cada vez mais voraz. Os segundos se passaram, mas o tempo poderia muito bem ter parado. Ele só conseguia focar naquela fome, e aquilo o rasgou de dentro para fora.

O último pensamento coerente que Bash teve foi sobre *ela*.

E mesmo essa imagem escapou... até que, por fim, ele não se lembrava de Margrete.

CAPÍTULO TRINTA E CINCO

Margrete

Margrete rugiu vendo as nymeras roubando Bash pela segunda vez.

Ela se debateu contra a onda de água que os monstros criaram, o frenesi caótico de membros em movimento e escamas serrilhadas. Margrete mergulhou em seu interior e implorou para que sua magia durasse *um pouco* mais.

Ela ferveu e acendeu... e então apagou completamente.

Margrete perdeu o foco, o controle, o que parecia acontecer sempre que Bash estava em apuros. Ele era sua fraqueza.

Em seguida, as nymeras pegaram Jonah, Atlas, Bay e os gêmeos, arrastando-os mais para baixo na passagem. Se era para salvá-los ou devorá-los, Margrete não sabia.

Então veio o silêncio.

Eles atravessaram a passagem como uma tempestade de preto e prata e desapareceram com a mesma rapidez, deixando Margrete sozinha e frenética.

Ela ainda podia respirar, mas sabia que não tinha muito mais tempo. Aquele tinha sido o problema também — respirar debaixo d›água *enquanto* manipulava uma corrente para ajudar outras sete almas. Tinha ficado sobrecarregada, e só restava a energia para respirar por si mesma.

Margrete cortou a água, mais uma vez grata pelas lições de Adrian.

Não tinha a graça dele, mas a água a reconheceu e fluiu ao redor de seu corpo perfeitamente.

Ela não distinguiu nada à frente — nenhum Azantiano ou nymera — e sua pulsação dobrou quando o brilho da piscina começou a desaparecer. O túnel se estreitou precariamente.

Seu ombro atingiu o lado da passagem, uma pedra irregular que cortou sua pele. Ela sentiu o cheiro do sangue um momento depois e amaldiçoou internamente. Avançando, ela lutou contra a força da exaustão, nadando até chegar a dois túneis.

Eles levavam a diferentes direções.

Ela não teve tempo de pensar enquanto se aproximava deles, e seus olhos alternaram entre as duas passagens, imaginando para onde as nymeras teriam levado Bash e a tripulação. Mas não conseguia sentir nada além de seu ombro ensanguentado, e isso entupiu suas narinas, impossibilitando para ela detectar qualquer outro cheiro.

Margrete foi para a direita no último minuto.

Não demorou muito para ela perceber que tinha escolhido mal.

Um jorro de água se ergueu ao redor dela, vindo do nada. A força a empurrou para a frente em um ritmo alarmante, mas ela não conseguiu evitar esbarrar nas laterais do túnel. Então se tornou uma confusão de cortes e arranhões, e o cobre continuava a encher suas narinas. Levou outro golpe na lateral do corpo, provocando uma careta quando sua camisa rasgou e uma pedra afiada cortou profundamente o músculo.

Vamos, foco!

Ela amaldiçoou a si mesma, aquela situação, toda a ilha em si, mas nenhuma de suas palavras sujas surtiu efeito. Margrete lutou contra a corrente incomum, teimosa o suficiente para não desistir. Quando um sinal de luz natural chegou a ela, uma pequena semente de esperança floresceu. Como um farol na noite, ele a chamou, e seus braços envolveram a água com um propósito renovado.

Foi quando a corrente a levou de cabeça para um penhasco saliente.

Uma dor diferente do que já tinha sentido na vida pulsou atrás de seus olhos, irradiando do topo de sua cabeça até a coluna.

Margrete deu um último suspiro.

E perdeu a batalha antes que pudesse voltar a respirar.

Pura escuridão preencheu sua mente.

Armas. Cheiro de fumaça, especiarias, sal. Sol fraco. Hálito frio em seu rosto.

Margrete piscou e inclinou a cabeça. Um gemido escapou.

— Shhh — acalmou uma voz familiar. — Não se mova.

Como se ela pudesse. A cabeça latejava com força, e o corpo poderia muito bem estar aos pedaços. Talvez estivesse.

Ela sentiu dor, leveza e... aqueles braços. Aquilo era tudo que ela percebia. Levantar a cabeça? Nem pensar. Ela mal conseguia abrir os olhos.

Quando conseguiu mover as pálpebras, que pesavam como pedras, o mundo se turvou em uma confusão de cores suaves. A única coisa que não pertencia à floresta era a pele dourada.

E o cabelo loiro.

Os olhos de Margrete se fecharam novamente.

Ela não acordou por algum tempo.

Incêndio.

Ela sentiu o cheiro da fumaça antes de vê-la.

Quando viu a cena à sua frente, tinha a visão um pouco menos embaçada, embora certamente não clara.

A cabeça estava melhor, a sensação de que alguém continuamente estava cravando uma adaga em seu crânio tinha melhorado. Uma pequena misericórdia. Seu corpo doía, mas a dor parecia administrável.

Ela levantou a cabeça. A visão turva permitiu que distinguisse o contorno de uma caverna escura, um fogo florescente lambendo as paredes. Ela não reconheceu nada.

— Você está quase curada.

Margrete se encolheu, virando-se para encontrar a fonte da voz tão familiar. O movimento repentino a fez fazer uma careta de agonia.

— Não se preocupe, não estou aqui para te machucar — disse Darius, saindo das sombras. Ele usava a capa de costume, embora o capuz permanecesse abaixado, deixando seu rosto visível. Margrete apertou os olhos, desejando não estar tão fraca, desejando que sua visão estivesse clara o suficiente para que ela pudesse atacar, se necessário.

— Fique longe de mim! — ordenou, com a voz grave. Ela levantou a mão como se aquilo pudesse fazer algum efeito. Sua magia estava tão enterrada sob a pele que ela duvidou que a alcançaria, mesmo que pudesse invocá-la corretamente.

Darius suspirou. Ele quase soou ofendido.

— Você estava inconsciente, desmaiada nos bancos de areia, uma presa perfeita para qualquer predador.

Ela se lembrou da corrente, das rochas, da luta frenética para manter o controle e, em seguida, da escuridão abrangente.

— Eu a curei, mas você levou uma pancada forte na cabeça. Se fosse qualquer outra pessoa, isso teria te matado. — Darius se agachou, descansando os braços nos joelhos. — Mas você é uma sobrevivente. Assim como eu.

— Eu não sou nada como você! — rosnou, grudando ainda mais nas paredes da caverna. Ela procurou sua arma, envolvendo o aço com os dedos, a lâmina em sua bainha. Darius não a tinha tirado dela, o que a confundiu e enfureceu. Ele se achava invencível, e talvez de fato o fosse contra o aço Azantiano, mas ela imaginava que atingi-lo doeria mesmo assim.

Darius olhou para o outro lado da caverna. Quando a visão de Margrete clareou, ela percebeu como as chamas dançavam pelas maçãs do rosto afiadas do deus, pela mandíbula forte e os olhos assombrosos.

Para um deus que geralmente pingava arrogância e justiça própria, ele parecia quase mortal. A visão era enervante.

Darius a ignorou por um longo tempo, e ela ficou tensa quando ele por fim abriu a boca para soltar suas palavras calculadas e cuidadosamente selecionadas.

— Quero contar uma história que muitos não conhecem — sussurrou. Ele virou a cabeça para encará-la, mostrando os olhos ardendo com uma emoção inominável. — É a história de dois irmãos que lutaram por séculos e nunca foram capazes de confiar no único ser que poderia entendê-los. Uma tragédia, na verdade. — Darius zombou antes de engolir em seco. — Eles eram mais guerreiros do que irmãos. Ambos muito cheios de raiva. Ambos solitários.

Margrete manteve o contato visual, sem desviar o olhar. Suas palavras carregavam o peso de uma tristeza infinita. Ela reconheceu tudo muito bem.

Ainda assim, não queria ouvir aquela história inventada.

— Não quero saber de suas mentiras — disse ela, com desprezo na voz. — Quero saber onde estão meus amigos.

Um aborrecimento passou por suas feições, mas ele se controlou.

— Sua preciosa tripulação e o rei estão bem — retrucou. — Mas acredite em mim, você quer ouvir o que tenho para contar.

— Duvido.

— Apenas... apenas ouça, *por favor*.

Margrete ficou tensa com a sinceridade do pedido. Ela engoliu uma resposta ofensiva e fez o que ele pediu, no intuito de acabar com toda aquela farsa.

Darius continuou.

— Depois de inúmeras traições e noites solitárias, um dos irmãos decidiu mudar seu destino. Ele se cansou de travar uma batalha sem fim e desejou uma parceira, alguém que ele sabia que não o enganaria.

Darius fez uma pausa, vagando o olhar por Margrete. Não foi sensual, mas curioso. Ela apertou ainda mais a adaga.

— Tenho certeza de que você já ouviu a história de Malum e seu coração. Como ele o tirou do peito e o deu de presente à sua amada mortal. Claro, ele não percebeu como aquele pequeno ato o destruiria, mas suponho que suas intenções eram boas.

Agora o poder de Malum estava no coração de Margrete. Ela o sentiu vibrar.

— O irmão fez algo semelhante, embora tenha sido muitos anos antes. Quando Surria decidiu testar a dignidade dos irmãos, ela os colocou em uma ilha tão brutal e impiedosa que um dos deuses tomou medidas drásticas — Darius murmurou, sombras escuras nublando seus olhos. — Ele tirou de si mesmo um pedaço de sua alma.

— Deuses têm almas? — Ela nunca tinha pensado sobre isso.

Darius assentiu.

— Tudo tem alma, uma força vital, embora as almas dos deuses não sejam como as dos humanos. Nossas essências são criadas a partir de magia e nosso sangue é preenchido com o tipo mais raro de energia.

— Isso não explica quase nada — resmungou Margrete.

Os cantos do sorriso sombrio de Darius se contraíram.

— Talvez, mas não acho que algumas coisas precisam ser totalmente compreendidas. — Ele respirou pelo nariz, franzindo a testa. E então, como se, de repente, se lembrasse de que estava no meio de sua história, ele levantou a cabeça e endireitou os ombros. Todos os traços de incerteza tinham desaparecido. — Como eu estava dizendo... — Ele pigarreou. — O deus dividiu sua alma em duas metades perfeitas, usando uma das partes para criar o que ele sempre desejou. Uma parceira.

O olhar de Darius escureceu, e Margrete se mexeu sob seu olhar penetrante.

— O deus amava sua criação, a outra metade de si. Ela era todas as partes boas dele, e ele a estimava. Finalmente, ele tinha alguém com quem compartilhar sua longa vida, e, por um breve momento, mesmo naquela ilha amaldiçoada, ele estava feliz. Mas aquela felicidade durou pouco. Depois que ele completou os dois primeiros testes ao lado de sua nova companheira, sua querida mãe decidiu tirar a pouca alegria que ele encontrara.

Algo estalou dentro de Margrete.

Um flash de uma imagem flutuou em sua mente... Darius e uma mulher com cabelo quase preto. Eles estavam cercados por pedras, lado a lado. Margrete não podia ignorar como as feições da mulher tinham uma notável semelhança consigo mesma. A cena a lembrou das outras que ela estava vendo ultimamente – aquelas em que ela e Darius estão nos braços um do outro.

Tão rapidamente quanto apareceu, a imagem se dissipou. Ela balançou a cabeça, como se quisesse se livrar da presença persistente.

— Durante o terceiro teste — continuou Darius —, Surria forçou os irmãos a cometerem um crime tão hediondo que roubaria o pequeno traço de empatia que eles ainda possuíam. — Um músculo em sua mandíbula se contraiu e as narinas se dilataram.

A força de Margrete segurando a adaga afrouxou. Ela odiava querer saber. Aquela história... parecia familiar de uma forma que fez os pelos minúsculos de seus braços se arrepiarem.

— Malum desistiu de sua posse mais querida; um objeto mais antigo que os próprios deuses, cujo propósito era um mistério até mesmo para Surria. No entanto, no dia em que ele a abandonou, um grande tremor sacudiu a terra e a ausência da magia das trevas mudou Malum para sempre.

Ela sentiu o desejo de perguntar mais, mas suspeitou, pela testa franzida, que nem mesmo Darius sabia do significado do objeto. Margrete fez uma anotação mental para perguntar a Bash sobre aquilo mais tarde. *Quando* o encontrasse.

— E o segundo deus... — Darius respirou fundo, atraindo o foco de Margrete de volta para sua história. — Ele abriu mão de algo muito mais precioso do que qualquer objeto. A parceira que ele fizera foi tirada dele, destruída. *Assassinada.* — Seu lábio superior se curvou em um rosnado, e as paredes da caverna tremeram com sua raiva. — Surria fez com que ele a matasse, assassinasse a única coisa que lhe dava paz.

— Por que *você* a matou, então? Se a amava tanto? — perguntou Margrete.

Como alguém – mesmo um *deus* – poderia matar a outra metade de sua alma?

— Minha mãe teceu mentiras horríveis, mentiras nas quais acreditei como um tolo. Ela alegava que a mulher que eu amava era uma ilusão e que existia apenas na minha cabeça — Darius disparou, sua voz mais afiada do que qualquer espada. — A verdade finalmente veio à tona, depois... depois que a matei. — Ele mal conseguia pronunciar as palavras, e os músculos de seu pescoço ficaram tensos. — Surria apenas observou enquanto eu me desfazia. Tudo o que ela disse foi que o sacrifício nos fez mais fortes, e então me ordenou que enxugasse as lágrimas.

Darius desviou o olhar dela, respirando com dificuldade. Ele não conseguia encará-la.

Margrete olhou para ele, *olhou* de verdade. Deixou de lado o ódio pelo deus e ignorou os sinos de alerta que soavam em sua cabeça. Com o fogo lançando brilho sobre seu rosto, e os músculos de seu pescoço e ombros tensos, Margrete vislumbrou as bordas de outra imagem, uma lembrança.

Ela fechou os olhos.

Darius estava sentado ao lado de uma fogueira, muito parecida com aquela, embora seus lábios não estivessem curvados. Ele sorria, um sorriso tão radiante que rivalizava com as chamas. Seus lábios estavam se movendo de forma inaudível, e ele riu, jogando a cabeça para trás, reagindo ao que falava. Ela sabia que ele falava com outra pessoa, mas só viu o pouco reflexo de uma mulher em seus olhos.

— Você está vendo, não é? Entende agora?

Margrete piscou, e a cena desapareceu.

Darius se moveu para descansar a trinta centímetros de distância, ainda agachado, mas pairando sobre ela, dor e desespero em seus olhos. Ela soltou um gemido, se empurrando para trás, com medo da verdade brilhando em seu olhar desequilibrado.

— Agora diga que você se lembra!

Sua voz falhou na última palavra.

— Eu... — Margrete não conseguia respirar, pensar ou se mover. Ela se recusava a fechar os olhos novamente, porque se visse outra imagem de uma época diferente, se perderia completamente. Nada naquela ilha parecia real, mas aquelas lembranças, as breves visões que ela tinha acabado de ter...

A ilha pareceu familiar desde o momento em que pisou nela. Mas aquilo não poderia significar que o que ele disse era verdade. Ela não permitiria que fosse verdade.

— Não é real — murmurou ela, apertando as têmporas. Ela balançou a cabeça de um lado para o outro, começando a hiperventilar. — Isso não é real. Estou tendo outro pesadelo.

— Ah, mas *é* real — Darius disse, estendendo a mão para segurar sua bochecha. — Eu ouvi suas orações do outro lado do mar, mesmo antes da maldição de Surria. Ouvi você contra todas as probabilidades e, na época, pensei que tinha a ver com meu irmão, mas sabia que tinha que encontrá-la e descobrir o verdadeiro *motivo* pelo qual seus pedidos chegaram a mim e a mais ninguém.

Margrete balançou a cabeça, mas ele não baixou a mão. Seu toque era puro gelo.

— Eu acreditava que você era uma ferramenta útil contra meu irmão. Com um pouco de sorte, eu poderia te usar para acabar com ele de uma vez por todas. Mas como eu estava errado. — Ele acariciou o rosto dela com o polegar, e ela estremeceu. Margrete não tinha certeza do que a incomodava mais: que ela não se afastasse ou que estivesse muito fascinada por ele para *querer* se mexer. — Eu não percebi o que você poderia ser até vê-la levantar aquela onda e enviá-la para o navio de seu pai. Naquele momento de clareza, vislumbrei além de sua pele mortal e vi um pedaço da alma por baixo. Fugi antes da batalha, sobrecarregado com muita... *emoção*. — Ele zombou da palavra, como se ter um grama de humanidade fosse inimaginável. — E ainda assim continuei te visitando todas as noites, por meses, entrando em seus sonhos, sem conseguir parar. Era uma loucura aquela necessidade. — Ele tirou a mão do rosto de Margrete, e ela respirou pela primeira vez desde que ele a tocara. — Eu acreditava que sua alma estava presa no submundo todo esse tempo.

Sua revelação pairava no ar e pesava. Margrete perdeu o ar, seu peito subindo e descendo rapidamente, fazendo as paredes da caverna começarem a borrar mais uma vez. Ela estava à beira de desmaiar.

— Surria, pervertida como sempre, me fez acreditar que eu nunca recuperaria a outra metade da minha alma, e suspeito que ela preferiria que eu ignorasse isso até mesmo agora. Ninguém sabe quão cruel a Deusa do Vento e do Céu realmente é, quão implacável. Então pode-se imaginar com quem meu irmão e eu aprendemos a ser como somos.

— Não.

Uma única palavra. Foi tudo o que Margrete conseguiu.

Ela poderia ter repetido, repetido mais meia dúzia de vezes, mas a escuridão estava corroendo o mundo novamente, e suas pálpebras ficaram pesadas.

— Sim — sussurrou Darius, sua voz soando distante. Os olhos de Margrete perderam a batalha e se fecharam. — Pensei que tinha te perdido, minha maior criação. Minha outra metade. Mas agora eu te reencontrei, e vou me certificar de que nunca mais te perderei.

Mais lembranças a assaltaram. Lembranças de Darius. De mãos entrelaçadas e beijos roubados. Sorrisos alegres e longas noites. Margrete viu aquela mesma ilha e todos os seus horrores, mas, ao seu lado, em cada memória vacilante, estava um homem que a sustentou por toda parte. Ele a encorajou a triunfar nos testes de Surria com um sorriso carregado do mais puro orgulho.

Ela viu um homem – não, um *deus* – que a olhava com adoração, amor e admiração.

Margrete sucumbiu prontamente à escuridão voraz, sabendo que era a única maneira de escapar de uma verdade que ela desejava nunca ter sabido.

Ela era mais do que um receptáculo para o poder de Malum.

Margrete era fruto da alma de um deus.

A metade desaparecida de Darius tinha renascido.

CAPÍTULO TRINTA E SEIS

Margrete

Margrete acordou devagar.

Ela distinguiu o som de água correndo ao longe, de ondas batendo na praia. Ela sorriu, os olhos ainda fechados, esperando se manter no sonho fugaz que estava tendo. Talvez, se nunca abrisse os olhos, permaneceria ali, com a música do mar ao fundo e a promessa de acordar em sua própria cama, com Bash aninhado ao lado dela...

Margrete não ficaria presa em nenhuma ilha criada por uma deusa, forçada a passar por três testes mortais. Ela não teria um deus importunando-a, reivindicando o inimaginável.

Ela se levantou com um sobressalto.

Darius.

As revelações do dia anterior a atacaram como a pior dor de cabeça possível depois de uma noite de bebedeira. Cautelosamente, ela levou a mão às têmporas e esfregou. Sua cabeça ainda doía, embora certamente não fosse tão ruim quanto antes.

Margrete respirou fundo e examinou seus arredores. Ela se viu na mesma caverna da noite anterior, embora agora a luz do sol suave se infiltrasse, lançando sombras macabras nas paredes. Um novo dia havia começado, o que significava que ela havia perdido o precioso tempo necessário para encontrar seus companheiros de naufrágio. Poderiam estar indo na direção oposta, e ela teria que correr para alcançá-los. *Se* ela realmente pudesse encontrá-los.

Um peso sutil descansava por todo o comprimento de seu corpo, e Margrete olhou para baixo. Linho fino feito do azul mais profundo a envolvia, e com dedos hesitantes, ela agarrou o material e o torceu nas mãos.

A capa era inconfundível. Darius a cobrira com a roupa, protegendo-a do leve frio, e, ainda assim, o deus não estava por perto. Não que acreditasse que ele não estava olhando de longe. Ele admitira que observava todos eles.

Margrete se preparava para jogar a capa de lado quando congelou. Talvez fosse curiosidade ociosa ou instinto divino, mas ela enfiou a mão em um dos bolsos fundos.

Ela amaldiçoou quando seus dedos envolveram uma única moeda polida, um brilho suave emanando de sua superfície.

— Merda.

Margrete largou o metal ofensivo como se isso pudesse salvá-la. Como se pudesse impedir que o terceiro teste acontecesse simplesmente jogando a moeda de lado.

As palavras de Darius invadiram seus pensamentos de uma vez em uma corrida nauseante.

Pensei que tinha te perdido, minha maior criação. Minha outra metade. Mas agora eu te reencontrei, e vou me certificar de que nunca mais te perderei.

Margrete cambaleou para o lado e vomitou.

Não podia ser verdade. Nada daquilo fazia sentido, pelo amor dos deuses. Darius era só um mentiroso que queria usá-la, inventando uma história boba em uma tentativa tola de persuadi-la a se juntar a ele.

Mesmo enquanto ela repetia aquela explicação várias vezes para si mesma, seu estômago se contorceu, sua espinha formigou e seu coração — que estava acelerado segundos antes — diminuiu para um ritmo constante. A batida forte tamborilava em seus ouvidos, em desacordo com seus pensamentos tumultuosos.

Darius alegou que ela era a metade perdida de sua alma, e que essa fora a razão pela qual a essência de Malum a procurara no ventre de sua mãe quando seu pai deu um golpe em Azantian. Ortum acreditara que cometera um erro ao tentar transferir o poder, mas talvez não tivesse sido um erro.

Semelhantes se atraem, dissera Darius, e se o poder de Malum tivesse, de fato, reconhecido sua alma, teria sido atraído para ela como um Azantiano era para o mar.

— Não — disse ela em voz alta para si mesma, sentindo-se desequilibrada. Então se levantou abruptamente e enxugou a boca. A capa de Darius caiu de seu corpo em uma pilha amassada no chão. — Não é verdade! — Ela chutou a peça amarrotada, liberando a raiva reprimida sobre o manto inanimado. Em sua mente, imaginou o deus dentro dela, sua bota batendo em seu sorriso arrogante.

Durante toda sua vida, Margrete quis ser ela mesma, e se Darius não estivesse mentindo, ela nunca fora, e nunca poderia ser. Ou talvez não fosse assim que funcionava com as almas. Não que ela soubesse muito sobre almas, para começar. Darius *tinha* dito que as almas dos deuses eram diferentes das dos humanos.

Aquilo não a deixou menos chateada.

A moeda que ela jogara apressadamente estava ao lado dos restos fumegantes do fogo, virada para baixo. Ela se recusara a olhá-la por muito tempo. Simbolizava tudo o que ela queria escapar.

Margrete soltou mais palavrões enquanto saía da caverna, deixando a capa de Darius e a moeda para trás. Lá fora, o ar tinha um frio cortante e os ventos brutais balançavam as árvores escurecidas que ela passara a odiar. Algumas das folhas eram vermelhas, com redemoinhos pretos gravados em sua superfície, mas, além disso, ela não encontrou nenhum sinal discernível de onde estava.

Ela faria de sua nova missão de vida nunca mais ver aquele lugar.

Marchando para a floresta, ela escolheu o primeiro caminho que a chamou – noroeste, ao que parecia. Se tudo aquilo fosse algum jogo orquestrado por Darius, ela imaginou que acabaria onde ele quisesse de qualquer forma.

Seu temperamento trabalhou para tirar o melhor dela, e, de certa forma, ela deixou. Margrete queria afundar um pouco em sua desgraça. Na verdade, acreditava que *merecia*.

Bash tinha acabado de voltar para ela, e tinha sido roubado mais uma vez. Seus amigos e tripulação estavam perdidos em algum lugar. E agora ela tinha sido largada sozinha, assustada e com raiva na floresta em alguma ilha que não deveria existir. Margrete podia ser otimista... até certo ponto.

Aquele ponto havia sido violado dias antes.

Ela se embrenhava na mata densa com passos pesados, sem se importar com quaisquer criaturas que pudessem estar à espreita.

Venham me pegar, ela pensou, revirando os olhos como uma criança mal-humorada. Seria bom brigar um pouco, mesmo que apenas para liberar sua indignação ardente. E os monstros ali não a assustavam — ela já tinha visto monstros piores usando rostos humanos.

Um riso flutuou até seus ouvidos e, ao som daquilo, ela quase tropeçou em um galho caído.

Ela ficou completamente imóvel.

O ruído melodioso puxou as cordas do seu coração. Algo naquilo era dolorosamente familiar, e sua testa franziu, um alarme inquieto consumindo sua raiva.

A risada persistia, e ela correu até a fonte, o poder em seu peito aquecendo quanto mais perto ela chegava. Ela rezou para que fosse um bom sinal, uma indicação para seguir em vez de um aviso para fugir. Naquele momento, ela não se importava muito. Por que ter cuidado se sua cautela não lhe causara nada além de dor?

Margrete seguiu as notas líricas até chegar às margens de um riacho. Lentamente, ela se agachou atrás de um denso pedaço de junco, escondendo-se o melhor que pôde. Se ela encontrasse alguém além de seus amigos ou Bash, não seria pega de surpresa. Estava chateada, mas não era exatamente suicida.

Duas figuras materializaram-se como que do nada, um homem e uma mulher, ambos mergulhados no riacho até os tornozelos. Margrete sufocou um suspiro.

Eram fantasmas — truques de luz que nada mais eram do que uma imagem trêmula — e, ainda assim, a visão deles atravessando o riacho, a alegria estampada em seus rostos, a tocou profundamente.

Ela já tinha visto aquilo antes, ou, melhor, parecia que tinha vivido aquilo. Uma onda de tontura a fez alcançar o tronco de uma árvore, sustentando seu peso enquanto o casal espectral se aproximava.

Movendo-se em um ritmo vagaroso, Margrete vislumbrou Darius e a alma que ele havia criado, a mulher que se parecia muito com ela.

Não. A mulher que *tinha* sido ela.

Margrete estava paralisada, incapaz de desviar o olhar do casal que só tinha olhos um para o outro. A mulher de cabelos pretos com os olhos azuis mais brilhantes que Margrete já vira devia ter dito algo que sua audição aguçada não conseguiu captar, porque, um segundo depois, a risada profunda de Darius se seguiu. Ele lançou um sorriso travesso e se abaixou para jogar um jato de água no rosto perplexo de sua companheira.

— Seu desgraçado! — a mulher guinchou, embora seu tom não fosse mordaz. Com um sorriso malicioso, ela também se agachou e pegou a água gelada do riacho, retribuindo o sentimento e molhando o belo rosto do deus. O cabelo loiro grudou no rosto, e ele passou a mão pelos fios úmidos.

— Agora você me paga, Wryn — Darius ameaçou, antes de pegá-la em seus braços e girá-la muitas vezes. Ela riu e protestou, implorando a ele para colocá-la no chão mesmo enquanto ela gritava de prazer.

E Darius... Margrete jamais imaginara que ele fosse capaz de sorrir de tal maneira, tão inquestionavelmente genuína e cheia de alegria. Aquilo abalou seu núcleo.

Margrete piscou.

A visão desapareceu... ou a *lembrança* desapareceu.

Não parecia uma das alucinações típicas da ilha. A cena tinha o peso que as lembranças costumam ter e, embora o par fantasma não estivesse mais ali, eles se recusaram a deixá-la.

Suas pernas tremiam. Margrete não conseguia esquecer a intimidade do que tinha testemunhado, como seu coração disparou como se *ela* tivesse sido erguida nos braços de Darius.

Lutou contra a vontade de vomitar. Novamente.

Uma rajada de vento brincalhona roçou seu cabelo e esfriou sua testa, trazendo consigo o aroma característico do mar do deus e uma especiaria rica e estrangeira. Margrete fez uma careta. Ela não conseguiria escapar dele.

Quanto mais ficava na ilha, mais potentes aquelas visões se tornavam, e Margrete tinha a sensação de que talvez Darius não tivesse mentido para ela.

Margrete seguiu o riacho, sem rumo.

Quando se abaixou para pegar a água fria e saciar a sede, suas palmas voltaram com mais do que uma mera bebida. Voltaram mais pesadas e carregando o pedaço final de uma maldição.

A moeda a tinha encontrado, exatamente como ela sabia que encontraria.

Sacrifício.

Aquela única palavra brilhou sob uma camada de água. Uma palavra simples que carregava muito significado.

Ela deixou cair as mãos com um suspiro, e a prata brilhante despencou de volta no riacho com um respingo retumbante.

Margrete continuou seu caminho, embora não tenha bebido mais daquela água.

CAPÍTULO TRINTA E SETE

Bay

Eles apareceram nas margens de um rio.

Todos, exceto Bash e Margrete. Bay tolamente pensou que eles chegariam juntos.

— Devemos continuar na mesma direção que o planejado. Eles podem estar indo para o norte e em direção à costa agora — disse Atlas.

Ela caminhou para o lado de Bay, de olhos atentos, examinando os galhos finos de cada árvore como se esperasse que um dos soldados semivivos assustadores pulasse e atacasse.

Bay estremeceu. Se ele nunca mais visse uma daquelas coisas, seria um prazer.

Eles já estavam andando por horas, e o pouco tempo para dormir na noite anterior não fora suficiente para sustentá-lo. Duvidava que o restante da tripulação tivesse conseguido dormir.

— Concordo. — Bay deu um aceno curto. — Embora eu ainda esteja sem entender por que as nymeras não...

— Atacaram? Chuparam a alma de nosso corpo e se alimentaram?

Nos rasgaram membro a membro? — Atlas completou sem uma pitada de emoção.

— Sim para tudo isso — respondeu Bay, balançando a cabeça. — Pelo que sei, não são famosas por seu autocontrole, e nós éramos uma refeição fácil. Elas deveriam ter nos matado ali mesmo naquela passagem.

— Ou talvez nosso rei tenha algo a ver com a... hesitação delas.

Bay parou e se virou para Atlas, com uma resposta na ponta da língua. Ele queria defender o rei, como era seu instinto, mas Bash *havia* mudado, e as escamas de nymera ao redor de seu pescoço não podiam ser ignoradas. Bay até fingiu não notar e tentou não se focar nelas por muito tempo, mas seu sangue gelava sempre que olhava para o pescoço de Bash, o cabelo, aquelas pontas dos dedos escuras.

— Ele tem os traços daquelas criaturas, suas características distintas — continuou Atlas. — Seríamos tolos em não suspeitar do pior.

— E *o que* você está sugerindo que é o pior?

Atlas deu de ombros friamente.

— Que há mais em nosso rei do que pensávamos. Ele disse que acordou assim, e pode ser verdade, mas duvido que essa seja *toda* a história. Senti que ele estava escondendo alguma coisa, mas tenho certeza de que contou a Margrete. O que significa que ela escondeu a verdade de nós também.

Uma parte de Bay não podia culpar Margrete. Se os papéis fossem invertidos, ele teria feito tudo que estivesse ao seu alcance para proteger Adrian. Ainda assim, desejou que ela tivesse confiado nele o suficiente para contar. Bay achava que haviam se aproximado nos últimos tempos. Mas se ela mentira para ele, então talvez a verdade fosse pior do que ele imaginava.

— Qual é o plano?

Ambos se viraram ao som da voz de Jonah. Ele se arrastou para o lado de Bay, dando a Atlas um olhar cauteloso. A guerreira escultural o intimidava, como acontecia com muitas pessoas.

— Mesmo plano de antes — disse Bay. — Vamos para a costa.

— Eu sei que ambos estão bem — Jonah opinou, um sorriso sutil erguendo seus lábios. — Se estiverem juntos, serão uma força formidável contra qualquer inimigo, mesmo aquelas coisas assustadoras com os olhos sangrando. — Ele estremeceu com a lembrança. — Deuses, que coisas horríveis de se olhar.

— Um eufemismo — Dani murmurou enquanto se movia para a direita de Atlas, seu olhar vagando para as margens curvas do riacho. Bay notou como Atlas imediatamente enrijeceu.

— Ficaremos bem — garantiu Atlas em um tom estranhamente suave. Ela engoliu em seco e pigarreou. — A costa não está longe. Aposto até que chegaremos antes do anoitecer.

Dani assentiu, seus cachos pequenos balançando. Ela não parecia convencida, e seu silêncio falava mais alto do que qualquer palavra. Atlas se apressou para quebrar o silêncio doloroso.

— Não se preocupe, Dani — disse ela, parecendo demorar-se em seu nome. — Não vou deixar nada de ruim acontecer com você... ou qualquer outra pessoa, quero dizer. Fui treinada para isso, bem, não para *isso* em particular, mas para situações ruins. E esta é definitivamente uma situação ruim. Não que eu não possa nos tirar dela.

Os lábios de Bay se curvaram. Atlas certamente não era muito sutil, mas, felizmente para ela, Dani estava alheia às suas divagações nervosas. Era tão incomum sua amiga fria e controlada estar balbuciando.

Dani ergueu a cabeça e sorriu para Atlas de um jeito que fez Bay sentir seu calor. A jovem marinheira tinha aquele jeito pacificador. Sua mente voltou para o show de intuição que ela exibira na floresta antes dos soldados atacarem. Ele teria que ficar de olho nela dali em diante.

— Obrigada, Atlas — agradeceu Dani, espiando através de seus cílios grossos para a guerreira. Ela rapidamente desviou o olhar de volta para o riacho.

As pontas das orelhas de Atlas ficaram vermelhas. Bay se perguntou quando sua amiga teria coragem de falar honestamente com Dani. Ele sentiu a atração em ambos os lados, embora nenhuma delas soubesse como se aproximar da outra. Engraçado como até os opostos podiam tropeçar quando se tratava de assuntos do coração.

Se saíssem dali inteiros, Bay poderia ter uma conversa com Atlas.

Ele ansiava pelo constrangimento que se seguiria — e o rubor feroz que se espalharia pelas bochechas dela.

Mas, por enquanto, estavam longe de estarem seguros, e ele não podia pensar em um futuro que talvez não chegasse.

Bay se separou de sua tripulação e foi na frente, sozinho. Não conseguia se livrar da sensação dos momentos finais na passagem subaquática. Quando uma das feras passou os braços ao redor de Bay, ele avistou seu rei, logo à frente, com uma espécie de expressão de entendimento. Não houve medo, nenhuma luta, apenas um tipo estranho de aceitação.

Era uma imagem da qual ele não conseguia se livrar. Bash talvez não fosse mais o homem que ele conhecia e amava. Quer Margrete aceitasse ou não, Bay permaneceria vigilante e, se Bash ameaçasse a tripulação, ele agiria. Mesmo que tivesse que usar sua arma. Havia dedicado sua vida a Azantian e à segurança dos mares, e esse dever vinha em primeiro lugar.

Sempre.

Com pensamentos sombrios pesando em sua mente, Bay seguiu em frente, sentindo como se estivesse carregando o mundo nos ombros.

Inferno, talvez estivesse mesmo.

CAPÍTULO TRINTA E OITO

Bash

Bash se viu cercado pelo inimigo.

Depois de sair da passagem submarina, as nymeras nadaram para a água aberta, além das paredes rochosas da caverna. O túnel levava a um riacho furioso, e eles puxaram Bash rio abaixo.

Naquele momento, depois de flutuar com e sem consciência pelas últimas dez horas, Bash estava no centro da horda, apoiado em um tronco de árvore na sombra ao lado da margem do rio. Levou um minuto para ele se lembrar de si mesmo e de quem era, o que deve ter sido aterrorizante por si só. Mas ele tinha esquecido o *nome* de Margrete. Visualizou o rosto dela ao acordar, mas não conseguia se lembrar. Só depois de uma hora a visão o atingiu como um soco no estômago.

Estava enjoado. Bash prometeu a si mesmo que não se deixaria esquecer novamente.

À sua direita, uma dúzia de nymeras tomava banho de sol nas rochas que subiam do riacho de onde saíram, suas barbatanas escuras captando a pouca luz que penetrava nas nuvens. As outras estavam em terra, olhando-o com cautela enquanto fingiam conversar entre si em uma linguagem grosseira e grave que ele não reconheceu. Todos usavam roupas brancas finas, iguais às de Minthe.

Mas o maior choque de todos?

Eles tinham pernas.

Os livros que Bash lia sempre descreviam suas barbatanas letais. Nem uma vez ele tinha ouvido falar sobre a capacidade de se transformar e andar em terra. Aquela revelação o inquietou, para dizer o mínimo.

E ele era um prisioneiro. Aquilo também não era um bom presságio para ele.

— Você está fraco.

Bash olhou para cima. Minthe pairava acima dele, seus olhos anormalmente arregalados se estreitando. Ela quase parecia preocupada.

— Estou bem — mentiu ele, soltando um grunhido enquanto mudava de posição. Minthe estava certa, ele mal conseguia levantar a cabeça, muito menos o corpo. A exaustão que o inundara desde o "resgate" era esmagadora.

— Você precisa se alimentar — declarou Minthe simplesmente. — Se não comer em um dia, não vai sobreviver. Seu corpo vai murchar e secar em uma casca, até virar pó. Aposto que já está perdendo o controle da realidade.

— Você pinta um quadro adorável — respondeu ele secamente. — Mas acho que vou me arriscar.

Bash tentou se mover para o lado, para não ter que olhar para ela, mas seu corpo protestou, e, com um gemido, ele caiu contra o tronco.

— Meu povo invadiu a vila de Lira dias antes de nos aventurarmos na ilha para resgatá-lo, então não precisamos nos alimentar tão cedo. Mas você? Você precisa de sustento. Agora. — Ela inclinou a cabeça e o avaliou com seu jeito frio. — Gostaria que tivéssemos mantido um controle melhor sobre você durante a tempestade para que pudéssemos levar comida, mas eu deveria ter suspeitado que conseguiria escapar. Afinal, você *é* meu filho. — Minthe parecia orgulhosa, e seus lábios maliciosos se ergueram em um sorrisinho.

Bash não se lembrava muito da tempestade que destruíra o *Phaedra*, apenas de lutar por ar e a sensação de mãos escorregadias tocando seu corpo. Então escuridão. Quando acordou, estava na ilha e embaixo de uma pilha de ossos.

— Você tem pernas? — perguntou ele, odiando que dera a ela a satisfação de sua atenção. Mas ele tinha que saber.

Um canto de sua boca se ergueu.

— Essa capacidade de mudança é inerente às nymeras, mas não é algo que permitimos que os humanos, ou Azantianos, saibam. — Ela suspirou, vendo que Bash franzia a testa. — Você chama a energia que aproveitamos de magia das trevas, mas, na verdade, toda magia é a mesma coisa. Não existe bem ou mal. Meu povo, *seu* povo, simplesmente utiliza os aspectos mais potentes da arte.

Bash balançou a cabeça. Se a magia deles não era má, como Minthe alegava, por que fedia tanto e tinha um gosto tão ruim?

— Gostaria de ouvir a verdade agora? — Minthe perguntou depois de algum tempo. O ar estava cheio de tensão. — Ou é muito teimoso para isso?

— Dane-se — rosnou Bash. — Estou aqui, como prometido, mas isso não significa que tenha que ouvir suas mentiras.

Minthe soltou um suspiro dramático, soando mais humana do que Bash poderia imaginar.

— Vou te contar de qualquer maneira. Vai te ajudar a ver as coisas com um pouco mais de clareza.

Bash duvidava fortemente disso.

— Seu pai sempre foi de ter segredos. Ele os colecionava como joias. — A mulher levantou um dedo em forma de garra, inspecionando a unha irregular. — Infelizmente, ele não estava protegendo você do jeito que pensava. De fato, por *não* te dizer a verdade, ele te amaldiçoou.

O ar ficou pesado demais nos pulmões de Bash.

Minthe franziu os lábios, deixando transparecer um lampejo de decepção que disfarçou antes que Bash pudesse registrá-lo completamente.

— Eu me pergunto se ele, alguma vez, lhe contou a história de como conheceu sua mãe.

Como seu pai *a* conheceu, ela quis dizer.

Enquanto seu queixo se projetava desafiadoramente, Bash notou como suas mãos se fecharam em punhos delicados, as garras cutucando a pele branca doentia.

Se seu pai guardava segredos, teria feito isso porque era o melhor a fazer, independentemente do que aquele monstro alegava. Bash poderia não ser um santo, mas estava longe de ser um maldito. Pelo menos, ainda não.

Nem Bash não acreditava em si mesmo.

— Foi na noite da Festa da Lua Cheia, dias depois que seu pai celebrou a recuperação de um artefato perdido, alguma bússola mágica ou mapa, e ele ainda estava nervoso por causa da jornada — Minthe contou, seus olhos ficando nublados. Se com raiva ou tristeza, Bash não conseguia discernir. — Como ele era inquieto e facilmente distraído, se viu em seu lugar favorito. Acredito que você se refere a ele como a Caverna Adiria.

Bash ficou sem ar. Ela estava mencionando o único lugar em que sua alma encontrava descanso.

— Vejo em seus olhos que sabe de que lugar estou falando. — Sorriu Minthe. — Foi lá, logo abaixo do palácio, que ele foi atraído pelo chamado de uma mulher presa dentro da caverna encantada. Ela era forte, muito mais forte do que outras como ela, e vagava livremente pela caverna, bem acima das profundezas da prisão de seu bando. Porém, mesmo sendo tão formidável, ela não podia deixar as paredes rochosas amaldiçoadas por um deus.

"Então cantou a música que zumbia em seu sangue escurecido, esperando que um dia alguém respondesse ao seu apelo desesperado. Quando o rei tropeçou na Caverna Adiria, seus olhos se encontraram instantaneamente. Eles sentiram um *puxão*, o chamado de algo maior do que qualquer um deles jamais conheceria. — Ela riu com algum escárnio, o som frágil. — Claro, como seu pai sempre foi um homem inflexível, ele manteve distância, acreditando que aquela mulher era um monstro. Ele fugiu imediatamente, subindo correndo os degraus e batendo a porta atrás dele.

"Mas aquela não foi a última vez que ele a viu. Ele voltou três noites depois, pois uma música que só ele podia ouvir o acordou de seu sono. Descendo para a caverna mais uma vez, ele ficou cara a cara com a mulher que não saía de seus pensamentos, pois sua voz o assombrava muito depois de seu primeiro encontro."

Bash cerrou os dentes e seu estômago gelou enquanto sua mente trabalhava para compreender o significado oculto daquela história. As nymeras foram aprisionadas sob o palácio e presas abaixo de centenas de metros de rocha. Não era possível que seu pai tivesse conhecido *aquela mulher* na caverna.

No entanto, a verdade o encarava. Pela primeira vez, ele notou como seu nariz reto parecia familiar, como suas maçãs do rosto altas combinavam com as dele.

Minthe interrompeu seus pensamentos.

— Passou-se mais uma noite até que ele falasse com ela, e mais uma noite até que ela respondesse. Mas como todas as boas histórias de *amor*, não precisavam de palavras para se entenderem. E assim, a música o acordava todas as noites, e ele se esgueirava para baixo do palácio, fascinado por aquela misteriosa estranha.

"Depois de muitas semanas, eles começaram a aprender a língua um do outro, professando o amor compartilhado pelas ondas e pelo mar selvagem. E não se engane, Sebastian. — Minthe ergueu os olhos cor de ônix. — Seu pai sabia muito bem o que ela era. Ele simplesmente não se importava."

Bash se encolheu ao ouvir seu nome completo, um nome que seu pai nunca pronunciava.

Minthe sorriu maliciosamente.

— Como você provavelmente adivinhou, não demorou muito para eles se apaixonarem. — Ela deixou a última parte se alongar, e Bash a encarou. — Você é um homem inteligente, Sebastian. Acho que consegue entender como isso termina.

— Nada disso é verdade. — As palavras deixaram seus lábios ressecados antes que ele pudesse detê-las.

Deuses, ele estava com tanta *fome*. Seu estômago doía e latejava, tão insuportavelmente vazio que precisou de tudo o que tinha para se concentrar nas palavras da nymera.

— Ah, mas é, e você sabe disso. Não insulte sua própria inteligência. — Minthe se agachou, apoiando-se nos calcanhares, os dedos dos pés descalços cavando o solo. — Eles se apaixonaram e tiveram um caso secreto ali mesmo na caverna. Ninguém sabia, exceto um sábio conselheiro que o seguiu na noite em que a mulher deu à luz um filho. A criança que ela chamou de Sebastian. O conselheiro era um homem inteligente com brilhantes olhos cor de coral. Um dos Azantianos originais, acredito.

Ortum.

"Ele viu seu pai e sua mãe sob o palácio e os ajudou a esgueirar o bebê para longe dos guardas, sabendo que qualquer criança resultante daquele acasalamento seria abatida sem demora. O conselheiro elaborou um plano desesperado, que permitiria que seu pai mantivesse o bebê como seu herdeiro. Seria necessário um grande sacrifício para usar aquele tipo de magia das trevas, mas o conselheiro o deu de livre e espontânea vontade, tolamente devotado ao seu rei e incapaz de assistir a uma criança inocente ser morta.

"Usando as palavras proibidas da antiga língua dos deuses, o homem lançou um feitiço sobre a ilha, inserindo imagens de uma rainha em seus pensamentos, uma que se casou com o rei um ano antes. As pessoas dormiam em suas camas, suas mentes conjurando aquela mulher como a verdadeira rainha. Foi um feitiço tão poderoso que custou ao conselheiro a única coisa que ele tinha a oferecer. Sua alma eterna."

Bash respirou fundo. Ortum estava morto. Assassinado por um deus que havia roubado seu rosto, e agora aquela criatura lhe dizia que a alma de Ortum não encontraria descanso no submundo. Suas mãos, pousadas ao lado do corpo, tremiam de raiva.

— Quando amanheceu, todos os cidadãos de Azantian ouviram a notícia da morte de sua rainha imaginária durante o parto. Mas mesmo com sua morte veio a alegria, pois ela dera à luz um menino saudável.

Minthe silenciou por um momento, olhando para a escuridão da floresta logo acima da cabeça de Bash. Ela não o olhou nos olhos, não quando uma única lágrima escurecida escorreu em sua bochecha encovada.

— Ninguém sabia da verdade, então eles lamentaram aquela bela ilusão e celebraram o filho do rei. Mesmo proibido pelo conselheiro, seu pai descia para encontrar a sua mãe muito depois do parto, levando o bebê para mamar e visitar. Mas com o passar dos anos, ele passou a procurá-la cada vez menos. E, um dia, ele parou completamente de ir, mantendo o menino longe de sua verdadeira mãe. — Os olhos de Minthe ficaram amargos, uma espiral viva de raiva se agitando nas poças escuras.

"O rei ordenou a seu conselheiro que selasse a caverna, de modo que ela nunca mais visse o filho. O conselheiro obediente cumpriu a ordem, e o *monstro* que se apaixonou por um homem, e que lhe dera um filho, foi aprisionado sob uma pedra inflexível. Pelas décadas seguintes, ela ouviu os ecos dos gritos de seu filho e lamentou a criança que nunca conseguiria criar."

O coração de Bash batia cheio de fúria. Ele olhou para a nymera diante dele, absorvendo cada detalhe. Partes dela era como olhar para um espelho, e agora que ele via a semelhança, e ela contara sua história sombria, Bash não conseguia desviar o olhar.

Ele... ele sentiu pena dela. Ele sentiu pena de um monstro.

— Então veja, eu gostaria de ter conhecido você antes, mas o destino não foi gentil comigo. Mas não se preocupe, pretendo compensar nosso tempo perdido.

— Não estou interessado — disse Bash. Mesmo que a história dela fosse verdadeira, ele não queria entendê-la, queria ficar o mais longe possível daquela espécie. Ele podia sentir simpatia, mas isso não mudava nada.

Um lampejo de mágoa cruzou o rosto dela, e seus olhos se franziram nas laterais.

— Me odeie o quanto quiser, mas você precisa se alimentar.

— Eu já te disse que não tenho interesse em me *alimentar* — disparou Bash, e as palavras pareceram veneno em sua língua. — Só estou aqui agora porque fiz um acordo com você, embora não veja minha tripulação em lugar nenhum. Como sei que estão vivos?

Minthe inclinou a cabeça e focou diretamente em seus olhos, seu olhar mortal e afiado.

— Nymeras podem ser perigosas para seus amigos, para humanos, mas não somos mentirosas. Uma vez que um acordo é feito, nós o honramos. Nosso povo sempre foi assim.

Bash zombou.

— Que código moral você tem.

— Como se os humanos fossem muito melhores — retrucou. — Eles nem tentam disfarçar seus enganos. Coisinhas gananciosas, os mortais. Seu povo, seu *verdadeiro* povo, só pega o que precisa e segue em frente. Nós nunca caçamos em excesso. Exceto quando uma nymera se alimenta pela primeira vez, quando a fome que sente é insaciável. Leva anos para desaparecer, mas, no final das contas, diminui e logo passa a ser controlável.

Fome. Ela falou de uma fome insaciável – do tipo que Bash sentia naquele momento.

Ele cerrou os dentes, desejando poder se levantar e ir embora. Por que aquela fadiga o atingira de repente e de uma vez? Ele conseguia controlar aquilo perto de Margrete...

— Eu ainda gostaria de provas — ele conseguiu dizer. — E não vou embora com você até contar a Margrete por que fui.

Ele se odiaria por uma eternidade se não contasse a ela por que a abandonara quando ela mais precisava dele.

— Vou permitir isso — declarou Minthe, depois de muitos momentos cuidadosos considerando o pedido. Seus olhos, embora escuros e sem profundidade, eram astutos, e Bash podia praticamente ver os pensamentos girando neles. — Mas se eu deixar você vê-la e dar seu último adeus, deve fazer algo por mim.

Bash sabia exatamente aonde ela estava indo com aquilo.

— Alimente-se de uma alma, reabasteça-se, e então eu lhe mostrarei seu amor, são, salvo e vivo. Não sou totalmente sem coração, filho.

Minthe apertou os lábios, o único sinal de que ela poderia estar esperando ansiosamente por sua resposta.

Toda e qualquer simpatia que ele sentia por ela desapareceu. Não podia ver como estava relacionado com aquele demônio, aquele monstro. Uma verdadeira mãe não pressionaria seu filho a comer uma alma humana. Mas, por tudo que Bash sabia, aquela poderia ser a maneira de uma nymera demonstrar amor.

— A fome, quando bate, é *forte* — continuou Minthe diante do silêncio dele. — Suspeito que você só manteve o controle por causa *dela*.

E agora que ele saíra do lado dela...

Aparentemente, Margrete ser sua luz não era apenas uma metáfora.

— Então, meu rapaz, o que vai ser? Morte sem saber que Margrete está a salvo? Ou consumir uma alma e viver, para poder declarar seu amor uma última vez?

A bússola moral de Bash ficou turva. Queria ser egoísta, ceder a Minthe e ver Margrete, despedir-se. E se as nymeras já tivessem ali um petisco humano, logo estaria morto de qualquer maneira, fosse por ele ou por um dos monstros de Minthe.

Então talvez não fosse tão ruim se ele...

— Não — disparou antes que pudesse mudar de ideia. — Não vou fazer isso. — Margrete não gostaria que ele roubasse uma alma só para se despedir. Ela gostaria que ele fizesse a coisa certa, mesmo que lhe custasse tanto.

Minthe levantou-se em um movimento fluido.

— Tudo bem — rosnou. — Será do jeito mais difícil.

Bash tentou se levantar, mas uma dor gélida irradiava por seu peito e descia por seus membros, deixando-o exasperantemente imóvel.

A fome só aumentou. A tentativa inútil tinha lhe custado as últimas forças.

Minthe deu-lhe as costas e foi até seu povo. Eles a cercaram imediatamente e trocaram algumas palavras silenciosas. Ela deu a uma criatura de cabelo curto e espetado um aceno de cabeça, e ela se virou em direção às árvores.

Ela voltou minutos depois, arrastando um menino humano com não mais do que dezessete anos.

Bash apertou os olhos, distinguindo suas feições, tentando lembrar por que ele parecia tão familiar. Então ele lembrou — o rapaz era um de seus marinheiros, um dos homens que se aventuraram no *Phaedra*.

A raiva encheu seu sangue e lutou contra o frio que deslizava em suas veias.

— Liberte-o! — rugiu ele, mais uma vez tentando se levantar. Ele falhou miseravelmente e caiu de lado com um baque agonizante. Rastejando sobre os cotovelos, Bash lançou a Minthe seu olhar mais venenoso, embora ela apenas tenha encolhido os ombros magros e ossudos em resposta.

— Traga-o aqui — ordenou ela, estalando os dedos para o homem obediente que trouxe seu marinheiro Azantiano. Bash odiava não conseguir lembrar seu nome.

Enquanto puxavam o rapaz para frente, a fome insaciável de Bash floresceu, transformando-se em uma fera. Muito pior do que antes, aquela fome só se intensificava à medida que o marinheiro se aproximava, e Bash instintivamente cheirou o ar, inalando o aroma mais inebriante que já conhecera.

O cheiro o lembrava da chuva fresca e do nascer do sol, dos ventos do mar e dos bosques profundos de Azantian. Era divinamente bom.

O peito de Bash subia e descia irregularmente, e ele não pôde evitar enquanto sugava avidamente o ar ao redor do garoto. Seu estômago revirou, ansioso, querendo ser preenchido com aquela delícia perversa que flutuava para suas narinas.

— Veja, você já está respondendo, se entregando à sua verdadeira natureza — elogiou Minthe, caminhando ao lado do prisioneiro e da nymera masculina que o empurrava para frente. — Permita que isso te preencha e se liberte. Solte a rédea da besta. — Ela acenou com a mão para o macho que claramente era inferior a ela, e ele posicionou o marinheiro ao lado de Bash, fazendo com que caísse de joelhos.

Embora magro e extremamente pálido — provavelmente devido à desidratação e ser mantido prisioneiro por monstros —, o menino mantinha os ombros erguidos desafiadoramente para trás, seus vibrantes olhos Azantianos estreitados e determinados. Ele sabia que o fim de sua vida se aproximava, mas o enfrentaria com dignidade.

— Eu não vou me alimentar dele — insistiu Bash, embora sua voz tenha se transformado em um rosnado. — Eu não sou como você! — Ele balançou a cabeça, tentando se afastar da oferta, da alma humana que não conseguia deixar de desejar.

Sim. Bash queria aquilo. E queria *muito*.

— Desista, Sebastian — murmurou Minthe, inclinando-se para sussurrar em seu ouvido. — Toda a sua dor irá embora. Não haverá mais fome, não haverá mais dúvidas, apenas alívio.

Bash poderia ter balançado a cabeça novamente, ou tentado falar, mas o mundo ao seu redor cedeu e se estreitou até que apenas a alma latejante no peito do garoto brilhou.

A cor era do mais puro e brilhante tom de ouro, e sua luz florescia e aumentava a cada segundo que passava. Cegou-o, deixou-o atordoado, sem fôlego.

Não havia nada além de seu brilho que tudo consumia.

Não havia tripulação para encontrar. Nenhuma mulher que ele amasse mais do que a própria vida. Nenhuma ilha cheia de pessoas que dependiam dele. Bash não tinha outra responsabilidade além de saciar a fome dentro dele, e a luta contra seus instintos começou a diminuir.

A imagem do cervo correndo pela floresta – e dele rasgando o animal em pedaços à dentadas – passou por sua mente. Aquilo tinha sido real. Agora ele sabia.

Bash tinha matado dias antes, tentando preencher aquele vazio guloso, e embora a alma de um animal não fosse nada comparada à daquele mortal, ele *teve* que consumi-la.

— É isso...

Minthe esfregou as costas e os ombros de Bash com um toque gentil e persuasivo – confortando-o como ele sempre imaginara que uma mãe faria. Bash fechou os olhos, dominado por uma sede inimaginável, e desencaixou a mandíbula, respirando fundo e inalando...

Deuses dos céus e dos infernos.

Aquilo parecia o mesmo que ser atingido por um raio. A fome dentro dele gritou de prazer, aquele vazio palpitante parecendo estender a mão para agarrar o mais doce de todos os pratos.

Bash não conseguia se lembrar de nada com um sabor tão delicioso, tão cheio e *certo*. Ele sentiu a alma escorregar por sua garganta e deslizar em sua barriga. Aqueceu seu peito, deu ao coração uma nova batida, mudou sua natureza até finalmente sentir o início do alívio que Minthe havia prometido.

Ele não parou de inalar até que um baque alto soou, e a casca vazia do marinheiro desabou no solo.

O corpo do menino chiou, murchando enquanto sua carne pálida se transformava em fuligem e pó. Uma brisa podre atingiu seus restos, levando as cinzas para longe, sem deixar rastros do Azantiano que uma vez viveu, respirou e teve esperança.

Bash sorriu. A fome finalmente tinha parado, e em seu lugar uma nova sensação tinha florescido.

— Bem-vindo, Sebastian — disse Minthe, anunciando-o para as nymeras que o observavam. — Você se tornou o que sempre foi.

Os seguidores de Minthe baixaram a cabeça, um som retumbante e sussurrante saindo de suas bocas. Um por um, eles se ajoelharam, deixando as escamas escuras brilharem na suave luz do dia.

Bash respirou fundo pela primeira vez, sua cabeça girando em torno do círculo de monstros.

— Meu povo! — Minthe ergueu os dois braços no ar, as unhas pontudas alcançando o céu. — Meu filho finalmente voltou para casa, para mim. Seu herdeiro...

O chão tremeu e uma luz brilhante e divina explodiu ao redor deles.

Gritos perfuraram o ar e guinchos agonizantes chegaram aos seus ouvidos. Houve explosões e as nymeras se curvaram. Mas Bash mal percebia — estava muito bêbado com a alma que havia tirado, muito chapado com a adrenalina da matança.

Bash não foi afetado quando mais rajadas de fogo sacudiram o chão e ele caiu de costas, o céu nublado sombrio. Por um instante, pensou em uma mulher com longos cabelos castanhos e olhos azuis gentis. Ele a conhecia, mas qual era o nome dela?

Uma figura pairou diretamente sobre Bash, roubando os pensamentos da mulher misteriosa. Ele não distinguiu traços discerníveis, mas ouviu uma voz. Uma voz que ele reconheceu de longe, e isso abalou seus ossos.

— Hora do *grand finale*, rei.

CAPÍTULO TRINTA E NOVE

Margrete

Margrete caminhou pela floresta pelo resto do dia, o riacho a guiando para noroeste. Ela tentou não pensar na terceira moeda, mas era quase impossível. Toda vez que olhava para as águas frias, poderia jurar que vislumbrava um flash de prata.

Às vezes, quando se sentia particularmente indisposta, imaginava ter avistado uma forma feminina ao longe e um borrão de cabelos ruivos. Ela piscava e a mulher desaparecia. Margrete avançou impulsivamente na direção do fantasma como uma tola, esperando que aquilo a levasse a seus amigos ou pelo menos até algo que pudesse acabar com sua estadia naquele lugar miserável. Não dava a mínima se a mulher era um mau presságio. Aceitaria qualquer presságio naquele momento, bom ou ruim.

Ao crepúsculo, Margrete ouviu o som revelador de ondas batendo, e quando o sol mergulhou no horizonte, a terra começou a mudar.

Já tinha um tempo que ela não via o flash de cabelo ruivo.

A floresta chegara ao fim, e a terra se inclinou para cima, pedaços de grama preta e quebradiça se agarrando a ela. Logo acima, a lua, que havia sido de um branco pálido durante toda a sua estadia na ilha, agora estava tingida de um vermelho que combinava com as folhas das árvores. O brilho sinistro manchou sua pele e lavou o mundo em um tom de vinho doentio.

A cada passo subindo a colina, seu poder aumentava, pulsando dentro dela como um tambor de guerra. Sua batida se tornou uma canção de propósito e determinação, correndo por suas veias e alimentando seus membros. Em pouco tempo, ela alcançou o pico. O som das ondas ficou estrondoso, mas um manto de calor envolveu seu coração com a proximidade do mar.

No entanto, antes de se permitir tempo para comemorar a pequena conquista, ela se deparou com outro obstáculo.

Ali, a trinta metros de distância, havia dois portões imponentes feitos de uma densa rocha cinza-ardósia. Anexado aos portões abertos havia uma parede curva feita da mesma pedra, com formas e imagens incomuns desenhadas grosseiramente nas laterais. A estrutura circular fora construída no penhasco com vista para as águas escuras como breu, mas seu tamanho escondia a maior parte da visão das ondas.

Margrete sabia que nada de bom a esperava além daqueles portões, mas seu poder queimava tão ferozmente em seu peito que a forçou a continuar.

Ela fez uma careta. O que quer que estivesse à frente seria o fim daquele longo pesadelo ou o começo de um novo.

Se aproximou o suficiente para perceber que os desenhos borrados que tinha visto eram, na verdade, mares tempestuosos, ondas escuras se estendendo o suficiente para tocar as pontas das paredes. Elas eram temíveis e profanas, e a essência divina dentro dela desejava e desprezava sua proximidade.

Margrete imaginou Bash, como tantas vezes fazia quando sua determinação vacilava e sua fé em si mesma diminuía. Ela imaginou que ele caminhava ao lado dela, sussurrando palavras suaves em seu ouvido.

Ela pensou em Bay, Atlas, Jonah, Mila, e nos gêmeos. Ela fez uma oração silenciosa por Jace, Grant e todos os outros marinheiros enterrados sob os destroços do *Phaedra*.

Esses pensamentos suavizavam sua magia abrasadora o suficiente para que ela pudesse respirar fundo.

Só havia à frente. Margrete não podia voltar — não mais do que poderia fingir que ainda era uma simples mortal. Ela tinha sido escolhida, fosse por destino ou acaso, e se a alma de Darius realmente a compunha, ela fazia parte daquele jogo muito antes de seu primeiro suspiro.

Tinha chegado a hora de terminá-lo.

Margrete ergueu o queixo e passou pelos portões abertos. Eles levavam à arena mais grandiosa que ela já tinha visto. Fileiras e mais fileiras de assentos vazios se estendiam ao redor de um poço cheio de areia cor de carvão. Cada grão brilhava à luz de sete tochas flamejantes, posicionadas em um círculo perfeito ao redor do ringue polido.

Ela cerrou os punhos, a consciência dançando por sua espinha. Sentiu que era observada, e mudou o foco para uma abertura longa e fina que havia sido esculpida no lado oposto, de frente para a costa. Apertou os olhos no escuro e distinguiu uma silhueta feminina tomando forma. Quando a luz da tocha capturou o vermelho profundo do cabelo da figura, Margrete nem se preocupou em segurar o suspiro.

A mulher deu um passo à frente, entrando no ringue com um sorriso malicioso. Usava um vestido de seda carmesim — sua cor de sempre.

— Que porra você está fazendo aqui? — Margrete agarrou sua adaga e a estendeu diante de si. Claro, ela poderia ter colocado toda a sua fé em seus poderes para protegê-la, mas veja aonde essa confiança a levou.

— Está com saudades de mim? — perguntou Shade, sua voz cantante irritante. — Eu senti a sua. — Seus olhos esmeralda passaram pela arena vazia, franzindo o nariz. — Embora eu pudesse viver sem ter que retornar a este lugar. Sempre me lembra a corte mais baixa do submundo.

Margrete tinha ouvido histórias das chamadas *cortes* do submundo, mas ninguém conhecia os detalhes, além dos mortos, e eles não gostavam de conversar. Ainda assim, ela não comentou sobre isso em particular. Tinha preocupações muito maiores.

— Sempre soube que você não era o que parecia — disse ela, deslizando para a direita, se afastando da tesoureira da corte de Azantian. Shade refletiu o movimento, e elas se circularam, predadoras lutando pela supremacia. A ruiva não portava uma arma que Margrete pudesse ver, mas aquilo certamente não significava que ela estava indefesa.

Shade acenou com a mão, zombeteira.

— E eu sempre pensei que você fosse apenas uma mulherzinha simples e um pouco burrinha. — Ela riu amargamente. — Embora eu deva dizer que estou feliz por não ter mais que brincar de casinha naquela ilha. Fiquei entediada com todo o... — ela inclinou a cabeça como se procurasse as palavras certas — ... companheirismo idiota. Embora Birdie fosse uma das minhas favoritas. Talvez eu tenha que voltar para pegá-la depois que tudo isso acabar.

Margrete franziu o cenho.

— Você não ousaria.

Ela não tinha aprovado que sua irmã passasse tempo com Shade antes, e agora percebeu o quão válidos seus medos tinham sido.

— Ela tem potencial — continuou Shade, sorrindo enquanto a provocava. — Uma coisinha tão jovem e brilhante. Suspeito que ela seria uma boa aluna.

— O que você é? — perguntou Margrete, ignorando as tentativas óbvias de Shade de magoá-la.

— Eu sou muitas coisas — disse Shade, levantando um ombro magro. A tatuagem em sua clavícula brilhava à luz da lua de sangue. — Mas Azantiana, eu não sou.

Seu cabelo vibrante se moveu para o lado – *finalmente* – e Margrete distinguiu a estranha marca de queimadura que vira de relance meses antes. Quase parecia uma flor deformada.

— Uma espiã, então? — indagou, desviando a atenção da flor retorcida.

Ela não podia ser humana. Margrete sentia sua aura sobrenatural agora que a máscara havia caído. Ou talvez sua magia tenha se tornado mais poderosa e ela estivesse vendo a verdade por trás dos olhos da mulher.

Shade estreitou seu olhar.

— Suponho que mentes pequenas podem me chamar de espiã. Eu simplesmente penso em mim mesma como um ativo bem colocado, uma arma que pode ser usada, se necessário. Ajuda que eu seja imortal. Uma vida útil limitada pode ser um obstáculo no grande esquema das coisas.

Imortal? Ela sabia que Shade não era uma deusa. Sua magia não se comunicava com ela como a de Darius. Talvez ela fosse uma divindade de nível inferior, pelo pouco que entendia.

Shade e Margrete continuaram se rodeando, sem quebrar o contato visual. A mão de Margrete apertou o punho da adaga, e seu braço permaneceu firmemente levantado, o corpo coçando para atacar.

— E sua família na ilha? — Margrete questionou, esperando mantê-la falando... e distraída. Ela sutilmente olhou ao redor da arena vazia, procurando outros, imaginando quando Darius apareceria.

— Aqueles? — zombou Shade. — Acho que deveria sentir pena da minha querida *família*. Bem, não são realmente minha família, para começar, mas não sabem disso. A filha verdadeira morreu logo após o nascimento, mas, com um pouco de magia das trevas... — ela estalou os dedos — ... fui transformada em sua doce recém-nascida. Outra vantagem da imortalidade e amigos em lugares privilegiados.

Darius tinha colocado a mão em tudo aquilo anos antes, mesmo amaldiçoado por Surria a viver como mortal. Ele poderia ter alistado Shade para ficar de olho na ilha do irmão. Mas a marca de queimadura na pele dela não era a insígnia de Darius...

— Você foi enviada para o orfanato depois que sua casa pegou fogo. Você os matou. — Não era uma pergunta. Margrete lembrou que Bay contara a história dela, ainda que poucos fatos.

Seus olhos se prenderam em um lampejo de movimento à direita, nada mais que uma sombra. Ela olhou de volta para a frente. Alguém estava chegando.

Os lábios de Shade se torceram em uma careta de zombaria.

— Acidentes acontecem, querida Margrete.

— Para quem você trabalha, então? — perguntou Margrete, embora soubesse a resposta. Ela continuou a avaliar a arena, procurando apressadamente mais sombras.

A última coisa que precisava era ser pega de surpresa.

— Ah, vamos lá, não se faça de boba. — Shade estalou a língua. — Nós duas sabemos para quem trabalho.

— Mas sua marca não é dele — disse Margrete, sinalizando com o queixo para o pescoço da mulher. — Não a reconheço.

Shade zombou.

— Quem me criou não tem nenhuma relação com para quem dou minha lealdade.

Ela se calou abruptamente. Margrete seguiu seu olhar astuto enquanto Shade se virava para a fenda estreita de frente para as ondas.

Outra figura entrou na arena, rodeada de sombras escuras ameaçadoras que dançavam ao redor de seus ombros. Até a luz das tochas parecia recuar dele.

— Ah, e aí vem ele! — gritou Shade, recuando para descansar contra as paredes externas do ringue. Ela cruzou os braços casualmente e observou Margrete e a figura que se aproximava como se estivesse se preparando para o início de um show.

Margrete viu a forma fantasmagórica, cuja estrutura de mais de dois metros ela reconheceu instantaneamente. Darius se cansara de assistir, ao que parecia. Ele se aproximou a passos largos, insuportavelmente confiante, como se já achasse que tinha vencido aquele jogo distorcido que eles jogavam.

Margrete seguiu o primeiro instinto que a atingiu.

Recuando o braço, atirou sua adaga cortando o ar com um assobio sibilante.

Darius a pegou pela ponta da lâmina com uma mão enluvada, a apenas dois centímetros de sua garganta. A borda serrilhada atravessou suas grossas luvas de couro, e os lábios de Margrete se separaram quando uma única gota de sangue azul caiu na areia.

Ele sangrava. *Que bom.*

— Isso não foi muito legal. — Darius sorriu, seus olhos azuis dançando enquanto a observavam. — Embora eu fosse negligente se não elogiasse sua mira impressionante, querida.

Ele jogou a lâmina de lado como se fosse um mero brinquedo. Ela caiu no chão, longe de Margrete. Ela a teria alegremente usado para cortar a garganta dele e vê-lo sangrar. Talvez não o matasse, mas teria lhe dado muita alegria. A fenda em sua luva de couro já havia se refeito. Ela supôs que seu ferimento tinha curado segundos depois que ele soltou a lâmina.

— E, Shade, bom trabalho como sempre. Mas, da próxima vez, tente *não* atrair meus peões para um penhasco e direto para a morte. Pelo menos não *antes* de eu ter a chance de brincar com eles.

Margrete teve a suspeita nauseante de quem era aquele certo alguém... especialmente quando os lábios de Shade formaram o beicinho perfeito. Mal podia esperar para matá-la.

— Mas eu estava ficando tão entediada presa aqui, e sempre imaginei como seria o gosto do sangue dele. — Shade lambeu os lábios sedutoramente.

Darius focou todo o peso de seu olhar em Margrete. A lembrança que ela tinha visto mais cedo à beira do rio voltou – o homem parado a poucos metros de distância não poderia ser o mesmo rindo e brincando no riacho, girando sua amada.

— Suas lembranças estão voltando? — perguntou Darius, como se estivesse lendo sua mente. Um lampejo de esperança distorcida iluminou suas feições severas. — Deveriam estar. Quanto mais tempo você ficar nesta ilha, mais fácil será o acesso.

— Não quero — rosnou ela, desejando que tivesse outra lâmina para atirar nele.

A mandíbula de Darius se apertou e suas narinas se dilataram.

— Quando voltarem, você ficará feliz por isso — disse friamente. Ela suspeitou que ele lutava para manter a voz calma. — A mulher que conheci não desejaria nada além de lembrar.

Margrete deu um passo corajoso para frente, e a eletricidade atravessou seu corpo.

— Duvido que ela ficaria emocionada por lembrar que você a matou.

A calma mal escondida de Darius estalou.

Em um flash, ele estava na frente dela, a poucos centímetros de distância, a respiração fazendo cócegas em suas bochechas. O cabelo loiro caía nos olhos e a mandíbula orgulhosa estava tensionada. Margrete podia sentir o gosto da raiva dele.

— Eu voltaria no tempo para mudar isso em um piscar de olhos —

Darius falou com os dentes cerrados. — Não se passou um dia sem que meu arrependimento não tenha me corroído. Sem que tenha me destruído.

Ele ergueu a mão como se fosse segurar seu queixo, mas ela se encolheu e ele deixou cair o braço, estreitando os olhos.

— Vai levar tempo, mas você vai se lembrar — garantiu, parecendo tentar se assegurar mais do que a ela. — Sei que sente a conexão entre nós, a *atração*, e eu sou um homem paciente, especialmente quando se trata da mulher que amo.

Margrete riu. Não conseguiu evitar. Talvez os dias de exaustão finalmente a estivessem derrubando ou ela estivesse realmente enlouquecendo, mas riu na cara de um deus muito, *muito* zangado.

Quando enfim se acalmou, olhou para ele e balançou a cabeça.

— Você não sabe nada sobre amor, Darius. Não apenas *fez* a mulher que diz amar, mas também a matou. Tudo só para que pudesse se tornar o deus que sua querida mãe queria que você fosse.

— Eu te disse que Surria mentiu — argumentou o deus, sua voz mais dura do que a pedra que os cercava. — Ela sabia que eu não conseguiria governar os mares sem sacrificar meu coração, e, sem dúvida, ela teria me despojado de meus poderes, permitindo que Malum ficasse à própria sorte. — Ele zombou da menção ao irmão falecido. — Todo mundo sempre acreditou que ele era o *bom*, mas Malum poderia ter sido o pior de todos nós. Certamente, o mais enganador.

— Fiquei pensando... Sua amante te implorou misericórdia em seus momentos finais? Você hesitou antes de varrê-la desta terra? Ou *queria* acreditar nas mentiras de Surria, apenas para reivindicar seu poder total?

Ela atingiu um nervo. Outro, ao que parecia.

Desta vez, em vez de alcançar sua bochecha, Darius ergueu as mãos como se quisesse agarrar seu pescoço. Ele fez uma pausa antes de tocar a pele de Margrete, seus dedos pairando cheios de ameaça e se contorcendo de raiva.

— Wryn queria que eu governasse os mares tanto quanto eu. — Ele deixou cair os braços para os lados e deu um passo para trás, seus olhos ficando escuros. — Ela quase me disse para fazer o que fosse preciso, e teria me perdoado por acreditar nas mentiras de Surria. Mas a alma dela voltou para mim. *Você* voltou para mim.

De canto de olho, Margrete notou Shade inspecionando suas unhas, aparentemente entediada.

— E Shade? Você a colocou em Azantian mesmo estando amaldiçoado. Fale a verdade. Você sempre soube o que eu era? — Margrete achou difícil acreditar que Darius tinha acabado de perceber quem ela era para ele.

Darius observou sua serva deslumbrante com desinteresse, o que fez Margrete se perguntar o que o deus esperava. Ele claramente planejara que algo acontecesse naquele lugar, mas ainda tinha que agir. Ela cuidadosamente marcou as duas saídas possíveis: os portões e a abertura estreita por onde Darius e Shade haviam entrado.

— Shade é uma ninfa. Embora ela tenha nascido com a magia de Calista, não pertencia à Corte dos Sonhos e do Amor Eterno, e eu a encontrei em uma de minhas muitas viagens como humano, logo depois que minha mãe amaldiçoou a mim e ao meu irmão. Ela tem sido de grande ajuda para orquestrar tudo isso. — Ele apontou para a ilha. — Posso ser um deus, mas não posso estar em todos os lugares ao mesmo tempo.

Margrete percebia como a impaciência de Darius crescia, e, de vez em quando, seus olhos iam para os portões como se esperasse que alguém passasse.

— O que está esperando? — Margrete perguntou, levantando as mãos zombeteiramente. — Não é isso que você queria? Eu? Sozinha e à sua mercê?

Darius se aproximou ainda mais dela, quase rosnando, suas narinas dilatadas e sua testa franzida.

— Eu nunca quis você à minha mercê. Só quero que se lembre, porra!

Dor. Margrete sentiu uma dor rolar de seu corpo em ondas mortais.

— Nós estávamos tão felizes, *eu* estava tão feliz, e então tudo foi tirado de mim como uma piada de mau gosto. Nunca perdoei minha mãe por sua crueldade, e meu irmão se recostou e riu enquanto eu cortava a única coisa que importava para mim. Ele *riu*.

O coração de Margrete deu um pulo. Ela não podia evitar. Sua empatia estava se transformando em uma fraqueza.

— Fiquei com muita raiva por tantos séculos, e quando o destino enfim resolve me favorecer, a alma que espelhava a minha se apaixona por outra. Um homem que não é digno de seu brilho, seu poder. — Darius olhou para as próprias botas, sua voz se transformando em um sussurro. — E quando ela me olha com tanto ódio, tão venenoso desgosto, quase me quebra de novo. *Você* quase me quebrou.

Darius estava ofegante quando terminou de falar, e seus olhos estavam arregalados e cheios de uma agonia de apertar o coração. Seu olhar queimou nela, apelando, implorando para que ela dissesse alguma coisa, qualquer coisa.

Por um momento, Margrete se perdeu naqueles olhos. Dentro daquelas piscinas hipnóticas, ela se imaginou vestindo a pele de outra pessoa. Ela viu Darius elevando-se acima dela, muito como ele estava agora, mas, em vez da fúria que emanava de seu corpo, ela sentiu uma paixão que a consumia, um amor tão feroz que quase a deixou de joelhos.

Indo e voltando, a visão se desenrolava, desde o presente até um tempo de mais de mil anos antes.

Margrete devia ter vacilado, porque duas mãos tocaram sua cintura e a seguraram firme, mantendo-a no lugar.

O toque de Darius enviou outra onda de imagens para sua mente. Todas eram do deus e da mulher que possuía metade de sua alma, e todas retratavam um amor florescente que Margrete não podia negar como sendo de puro encantamento.

Ela não podia negar porque sentiu em sua medula. Ela não podia negar porque *viveu* aquilo.

Sim, a conexão entre ela e a memória fantasma de Wryn se fortaleceu e cresceu, e, por uma fração de segundo, Margrete esqueceu inteiramente quem ela era.

Mas então olhos escuros como breu brilharam em sua mente, as manchas prateadas que lembravam estrelas. Ela piscou e afugentou o passado, focando em Bash até que o presente se estabeleceu e o Darius de agora se elevou sobre ela.

Margrete ergueu o queixo, capturando os olhos do deus, procurando em suas profundezas uma mentira que ela sabia que não encontraria. Ele a encarava o tempo todo, com manchas de ouro iluminando as piscinas sobrenaturais de seus olhos, uma semente de esperança emprestando a seu olhar uma sinceridade desconhecida.

— Odeio interromper este momento tocante, mas parece que nossos queridos convidados chegaram.

A voz de Shade quebrou a conexão, e Margrete cambaleou para trás, sua visão enviesada, a arena um borrão de cinza implacável.

Darius não tirou a atenção dela até que passos pesados bateram na areia compacta. Ele se encolheu com o que ela poderia confundir com arrependimento.

Esse arrependimento logo desapareceu.

Quando Margrete se virou para observar as figuras que chegavam, toda a simpatia que sentia pelo deus se dissipou como vapor.

Correntes chacoalhavam enquanto homens e mulheres encapuzados eram levados para a arena. Sete formas femininas puxavam os prisioneiros, mechas de cabelo ruivo saindo por baixo dos capuzes de seus mantos esvoaçantes. Margrete não conseguiu distinguir nenhum outro traço perceptível das sentinelas, além dos lábios pintados de vermelho. Cada uma segurava uma grossa corrente de prata que ocasionalmente puxava quando os prisioneiros resistiam ou tentavam se libertar.

Nenhum conseguiu.

Margrete adivinhou quem ela encontraria sob aqueles capuzes, e a ideia de ver sua tripulação e amigos acorrentados e sendo levados para suas prováveis mortes fez seu poder faiscar descontroladamente.

Nenhum deles falou ou gritou, levando Margrete a acreditar que estavam amordaçados sob os capuzes. Talvez magicamente.

— Até que enfim — Shade disse, bufando. — Demoraram muito para chegar. — Ela se afastou da parede e marchou lentamente até o primeiro prisioneiro, cujas mãos estavam presas à frente. Todo o ar deixou os pulmões de Margrete quando Shade alcançou a bainha do capuz.

— Sinto muito que tenha que ser assim, querida — Darius sussurrou assim que o tecido caiu dos dedos de Shade.

Um monstro a encarou. Um monstro que ela amava com todo o coração.

Bash sibilou um momento antes de se lançar, com os dentes à mostra e apontados para o pescoço dela.

CAPÍTULO QUARENTA

A Fera

Ele precisava de outra provinha, apenas mais *uma* alma, e a que estava diante dele tinha um cheiro delicioso pra caralho. Puro e poderoso, com apenas um toque de lavanda inocente.

Através do capuz fino ouvia vozes abafadas e vislumbrava figuras sombrias. Talvez fossem seus inimigos, as pessoas mascaradas que o acorrentaram e o cegaram, mas ele não se importava com nada além de afundar os dentes na criatura cuja luz brilhava através do linho.

Mais, mais, mais.

Fios carmesim nublaram sua visão, bloqueando tudo, exceto aquele brilho luminescente. Se ao menos ele não estivesse algemado. Estaria sobre ela em um instante.

Tão faminto.

Faça parar.

Alguém agarrou seu capuz e puxou…

Nenhum outro pensamento passou por sua cabeça quando ele viu a fêmea. Os olhos da presa se arregalaram de medo, e o cheiro o atiçou. Um formigamento correu por seus braços, fazendo sua fome rugir, embora sua beleza não fosse nada comparada com o que estava dentro.

Mais, mais, mais.

Ele não era nada além de um animal cedendo ao instinto, cedendo à besta que finalmente tinha se soltado.

Antes que seu guarda puxasse a corrente, ele atacou... Tudo o que ele queria era apenas mais. Uma. Prova.

Não. Tudo o que ele queria era *ela*.

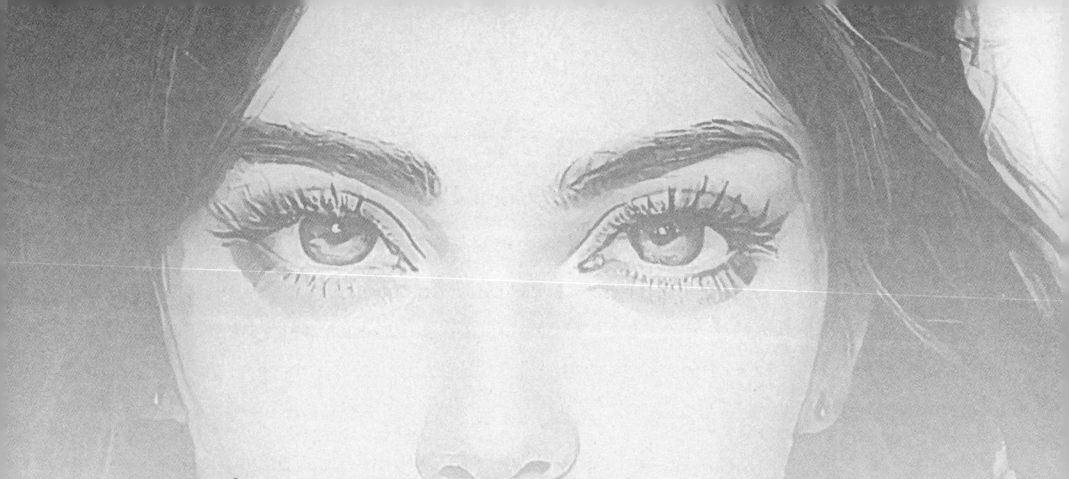

CAPÍTULO QUARENTA E UM

Margrete

Margrete não conseguia se mexer.

Em menos de um segundo, Bash se lançou na direção dela, com a mandíbula desencaixada e os caninos afiados à mostra, e um clarão de luz cobalto e pérola colidiu no peito dele.

A explosão enviou Bash para trás, diretamente na ninfa que segurava sua corrente.

Margrete se virou a tempo de ver Darius abaixar o braço, vapor saindo de sua palma ainda brilhante. Nenhum traço de esforço manchava suas feições. Ela se atreveria a dizer que ele parecia entediado.

Gritos abafados de alarme ecoaram dos cativos encapuzados, suas cabeças girando para frente e para trás, ninguém certo de para onde olhar. Na verdade, Margrete também não tinha certeza de onde deveria olhar. O instinto gritava para ela correr para Bash, mas a maneira como ele a olhava... ele a teria matado.

Seu coração despencou no estômago, e a garganta queimou com o ácido crescente. *Bash teria me matado.*

— Levante-o — Darius ordenou, suspirando dramaticamente. Com um movimento, uma das mulheres encapuzadas correu para agarrar Bash, a força do poder de Darius o enfraquecendo visivelmente. O rei de Azantian tropeçou nos próprios pés, sua guarda suportando a maior parte de seu peso enquanto ele balançava, um olhar atordoado suavizando suas feições afiadas.

— Que divertido — Shade comentou, aproximando-se da ação com um sorriso travesso. Ela bateu palmas animadamente, como se aquele desconcerto fosse uma peça encenada especialmente para sua diversão.

Darius olhou brevemente em sua direção, e o que quer que tenha transmitido com o olhar a deixou alerta o suficiente para ficar em silêncio. Shade revirou os olhos, mas voltou para sua posição anterior, encostando-se devagar na parede da arena.

Choramingos de medo vieram de alguns dos prisioneiros, alguns deles lutando contra as amarras em suas mãos. Seus captores puxaram violentamente as correntes e gritaram obscenidades, ordenando que permanecessem em silêncio ou seriam mortos. O medo os fez se calar.

Bash, no entanto, não foi tão facilmente persuadido.

O coração dela trovejou quando ele levantou a cabeça, os olhos sem profundidade, sem o brilho habitual. Ela não viu *nada* neles. Absolutamente nada.

— Bash? — murmurou ela, seus joelhos vacilando enquanto dava um único passo à frente. Seu poder vibrava, parecendo assobiar em reprovação. Quando Darius ergueu a mão, avisando-a para parar, seus pés obedeceram quase instantaneamente.

Ela odiava ver seu corpo obedecer, mas reconhecia o perigo bem à sua frente.

O rei Azantiano rosnou, estalando os dentes como um animal perverso, faminto e ansiando pela matança. Ela notou que mais escamas tinham aparecido abaixo de seu peito. As unhas, antes manchadas de tinta, agora estavam afiadas e grossas, armas por si só.

O que poderia ter acontecido no curto período de tempo em que estiveram separados?

O guarda puxou a corrente, e Bash se virou, tentando mordê-la. A mulher encapuzada levantou a mão como se fosse golpeá-lo, mas Darius impediu.

— Shade, pensei ter dito a você para não deixar suas subordinadas baterem em nossos convidados. Controle suas ninfas. Você sabe o quanto boas maneiras são importantes para mim.

A ninfa que segurava a corrente de Bash abaixou o outro braço com uma careta.

— Agora que estamos todos aqui, vamos começar? — perguntou Darius, os olhos vagando para a lua tingida de sangue. O vermelho estampou também em torno do branco luminoso, manchando o mundo com um brilho sinistro. O deus sorriu diante daquele visão, seus olhos brilhando.

Para Shade, ele ordenou:

— Remova os capuzes.

Com um aceno para suas ninfas, sete capuzes foram levantados e jogados de lado, a luz da tocha revelando seis rostos familiares e um que ela não reconheceu.

Dani e Jacks se entreolharam com entendimento, o último exibindo um corte profundo na bochecha direita e no lábio superior. Atlas, por sua vez, aprumou os ombros e os encarou, mesmo com o rosto marcado por sujeira e lama.

Jonah, pela primeira vez desde que ela o conhecera, franziu a testa o suficiente para formar uma ruga, e Bay... seu amigo não demonstrou nada no rosto. Ele mal respirou enquanto seus olhos examinavam a arena, provavelmente procurando uma possível fuga. Quase a matou quando ele se recusou a olhar em seus olhos, quase como se a culpasse por sua situação.

Talvez ele culpasse.

Darius fez um gesto diante deles, e suas bocas se abriram, engolindo ar fresco enquanto suas mordaças invisíveis eram removidas.

Não mais que segundos depois, Mila sibilou para Darius, seu lábio superior curvado para trás. Quando ela encontrou os olhos de Margrete, seu olhar tinha se tornado frígido.

— Isso é tudo culpa sua — gritou ela, lutando contra suas correntes. — Se você nunca tivesse vindo para nossa ilha, nada disso estaria acontecendo!

Bay se encolheu ao ouvi-la, mas não a defendeu, e uma pequena parte de Margrete morreu. Jonah apenas baixou a cabeça.

As entranhas de Margrete se agitaram, seu pulso disparou e seu controle começou a falhar. Onda após onda de culpa afogou sua magia cintilante, embora continuasse a brilhar, lutando para criar raízes.

Seu olhar caiu para o último prisioneiro.

Uma nymera.

Usando um vestido branco fino, a nymera de cabelos pretos observava apenas Bash, seus olhos cor de meia-noite tempestuosos e cheios de fúria. Ela se virou para Darius, a voz cruel e profunda.

— Tínhamos um acordo — disse ela com os dentes cerrados. — Você prometeu deixar a mim e ao meu filho em paz. O resto era seu.

Darius levantou um ombro zombeteiramente.

— Lembro que disse especificamente a você que *eu* não mataria seu filho — respondeu ele, inclinando-se para Margrete. A magia dela aumentou, afastando a vergonha transbordante.

O Deus do Mar inclinou a cabeça na direção de Margrete.

— É ela quem vai tirar a vida dele, efetivamente completando a terceira prova e se tornando uma verdadeira deusa.

Então era disso que se tratava? Um teste para ela se tornar imortal?

Faíscas de luz azul se acenderam nas palmas das suas mãos. O calor queimava sua pele, mas nunca a machucava, e quanto mais as palavras de Darius pairavam no ar, maior se tornava seu fogo.

— Não farei tal coisa.

Margrete virou as costas para seu amado rei e sua tripulação. Ela se manteve firme enquanto enfrentava o deus sorridente, que parecia confiante de que ela cederia. Aquela confiança a preocupava.

Darius juntou as mãos atrás das costas e diminuiu a distância entre eles. Parou a trinta centímetros de distância, e ela teve que levantar o pescoço para manter contato visual. Ainda assim, não vacilou, não desviou o olhar. Aquele era seu povo, sua *família*, e ela os protegeria até o fim dos dias.

— Deixe-os ir, Darius, ou...

— Ou *o quê*? — perguntou ele, seu tom livre de escárnio. — Você não pode me machucar. Eu sou tão parte de você quanto seu coração pulsante. — Darius disse aquilo como se fossem fatos. E talvez fosse verdade. Mas mesmo que ela tivesse sido criada a partir de pedaços da alma dele, Margrete era ela mesma.

Ela não era *ele*.

— Quase sinto pena de você — meditou ela, suas palmas estalando com eletricidade. Ela rastreou os olhos de Darius enquanto eles se deslocavam brevemente para suas mãos. Um músculo em sua mandíbula se contraiu.

— Não sou ninguém digno de *pena* — sussurrou ele, perigosamente suave.

— Não, isso mesmo, você quer ser temido. — Margrete inclinou a cabeça e um lado da boca se curvou astutamente. — Você só sabe enganar, mentir e lutar. Ainda assim, sinto pena porque não conhece nada melhor. Só sabe quebrar as coisas que você corre o risco de amar.

As narinas de Darius se dilataram.

— Eu *tive* que lutar, Margrete. Nem todos nós nascemos com a opção de escolher um caminho diferente, embora eu tenha feito mais do que a maioria. Mais do que qualquer outra divindade. Elas passam os dias se afogando na devassidão do submundo, contentes em se entregar à fantasia e à opulência, mas eu fiquei aqui, no reino mortal, tentando governar. Tentando fazer o certo pelo meu título.

— E como exatamente você planeja fazer o certo pelo seu título? Quantos de seus chamados irmãos e irmãs planeja matar para conseguir o que quer?

O deus se aproximou, perto o suficiente para que seu hálito gelado se espalhasse pela testa dela. Ela estremeceu e tremores percorreram seus braços e as palmas em chamas. O fogo ficou mais brilhante e dançou ao redor da forma iminente de Darius.

— Você não tem ideia do que está falando — disse ele friamente. — Se realmente conhecesse os deuses, acreditaria que sou o melhor deles, e mesmo que pense que sou insensível e cruel, meu coração bate no mesmo ritmo do seu. — Ele levantou uma mão, seus dedos magros agarrando uma mecha solta de cabelo e gentilmente colocando atrás da orelha dela. Ela sibilou. — E minha alma, mesmo que apenas metade de um todo... — ele olhou para ela incisivamente — ... não sucumbiu às minhas ambições mais sombrias.

Ela não queria imaginar o que ele acreditava serem suas ambições mais sombrias. Para ela, Darius era perigoso o suficiente.

Um rosnado arrancou seu foco do deus.

Bash virou a cabeça na direção dela, seu corpo grande puxando as correntes que o aprisionavam. A ninfa segurando suas amarras grunhiu com o esforço de mantê-lo preso.

A nymera – aquela que Margrete entendeu ser a mãe de Bash – rosnou e mostrou os dentes. Um brilho sobrenatural envolvia seus ombros. Lembrava a Margrete a luz da lua refletida nas águas escuras.

Margrete voltou-se para Darius, mas o deus havia desaparecido.

Então viu que ele estava em um dos longos bancos que rodeavam a arena. Ele se inclinou para trás e apoiou os pés, um rei observando seus espectadores.

— Shade, a adaga, se você puder.

A ninfa sorriu largamente, todos os dentes perolados à mostra. Com um movimento de pulso, nuvens vermelhas e cinza giraram e se entrelaçaram pela força de um vento sobrenatural. Um brilho de aço cintilou através do caos da tempestade mágica, e uma adaga de prata com cabo de ônix lentamente tomou forma.

No espaço de uma respiração, a lâmina levantou, girou e então voou. A arma sibilou em direção a Margrete, assim como a dela havia ido em direção a Darius mais cedo.

— Não! — gritou ela, erguendo as palmas brilhantes diante de si, suas pálpebras se fechando instintivamente.

Segundos se passaram, e o metal frio não perfurou sua carne.

Lentamente, ela abriu os olhos e baixou os braços. A ponta da adaga pairava a centímetros de distância, flutuando no ar. Ela ficou imóvel. Cinco batimentos cardíacos se passaram antes que seus sentidos voltassem, e a adrenalina a fez tropeçar para longe da arma.

O sorriso de Shade era cruel, e Margrete sabia que ela teria adorado ter enviado a adaga direto para sua cabeça. Não sabia muito sobre ninfas, mas já as desprezava.

— Pegue a adaga, querida. Complete o teste, ou nenhum dos seus amigos deixará esta ilha inteiro.

Margrete olhou para Bay. Seus lábios se separaram como se ele desejasse falar, mas nada saiu além de uma lufada de ar. Atlas murmurou a palavra *não*. E Jonah... ele lhe deu um sorriso triste, um sorriso de entendimento. Ele assentiu.

Margrete sabia que não tinha muito tempo antes de Darius cumprir suas ameaças. Ela se virou e levantou a palma da mão, um grito estrondoso de batalha deixando seus lábios.

A luz explodiu da mão aberta, chamas prateadas e brasas azul-cobalto iluminando a arena. As ninfas gritaram. Seus amigos gritaram.

Darius sorriu.

Sua magia apontava para a verdade, mais direta do que qualquer flecha, direcionada para o imóvel Deus do Mar.

Foi então que colidiu com uma barreira invisível de poder crepitante.

A magia se transformou em pó, a parede de proteção de Darius corroendo sua encarnação viva de raiva.

— Muito bem — elogiou. — Foi uma grande demonstração de força!

Shade riu em algum lugar ao fundo.

— Embora eu esteja satisfeito em ver seu progresso e mira impecável, realmente devemos continuar com isso. — Ele deu outra espiada na lua. — Não temos a noite toda.

— Não vou fazer isso...

Um relâmpago branco e azul disparou da palma de Darius, quase a cegando quando passou direto por ela.

Margrete se virou.

Jonah.

De olhos estavam arregalados e boca aberta em um grito congelado.

Ele deu um passo, atrapalhado, estendendo a mão para ela...

Sua cabeça escorregou dos ombros e caiu no chão.

CAPÍTULO QUARENTA E DOIS

Margrete

O rosto de Mila se contorceu, e os gêmeos olharam em choque. Bay caiu de joelhos, e até a nymera reagiu, inclinando a cabeça com preocupação, as sobrancelhas finas erguidas.

E Margrete? Ela girou e apontou.

Seu fogo irrompeu da palma, atirando pela arena. Darius foi para a direita no último momento, um olhar atordoado torcendo seu rosto. Ele não esperava que ela reagisse com tanta rapidez... ou com tanta precisão.

Ele se levantou rapidamente, suas próprias palmas ganhando vida, sua magia elétrica no ar da noite. Margrete sentiu profundamente em sua medula, sua força inata, seu poder dominante, e seu corpo inteiro convulsionou. Ela poderia muito bem ter sido pega no meio de uma tempestade, raios perfurando o chão ao redor de seus pés, reverberações subindo e descendo em seu corpo.

Margrete não hesitou em mirar no deus mais uma vez. A imagem da cabeça de Jonah deslizando sobre seus ombros ficaria gravada em sua mente para sempre, e tudo o que ela queria fazer era infligir o máximo de dor possível.

Sua luz errou Darius por trinta centímetros.

Jonah era o melhor de todos. Doce, otimista, amável. Ele era jovem demais para morrer, com toda a sua vida pela frente.

Margrete engoliu a bile subindo em sua garganta e mirou novamente. Darius viu sua intenção. Ele evitou o ataque facilmente, e suor cobriu sua testa enquanto ela rugia, levantando a palma empolada mais alto.

— Pare. De. Correr. — Ela fervia, rangendo os dentes, torcendo-se cada vez que Darius a evitava. Ele não respondia com magia, embora a observasse com cautela.

Que bom. Era mesmo para ele ter cuidado. Ele cruzou a linha e assassinou um membro de sua tripulação. Era melhor que corresse dali.

— Você vai se esgotar antes de completar o teste — disse ele, por fim, sua voz audível mesmo estando a uma grande distância. Seu timbre profundo sacudiu seus ossos e retumbou seu peito. — Se não pegar aquela adaga e derramar o sangue do rei nestas areias, serei forçado a matar outro. Você deve completar o teste, ou nunca vai ascender ao máximo de seus poderes e governar ao meu lado.

— Você só está fazendo isso porque é egoísta e solitário e quer que alguém se afogue com você! Não se importa comigo ou com o que eu possa me tornar. Isso tudo sempre foi sobre você!

Margrete recuou e lançou outra explosão rápida. Sua mão direita chiou, fumegando por muitos e longos momentos depois. Ele estava certo — a exaustão já pesava. Ela não teria muito tempo antes de sua magia falhar completamente.

— Último aviso — ameaçou Darius, piscando para a borda da arena em um piscar de olhos. — Não me faça machucar mais amigos seus. Acredite em mim, não sinto prazer com isso.

Como se ela acreditasse.

Margrete levantou o braço, mas hesitou. Naquela fração de segundo, a magia de Darius entrou na arena, atingindo de verdade.

Ela se virou a tempo de ver Jacks cair de joelhos, um buraco carbonizado em seu peito, seus músculos e costelas se projetando para fora. Ele gaguejou, sangue escorrendo de seu queixo para as areias cinzentas abaixo. Jacks murmurou o nome de sua irmã antes de cair de bruços. A fumaça subiu de seu corpo queimado, misturando-se com o cheiro de magia potente no ar.

Margrete parou.

Congelada.

Em pânico.

Bash estava começando a recuperar sua força, e a ninfa que segurava sua corrente guinchou quando ele se virou e olhou para ela. Em um movimento rápido demais para Shade ou Darius compreenderem, Bash estava de pé e se movendo, e então ele abriu a boca e mordeu o pescoço da ninfa. Sangue preto-azulado jorrou da ferida, molhando as areias e tornando-as um tom mais escuro.

Bash quebrou seu pescoço em um movimento fluido, e o grito estridente da ninfa morreu em seus lábios vermelhos.

A bile subiu na garganta de Margrete, quente, espessa e sufocante. Ela se recusou a acreditar em seus olhos, recusou-se a ver a prova do que Bash havia se tornado, mesmo quando a ninfa estava imóvel a seus pés.

Margrete cambaleou para trás, seu mundo inteiro caindo aos pedaços. Sua magia estava quase acabando, e ela sentiu sua luta, seu esforço para ressurgir.

— Bash! Pare! — gritou ela, sentindo-se impotente. — *Por favor*, pare!

Seu rei a ignorou e agarrou a mandíbula da ninfa, inalando profundamente. Uma névoa vermelha, da mesma cor de seu cabelo, flutuou de seus lábios — diretamente na boca de Bash.

Quando a ninfa foi drenada de sua força vital, do que Margrete sabia ser sua alma, Bash a deixou cair como uma boneca quebrada.

— Viu? Ele não pode se controlar — Darius zombou de algum lugar atrás dela.

Bay estava tentando desesperadamente chegar até ela, lutando contra sua guarda e gritando maldições, mas sua ninfa não cedeu.

Dani caiu no chão, com os olhos arregalados e vidrados. Cautelosamente, ela alcançou seu gêmeo e descansou uma mão sobre a cavidade em seu peito. Atlas grunhiu, seus olhos fixos na irmã de Jacks. Ela se debateu contra as amarras, desesperada para ir até ela.

Bash levantou a cabeça, cabelo preto caindo em olhos irreconhecíveis.

Lentamente, ele olhou na direção de Margrete.

— Eu me apressaria — Darius gritou. — A próxima vai ser a irmã.

O coração de Margrete se partiu em um milhão de pedaços irreparáveis.

Havia meros segundos para decidir quem viveria e quem morreria.

Bash correu em direção a ela, seus membros um borrão de roupas pretas rasgadas e escamas irregulares.

O tempo parou quando seu coração parou de bater, e os gritos ecoando na arena se tornaram sussurros de morte.

Margrete virou-se para a adaga pairando nas proximidades, flutuando naquela nuvem profana que Shade comandava. Ela olhou para frente e para trás entre a adaga e seu rei.

Não havia outra opção.

Era assim que Darius se sentira tantos anos antes? Ele se sentira como se não tivesse outra escolha, levado à violência por sua própria *mãe*?

Margrete agarrou o cabo com um grito e girou, pronta para erguer a lâmina. Ela não estava no controle de seu corpo, e seu coração batia tão rápido que ela temia entrar em combustão. Ali estava ela, pronta para fazer o imperdoável e perder a pouca esperança que restava em sua alma, e não sentiu nada além da sensação de se afogar.

Bash a jogou no chão antes que ela tivesse a chance de se aproximar.

Uma rajada de ar deixou seus pulmões com o impacto, e ela derrubou a adaga. Bash rosnou e a bateu no rosto, suas longas unhas cavando em sua pele, seu pescoço, seus ombros. Ela devia estar soluçando, porque o calor passou por suas bochechas e ela sentiu gosto de sal.

— Bash — Margrete falou seu nome enquanto se defendia da besta. Aquele não era seu pirata, não era seu amado rei.

Aquele monstro foi feito para destruí-la.

— Por favor, volte para mim — murmurou, as palmas das mãos em seu peito. Ela usou uma onda de energia preciosa para derrubá-lo, dando-lhe tempo para ficar de pé.

Ela agarrou a adaga e o encarou. Ele se agachou em posição de ataque, a um metro de distância, pronto para atacar.

Agarrando o cabo com ambas as mãos, ela esperou que ele se levantasse, seu olhar estreito sem vida e sem graça. Ele a acolheu como um animal faria com sua presa, não do jeito que costumava olhar para ela todas as manhãs quando acordavam em Azantian. Ela rolaria em seus braços, e ele acariciaria seu cabelo, seu peito nu pressionado contra ela. O Bash que ela conhecia era quente, leve e a fazia se sentir em *casa*. Ele era seu melhor amigo, o único naquele mundo que tinha seu coração e sua alma entre as palmas das mãos.

E ela tinha seu coração também.

Talvez aquela tenha sido a razão pela qual ela hesitou quando Bash a atacou pela segunda vez, porque ela simplesmente levantou a mão — que formigava com magia — e empurrou a força de seu poder para o homem que ela amava.

Todo o corpo de Bash balançou violentamente quando sua energia disparou nele, parando-o a poucos centímetros de distância. Ele mostrou os dentes enquanto lutava para atacar, mutilar, matar, seus olhos nem uma vez baixando para a arma que ela segurava.

Tudo o que ele podia ver era sua presa, não a mulher a quem havia prometido sua vida.

As mãos de Margrete tremiam, mas ela apontou sua adaga, o tempo todo sabendo que não havia como enfiar a lâmina de prata em seu corpo, em seu coração, e roubar a mesma coisa que ele havia confiado a ela para proteger.

Sua magia rugiu, querendo empurrá-lo para trás novamente, *machucá-lo*, mas Margrete resistiu o suficiente para se despedir.

— Eu te amo — sussurrou, olhando profundamente em seus olhos, tentando desesperadamente encontrar um rastro dele. Não havia nada além de escuridão.

Ele lutou contra seu poder, lutou para segurá-la, e o vazio em seus olhos fez sua força diminuir. Suas mãos romperam a barreira enfraquecida entre eles, movendo-se para o pescoço dela, mas ele sibilou quando tocou sua pele, como se queimasse. Ele soltou um grunhido gutural.

— Nesta vida e na próxima — ela jurou para ele. — Eu vou te amar. Sempre.

Margrete libertou seu poder. Libertou tudo.

Ela sentiu afrouxar a adaga nas mãos, sentiu Bash finalmente tocando ao redor de sua garganta, sua mandíbula desencaixada enquanto se preparava para inalar sua alma.

Eu te amo.

Seus olhos brilharam por apenas um segundo, uma fração de segundo, em um ônix luminoso e prata. Ela viu as estrelas que amava em seu olhar, e seu coração se acalmou completamente com a visão de reconhecimento aguçando seu olhar.

Ele abriu a boca, e as mãos em volta do pescoço dela relaxaram. A esperança surgiu em sua alma.

Mas Bash soltou um grunhido, tanto animalesco quanto antinatural. Parecia arranhar suas entranhas enquanto percorria seu corpo, como mil agulhas picando sua pele, tornando-a uma confusão de tremores e arrependimento. E Margrete soube então que, enquanto ele lutasse contra seus demônios, eles estavam vencendo.

Margrete fechou os olhos, desejando que o tempo parasse, rezando para que aquele fosse outro pesadelo horrível. Talvez ele acordasse, deixasse de lado aquele torpor e...

A adaga perfurou o peito de Bash.

Ele gritou, um som que a perseguiria para sempre, e caiu de joelhos, o cabo de ônix projetando-se de seu coração.

Margrete engasgou, olhando para o sangue pegajoso pingando da arma em *sua* mão. Ela deixou cair a adaga como uma maldição.

Ela não tinha dado o golpe final, *não podia*. Margrete estava preparada para permitir que o amor de sua vida a matasse porque ela não tinha forças para enfiar a adaga em seu peito, e ainda assim...

Um soluço rasgou seu peito e a noite girou perigosamente ao redor dela enquanto luzes, rostos e cores suaves ficaram borrados.

— Sinto muito, Margrete.

Bay apareceu atrás dela, as mãos ainda acorrentadas e os olhos baixos. Ele não podia olhar para ela ou para a adaga a seus pés. Ela tropeçou para trás, tonta, além de atordoada pelo que sabia que era a verdade olhando-a nos olhos.

Ele o matara.

— Tinha que ser feito — disse Bay enquanto Margrete balançava a cabeça furiosamente. Ele forçou o braço dela para frente. Forçou-a a enterrar a lâmina nos últimos centímetros e no coração de Bash. Ele havia tirado sua *escolha*.

Traição. A palavra não era suficiente para descrever a turbulência dentro dela como uma tempestade.

A ninfa que segurava Bay quando ele entrou na arena tinha recuado, com os braços cruzados e um sorriso presunçoso. Ela soltou suas correntes no último segundo, sabendo muito bem o que ele planejava fazer.

E Darius tinha permitido. Ele provavelmente achou que a traição de Bay era bem-vinda.

Minthe rosnou enquanto lutava para chegar até o filho, mas a luz branca de Darius envolvia suas correntes, reforçando seu domínio. O Deus do Mar não estava disposto a soltar a nymera enfurecida. Minthe uivou, seus caninos afiados à mostra, sua cabeça jogada para trás. Seu lamento soava como um coração partido — se uma nymera *tivesse* um coração para ser partido.

Bay, por outro lado, não era uma ameaça, pelo menos não para o deus. Ele estava muito atordoado para se mover, quanto mais para lutar contra Darius ou suas ninfas, e apenas ficou ali, olhando para suas mãos, como se o sangue de Bash as manchasse.

Darius entrou na arena, luz azul e branca irradiando de todos os seus poros. A tripulação, exceto Bay, estava cercada pela magia do deus, mantendo-os presos no lugar e em silêncio. Seus peões. Suas marionetes para brincar quando quisesse.

Margrete desviou o olhar de Bay com um soluço sufocado. Ele não importava, não naquele momento.

Seus dedos envolveram o colar de Bash, e a frieza da pedra a trouxe de volta à realidade. Margrete largou a gema e cambaleou para o lado dele, pegando a mão dele. Ele estava mais frio que gelo, sua pele pálida e doentia.

— Oh, Bash — sussurrou ela, alisando seu cabelo preto para longe do rosto. — Sinto muito. — Ela se jogou em seu peito e soluçou, sem se importar se Darius assistia. Quando ela se levantou, as pálpebras dele se fecharam, seu olhar vazio e vítreo.

E então, em um momento que durou uma eternidade e um piscar de olhos ao mesmo tempo, Bash lentamente virou a cabeça na direção dela, a névoa que o envolvia evaporando.

— *M-mon shana leandri le v-voux* — gaguejou ele, sangue escorrendo entre seus lábios.

Meu coração bate com o seu. As mesmas palavras que ele tinha sussurrado na noite anterior à mudança de suas vidas para sempre. A noite em que eles escolheram um ao outro.

— Não se atreva...

Margrete não ouviu mais nada, a não ser aquela última respiração ofegante deixar seus pulmões. O universo inteiro poderia queimar em chamas e ela não teria notado ou se importado. O som da vida dele se esvaindo a transformou na mesma mulher que uma vez se sentiu tão total e desesperadamente sozinha. Quebrada e *incompleta.*

Os olhos de Bash ficaram bem abertos e congelados. Sem vida.

O grito de Margrete que se seguiu abalou os alicerces da arena. Ele balançou as paredes, e o chão tremeu com sua dor.

Ela o traria de volta. Usaria seu poder e invocaria o mar.

— Você não pode salvá-lo — Darius murmurou diretamente atrás dela, parecendo ler seus pensamentos. — Ele não morreu nas águas, e as regras desta ilha não permitiriam tal coisa.

Sua voz era suave, e se ela achasse que ele tinha coração, diria que soava como remorso. Mas ela não se importava com ele ou seus sentimentos.

Margrete se levantou, coberta do sangue de Bash.

— Eu vou acabar com você — disse ela, pouco acima de um sussurro. — Mas não vou te matar. Não, vou fazer você assistir enquanto tomo seu trono e tudo que ama. Você vai me *implorar* para te matar quando eu terminar.

Darius cambaleou, surpreso pelo veneno em seu tom, pela intensidade pura de sua promessa assassina.

Embora ela pudesse não ter enfiado a adaga no coração de Bash, segurou a lâmina e o ato de sacrifício foi concluído. O que significava...

Significava que ela agora era igual a Darius.

O poder inundou seu corpo, reformando-a, transformando-a em *outra coisa*. O chão tremeu quando ela deu um passo em direção a ele. Então outro.

Os olhos dele se arregalaram, e um lampejo de medo nublou seus olhos azuis brilhantes.

— Você vai esquecê-lo com o tempo — falou ele, espelhando seus movimentos.

Ela continuou a andar na direção dele.

— Você é metade de *mim* — continuou ele, franzindo a testa. — Pense em todas as coisas que poderemos fazer juntos, tudo de bom!

Margrete balançou a cabeça lentamente de um lado para o outro, o lábio superior curvado.

— Você se lembrou do nosso tempo aqui! Eu sei que sim, pelo menos você *sentiu*! Em breve, todas as lembranças voltarão, e você não se importará com ele! — Darius estava gritando, sua fachada calma há muito esquecida.

A eletricidade faiscou na ponta de seus dedos, e o ar da noite cintilou. Shade e suas ninfas, sentindo a violenta tempestade que se aproximava, se espalharam como as baratas que eram. Elas correram para os portões, abandonando o que restava da tripulação.

As correntes dos Azantianos chacoalharam quando eles também se moveram para trás, dando-lhe amplo espaço. Margrete ergueu a mão e sacudiu o pulso, fazendo as correntes caírem no chão.

Margrete ignorou a presença de Bay. Ela poderia fazer algo de que se arrependeria.

Darius levantou as duas mãos, tentando acalmá-la. Era tarde demais para aquele absurdo. Sua boca se moveu e as palavras saíram, mas ela não ouviu nada além do rugido estrondoso de seu coração e o fervilhar de seu sangue.

Margrete abraçou a raiva gélida que crescia dentro de si e saboreou a adrenalina sobrenatural inundando seu corpo. Aquilo fluiu em suas veias e ardeu, despertando a fera completa que era seu poder.

Por dentro, Margrete rugiu.

As paredes ao redor deles começaram a se mover e cair, desmoronar e despedaçar. Elas se espatifaram na areia e encheram o ar de poeira. Darius examinou apressadamente a arena em colapso antes de se virar para ela e falar, enfiando a mão no bolso ao mesmo tempo. Ele pegou um objeto — uma *joia*, ao que parecia — e levou-a aos olhos, inspecionando-a.

Instantaneamente, ela soube o que ele segurava, como se a maldita coisa a chamasse.

O coração de Malum. O objeto que ela procurou por todos aqueles meses após o ataque. Estava com o deus do mar todo esse tempo.

A testa de Darius franziu quando o coração brilhante se quebrou na palma de sua mão, uma única faísca iluminando o mundo antes de se extinguir. Ele olhou para ela, as cinzas escorrendo através de seus dedos. O que restava de seu irmão agora se fora para sempre.

Você fez isso. Você finalmente pegou tudo.

A voz dele soou lenta na mente dela, suave e grave, e ela notou como suas feições endureceram como se falar com ela lhe custasse. Ela quis que fosse assim. Ele tentou dizer mais, mas sua voz apenas chiou e se despedaçou em sua mente, seu poder não conseguindo mais romper as barreiras que ela impunha.

Consumida pelo fogo e pela ira, ela não se importou com o verdadeiro significado por trás de suas palavras. Tudo o que ela queria era a morte dele.

Margrete ergueu os braços no ar, o fogo branco crepitando entre as palmas. Ela deu uma última olhada no deus que roubou o amor de sua vida, que roubou sua felicidade, e baixou as mãos para a terra dura. Ela se soltou da ilha que já havia tirado tanto dela, um lugar miserável agora manchado com o sangue frio de Bash.

Ela pensou nele, permitiu que sua magia envolvesse sua imagem e tomasse conta dele até que se tornassem um. Havia seu poder e ele, e sua divindade ansiava pela alma brilhante que ela havia mostrado.

Seu poder parecia senciente, crescendo com raiva, combinando com sua ira. Queimou, exigindo ação, exigindo que o homem que consumia seus pensamentos fosse devolvido a ela.

Darius murmurou seu nome, mas era tarde demais. O chão rachou e se quebrou, e sob suas palmas um vazio se abriu e se esticou. Ela abriu a boca e soltou o grito que havia guardado, o grito de angústia que havia contido, e, em resposta, sua magia explodiu através do lodo e do solo. O vazio se expandiu e se aprofundou.

Sua mão direita formigou e queimou, e ela olhou para baixo, observando as linhas cinzentas e peroladas subindo pelo braço. Elas giraram e se refizeram, transformando-se em uma chama viva e respirante, e onde a chama terminava, uma única lágrima escura como breu brilhava.

Margrete ignorou sua nova tatuagem e olhou para o abismo.

Ela tinha quebrado a ilha com sua fúria, e, de alguma forma, abriu um portal.

Uma escada estreita se formou do nada, seus degraus dourados se erguendo da escuridão, convidando-a a seguir seu caminho.

O submundo. A escada só podia levar a um lugar. E sua raiva — a raiva de uma deusa — destrancou sua entrada.

"Eu te seguiria para qualquer lugar. Até para o submundo, princesa."

As palavras de Bash ecoaram em sua mente. Ele podia tê-las falado, mas era ela quem as tornaria verdadeiras.

Sem olhar para a destruição e o caos que havia causado, Margrete deu o primeiro passo para dentro do poço, uma brisa anormalmente fria lambendo seus calcanhares. Alguém gritou seu nome, provavelmente Darius, ou talvez até Bay, mas sua visão apenas focava a escada que a levaria à terra dos mortos.

Margrete seguiria Bash até o submundo e, quando chegasse lá, o levaria de volta para casa.

E então ela esmagaria os deuses.

Um. Por. Um.

Até que ela fosse tudo o que restava.

EPÍLOGO

DARIUS

Margrete deu o primeiro passo para adentrar o submundo.

Ela tinha aberto um portal para o reino dos mortos; fez isso sozinha, de acordo com sua vontade. Teria impressionado Darius se não o tivesse dilacerado. Mesmo depois que lhe contara sobre o passado *deles*, ela ainda escolhera o rei de Azantian. Aquele homem covarde que sucumbiu tão facilmente aos seus instintos mais básicos.

Darius rosnou, cerrando os punhos. Quão errado ele estava em supor que ela instantaneamente se lembraria dele. Que o amaria.

Ele era um tolo.

Por causa dele, por causa dos testes, Margrete foi presenteada com a centelha final da magia divina que restava no coração de seu irmão, e ela a tomou para si. Ela a pegou e quis *matá-lo* com ela.

A traição doeu.

— Margrete! — gritou ele, correndo atrás da deusa que descia. Ela não prestou atenção nele, nem sequer levantou a cabeça após seu grito estrangulado. Darius percebeu que não se importava se sua fraqueza estivesse em plena exibição... ele não se importava com muita coisa, o que era totalmente enervante.

Assim como na noite em que matou Wryn milhares de anos antes, um grande vazio o devorou. Era o tipo de vazio que era tangível, um veneno que se espalhava em seu sangue com cada grama de seu coração imortal.

Ele tinha prometido a si mesmo que nunca mais se permitiria se sentir assim, mas, enquanto observava Margrete se afastar — pelo que parecia ser a segunda vez —, aquele vazio só cresceu.

Um lampejo de movimento à sua esquerda chamou sua atenção.

Enquanto Darius estava distraído, Minthe arrastava o corpo morto de seu filho pelas areias da arena. Como uma nymera, ela se movia rapidamente, mas foi a necessidade inata de proteger seu filho que a levou para as sombras.

O rei poderia ter parado de respirar, mas Minthe tinha algo que ele não imaginava. Esperança.

Se Margrete, de alguma forma, encontrasse a alma de Bash, ele teria um corpo para onde voltar, e Minthe sabia disso. Quando Darius matou Wryn, sua mãe incendiou seu corpo segundos depois de seu último suspiro, tornando impossível para ele trazê-la de volta naquela vida. Uma alma pode nunca morrer, mas precisava de um corpo para andar na terra.

Minthe podia não gostar de Margrete, mas talvez a visse como a única chance de ter seu filho de volta.

Darius cerrou os dentes, tentando seguir a nymera e seu filho morto, mas uma comoção forçou sua atenção de volta para Margrete. Seus *amigos* — se é que ela podia chamá-los assim — começaram a descer os degraus de dois em dois, correndo atrás dela e entrando no submundo.

Tolos.

A ruiva liderava o caminho, seguida por uma guerreira loira alta que segurava a mão de uma pequena mulher com o rosto manchado de lágrimas.

Bay permaneceu congelado antes do primeiro degrau, seus olhos piscando para suas mãos de vez em quando, sua boca aberta em choque. Darius ficou surpreso que ele realmente fizera aquilo — matou seu rei, seu amigo mais antigo.

Ele permitiu que Minthe deslizasse para a escuridão, sabendo que lidaria com ela depois. Não seria difícil localizá-la, e ele tinha confiança de que Margrete fracassaria. Ninguém jamais teve sucesso em devolver uma alma ao seu corpo mortal, e ele duvidava que aquilo mudasse.

Por enquanto, Darius possuía uma grande arma e um possível peão. Margrete poderia não parecer se importar com Bay, não depois de sua traição, mas ter o homem em seu arsenal seria útil quando ela voltasse a si e a névoa vermelha de raiva se dissipasse. O submundo era um lugar cruel cheio de deuses enganosos e negócios dúbios que muitas vezes terminariam mal para um grupo desesperado.

Ela não tinha a menor ideia do pesadelo em que entrou, e não seria encontrar a alma de Bash que seria difícil. Os companheiros deuses e deusas de Darius eram as razões pelas quais ele ficava o mais longe possível do submundo. Era um terreno fértil para problemas, e não do tipo divertido.

Sem perder o fôlego chamando-a novamente, Darius marchou para o lado de Bay e espiou a fenda que Margrete havia criado com sua dor incontrolável. Tão perto do abismo, ele foi forçado a admitir para si mesmo o quão impressionante o ato tinha sido. Especialmente para uma deusa recém-criada.

Uma escada levava a um portão que a levaria às terras externas do reino dos mortos. A partir dali, ela encontraria coisas muito piores do que os monstros que ele e seu irmão criaram mil anos antes. Muito pior do que as nymeras ou o Collossious.

Algo doeu no peito de Darius.

Ele queria condenar Margrete a suas escolhas irracionais e permitir que as divindades a destruíssem. Darius queria que ela se machucasse como o machucou, mesmo que inconscientemente. Ele queria que ela sentisse a agonia que queimava em suas veias e saboreasse a amargura em sua língua.

Mas ele não podia.

Ele... ele se *importava* com ela. E talvez não fosse o mesmo tipo de amor que o rei sentia, mas era tão real quanto um deus jamais poderia experimentar, e aquilo o torceu e forçou seu próximo movimento.

Virando-se para Bay, Darius adotou seu sorriso mais insensível. Tanto ele quanto o mortal trêmulo estavam prestes a iniciar o jogo de suas vidas, e não era hora para fraqueza ou hipocrisia irracional.

Antes que pudesse corrigir seus erros e consertar o que fez de errado, Darius teria que garantir que Margrete sobrevivesse. E mesmo que ela não quisesse admitir, *precisaria* dele logo. Uma situação que funcionaria bem a seu favor. Darius nunca foi o herói, mas talvez ele pudesse, apenas *uma vez*, desempenhar o papel.

— Eu acho que você virá comigo — Darius disse com um sorriso tenso, finalmente ganhando a atenção de Bay. Seus olhos azuis se arregalaram e o corpo inteiro tremeu.

Pobre, pobre mortal. Ele parecia estar saindo de seu estupor assassino.

— A menos que queira ser a causa da morte de *ambos, regicida*... — Darius demorou-se na palavra, e Bay se encolheu — ... chegou a hora de visitar o reino dos deuses poderosos, deusas e mortos-vivos profanos.

Darius lançou sua magia, permitindo que ela contornasse o corpo de Bay e o empurrasse para frente e para baixo das escadas. O homem se atrapalhou, quase tropeçando nos degraus, mas Darius o segurou com força.

Eles estavam prestes a entrar na cova dos leões, e até o coração de Darius palpitou quando chegaram à imponente porta prateada ao pé da longa escadaria.

Mil pequenos símbolos estavam gravados na superfície polida, de ondas em crista a árvores selvagens e flores. Exércitos congelados estavam travados em batalha, todos os tipos de armas presentes e prontas para serem usadas. Aqui e ali, avistava a imagem de um casal de amantes ou de mãe e filho. Alegria, amor, ira, ganância, guerra...

O portal mostrava tudo.

Darius apertou a rédea de sua guarda relutante e então empurrou a porta e deu o primeiro passo na escuridão perversa.

Ele garantiria que Margrete não tivesse sucesso — e então faria dela sua verdadeira rainha. E se suas suposições estivessem corretas, suas lembranças estariam de volta, consumindo-a e afastando os pensamentos do rei insípido.

Darius sorriu.

Ele seria seu salvador, e ela cairia em seus braços como tinha feito tantos anos antes.

Nesse meio-tempo, ele a deixaria jogar… e falhar. O submundo iria destruí-la, e ele estaria lá para juntar os pedaços.

Darius puxou sua carga, e a porta para o reino mortal se fechou com um baque retumbante atrás deles. Não havia como voltar agora.

AGRADECIMENTOS

Tantas almas bonitas tornaram este livro realidade. Mais uma vez, devo agradecer ao meu avô, Benjamin Narodick, por ser minha inspiração, sempre e para sempre. À minha mãe, Nancy Narodick, a quem agradeço por sempre ler meus rascunhos e dizer que sou sua autora favorita, mesmo sabendo que isso que ela diz é totalmente tendencioso.

Para Ashley R. King, que literalmente me mandava mensagens todos os dias quando eu queria desistir e não achava que era boa o suficiente. Ela é o máximo, e, se não fosse por ela, nada disso teria sido possível. Você é minha rocha.

À minha editora, Charissa Weaks, obrigada por acreditar nesta trilogia, para começo de conversa! Estou tão agradecida que você viu potencial na história de Margrete e Bash! Sempre serei mais do que grata.

Obrigada, Shawn Wallin, por ser minha líder de torcida e me dizer exatamente quando Bash precisava “intensificar”. E obrigada à princesa Uddon, por me apoiar durante todo o processo e por me fazer literalmente rir alto quando mais precisei. Estou tão agradecida que o Instagram nos conectou, e que eu tenho alguém para pirar sobre namorados literários.

Para Tina Moss, Yelena Casale e toda a equipe do City Owl, vocês mudaram minha vida para sempre e tornaram meus sonhos realidade.

Claro, eu seria negligente se não agradecesse ao meu marido, Joshua, que é meu melhor amigo... mesmo que ele me enlouqueça noventa por cento das vezes. Eu te amo.

E para meus leitores: vocês são a razão de eu escrever, e eu os amo além das palavras.

Katherine Quinn